HEYNE <

Das Buch

Über Frankfurt wird eine Boeing 777 der Saudi Arabian Airlines mit einer Luftabwehrrakete abgeschossen. Es gibt weit über hundert Tote. Zu den Ermittlungen wird der amerikanische Antiterror-Spezialist Deek Miller hinzugezogen. Bei den Recherchen wird bald klar, dass die Passagierlisten manipuliert wurden: Es befanden sich ausschließlich Araber an Bord der Verkehrsmaschine. Wer steckt hinter dem Anschlag? In Berlin lernt Deek die attraktive Sara kennen, die sich beim sogenannten »Haus der Cherubim« betätigt. Diese christliche Organisation hat sich Jahre zuvor nach einer Pockenepidemie, die von Islamisten in Deutschland ausgelöst wurde, als besonders wohltätig hervorgetan. Sind die »Cherubim« vielleicht gar nicht so nächstenliebend, wie sie zu sein vorgeben? Handelt es sich bei dem Flugzeugabschuss möglicherweise um einen gezielten Vergeltungsschlag christlicher Fundamentalisten? Als Deek die wahren Hintergründe aufdeckt, ist die Katastrophe nicht mehr aufzuhalten. Die Welt des 21. Jahrhunderts ist längst zum Kriegsschauplatz eines allumfassenden Kreuzzugs geworden, und überall erschallt der Schlachtruf: »Deus vult – Gott will es!«

Der Autor

Christian Schoenborn studierte Religionswissenschaften und Theologie und absolvierte eine Ausbildung zum Diplom-Bibliothekar mit dem Schwerpunkt Informatik, bevor er sich als Musikproduzent etablierte. Er komponierte und arrangierte jahrelang unter anderem für No Angels, Orange Blue, Walt Disney, Pro7 und Sat1. Nach einem siebenmonatigen Aufenthalt in Indien entstand sein Erstlingswerk *Operation Ismael.* Christian Schoenborn lebt in der Nähe von Hamburg.

Christian Schoenborn

Operation Ismael

Thriller

WILHELM HEYNE VERLAG
MÜNCHEN

FSC
Mix
Produktgruppe aus vorbildlich
bewirtschafteten Wäldern und
anderen kontrollierten Herkünften

Zert.-Nr. SGS-COC-1940
www.fsc.org
© 1996 Forest Stewardship Council

Verlagsgruppe Random House FSC-DEU-0100
Das für dieses Buch verwendete FSC-zertifizierte Papier
Holmen Book Cream
liefert Holmen Paper, Hallstavik, Schweden.

Originalausgabe 01/2010

Printed in Germany 2010
Umschlaggestaltung: © Nele Schütz Design, München
Satz: Buch-Werkstatt GmbH, Bad Aibling
Druck und Bindung: GGP Media GmbH, Pößneck
ISBN: 978-3-453-40687-2

www.heyne.de

Für Sabrina

SOHC

Soldiers of the Holy Crusade

Manifest

Christen aller Länder!
Unser Glauben wird bedroht, Gläubige werden ermordet, geschändet, verkrüppelt.
Die Zeit des Wartens ist vorbei. Gott spricht:
Zu den Waffen!
Ihr seid das Volk, dem Gott Waffenruhm, Geistesgröße, Körperkraft und den Mut verlieh, die stolzen Häupter derer zu demütigen, die Euch Widerstand leisten.
Erhebt Euch also und kämpft gegen die Barbaren, geht und kämpft für Euren Glauben!
Jetzt könnt Ihr beweisen, dass Euch wahrer Mut beseelt; jetzt ist die Zeit gekommen, die scheußlichen Gewalttaten derer zu sühnen, die Krieg über unsere Familien, über unsere Kinder, über unser Land gebracht haben.
Badet im Blut der Ungläubigen, zieht das Schwert, und verdient Euch ewigen Lohn.
Werdet zu Soldaten des lebendigen Gottes!
Gott will es!

Im Namen Allahs, des Erbarmers, des Barmherzigen!
Lob sei Allah, dem Weltenherrn,
Dem Erbarmer dem Barmherzigen,
Dem König am Tage des Gerichts!
Dir dienen wir und zu Dir rufen um Hilfe wir.
Leite uns den rechten Pfad,
Den Pfad derer, denen Du gnädig bist,
nicht derer, denen Du zürnst, und nicht der Irrenden.

Erste Sure
Die Öffnende (al-Fatiha)

Ein Sturm zieht auf

Kapitel 1

Und Hagar gebar einen Sohn, und Abraham hieß den Sohn, den ihm Hagar gebar, Ismael. Und Abraham war sechsundachtzig Jahre alt, da ihm Hagar den Ismael gebar.

(Gen 16,15)

Mark war überrascht, wie schlecht er lügen konnte.

»Ist wirklich alles okay?«

»Ja, ich bin nur müde und spät dran«, antwortete Mark. Er hörte seine Frau Laura an diesem Sommermorgen wie durch Watte gedämpft.

Mark blickte aus dem Fenster. Ein Vorgarten mit Kinderrutsche, die auf einem frisch gemähten tiefgrünen Rasen stand. Die kleine Veranda davor war übersät mit Spielzeug: ein Bagger, bunte Plastikförmchen und eine kleine gelbe Harke.

Vom Küchenfenster aus konnte er auch seinen weißen Kombi sehen. Das Auto parkte vor seinem Bungalow, der in der Seitenstraße des schmucken Vororts von Frankfurt stand. Ein Fußgänger näherte sich dem Kombi. Der ältere Mann blieb neben dem Auto stehen und schaute sich um. Mark schob seine Brille zurecht und beobachtete ihn irritiert. Einen Augenblick später zog der Mann ein Handy aus der Innentasche seiner Jacke, hielt es ans Ohr und ging weiter.

Laura deckte den Frühstückstisch. Sie wirkte wach und frisch. Ihr langes Haar war nass, und der Duft des Duschgels hing noch an ihr. Mark liebte diesen Geruch, an diesem Morgen nahm er ihn jedoch nicht wahr.

Mark Kaufmann war bei einem der vielen Versicherungskonzerne in Frankfurt als Sachbearbeiter angestellt, ein Job, für den er deutlich überqualifiziert war. Als Diplombetriebswirt mit erstklassigen Noten hatte er damals vor einer rasanten Karriere gestanden, aber das war schon lange her.

»Weißt du schon, wann du heute nach Hause kommst?«

Er schaute in Lauras schönes und vertrautes Gesicht und wusste nicht, was er antworten sollte.

»Mark?« Laura suchte seinen Blick.

»Spät, vielleicht sehr spät. Warte nicht auf mich. Ich rufe auf jeden Fall zwischendurch an.«

»Schade. Ich dachte, jetzt über die Feiertage, wo Benjamin und Claudia bei meinen Eltern sind, hätten wir mal mehr Zeit für uns. Ohne Kinder, ohne Krach, nur wir beide. So wie früher.«

»Laura, du weißt doch, was los ist. Das ist heute nicht anders als sonst. Ich habe wieder von ihr geträumt. Es wird … Es ist einfach sehr viel zu tun im Moment. Aber mach dir bitte nicht unnötig Sorgen.«

Mark blickte auf seine Armbanduhr und merkte sofort, wie unhöflich diese Geste wirken musste. Er hatte ein flaues Gefühl im Bauch, konnte auch an diesem Morgen wieder einmal nichts essen. Wie hatte er es geliebt, üppig zu frühstücken. Frisches Obst, Croissants, gebratenen Speck, Rührei, Pfannkuchen. Jetzt hatte Mark immer den Eindruck, sich zu vergiften oder einen Fremdkörper in sich aufzunehmen.

»Ich muss jetzt wirklich los. Bis später.«

Benjamin und Claudia standen in ihren bunten Schlafanzügen im Flur vor der Wohnungstür und winkten. »Tschüss, Papa.«

»Tschüss, ihr Süßen.« Mark gab beiden Kindern einen schnellen Kuss auf die Stirn und ging dann schweigend aus dem Haus.

Laura Kaufmann schaute Mark mit einem langen Blick hinterher und spürte, dass sie ihn heute nicht mit Worten erreichen konnte.

Sie hatten es einmal so wunderschön gehabt. Sie hatte sich damals oft gefragt, wie sie so viel Glück verdient hatte. Mark war ihr strahlender Held gewesen. Sie waren nicht nur ein Liebespaar, sondern auch die besten Freunde und Gefährten. Laura hatte seinen unverbesserlichen Optimismus geliebt, seine Lebensfreude, sein strahlendes, jungenhaftes Lachen. Als sie Mark kennengelernt hatte, war sie noch sehr jung gewesen. Nie hatte sie etwas vermisst oder das Gefühl gehabt, etwas zu verpassen. Er war ihr Ehemann, der Vater ihrer Kinder, ihr Halt.

Und dann war er einfach in sich zusammengefallen. Nicht nur seine Wangen, sondern seine ganze Erscheinung, seine Seele war eingefallen. Sie wusste, warum.

Mark blickte noch einmal durch das große Küchenfenster hinein. Laura räumte den Frühstückstisch ab und sah ihn nicht. Seine Brille rutschte herunter, und er schob sie wieder die Nase hoch. Er machte das ständig. Aus der Angewohnheit war ein Tick geworden. Jetzt gehörte dieser Tick schon so sehr zu ihm, dass er ihn nicht mehr wahrnahm. Er zog seine Cordhose hoch, die ihm viel zu tief auf den schmalen Hüften hing.

Mark ging zu seinem Auto. Am rechten hinteren Kotflügel war eine kleine Beule. Sein Missgeschick beim Einparken in die zu enge Lücke in einer der schmalen Gassen Frankfurts lag schon etwas zurück, und es war bereits Rost über das blanke Metall gewachsen. Beim Anlassen des Dieselmotors blieb er ein bisschen zu lange in der rechten Schlüsselposition, und ein unangenehmes Geräusch drang aus der Motorhaube. Laura blickte kurz aus dem Fenster.

Am Ende des feinen Vororts befand sich eine Jaguar-Vertretung. Früher hatte Mark immer solch einen Nobelwagen aus England besitzen wollen. Mit der kraftvollen Katze als Kühlerfigur und diesem unwiderstehlichen Geruch nach feinem Leder und Wurzelholz.

Während Mark seinen Kombi zum Autobahnzubringer lenkte, konnte er den Strom seiner Gedanken nicht stoppen. Er dachte daran, wie er von zu Hause ausgerissen war. Er war 17 Jahre alt gewesen. Die Kleinstadt, in der seine Eltern wohnten, hatte ihn damals fast erstickt. In Südfrankreich hatte Mark dann ein paar Jahre als Erntehelfer auf einem ökologischen Bauernhof gearbeitet. Er hatte die Lavendelfelder und Bienenstöcke geliebt. Immer wenn ihm der Duft von Kräutern und Blüten in die Nase stieg, musste er an diese glücklichen Jahre in der milden Sonne Südfrankreichs zurückdenken.

Die Erinnerungen prasselten auf Mark ein. Er wollte sich konzentrieren, aber seine Gedanken drifteten haltlos durch die Jahre. Mark sah sich wieder als kleinen Jungen. Dachte an die Schneeballschlachten in den endlosen Wintern seiner Kindheit. Spürte noch einmal das schmerzhafte Kribbeln beim Auftauen der unterkühlten Finger am Abend eines langen Wintertages. Sah den riesenhaften Tannenbaum in der kleinen Mietwohnung seiner Eltern. Seine Gedankenreise ging weiter. Mark schämte sich zum tausendsten Mal über die heimliche Freude, die er empfunden hatte, als seine Schwester das gemeinsame Zuhause verließ, um zu ihrem späteren Mann zu ziehen. Dann wurden seine Erinnerungen dunkler. Er sah noch einmal die Katastrophe, das Leid, die Angst und die Niederlage. Alles schien jetzt gleichzeitig zu passieren. Es gab kein Gestern und kein Heute mehr. Sein Leben glich einem langen, sich windenden Fluss, bei dem er gleichzeitig an Quelle und Mündung war.

Mark war so sehr in seine Gedanken vertieft, dass er den Fußgänger zu spät sah. Eine Vollbremsung, die Räder blockierten und rutschten unkontrolliert über den Asphalt. Einen knappen Meter vor dem jungen Mann kam sein Fahrzeug quietschend zum Stehen. Aus dem Kofferraum war ein dumpfes Poltern zu hören. Ängstlich schaute Mark über die Rückbank auf die Laderaumabdeckung. Der aufgebrachte Fußgänger schlug mehrmals mit der flachen Hand auf die Motorhaube des Kombis und stieß ein paar wüste Beschimpfungen aus. Mit durchdrehenden Reifen fuhr Mark über die immer noch rote Ampel. Ein paar Autos hupten, ein Fahrradfahrer stellte sich quer. Mark fühlte im Gesicht nach seiner Brille. Sie war nicht da. Sie musste ihm bei der Vollbremsung von der Nase gerutscht sein. Unter dem Gaspedal fand er sie. Der Schweiß perlte ihm von der Oberlippe, und sein Atem wurde schneller.

Nach ein paar Kilometern war Mark auf der Autobahn. Der Verkehr auf dem Zubringer nach Frankfurt floss an diesem Morgen nur zäh. Mark versuchte, ruhig zu bleiben. Er schaltete das Autoradio ein und gleich wieder aus. Mit den Fingern trommelte er einen nervösen Rhythmus auf das Lenkrad. Er starrte auf die Uhr, die im Armaturenbrett eingelassen war, und verglich sie mit der an seinem Handgelenk. Aus dem Wagen neben ihm schauten Leute zu ihm herüber. Er vermied jeden Augenkontakt. Im Schritttempo ging es nur noch schleichend voran. Vor Anspannung würgte Mark seinen Wagen ab. Der Fahrer des roten Audis neben ihm schien zu lachen. Beim Zünden kreischte wieder das ungesunde Geräusch aus dem Anlasser.

Auf der Autobahn folgte Mark den Schildern in Richtung Flughafen. Dreispurig ging es von der A3 in die Parkhäuser des riesigen Areals. Eine endlose Flut aus grellen Rücklichtern und buntem Lack quälte sich über die Spuren und verschwand am Ende in gigantischen Anlagen aus grauem Beton und einem Wald aus Schildern. Mark musste aufpassen, um nicht aus Versehen in den Parkkomplex abzubiegen. Er fuhr in Richtung Frachtverkehr außerhalb des abgesperrten Gebiets auf einen langen geraden Feldweg, der rechts durch einen hohen, im oberen Teil abgeschrägten Zaun aus Stacheldraht und messerscharfen Klingen begrenzt wurde. Überall waren Positionslichter, Masten und Hütten in Signalfarben.

Der Kombi kam zum Stehen. Mark atmete jetzt ruhiger. Die riesigen Schweißflecken unter seinen Achseln bemerkte er nicht. Für einen kurzen Moment gab es eine fast friedliche Ruhe. Zu hören war nur das sich ewig wiederholende Landen und Starten unzähliger Flugzeuge. Er schaute prüfend auf seine Armbanduhr. Dann stieg er langsam aus, ließ aber die Fahrertür geöffnet. Er beobachtete ein paar Minuten lang die Flugbewegungen und verglich sie mit einer ausgedruckten Computerliste. Er sah die riesigen Passagierflugzeuge, wie sie scheinbar fast stehend zur Landung ansetzten, folgte mit seinem Blick den Maschinen, die mit heulenden Triebwerken über die Piste schossen und rasch in den Himmel über Frankfurt stiegen. Mit seinem Fernglas konnte Mark die gekennzeichneten Leitwerke und die beschrifteten Rümpfe erkennen. Lufthansa, Air France und kleinere Chartermaschinen, die mit urlaubsreifen Passagieren in wärmere Gefilde unterwegs waren.

Der Sichtschutz des Kofferraums war ganz geschlossen. Mit einem Griff löste Mark die Verriegelung, öffnete die Haube und ließ den Kunststoffschutz langsam zurückgleiten. Die olivgrüne Kiste aus Aluminium war schwer. Er nahm sie vorsichtig aus dem Wagen und legte seine Fracht auf den gepflegten Schotterweg.

Mark rückte seine Brille zurecht. Abwechselnd blickte er durch das Fernglas und auf seine Uhr. Gerade startete eine Boeing 777 der Saudi Arabian Airlines. Es musste nach seiner Liste jetzt die Maschine mit der Flugnummer SV 1068 nach Riad sein. Er überprüfte noch einmal die Uhrzeit. Fast unmerklich nickte er. Vorsichtig nahm er die Abschussvorrichtung und die Rakete aus der Kiste. Sie war deutlich leichter als er sie in Erinnerung hatte. Er bediente ein paar Schalter mit kyrillischen Schriftzeichen und schulterte die Waffe. Plangemäß machte die Maschine der Saudi Arabian Airlines eine weite Ostkurve.

Man konnte die Boeing 777 jetzt sehr gut erkennen: die zwei gewaltigen Triebwerke, den fast 70 Meter langen Rumpf, das Leitwerk und die noch offene Bodenverkleidung, in der in wenigen Minuten das gesamte Fahrwerk verschwinden sollte.

Nachdem Mark das Ziel visiert hatte und mit einem letzten Knopfdruck die Waffe auf ihren infrarotgesteuerten Kurs programmierte, betete er in Gedanken und dachte ein letztes Mal an seine Schwester. Dann krümmte er den Zeigefinger.

Flughafen Frankfurt/Main, Terminal 2D

Die beiden Töchter von Ramsi Al Jahir waren ungeduldig und zogen den Vater immer wieder zu den Spielzeugläden in den endlosen Fluren des Terminals. Die Lautsprecherdurchsagen rissen nicht ab und verbanden sich mit dem Geräusch der Klimaanlagen zu einem seichten Klangteppich. Bis zum Abflug war es noch eine knappe Stunde.

»Wieso kaufst du uns das Stofftier nicht? Das ist so süß! – Genau, Mama hat versprochen, dass du uns noch was kaufst«, quengelten die Kinder. »Oder die kleine Tasche, oder die Spielfiguren hier!«

Ramsi musste schmunzeln und gab viel zu schnell nach. Er wusste, dass er seine Kinder zu sehr verwöhnte. Wusste, dass sie schon alles, wirklich alles hatten. Die Kinder gehörten einer Generation an, die selbstverständlich MTV über Satellit guckte, Eminem und Linkin Park liebte und trotzdem streng gläubig fünfmal am Tag in Richtung Mekka betete. Mekka war schließlich nur 400 Kilometer entfernt.

Ramsis Job bei einer amerikanischen Firma ermöglichte ihnen einen privilegierten Lebensstil. Einen Lebensstil, der eine Mischung aus Ost und West war. Er besaß einen deutschen Nobelwagen, ausgelegt mit antiken arabischen Teppichen. Bewohnte ein riesiges, luxuriöses Haus mit Garten, Dampfbad und Garagen für vier Fahrzeuge. Gebaut war es im Stil seiner arabischen Vorfahren worden, ausgestattet mit modernster Klimatechnik aus Schweden. Im Keller hatte er extra einen Raum für die täglichen Gebete bauen lassen, direkt neben dem geheimen Weinkeller.

»Der Flug SV 1068 nach Riad ist nun am Ausgang 36 bereit zum Einsteigen. Flight Number SV 1068 to Riad is now ready for boarding at gate 36.«

»Wie lange fliegen wir, Papa?«, fragte eines der Kinder.

»Fünfeinhalb Stunden.«

»Sooo lange?«

»Das habt ihr doch schon ein paar Mal geschafft.«

»Der Flug SV 1068 nach Riad ist nun am Ausgang 36 be-

reit zum Einsteigen. Flight Number SV 1068 to Riad is now ready for boarding at gate 36.«

Die kleine Familie näherte sich dem Gate 36, wo sich schon eine Menschentraube am Eingang zur Gangway gebildet hatte. Die Boeing 777 stand bereit. Durch die Cockpitfenster konnte man die Piloten bei den letzten Vorbereitungen beobachten. Sie gingen Checklisten durch, tranken heißen Kaffee und sprachen über Funk mit dem Tower. Die Kinder trugen stolz ihre neuen Stofftiere unter dem Arm. Die Stewardess strahlte und war entzückt, als sie die beiden sah. In der siebten Reihe machten Ramsi und seine Töchter es sich bequem. Es gab einen kleinen Streit zwischen den beiden Schwestern, wer denn am Fenster sitzen dürfe. Salomonisch entschied Ramsi, nach der Hälfte des Fluges die Position der Schwestern zu wechseln. Die Sitzgurte schlossen sich um die kleinen Körper der Kinder, und der Ruck durch das Anfahren des Flugzeugs spielte ein ängstliches Lächeln auf ihre Gesichter, welches aber sofort wieder verschwand. Bei der Vorstellung der Sicherheitsvorkehrungen döste Ramsi ein und hörte nicht mehr, wie seine Töchter sich schon wieder um den Platz am Fenster stritten.

In Ramsis Ohren wurden die Geräusche leiser und entfernter. Die Bewegungen des Fliegers wiegten ihn angenehm hin und her. Die große Drehung des Flugzeugs, das Aufheulen der Triebwerke, das Stoppen, das Beschleunigen, alles fügte sich in Ramsis Kopf zu einem süßlichen Theater zusammen. Die Boeing flog eine weite Ostkurve über das Flughafengelände. Passagiere, die aus den Bullaugen der Maschine sahen, konnten jetzt die Absperrung des Flughafengeländes mit den hohen, mit Stacheldraht bewehrten Zäunen erkennen. Irgendwo da unten stand ein weißer Kombi mit offenem Kofferraum.

Als die Maschine in der Luft war, befand sich Ramsi bereits in seiner Traumwelt. Plötzlich war er wieder ein kleiner, schmächtiger Junge. Er sah seine Mutter, die er anstrahlte und der er sein selbst gebautes Blechflugzeug zeigte. Ramsi trug ein verwaschenes grünes T-Shirt und beigefarbene Shorts mit ausgefransten Beinen. Seine Füße steckten in schmutzigen Gummisandalen, die schon mehrmals geklebt worden waren. Seine Mutter zeigte auf den stahlblauen Himmel über Dschidda und klatschte in die Hände: »Lass ihn fliegen, Ramsi! In den Himmel, los, lass dein Flugzeug fliegen!«

Der kleine Ramsi sah sich um und betrachtete das einfache weiße Haus seiner Eltern. Ein unbefestigter, staubiger Weg verband es mit dem nahen Marktplatz. Etwas weiter konnte man schon die Stadtmauern erkennen und dahinter die ersten Gebäude des alten Hafens. Er lächelte im Traum.

Ramsi drehte sich um, rief seiner Mutter etwas zu und kletterte auf die ersten flachen Ausläufer des Asir-Gebirges. Vom Meer wehte eine leichte Brise. Ramsi erreichte schließlich ein kleines Plateau. Er rannte mit dem Flugzeug in der Hand los, hob es ganz hoch, so hoch er konnte. Seine Mutter rief ihrem Sohn zu: »Schneller, Ramsi, schneller!« Ramsi lief über das staubige Geröll, so schnell ihn seine dünnen Beine trugen. Seine Mutter klatschte wieder, lachte und war überaus stolz auf ihn. Sein selbst gebasteltes Blechflugzeug trug ihn mit in den weiten Himmel. Ramsi flog über Dschidda hinweg und winkte voller Freude seiner Mutter zu. Er sah die endlosen Obstfelder mit den bunten Früchten. Das ganze Dorf war dort unten versammelt. Alle schauten in den Himmel, schauten auf den kleinen Ramsi. Weiter ging seine Reise über üppige Gemüseplantagen und riesige Olivenhaine. Er trieb durch die Luft, bis sich unter ihm das türkisblaue Meer ausbreitete. Ein paar Momente später sah er nur noch Wasser unter dem kleinen Flugzeug. Der kleine Junge flog so weit, dass er die Küste von Afrika am Horizont auftauchen sah. Ramsi gluckste im Traum vor Glück.

In der Nähe der Boeing 777 flog tatsächlich etwas. Mit fast zweifacher Schallgeschwindigkeit schoss eine Rakete auf die heißen Turbinen zu. Die verbrannten Gase des Raketenmotors schrieben eine verschlungene Linie an den tiefblauen Himmel über Frankfurt. Wie ein Jagdhund folgte der infrarotgesteuerte Suchkopf der Passagiermaschine, und wie ein gehetztes Wild hatte auch die SV 1068 nach Riad keine Chance.

Im Cockpit gab es ein heilloses Chaos. Das Radar für die Kollisionswarnung gab Alarm. Panische Funksprüche wurden zwischen dem Tower und der Besatzung ausgetauscht.

Der über ein Kilo schwere Detonator, gefüllt mit dem hochaktiven HTA-Sprengstoff, bohrte sich in die dünne Aluminiumhülle des Triebwerks und explodierte augenblicklich mit einem gleißenden Feuerball. Die vollgetankten Flügel der Maschine zerbrachen unter der ungeheuren Explosion, entzündeten sich und wurden zu einem noch zerstörerischen Element. Die Luft um das Flugzeug herum wurde durch einen ungeheuren Knall zerrissen, und die leuchtende Kugel aus Kerosin und Sprengstoff war so hell wie eine Sonne.

Kapitel 2

> Dazu um Ismael habe ich dich auch erhört. Siehe, ich habe ihn gesegnet und will ihn fruchtbar machen und mehren gar sehr. Zwölf Fürsten wird er zeugen, und ich will ihn zum großen Volk machen.
>
> *(Gen 17,20)*

Saudi-Arabien, zwei Jahre zuvor

Sharif Malik fuhr mit einem geräumigen, klimatisierten Geländewagen über den Wüstentrail in eine kleine Siedlung in der Nähe von Taif. Aus dem Autoradio krächzte arabische Musik in unerträglicher Lautstärke. Sharif sang die komplizierten Melodien mit und unterstützte den Rhythmus der Musik durch heftige Schläge auf das Lenkrad und den Beifahrersitz. Er war komplett in traditionelle weiße Kleidung gehüllt. Alles war penibel gebügelt. Unzählige Goldfäden durchwebten das rubinrote Band an seinem Turban. Sein dichter Bart war millimetergenau getrimmt und mit Wachs zum Glänzen gebracht worden. Sharif war schon über eine Stunde mit seinem Auto unterwegs. Vorbei an den endlosen Sandflächen, die zu Recht als »Rub al Chali«, das »Leere Quartier«, bezeichnet wurden. Wenn er nachts unterwegs war, kam es nicht selten vor, dass er anhielt, sich neben sein Auto legte und in den nächtlichen Himmel hinaufschaute. Dann bestaunte Sharif die Sternbilder, Meteoritenschauer und die geraden Bahnen der Satelliten und fühlte sich seinen Vorfahren ganz nah und verbunden. Sharif kannte sein

Land nur nach dem Erdölboom der vierziger und fünfziger Jahre des 20. Jahrhunderts, gerade deshalb bewunderte er die Bilder seiner Großväter und Onkel, die in ihrer Stammestracht stolz für die Kamera posierten. Er beneidete ihr einfaches, geradliniges Leben, ihre tiefe Religiosität, in der es außer Allah keine Macht gab, der man sich beugte. Und wie sehr hasste Sharif die Bigotterie der Regierung seines Landes in diesen Tagen! Das Speichellecken, das Ducken vor dem Westen. Das Ducken vor Ungläubigen!

Der Islam war seine Identität geworden, das Band zu seinen Vorfahren. Wichtiger als das viele Geld, das wie von selbst aus der Erde zu fließen schien, war ihm dieses Gefühl der Zugehörigkeit: die Umma, die Gemeinschaft der Gläubigen. Als 1979 die Russen in Afghanistan einmarschiert waren und die Mudschaheddin einen stolzen und erfolgreichen islamischen Widerstandskampf gegen die Eindringlinge geführt hatten, hätte er am liebsten mitgekämpft. Doch zu jener Zeit war er erst zwölf Jahre alt gewesen.

Heute folgte er der Einladung, sich selbst davon zu überzeugen, wo und wie seine vielen Millionen Dollar dem Islam helfen würden. Sharif stieg aus seinem kühlen Wagen und trat in die erbarmungslose Hitze der Wüste. Er wurde von vier ebenfalls traditionell gekleideten Männern empfangen und in einen größeren Gebäudekomplex geführt. Dort reichte man ihm Kaffee, der mit Kardamom gewürzt war. Mit einem feuchten weißen Lappen kühlte er seine verschwitzte Stirn. Man erklärte ihm die Bedeutung der Anlage und machte ihn mit den Sicherheitsmaßnahmen vertraut.

Wenig später betrat Sharif ein Biosicherheitslabor der Klasse 4. In ihren mit Luft gefüllten Schutzanzügen sahen Sharif und seine Begleiter wie Astronauten aus. Durch den Überdruck in der Schutzkleidung konnten auch bei einer

Verletzung der reißfesten Außenhaut keine gefährlichen Keime eindringen. Die Schutzräume selbst waren in eine Unterdruckatmosphäre gebracht worden, um kontaminierte Luft im Inneren einzuschließen. Feinstofffilter in den Umwälzanlagen hielten die Luft schadstofffrei. Sharifs Begleiter zeigten ihm in einem mehrstündigen Rundgang stolz den Aufbau dieser hochmodernen Anlage. Nach einer Weile näherten sich die Besucher einem Laboranten, der hoch konzentriert in seine Arbeit vertieft war. Einer von Sharifs Begleitern tippte ihm auf die durch den dicken Astronautenanzug geschützte Schulter und sprach ein paar Worte mit ihm. Sofort sprang der Laborant von seinem Arbeitstisch auf und blickte die Gäste freundlich an. Dann erklärte er ausführlich seine Aufgaben und ermunterte Sharif, näher zu kommen.

Unter dem Elektronenmikroskop waren die regelmäßigen Formen von Einzellern zu sehen, unter die sich eine andere Kreatur mit einem fransigen, leicht ovalen Umriss mischte. Der Objektträger war lediglich mit einem Tropfen Nährflüssigkeit benetzt, und doch wimmelte es vor unbändiger Lebenskraft. Immer wieder konnte man beobachten, wie die Viren auf einer anderen Zelle andockten, ihre kurze DNA, ihre Identität, gewaltsam durch die Zellmembran drückten und mit ihr eins wurden. Sharif blickte den Laboranten fragend an. Mit einem genüsslichen Lächeln erklärte ihm der Mann die Bedeutung seiner Arbeit. Dann forderten die Begleiter Sharif freundlich auf, den Rundgang fortzusetzen.

An weißen Kunststofftischen saßen zwei Dutzend Laboranten, die mit Reagenzgläsern, Pipetten, Zentrifugen und Mikroskopen konzentriert ihrer Arbeit nachgingen. Außer dem Summen der Umwälzanlage war hier kein Laut zu hören. Langsam und bedacht schritten Sharif und seine Begleiter zu den einzelnen Arbeitsplätzen. Wenn dabei ein leises Klacken die konzentrierte Ruhe störte, wurde es sofort mit dem synchronen Kopfdrehen aller Mitarbeiter quittiert. Immer wieder traten die Begleiter an Sharif heran und erläuterten ihm die Bedeutung der unterschiedlichen Einrichtungen. Am Ende des Korridors befanden sich Säureduschen zur Dekontaminierung der Bioschutzanzüge und der vielen Instrumente. Dahinter war eine Schleusenkammer, deren Luke mit dem Raddrehgriff an ein U-Boot erinnerte. Auf dem Laborboden standen mehrere grellrote Kunststofftonnen, die mit flüssigem Stickstoff gekühlt wurden. In den Tonnen wurden die hochinfektiösen Materialien aufbewahrt. Sharif stellte viele Fragen, und auf die Antworten, die er erhielt, reagierte er meist mit einem bewundernden Gesichtsausdruck.

Etwa in der Mitte des Labors waren palettenweise Hühnereier gestapelt. In regelmäßigen Abständen gingen die Laboranten in ihren Astronautenanzügen mit vollen Eierkartons zu ihren Arbeitsflächen. Aus den tiefgekühlten Tonnen holten die Labormitarbeiter regelmäßig kleine, verschlossene Glasfläschchen. Die Metallkappen dieser Fläschchen wurden mit der Hohlnadel einer Injektionsspritze durchstoßen, und der Inhalt wurde langsam in die Spritze aufgezoen. Sharif näherte sich einem Laboranten und beobachtete, wie dieser die zerbrechliche Hülle des Eis vorsichtig mit der Nadel durchbohrte. Ein winziger Tropfen der milchigen Flüssigkeit drang aus dem Kolben in das Hühnerei ein.

Die geimpften Eier wurden nach dieser Prozedur palettenweise in einem gleichmäßig temperierten Brutschrank gestapelt. Ein paar Meter weiter waren in einem der Schränke die notwendigen zwei Wochen der Reife schon abgelaufen, und der Inhalt der Eier war in einem großen Edelstahltank gesammelt worden. Die Begleiter Sharifs redeten aufgeregt und führten ihn zu diesem Tank. Irgendetwas hatte aus dem Eigelb und dem Eiweiß etwas anderes werden lassen. Eine trübe, eigentümlich riechende Substanz. Der Edelstahltank konnte auf Rollen leicht durch das Labor transportiert werden. Sharif und seine Begleiter standen im Weg und wurden freundlich aufgefordert, Platz zu machen.

Die dicke Schleusenkammer öffnete sich mit einem Schnalzen der Gummidichtungen. Sharif und seine Begleiter blickten sich um. Auf einem Hubwagen wurden mehrere Kunststoffstiegen in die Kammer gebracht. Erst als die Außentür geschlossen war, konnte man die Lieferung an die Arbeitsplätze verteilen. Ein Laborant im Raumanzug hatte eine Pipette in der Hand. Die Flasche, in die er die Pipettenspitze tauchte, war zuvor mit der merkwürdigen Substanz aus dem Edelstahltank gefüllt worden. Mit Bedacht benetzte er das erste frische Stück der neuen Lieferung mit einem kleinen Tropfen. Der Tropfen drang durch eine braune Teigkruste, die mit grobem Salz bestreut war.

Nach der Laborführung weihten die Mitarbeiter Sharif in die genauen Pläne ein. Als er die Rückfahrt antrat, war es schon dunkel. Er fuhr ein paar Kilometer in die Wüste, bis er die Geräusche und die Lichter der Siedlung hinter sich gelassen hatte. Dann hielt er an und stieg langsam aus seinem teuren Geländewagen. Millionen kleiner Lichter leuchteten ihm funkelnd entgegen. Es war empfindlich kalt geworden, und Sharif holte aus dem Kofferraum eine Wolldecke, die er sich über die Schultern legte. Dann sammelte er ein Paar Zweige und Äste zusammen und machte sich ein kleines Lagerfeuer. In tiefer Ruhe saß er stundenlang an der Feuerstelle und genoss das Gefühl vollkommener Zufriedenheit.

Allianz-Arena München, eine Woche später

»Brezn, frische Brezn«, rief der Verkäufer. Die Geschäfte an diesem sonnigen Tag, in diesem heißen Sommer, in diesem wunderschönen Stadion liefen äußerst gut. Es war ausverkauft, 66 000 Menschen erwarteten ein Fußballmatch, das als Höhepunkt der ganzen Saison galt. Die beiden Mannschaften hatten längst mit dem Spiel begonnen, doch noch immer herrschte auf den Rängen ein reges Treiben. Während die einen noch ihren Platz suchten, waren andere schon wieder unterwegs, um sich mit neuen Getränken oder anderer Verpflegung einzudecken.

»Brezn, frische Brezn.«

Überall im Stadion gab es Getränke- und Wurstbuden. Um es dem Zuschauer bequemer zu machen, gingen findige Verkäufer mit Bauchläden durch die Zuschauerränge – mit Eis, belegten Broten und Brezeln. Die Brezeln sahen lecker aus. Eine braune Kruste, grobes Salz, und wo sie aufgeplatzt waren, zeigte sich der weiche, helle Teig.

Frank Lehmann war kein großer Fußballfan. Ein Arbeitskollege hatte ihn überredet, sich das Spiel nicht entgehen zu lassen. Die Stimmung im Stadion sei schließlich etwas völlig anderes als der Eindruck vor dem Fernseher. Lehmann arbeitete als Metallschlosser bei einem Zuliefererbetrieb für die Automobilindustrie. Er war 28 Jahre alt und lebte allein. Nach einer gescheiterten Beziehung wollte er sich jetzt ganz auf seine Karriere konzentrieren. Abends holte er sein Abitur nach, und schon im nächsten Jahr wollte er Maschinenbau studieren. Er hatte große Pläne, unter anderem träumte er auch von einer Saharadurchquerung mit seinem umgebauten VW-Bus.

Nach dem Bier aus einem Kunststoffbecher knurrte sein Magen. Er wollte gerade aufstehen und den langen Weg zu den Buden an den Eingängen antreten, als er die Verkäufer mit den Bauchläden sah. Lehmann dachte kurz nach und beschloss, dass nach einem Bier eigentlich nur eine Brezel das Richtige war. Die Brezeln waren günstig, deshalb nahm er gleich zwei, das Spiel war schließlich noch lang.

Frank Lehmann konnte es kaum erwarten, in das weiche, fein gesalzene Gebäckstück zu beißen. Er führte die Brezel zum Mund, in dem gleich ein riesiges Stück verschwinden sollte, als plötzlich ein gewaltiger Jubel durch die Fankurve ging. Lehmann riss automatisch die Arme hoch. *»Tooor!«*, rief es aus Tausenden Kehlen. Die Heimmannschaft hatte den wohlverdienten Ausgleich geschafft.

Es war ein schönes Tor: eine genaue Flanke und dann ein Bombenschuss, unhaltbar für den gegnerischen Torwart. Zufrieden mit dem Spiel, lächelte Lehmann noch einmal in den wolkenlosen Himmel über München und blinzelte in die Sonne. Ein wirklich schöner Tag, dachte er. Dann biss er genüsslich in den warmen Laugenteig.

Etwa zwei Wochen später kam Frank Lehmann nur schwer aus dem Bett. Er fühlte sich schwach und müde, und es quälten ihn hämmernde Kopfschmerzen. Dennoch wollte er sich – pflichtbewusster Angestellter, der er war – zur Arbeit schleppen. In den zehn Jahren, die er nun bei der Firma war, hatte er nur acht Tage wegen Krankheit gefehlt. Immer wieder wurde ihm schwindelig, und er musste sich hinsetzen. Fast hätte Lehmann seinen Bus verpasst. Die letzten Meter musste er spurten und erreichte die Schwingtür stolpernd nur in letzter Sekunde. Im überfüllten Bus schauten die Mitfahrer etwas angeekelt auf seine tropfende Nase und seine schweißüberströmte Stirn. Lehmann hielt sich krampfhaft an der warmen Haltestange fest, aber immer wieder berührte er mit der Hand andere Fahrgäste. Er musste niesen und griff in die Hosentasche, um das bereits benutzte Taschentuch ein weiteres Mal zu befeuchten. Nur knapp schaffte er es, das Zelltuch vor Mund und Nase zu legen. Er fühlte die Temperatur seiner feuchten Stirn: Er hatte Fieber. In der Firma angekommen, wurde Lehmann mitleidig begrüßt.

»Mann, wie siehst du denn aus? Bist du krank?«, fragte ihn ein Kollege.

»Keine Ahnung, ich glaub, ich hab Fieber, mir tut alles weh.«

»Geh doch nach Hause, und kurier dich aus. Ich schaffe den Auftrag auch allein.«

Dann sackte Frank Lehmann ohne Vorwarnung zusammen. Der Kollege hob den Kopf des Ohnmächtigen, um ihm etwas Wasser einzuflößen, und bemerkte dabei mehrere Pusteln an dessen Hals. Als Lehmann wieder bei Bewusstsein war, fuhr ihn der Kollege nach Hause. Dort wartete der Kranke im Bett auf seinen Hausarzt.

Dr. Sternkamp, ein älterer Herr mit Doppelkinn und gigantischer Hornbrille, stand kurz vor seinem wohlverdienten Ruhestand. Er hatte den Wiederaufbau der Bundesrepublik erlebt, die Wiedervereinigung gefeiert, den Zerfall des Ostens mit gemischten Gefühlen begleitet und dachte auch häufiger als früher an die eigenen körperlichen Unzulänglichkeiten. Zwei Ehen hatte er wegen seiner Arbeit verschlissen, aber er freute sich über seine drei Kinder im Erwachsenenalter. Es war schwer, ihn nicht zu mögen. Selbst seine Exfrauen kamen regelmäßig zum Tee in sein feines altes Haus in Unterföhring am Rande Münchens.

Sternkamp kannte Lehmann schon seit zwanzig Jahren, aber niemals hatte er bei ihm einen Hausbesuch machen müssen. Als er von seinem Patienten mit zittrigen Beinen und gebückter Haltung in die Wohnung gelassen wurde, merkte Sternkamp sofort, dass sich etwas Menschenzerstörendes und Unbarmherziges in diesen Räumen befand. Lehmann sah entsetzlich aus. Von hohem Fieber gezeichnet, lag er gekrümmt in seinem Bett und stöhnte leise. Als er auf eine Frage antworten wollte und sich leicht aufrichtete, sah der Doktor die eitrigen Pusteln am Hals seines Patienten. Das Gesicht von Sternkamp versteinerte sich.

Er war alt genug, um zu wissen, was es mit dieser Krankheit auf sich haben könnte. Sternkamp entschuldigte sich knapp, griff zu seinem altmodischen Handy und wählte eine Nummer in Berlin. Er verschwand in der Küche und schloss hinter sich die Tür.

»Dr. Sternkamp aus Unterföhring hier. Könnte ich bitte mit Frau Dr. Hornberg sprechen? Ja, die Virologin … Holen Sie sie bitte raus. Es ist extrem wichtig. Ja, ich warte …«

Als Sternkamp ins Schlafzimmer zurückkehrte, lag Lehmann halb ohnmächtig in seinem verschwitzten Bett. Er hatte nichts von dem Telefongespräch mitbekommen. Er merkte auch nicht, dass sein Hausarzt sich ein Tuch vor den Mund hielt, als er vorsichtig und jeden Köperkontakt vermeidend einen Abstrich von den Pusteln nahm. Bei der Berührung mit dem Plastikstreifen platzte eine der Hautwucherungen auf. Eitriger Schleim trat heraus, und ein strenger Geruch stieg Sternkamp in die Nase.

Seine Miene wurde noch finsterer.

Berlin, einen Tag später

In einem Labor des Robert-Koch-Instituts war die junge Virologin Dr. Britta Hornberg mit einem Elektronenmikroskop beschäftigt. Ihr ganzer Körper war in einen Bioschutzanzug gehüllt, wozu auch eine Haube mit Sichtfenster und schwere Handschuhe gehörten, die das Arbeiten mit den Mechaniken des Mikroskops erheblich erschwerten.

Die Viren waren groß, sehr groß sogar. Dr. Hornberg sah die ovale Form, die fransige Proteinschicht und den dunklen Fleck in der Mitte, der wie ein kurzes, gedrungenes Wattestäbchen geformt war. Sie hatte diese Art von Viren noch nie lebend gesehen. Was nicht verwunderlich war, hatte sich doch der letzte Fall einer solchen Erkrankung in Deutschland 1972 ereignet, acht Jahre vor ihrer Geburt.

Professor Thielen stand in seinem Schutzanzug hinter Dr. Hornberg und sah kurz auf den Bildschirm des Mikroskops.

»Variola major. Seit wann forschen sie mit dieser Geißel der Menschheit? Woher haben sie die Stämme, aus den USA?«

»Aus Bayern, von einem Patienten.«

»Was? Ein Mensch, mit Pocken infiziert? Guter Gott, guter Gott!«

Dr. Hornberg hastete aus dem Sicherheitsbereich. Die aufwendige Dekontaminierungsprozedur schien heute endlos zu dauern. Als sie in ihrem kleinen Büro saß, fiel die Anspannung von ihr ab, und ein heftiges Beben ging durch ihren Körper. Sie versuchte, sich zusammenzureißen, wischte ihre Tränen mit zittriger Hand weg und griff zum Telefon. Sie wählte die Nummer von Dr. Steinkamp, konnte aber nur ein seltsames Rauschen in der Leitung hören. Dann versuchte die junge Wissenschaftlerin, ihren Freund zu erreichen. Nichts. Ihre Bürotür öffnete sich. Ihr Chef, der Leiter des Instituts, stand in der Tür.

»Professor Thielen hat uns informiert. Sie dürfen nicht mehr nach draußen telefonieren. Wir haben Anweisungen von ganz oben bekommen. Es tut mir leid. In ein paar Stunden wird ein Krisenstab zusammenkommen. Alles Weitere wird sich dann ergeben. Kann ich Ihnen etwas bringen? Sie sehen mitgenommen aus. Was mich allerdings auch nicht wundert.«

»Nein, ist schon gut.« Dr. Hornberg vermied den Blickkontakt mit ihrem Chef.

Er war schon fast aus der Tür, als er sich noch einmal zu ihr umdrehte. »Frau Dr. Hornberg, ich muss Sie leider auch bitten, mir ihr Mobiltelefon auszuhändigen.«

Drei Stunden später trat der einberufene Krisenstab zusammen. In einem großen Saal im Erdgeschoss saßen die Vertreter der verschiedenen Ressorts um einen ovalen Tisch versammelt. Mediziner, Virologen, Biochemiker, Terrorspezialisten, das BKA, Politiker. Die grellen Neonröhren tauchten alles in ein steriles Licht. Alle Anwesenden sahen ernst und besorgt aus. Keiner sprach mehr als nötig. Immer wieder konnte man ein leichtes Kopfschütteln der Versammelten bemerken. Ein Haustechniker werkelte noch an den Anlagen für die Videokonferenz. Schließlich ergriff Professor Lichter, der Leiter des Robert-Koch-Instituts, das Wort: »Meine Damen und Herren. Es gibt den begründeten Verdacht, dass sich in Deutschland ein Patient mit Pocken infiziert hat.«

Ein Raunen ging durch den Saal.

»Der Fall hat sich in München ereignet«, fuhr der Institutsleiter fort. »Der Patient befindet sich bereits in Quarantäne und steht selbstverständlich unter ständiger Beobachtung. Aber dies ist nur die Hälfte der Neuigkeit. Es kann derzeit nicht ausgeschlossen werden, dass es sich hierbei um einen Terroranschlag handelt.«

Aus dem vorsichtigen Raunen wurde ein aufgeregtes Gesprächsgewirr. Es wurden ängstliche Blicke ausgetauscht. Jeder betastete sich, als ob man die eigene körperliche Unversehrtheit überprüfen wollte.

»Meine Damen und Herren, ich muss Sie um Ruhe bitten. Ruhe, bitte!«

Der Saal verstummte.

»Um auch diejenigen unter Ihnen, die nicht täglich mit Pockenviren und anderen Epidemien zu tun haben, auf den Stand der Forschung zu bringen, bitte ich Professor Halden, Ihnen ein paar Informationen über diese Krankheit zu geben.«

Professor Halden erhob sich. »Bei Pocken, die auch als Blattern bezeichnet werden, handelt es sich um eine hochgradig ansteckende, lebensgefährliche Infektionskrankheit, die durch Viren verursacht wird. Sie sind im typischen Krankheitsverlauf durch charakteristische Hautveränderungen gekennzeichnet. Die WHO erklärte die Pocken 1980 für weltweit ausgerottet. Gleichzeitig bemühte sie sich um die Beseitigung aller Bestände an Variola-Viren. Offiziell gibt es nur zwei Laboratorien in der Welt, in denen die Viren noch verwahrt werden. Ein Labor ist in Atlanta, USA, und das andere ist das Vektor-Institut in Nowosibirsk, Russland. Dass es in geheimen Labors, vor allem in den Ländern der ehemaligen UdSSR, Tonnen von diesen Viren gibt, wissen wir allerdings auch. Man kann Pockenviren aber ebenso leicht in jedem Hobby-Labor vermehren.«

»Aber warum gerade Pocken?«, fragte der Sprecher des Innenministeriums.

»Das Variola-Virus ist extrem virulent, das heißt, es ist äußerst ansteckend. Es ist hochgradig resistent gegen Austrocknung, und Terroristen können sich durch Schutzimpfung leicht selbst dagegen immunisieren.«

»Einen Moment, bitte! Es ist doch überhaupt nicht erwiesen, dass es sich um einen Anschlag handelt«, sagte einer der Vertreter des BKA.

»Von unserem Standpunkt aus ist dies im Moment sekundär. Klar ist, dass diese Krankheit sehr, sehr ernst ist«, fuhr Professor Halden fort. »Die Infektiosität einer Person beginnt unglücklicherweise nicht erst mit den ersten Symptomen, sondern bereits mit Beginn des sogenannten Initialstadiums. Dieses Stadium beginnt im Anschluss an die Inkubationszeit und endet zirka drei Wochen später mit dem Abheilen des Ausschlags.«

»Wie wird die Krankheit übertragen?«, fragte ein weiterer Mitarbeiter des BKA.

»Der wichtigste Übertragungsweg der Pockenviren ist die Tröpfcheninfektion. Darunter versteht man die Übertragung der Erreger über feinste Sekrettröpfchen mit der Luft, zum Beispiel beim Sprechen, Niesen oder Husten. Aber bereits während des Initialstadiums sind Infektionen bis zu Entfernungen von rund zwanzig Metern beobachtet worden. Das bedeutet, dass die infizierte Person lediglich den gleichen Raum betreten müsste, um andere anzustecken.«

»Und wie hoch ist die Chance, dass man an dieser Krankheit stirbt?«, fragte der Mann vom BKA.

»Bei ungeimpften Personen gibt es eine Letalitätsrate von fünfundzwanzig bis fünfzig Prozent. Das bedeutet, dass alle Menschen, die nach der letzten Massenimpfung 1977 geboren wurden und sich anstecken, mit einer bis zu fünfzigprozentigen Wahrscheinlichkeit sterben werden«, erklärte Professor Halden.

Ein Handy klingelte. Ein neuer Fall, ein weiterer Patient mit Pocken. Es hatte einen jungen Mann erwischt, 17 Jahre alt.

Der Innenminister meldete sich zu Wort: »Wir können

doch impfen, oder? Wir haben sechzig Millionen Dosen Impfstoff, was ist damit?«

»Ja«, sagte ein Mitarbeiter des Robert-Koch-Instituts, »mit altem, risikobehaftetem Impfstoff, der nicht zugelassen ist. Wir haben trotzdem einen Pandemieplan zur Massenimpfung ausgearbeitet.«

»Der einzige wirksame Schutz wäre die prophylaktische Schutzimpfung gewesen, aber wir können die Zeit leider nicht zurückdrehen. Deshalb müssen wir *jetzt* impfen. Einen hundertprozentigen Schutz gibt es dadurch zwar nicht«, sagte Professor Halden, »aber es ist fast das Einzige, was wir tun können.«

Ein Vertreter der WHO meldete sich über die Konferenzschaltung per Video. »Das ist auch unsere Meinung. Wir müssen die Krankheit eindämmen. Impfen und isolieren. Wir unterstützen Sie mit allen verfügbaren Mitteln.«

»Wie wäre eine Therapie mit Cidofovir?«, fragte Dr. Hornberg.

»Es ist für die Pockentherapie weder zugelassen, noch ist eine positive Wirkung eindeutig bewiesen«, mischte sich sofort ein Vertreter des Gesundheitsministeriums ein.

»Cidofovir? Was ist das?«, fragte der Innenminister.

»Ein azyklisches Nukleosidphosphonat«, schallte es mehrstimmig aus den Reihen der Wissenschaftler.

»Aha, und was heißt das?«

»Wir setzen Cidofovir erfolgreich in der HIV-Therapie ein. Vielleicht kann es auch bei den Pocken helfen«, sagte Dr. Hornberg.

Am Ende der Krisensitzung wurde die absolute Geheimhaltung jedes Sachverhaltes vereinbart. Eine vollkommene Nachrichtensperre sollte so lange aktiv sein, bis eindeutige Maßnahmen beschlossen sein würden. Doch bereits Stunden später kannten die Medien kein anderes Thema mehr. Auf den Online-Diensten der großen Nachrichtenmagazine konnte man lesen:

+++Eilmeldung+++
Pockeninfektion in München!
Ein junger Mann aus München ist höchstwahrscheinlich an Pocken erkrankt. Diese tödliche Krankheit ist das letzte Mal vor mehr als 30 Jahren in Europa aufgetaucht. Aufgrund der Unwahrscheinlichkeit einer normalen Infektion ist ein terroristischer Hintergrund nicht auszuschließen. Die Pocken sind extrem ansteckend, und der Verlauf der Krankheit endet oft tödlich. Weitere Details in Kürze.

Vor dem Krankenhaus, in dem Frank Lehmann in Behandlung war, hatte sich ein lokaler Nachrichtensender postiert. Der Reporter von *München 1* genoss sichtlich das Gefühl der Exklusivität und das Interesse anderer Sender an ihrem Programm: »Ich stehe hier vor dem Krankenhaus in dem Frank L. auf einer Intensivstation behandelt wird. Seine Krankheit gilt offiziell als ausgerottet. Sie wird oft als Geißel der Menschheit bezeichnet. Eine tödliche Geißel.«

Der Reporter machte eine kleine Redepause, um die Dramatik seines eitlen Auftritts zu verstärken.

»Frank L. hat sich mit den Pocken infiziert. Weitere Informationen sind von offizieller Seite nicht zu bekommen. Weder die Krankenhausleitung noch das Gesundheitsministerium waren zu einer Stellungnahme bereit.«

Britta war so erschöpft wie noch nie in ihrem Leben. Sie zitterte und brach immer wieder in Tränen aus. Am späten

Abend machte sie sich auf den Weg zur S-Bahn und setzte sich schließlich auf einen der harten Kunststoffsitze des Wagons. Sie schaute sich in ihrem Abteil um. Sie beobachtete eine junge Mutter, die ihr Kleinkind auf dem Arm hielt und ihm die verschnupfte Nase putzte. Am hinteren Ende saß ein Gruppe Jugendlicher, die sich einen Joint teilten und reihum an dem losen Papierfilter zogen. Einem älteren Herrn war in seinem zugeknöpften Mantel offensichtlich viel zu warm. Regelmäßig tupfte er sich mit seinem Taschentuch den Schweiß von Stirn und Nase. Dann bremste die S-Bahn, und der Herr hielt sich an der Schulter einer jungen Frau fest. Er entschuldigte sich sofort für die unbeabsichtigte Belästigung und fuhr dann fort, sich die Stirn zu trocknen.

Als sie ausstieg, war um den TV-Monitor der Haltestelle eine größere Menschenmenge versammelt, die wild diskutierend die Berichterstattung kommentierte. Man sah einen Reporter vor dem Krankenhaus stehen, in dem Frank Lehmann behandelt wurde. Sensationsjournalisten hatten ein Foto von ihm ausfindig gemacht, so dass man Lehmann jetzt in Nahaufnahme auf dem Monitor sehen konnte. Britta schaute kurz in das Gesicht des Infizierten und schüttelte leicht den Kopf. Das war er also: der Patient Nummer 1.

Sie musste an Dr. Sternkamp, den Jungendfreund ihres Vaters, denken. In ihrer Kindheit hatte Britta ihn mit ihrer Familie ein paarmal besucht. Auf dem Weg in die bayrischen Alpen hatten sie dann einen Abstecher nach Unterföhring gemacht. Sie hatte die Atmosphäre in Sternkamps Wohnung faszinierend gefunden. Mit all den Fachbüchern und den Geräten, die Sternkamp zu Hause aufbewahrte. Schon damals hatte sie Wissenschaft und Medizin weitaus spannender gefunden als Teeniebands und Disconächte. Bereitwillig hatte Sternkamp all die tausend Fragen beantwortet, die das junge Mädchen an ihn richtete. Und während einer dieser Besuche bei ihm hatte sie beschlossen, dass sie Wissenschaftlerin werden wollte.

Britta verließ die Menge vor dem Monitor und verschwand kurz darauf in ihrer nah gelegenen Altbauwohnung. Im vierten Stock wartete bereits ihr Lebenspartner, ein Biochemiker, der als Redakteur bei einer Fachzeitschrift arbeitete. Wortlos fielen sich die beiden in die Arme. Minutelang standen sie eng umschlungen auf den groben Holzdielen ihres verwinkelten Wohnzimmers. Durch das Fenster konnte man die Positionslichter der Güterzüge sehen, die auf den Gleisen des nahen Bahnhofs rangiert wurden. Auf dem Esstisch wartete schon seit Stunden das Abendessen, aber keiner der beiden rührte einen Bissen an. Brittas Freund hatte den ganzen Tag auf einen Anruf gewartet. Aber nachdem er die Nachrichten der Online-Dienste gelesen hatte, hatte er gewusst, warum sie sich nicht meldete.

Beide wollten einander so viel berichten und erzählen, brachten aber den ganzen Abend kein Wort heraus. Erst als sie später im Bett lagen und das Licht gelöscht war, erzählte Britta, beinahe im Flüsterton, von ihrem Tag.

Am nächsten Morgen richtete der Bundeskanzler im Fernsehen eine Rede an die Nation:

»Liebe Mitbürgerinnen und Mitbürger,
zwei unserer Landsleute sind an den Pocken erkrankt. Gründe und Ursachen dieser seltenen Infektion sind noch im Unklaren. Wir wissen, dass diese Krankheit sehr ernst ist. Nicht nur der lebensbedrohliche Verlauf der Krankheit, sondern vor allem die ausgeprägte Ansteckungsgefahr gibt Anlass für grundsätzliche Sicherheitsüberlegungen. Die infi-

zierten Patienten liegen isoliert in einem Krankenhaus in München. Von ihnen geht momentan keine Ansteckungsgefahr mehr aus. Impfungen gegen diese besiegt geglaubte Krankheit wurden in Deutschland das letzte Mal 1977 durchgeführt. Alle Mitbürgerinnen und Mitbürger, die diese Impfung nicht erhalten haben, sind besonders gefährdet. Einen hundertprozentigen Schutz gegen die Pocken gibt es aber auch für Geimpfte nicht.«

Der Bundeskanzler machte eine kleine Pause und holte tief Luft.

»Meine verehrten Mitbürgerinnen und Mitbürger, wir können im Moment leider nicht davon ausgehen, dass es sich bei dem Ausbruch der Pocken nur um einen seltenen und grausamen Zufall handelt. Die Möglichkeit, dass diese Patienten einer gezielten Infektion zum Opfer gefallen sind, wird zurzeit mit Hochdruck überprüft. Dabei ist, und ich sage das mit aller Vorsicht und gegebener Zurückhaltung, ein terroristischer Hintergrund nicht komplett auszuschließen. In den nächsten Tagen wird die Bundesregierung Sie regelmäßig über neue Erkenntnisse und die nötigen Konsequenzen informieren.

Vor uns liegen große Herausforderungen. Was ich mir als Bundeskanzler von Ihnen wünsche, ist Besonnenheit, Ruhe und die Bereitschaft, auch auf mögliche unangenehme Veränderungen im täglichen Leben mit dem nötigen Verständnis zu reagieren.«

Das öffentliche Leben brach in den Stunden nach dieser Rede zusammen. Die Gerüchte und die bereits verbreiteten Sensationsmeldungen waren eine Sache. Eine Rede des Kanzlers, der auch die Möglichkeit eines Terroranschlages mit Biowaffen nicht ausschloss, etwas völlig anderes. Die

Wirtschaft in Deutschland reagierte panisch auf den Anschlag. Der DAX stürzte ins Bodenlose, bevor der Handel für fast eine Woche ausgesetzt wurde. Zusammen mit Wut und Empörung wurde auch eine viel tiefere Emotion zutage gefördert: die nackte Angst.

Angst bei jedem normalen Hüsteln. Angst bei jedem Juckreiz. Angst bei Fieber. Angst bei Schnupfen. Angst, in den Spiegel zu schauen und etwas zu entdecken, was die rasch publizierten Demonstrationsmaterialien als Pockenpusteln bestimmen könnten. Angst vor dem Nachbarn. Angst vor dem Freund.

Frank Lehmann wurde rund um die Uhr bewacht. Auch vor den Presse- und anderen Medienvertretern. Er starb drei Tage später in seinem Krankenbett. Sein Leichnam musste verbrannt, seine Wohnung desinfiziert werden. Bekannte und Personen, die Kontakt mit ihm gehabt hatten, wurden benachrichtigt. Aber der Fall Lehmann war erst der Anfang. Am darauffolgenden Tag wurden zehn weitere Menschen isoliert, am nächsten Tag 30, am Tag darauf 50, dann 120, 200, 300 …

Eine große deutsche Zeitung schrieb auf ihrem Titel:

Werden wir alle sterben?

Seuchenterror in Deutschland – schon 200 Pocken-Infizierte!

»Ja, mir geht es gut, Mama. Ich werde hier helfen. Arbeit genug gibt es ja. Ich melde mich auch freiwillig zur Patientenpflege!«

Britta Hornbergs Mutter war panisch vor Angst. Die Realschule ihrer Kleinstadt war am Tag zuvor in eine provisorische Isolierstation umgewandelt worden. Überall gab es Straßensperren, ganze Häuserblocks wurden hermetisch abgesperrt. Sie wollte ihre Tochter in Berlin besuchen kommen, aber die Reisefreiheit war bereits stark eingeschränkt.

»Ist das nicht gefährlich, Britta? Heute Morgen waren Leute mit Schutzanzügen bei unseren Nachbarn. Die wurden im Krankenwagen weggefahren. Man hat die beiden in Kunststoffzelten transportiert. Diese Krankheit, diese schreckliche Krankheit!«

»Ich werde aufpassen. Wir werden ordentlich geimpft und ständig untersucht. Ich bilde im Moment Kollegen zur Diagnose aus. Ist gar nicht so leicht, die Viren zu erkennen. Wir müssen es einfach schaffen, dass sich die Seuche nicht weiter ausbreitet. Um jeden Preis. Lass den Fernseher an, schau ins Internet und folge bitte den Ratschlägen. Versprichst du mir das?«

»Ja. Pass auf dich auf.«

Britta legte auf. Als sie danach durch die Räume ihres Instituts ging, sah sie an einer großen Wand den Lageplan der Krematorien ganz Deutschlands. Jede Leiche musste nach den neu in Kraft getretenen Gesetzen verbrannt werden. Oft mussten Sicherheitsleute den Transport der Toten absichern. Wenn es der Zeitplan des Krisenstabes zuließ, half Britta in der Berliner Charité, dem zentralen Pflegekomplex der Hauptstadt. Zusammen mit einer Freundin hatte sie sich zum freiwilligen Dienst gemeldet.

»Wir können nicht viel für unsere Patienten tun«, erklärte die Leiterin des Krankenhauses. »Die Pusteln werden mehrmals täglich mit einer antiseptischen Lösung behandelt. Schauen Sie auf die Monitore mit den Lebensfunktionen. Sorgen Sie für ausreichende Flüssigkeitszufuhr und eine kalorienreiche Ernährung Ihrer Patienten. Denken Sie daran, die Menschen, die wir behandeln, erleben die Hölle auf Erden, wenn Sie mir diese biblische Metapher erlauben. Wahnvorstellungen, Suizidversuche, erwarten Sie das Schlimmste.«

Britta schaute ihre Freundin an. Für beide war es das erste Mal, dass sie todkranke Menschen pflegten. In diesem Moment war sie sich nicht ganz sicher, ob es nicht doch zu mutig gewesen war, sich freiwillig zu melden.

»Die Erkrankung beginnt im Allgemeinen mit hohem Fieber, Verwirrtheit, Desorientierung. Es folgen starke Kreuz- und Gliederschmerzen. Lassen Sie sich nicht täuschen, scheinbar geht es den Patienten dann ein wenig besser, und das Fieber sinkt. Doch dann beginnt die Katastrophe erst. Die Hautveränderungen, die Pusteln, treten zuerst am Kopf auf und breiten sich dann über den gesamten Körper aus. Kein schöner Anblick. Der Juckreiz hat schon manchen um den Verstand gebracht. Versuchen Sie, stark zu bleiben, lindern Sie die Schmerzen mit Medikamenten und geben Sie Ihren Patienten ein wenig Zuneigung. Wie Sie wissen, haben Angehörige derzeit keinen Zutritt zur Charité. Und noch etwas: Sehr viele Ihrer Patienten werden nicht überleben.«

Nach ein paar Tagen Dauereinsatz in überfüllten Fluren, wo Tag und Nacht das Winseln entkräfteter Patienten zu hören war, war Britta selbst fast am Ende. Aber immer wieder gab sie sich einen Ruck, um den Todgeweihten beizustehen. Sie trat an eines der Krankenbetten.

»Wissen Sie, Schwester, das Einzige, was mich am Leben hält, ist der Wunsch, die Schweine, die uns das angetan haben, genauso leiden zu sehen.« Die Stimme des Patienten wurde immer lauter. »Krepieren sollen die Schweine, krepieren! Alle!« Dann schlief er wieder ein. Am nächsten Morgen wachte der Patient nicht mehr auf. Die Hände waren noch immer zu Fäusten geballt.

Erschöpfung und Trauer zehrte am medizinischen Hilfspersonal. Und in den seltenen Pausen während des Dienstes brauchten viele auch eine Schulter zum Weinen und ein paar liebe Worte. Knapp zwei Wochen nach dem ersten Fall erschien die Freundin von Britta nicht wie gewohnt in der Berliner Charité. Sie kam auch am nächsten Tag nicht. In ihrem Abschiedsbrief stand:

Liebe Kollegen!
Mich hat es erwischt! Wie ihr kenne auch ich diese Krankheit nur allzu gut. Ich will in keinem Isolierbett darauf warten, ob ich es überlebe oder nicht. Die Vorstellung, mit Pusteln übersät, von unerträglichen Schmerzen gequält, von Euch oder anderen gepflegt zu werden, kann ich nicht ertragen. Die letzten Wochen waren die schlimmsten und schönsten in meinem Leben. Ich hätte nie gedacht, dass ich einmal freiwillig Todkranke pflegen würde. Ich empfinde bei aller Wut, die ich spüre, auch tiefe Dankbarkeit, dass ich erleben durfte, wie etwas Größeres als wir selbst unsere Seelen in den letzten Wochen getragen hat. Ich werde jetzt gehen. Bitte sucht mich nicht. Ich gehe ohne Angst und Schmerz. Eure Courage und Euer Mut waren für mich ein wunderbares Beispiel, wie das Gute über das Böse siegen kann. Ich werde Euch in meinem Herzen mitnehmen.

Die Schutzimpfung der gesamten Bevölkerung der Bundesrepublik Deutschland war die einzige Lösung, um der Seuche Herr zu werden. Impfstellen wurden in Schulen, Theatern, Mehrzweck- und Sporthallen eingerichtet. Die Massenimpfungen wurden in den Metropolen aber auch unter freiem Himmel durchgeführt. In München auf dem

Gelände des Oktoberfestes. In Hamburg kamen Hunderttausende zum Heiligengeistfeld, das sonst Jahrmärkten und Zirkussen Platz bot. Fast 2300 Personen waren hier in Zehn-Stunden-Schichten mit den Impfungen beschäftigt, davon allein 400 Ordnungskräfte und Polizisten, um die Menschenströme zu organisieren. 100 Ärzte und 600 Krankenpfleger. Trotz der gewaltigen Anstrengung konnten in fünf Tagen nur etwa 500 000 Menschen geimpft werden, nicht einmal die Hälfte der Bevölkerung Hamburgs. In Berlin wurde daraufhin der Personalbedarf erheblich aufgestockt und die Massenimpfungen auf dem riesigen Gelände vor dem Reichstag durchgeführt. Hier waren mehr als 10 000 Menschen mit der Behandlung beschäftigt. In einer guten Woche konnte die gesamte Bevölkerung Berlins gegen die Pocken geimpft werden.

In ländlichen Gebieten waren mehrere Tausend mobile Impfteams unterwegs. Vor den aufgestellten Impfzelten bildeten sich lange Schlangen. Freiwillige versorgten ihre wartenden Mitbürger, die stundenlang im Freien ausharren mussten, bis sie mit der Impfung an der Reihe waren, mit Kaffee und belegten Brötchen. Es war eine Disziplin und Ruhe zu spüren, die alle Menschen in Deutschland verwunderte. Das befürchtete Chaos, geplünderte Impfstofflager, das Zusammenbrechen der Wirtschaft, keines der von den in der Einsatzleitung skizzierten Horrorszenarien trat ein. Es war, als würde in den schwersten Stunden Deutschlands seit Ende des Zweiten Weltkriegs das Beste in dieser Gesellschaft zum Vorschein kommen. Doch gerade als die Menschen, die Ärzte und die Verantwortlichen im Krisenstab dachten, das Schlimmste sei überstanden, schlug diese Krankheit noch einmal erbarmungslos zu.

Der Impfstoff bestand aus abgeschwächten Viren, die allein die Pocken nicht zum Ausbruch bringen konnten. Sie waren vielmehr eine Art »Trainingseinheit« für das Immunsystem. Doch nicht jeder Mensch vertrug eine solche Behandlung. Bei der in Deutschland durchgeführten Massenimpfung traten schwere Komplikationen auf. Fast tausend Menschen erkrankten an Gehirnhautentzündung, lebensbedrohlichen Ekzemen und allergischen Schocks. Manche Menschen erblindeten, nachdem sie die Impfstelle mit der Hand berührt und danach an ihre Augen gefasst hatten.

Während auch im europäischen Ausland die ersten Todesfälle zu beklagen waren und die Impfunfälle die sonst so tapfere Bevölkerung tief verunsicherten, wendete sich das Schicksal erneut. Diesmal zum Guten. Cidofovir wirkte! Britta Hornbergs Idee mit dem Einsatz des neuartigen Wirkstoffs konnte die Pocken zwar nicht besiegen, aber Cidofor machte die Therapie von Infizierten sehr viel leichter. Das Ansteckungsrisiko von klinischem Personal und anderen Personen, die mit Erkrankten in Kontakt kamen, wurde erheblich eingedämmt. Mit fast unbegrenzten finanziellen Mitteln und durch Sondergesetze wurde die experimentelle Substanz durch die Zulassung geschleust. In wenigen Wochen waren in Deutschland Tausende gebrauchsfertige Infusionen verfügbar. Eine Spur von Hoffnung machte sich in der Bevölkerung breit.

Drei Wochen nach dem Tod von Frank Lehmann wurde von einem arabischen Sender ein Bekennervideo ausgestrahlt. Ein Mann mit einem Tuch um den Kopf saß im Schneidersitz auf dem Boden. Im Hintergrund war eine grob gewebte rot-weiße Decke aufgehängt. Der Marokkaner Sadiq Jassin sprach mit ruhiger, fester Stimme. Er erklärte in der Videobotschaft, der Anschlag sei eine Reaktion auf die Politik des Westens gewesen. Europäer und Amerikaner töteten auf der ganzen Welt unschuldige Moslems, auch Frauen und Kinder. Deshalb sei der Kampf direkt ins Land des Feindes getragen worden.

Jassin erklärte weiter, dass der Anschlag mit Pockenviren sich gezielt gegen die westliche Zivilisation richte. Zivilpersonen würden auch weiterhin so lange angegriffen, bis Muslime sich unter ihnen sicher fühlen könnten. »Solange Ihr die Bombardierung, Vergasung, Verhaftung und Folter meines Volkes nicht stoppt, wird dieser Kampf nicht enden. Der Anschlag war ein Schluck aus dem Kelch, aus dem die Muslime seit langer Zeit haben trinken müssen. Die Bürger des Westens sind für die Ungerechtigkeit ihrer Regierungen gegenüber Muslimen mitverantwortlich, weil sie diese gewählt haben«, sagte der dreißigjährige Jassin. Er bezeichnete es als einen gerechten Anschlag auf die tyrannischen und arroganten Kreuzritterländer des Westens. Nach jahrhundertelanger Besetzung muslimischen Territoriums durch westliche Truppen spiele sich der Kampf nun auch auf dem Boden westlicher Staaten ab.

Die Angst vor dem Virus verschwand und mit der Angst auch das Virus. Nach über zwei Monaten war der größte Terrorangriff in der Geschichte der Menschheit überstanden. Fast 2000 Menschen waren an der Pockenepidemie gestorben. Aber vielleicht noch schlimmer als die Toten waren die vielen Tausend Überlebende der Infektion. Gezeichnet mit entstellenden Narben am Körper und im Gesicht, waren sie eine schreckliche Erinnerung an den Horror, der über Deutschland und Europa hereingebrochen war.

Ein paar Monate später wurden zwanzig Verdächtige festgenommen, hauptsächlich marokkanischer und ägyptischer Herkunft, eine Gruppe, die im Verbund eines großen Netzwerkes arbeitete. Ihr Ziel war es, einen Kalifatstaat in einer

Art mittelalterlicher Regierungsform in ganz Europa einzurichten. Ein Ziel, das sie mit vielen anderen ähnlichen Organisationen gemeinsam hatte. Die Vorbereitungen liefen schon seit Jahren. Der Anschlag war minutiös geplant worden.

Viele der Terroristen waren schon lange in Deutschland und Europa beheimatet gewesen. Die Mitglieder dieser Schläferzellen hatten das Land studieren können, in dem sie lange gewohnt und von dem sie teilweise staatliche Zuwendungen bekommen hatten. Man fand auch heraus, dass bis kurz vor dem Anschlag nicht klar gewesen war, in welchem europäischen Land der Anschlag erfolgen sollte. Logistische Vorteile hatten schließlich Deutschland zum Ziel werden lassen.

Nur drei der Verdächtigen wurden zu hohen Haftstrafen verurteilt. Dem Rest konnte zu wenig nachgewiesen werden, um den Strafvollzug zu vertreten. Mit einem breiten Lächeln schauten sie in die Kameras der Medien. Die meisten konnten nicht zurücklachen. Vor allem die mit den Pockennarben nicht.

Als einer der Verurteilten die Möglichkeit bekam, sich mit einem letzten Wort an das Gericht zu wenden, vermutete niemand im Saal, dass der einunddreißigjährige Musaff Al Benar das auch tun würde. Aber er erhob seine leise, leicht raue Stimme und sprach in akzentfreiem Deutsch: »Eure Gesellschaft ist schwach, weil ihr an nichts mehr glaubt. Ihr stellt alles so lange infrage, bis nichts mehr übrig bleibt, für das es sich zu leben oder zu sterben lohnen würde. Ihr glaubt, alles zu wissen und im Besitz der absoluten Wahrheit zu sein. Eure Wissenschaft und eure Forschung verneint alles wirklich Wertvolle. Und so steht ihr da, nackt und ängstlich im kalten Wind. Nichts ist da, was euch schützt und wärmt.

Vertrieben habt ihr alles Göttliche, geblieben sind nur eure Gier, eure Maßlosigkeit und eure primitiven Triebe. Ihr seid schwach! Eure Gesellschaft ist dem Untergang geweiht, weil ihr keine Überzeugung mehr habt. La ilaha ill Allah.«

Europa hatte sich verändert. Die Wunden schlossen sich nur sehr langsam, manche nie.

Kapitel 3

Da nahm Abraham seinen Sohn Ismael und alle Knechte, die daheim geboren, und alle, die erkauft, und alles, was männlich war in seinem Hause, und beschnitt die Vorhaut an ihrem Fleisch ebendesselben Tages, wie ihm Gott gesagt hatte.

(Gen 17,23)

New York, 12 Monate später

Karen Benedict war an diesem Morgen bester Laune. Sie fühlte sich in der riesigen Executive Suite im Soho Grand Hotel wie eine Königin. Die ersten Sonnenstrahlen schlichen an den dicken, schweren Vorhängen vorbei und illuminierten das moderne, schlicht eingerichtete Zimmer. Das erst Mitte der neunziger Jahre gebaute Hotel war zum Juwel des ganzen Stadtteils geworden. Filmstars, Tennisprofis, reiche Rockmusikgrößen, aber auch Businessleute, die ihren Status mit der Wahl einer angemessenen Unterkunft beweisen wollten, kamen in das siebzehnstöckige Grandhotel.

Karen machte es sich auf dem mit dicken Kissen übersäten Bett bequem und dachte noch einmal über den gestrigen Tag nach. Stimmte es wirklich? Hatte sie das alles nicht nur geträumt? Wollte die Risikokapitalfirma tatsächlich bei ihrem Kleinunternehmen »Liquid Com Inc.« einsteigen? Ihre Forschungen im Bereich der Quantencomputer hatten sich eben doch ausgezahlt. Von vielen belächelt, hatte sie sämtliche Jobangebote nach ihrem Prädikatsabschluss am MIT abgelehnt und sich von Freunden und Verwandten Geld gepumpt, um den Grundstock für eine Firmengründung zu legen. Sie durfte nach ihrem Abschluss die Forschungseinrichtungen des weltweit führenden Instituts weiter nutzen. Und das hatte sie auch getan. Fast jeden Tag war sie dort gewesen, Woche für Woche, Monat für Monat, Jahr für Jahr. Sie war besessen und kreativ und mit einer natürlichen Begabung für logisches und abstraktes Denken gesegnet. Durch einen genialen Trick war es ihr gelungen, beliebig viele Quanten stabil zu halten und miteinander zu verknüpfen. Dies war die Grundlage für eine Anwendung als superschneller, parallel verarbeitender Computer, in dem Quantenbits statt Elektronen durch die ultradünnen Glasfaserkabel rasten und schließlich auf dem Bildschirm vor dem Auge des Anwenders landeten.

»Du siehst viel zu gut aus, um in der Informatik erfolgreich zu sein«, hatte einmal ein Kommilitone zu ihr gesagt. Seitdem versuchte Karen, sich so wenig aufreizend und so natürlich wie möglich zu kleiden und zu schminken. Vielleicht wirkte sie deshalb auf viele nun noch faszinierender.

Karen saß aufrecht auf ihrem Kingsize-Bett und genoss die Morgenstimmung. Sie beschloss, einen Spaziergang zu machen und irgendwo im Greenwich Village zu frühstücken. Sie zog sich rasch an und spazierte dann vom West Broadway in Richtung Hudson River. Karen kam in Höhe der Spring Street, noch vor der Autoeinfahrt in den Holland-Tunnel, am Flussufer an. Sie schlenderte den breiten Fußweg neben dem Joe-DiMaggio-Highway entlang und betrachtete den ruhigen Hudson River. Der Weg entlang den Piers, der neben Fußgängern auch Joggern, Skatern und Kinderwagen Platz bot, war mit vielen hölzernen Lagerhallen gesäumt, die ein eher tristes Dasein fristeten. Früher, als die Ozeandampfer und Frachtschiffe aus aller Welt in New York vor Anker gelegen hatten, war hier der Hauptumschlagplatz für Waren und Menschen gewesen. Hier hatte das Leben im New York des John Dos Passos pulsiert, der vor knapp hundert Jahren mit seinem Roman *Manhattan Transfer* den Rhythmus der Stadt an den zwei Flüssen eingefangen hatte.

Karen sprudelte über vor Kraft und Energie und malte sich die Zukunft ihrer Firma in den kühnsten Farben aus. Sie platzte fast vor Ehrgeiz, und ihre Schritte wurden immer größer. Als sie an den bunten, zwei- und dreigeschossigen Häusern im Greenwich Village vorbeikam, schien die ganze Stadt ihr zuzulachen und sie mit den Worten zu begrüßen: »Guten Morgen, Karen. Willkommen in deinem neuen, wunderschönen Leben!«

Im Bus-Stop Café bestellte sie sich ein großes Frühstück und plante ihren Tag. Ihr Heimflug nach Madison, Wisconsin, ging erst spät am Abend, und sie wollte diesen Tag so unvergesslich wie möglich gestalten. »Ja, das ist eine ausgezeichnete Idee«, sagte sie in Gedanken zu sich selbst. »Ich schaue mir die Freiheitsstatue an und versuche, auf die Fackel zu klettern.« Die Freiheitsstatue hatte eine ganz eigene Bedeutung für sie. Als Karen sieben Jahre alt gewesen war, hatten ihre Eltern in einem kleinen Dorf in Neuengland gewohnt. Zu Weihnachten hatte sie ein Puzzle geschenkt bekommen. Zwei Farben hatten das Bild beherrscht und das Zusammenlegen des Puzzles schwierig gemacht: das wolkenlose Stahlblau des Himmels und das Kupfergrün des Gesichts einer würdevollen Statue. Sie hatte die folgenden Wochen in jenem kalten Winter jede freie Minute an ihrem Puzzle gearbeitet. Ende Januar hatte die kleine Karen aus den 5000 Einzelteilen ein komplettes Bild geschaffen: den Kopf der Statue of Liberty im Halbprofil vor dem sommerlichen Himmel New Yorks. Ihre Eltern hatten das Puzzle hinter Glas eingerahmt und es so an die Wand ihres Kinderzimmers gehängt, dass Karen es von ihrem Bett aus sehen konnte. Jede Nacht vor dem Einschlafen hatte Karen ihre Liberty Lady betrachtet. Es war das Einzige, was sie aus ihrem Elternhaus in ihre Studentenwohnung am MIT mitgenommen hatte.

Karen bestellte sich einen großen Obstsalat, Rührei, French Toast und einen frisch gepressten Orangensaft. Von ihrem Platz aus konnte sie eine etwas größere Kreuzung einsehen. Sie bemerkte, wie der Verkehr allmählich etwas dichter wurde. Die gelben Taxis hielten vor den kleinen Bäckereien und Delis. Jeder, der an diesem sonnigen Morgen nah genug am Bus-Stop Café vorbeiging, konnte Karen Benedict ansehen, wie glücklich sie war. Jeden Bissen ihres üppigen Frühstücks ließ sie genüsslich im Mund verschwinden.

Nach dem Essen spazierte Karen an den Piers weiter in Richtung Downtown. In Höhe der Warren Street ging sie östlich zum Broadway, der ein paar hundert Meter weiter den Zusatz »Canyon of Heroes« trug, in Gedenken an die Helden des Anschlags vom 11. September 2001. Das Bankenviertel, die Manifestation des amerikanischen Optimismus, mit der hektischen Wall Street und dem majestätischen Gebäude der New Yorker Börse strahlte ihr entgegen. Schließlich trat Karen fast wie durch ein gigantisches Tor hinaus ins Freie. Hinter ihr lag das Manhattan der Häuserschluchten, und der Atlantik trat an die Stelle von Stahl und Stein. Hier wurde Karen bewusst, dass sie auf einer Insel stand. Ihr Blick traf auf vertraute Eindrücke wie die sanften Reflexionen des Himmels auf der leicht bewegten Wasseroberfläche oder die kleinen Boote und Schiffe, die in ständiger Bewegung Manhattan umkreisten. Karen sah den Anleger, wo die Fähren nach Staten Island abgingen. Die Fahrt war kostenlos und wurde deshalb vor allem von Personen genutzt, die eigentlich gar nicht zur Nachbarinsel wollten. Es war leicht zu erkennen, wer als Tourist oder als normaler Passagier an Bord war. Die Einheimischen sahen genervt in ihre Zeitung und tranken Kaffee aus Pappbechern. Die Nutznießer dieser kostenlosen Hafenrundfahrt erkannte man am ständigen Fotografieren und Filmen. Etwas weiter in westlicher Richtung waren die Touristenfähren nach Liberty Island festgemacht. Karen wandte sich unwillkürlich in diese Richtung. Sie konnte die grüne Figur im Wasser von hieraus schon gut ausmachen.

Am Anleger reichte die Besucherschlange fast bis zum Castle Clinton, einem großen Backsteingebäude aus Bürgerkriegszeiten. Karen zögerte. Sie war ein schrecklich ungeduldiger Mensch, und wenn ihr etwas wirklich den Nerv raubte, dann war es das Warten in einer Menschenschlange.

Die erste Fähre legte ab. Karen verfolgte die Fahrt und betrachtete die vielen Möwen, die wie eine Schleppe dem Schiff zu folgen schienen. Nach ein paar hundert Metern konnten die Passagiere die Form der Südspitze Manhattans gut erkennen. Nordöstlich vom Anleger, nur ein paar Häuserblocks entfernt, war jahrelang die klaffende Wunde des 9/11-Anschlags zu sehen gewesen. Jetzt konnte man den beeindruckenden Komplex des neuen World Trade Center bewundern. Die New Yorker hatten dieses neue Wahrzeichen so schnell ins Herz geschlossen, dass die Abbildungen der Skyline mit den Twin Towers auf alten Postkarten und Postern fast störend wirkten.

Steuerbord konnte man die rasant wachsende Stadt New Jersey bewundern. Früher verlacht, pulsierte hier inzwischen das Wirtschaftsleben. New York war einfach zu eng geworden. Der unablässige Strom von Firmen und Investoren wurde auf das Festland und dadurch sogar in einen anderen Staat umgeleitet. Vor dem Ufer New Jerseys stand die größte Standuhr der Welt. Selbst von der Westseite Manhattans aus konnte man auf ihr leicht ablesen, wie spät es war.

Die überwältigende Mehrheit der Touristen war mit Fotografieren und Filmen beschäftigt. Pärchen schauten verträumt auf die Skyline und gaben sich lange, romantische Küsse. Am Horizont sah man die kleine grüne Figur rasch größer werden. Sie war so bekannt wie die Mona Lisa oder das Coca-Cola-Zeichen. Die Farbdisplays der DV-Kameras wurden ausgeklappt. Sie zeigten das imposante Fundament, den Sockel und die Frau mit der Fackel. Das Bild wackelte vom Wellengang des Atlantiks.

Karen sah die Route der Fähre durch die Gischt des aufgewühlten Atlantiks. Sie ließ ihren Blick über den Horizont schweifen. Hunderte von schwimmenden Objekten tanzten auf dem Ozean. Doch nur durch ein Fernrohr mit einer sehr großen Brennweite hätte man die Motorboote erkennen können, die mit hoher Geschwindigkeit zwischen den Inseln umherfuhren. Es waren Patrouillenboote der Coast Guard.

Karen beobachtete, wie die Fähre noch einmal umständlich wendete, um entgegen der Fahrtrichtung am Pier von Liberty Island festzumachen. Den kleinen weißen Punkt, der etwas nördlicher auf die Insel zusteuerte, bemerkte sie nicht. Dies war kein Patrouillenboot.

Die Gischt spritzte bei jedem Aufsetzen des Rumpfs über die Bordkante. In dem Boot saßen vier Männer. Der Mann am Außenborder lenkte es mit unbeweglicher Miene. Wie die anderen war auch er frisch rasiert, weshalb es bei der Ausweiskontrolle Probleme gegeben hatte. Die Vollbärte waren erst am Tag zuvor gewichen, und die Passfotos hatten nicht mehr zum Gesicht gepasst. Schließlich waren die Einreisenden dann doch durch die Grenzkontrollen gelassen worden.

Mit hoher Geschwindigkeit näherten sich die vier Liberty Island. Sie führten russische RPGS mit, Waffen, die gebaut wurden, um gepanzerte Fahrzeuge zu zerstören. Gegen Panzer neuerer Bauart konnten sie zwar nichts ausrichten, aber sie besaßen genügend Zerstörungskraft, um ganze Gebäude zum Einstürzen zu bringen. Durch die offene Konstruktion am Ende der Abschussvorrichtung konnte der Rückstoß fast völlig eliminiert werden. Als die Männer nahe genug herangekommen waren, wurde der Außenborder auf Leerlauf gestellt.

Weder die Coast Guard noch die Touristen am Anleger von Liberty Island konnten sehen, wie die erste Abschussvorrichtung geschultert wurde. Die RPGs verfügten lediglich über ein optisches Zielsystem, also mussten die Männer genau zielen, um die Statue zu treffen. Der gewaltige Sockel erhob das kupferne Kunstwerk auf fünfzig Meter Höhe. Die erste Granate traf den Faltenwurf des bodenlangen Gewandes. Das Geschoss durchbohrte spielend die zwanzig Millimeter dünnen Kupferplatten und drang in die Innenkonstruktion der Statue ein. Sie bestand aus vier großen Stahlträgern, die lotrecht vom Kopf bis in den Sockel ragten. Diese Pylonen trugen das Hauptgewicht der gesamten Figur. Ein Geflecht aus Fachwerkträgern bildete die Form der Statue. Jede der 350 Kupferplatten war mit einem Metallbügel auf dieser Konstruktion befestigt. Um die gesamte Konstruktion zum Einsturz zu bringen, mussten die Pylonen getroffen werden, und genau das war das Ziel der Männer im Boot.

Die Explosion der ersten Granate riss ein gewaltiges Loch in den unteren Teil der Statue. Schreiend suchten die Passagiere auf der Fähre Schutz im Innern. Manche sahen dem bizarren Schauspiel mit offenem Mund zu. Rasch bildete sich eine Menschenmenge am Ufer. Es wurde diskutiert, geschrien, Handys wurden gezückt. Karen strengte ihre Augen an, kniff sie leicht zusammen. Sie sah drei Boote der Coast Guard auf Liberty Island zusteuern. Sie hatten bereits Kurs auf die Angreifer genommen. Pausenlos wurde per Funk gesprochen. Abfangjäger der Navy waren wenig später in der Luft. Noch trennte die Coast Guard fast eine Seemeile von dem weißen Boot. Die zweite Granate raste aus dem Abschussrohr und traf das rechte Knie der Statue. Das Geschoss zerstörte über die Hälfte der Kupferplatten bis zu den Oberschenkeln. Nun war die geniale Unterbaukonstruktion von Gustave Eiffel sehr deutlich zu erkennen. Die dritte Granate schließlich traf den hinteren Pylonen und riss ein großes Stück aus dem Träger.

Karen traute ihren Augen nicht.

Mit Vollgas rasten die Boote der Coast Guard heran. Die Gischt spritzte über die gesamte Länge der Aufbauten. Verzweifelt schossen die Beamten auf die Terroristen. Unter dem Kugelhagel wurde die vierte und letzte Granate in Anschlag gebracht. Das Ziel war jetzt einfacher auszumachen. Mit ohrenbetäubendem Lärm schob sich der Gefechtskopf aus der geschulterten Halterung und flog ins Innere der Statue.

Ein weiterer Treffer.

Zwei der vier Pylonen waren getroffen und stark beschädigt. Die Terroristen mit ihren leeren Granatwerfern waren jetzt in Schussweite der Coast Guard. Sie lächelten, als die

Beamten zum Fangschuss anlegten. Sie lächelten, und erst jetzt bemerkten die Polizisten die Sprengstoffwesten. Grinsend zählten sie auf Arabisch rückwärts. Thalatha, ithnan, wahid …

Die vier fast gleichzeitig gezündeten Sprengsätze zerstörten nicht nur augenblicklich das Boot der Terroristen, sondern rissen auch eines der Coast Guard mit. Eine gewaltige Explosionswelle aus Verbrennungsgasen, Wasser und Wrackteilen ging auf die sonst so ruhige Hudson Bay nieder.

Die unversehrten Coast-Guard-Boote machten eine 180-Grad-Drehung. Nur Momente später wurden die Beamten von einem seltsamen Geräusch aufgeschreckt, das auf Liberty Island seinen Ursprung hatte.

Es klang zunächst wie das Sirren eines Segelmasts im auffrischenden Wind. Dann verstärkte sich der Schall. Schließlich begriffen die Besatzungen der Coast-Guard-Boote die Herkunft dieses ungewöhnlichen Geräuschs. Das hohe und jetzt bereits ohrenbetäubende Kreischen drang aus der beschädigten Stahlkonstruktion der Freiheitsstatue.

Dann plötzlich wieder Stille.

Alles schien zu sein wie zuvor. Die Männer atmeten kurz auf. Dann hob das nervenzerfetzende Kreischen wieder an. Zunächst leise, schließlich wie das Fortissimo eines teuflischen Orchesters. Das Lärmen der Zerstörung klang wie das metallene Bremsen Tausender Güterzüge. Die Beamten der Coast Guard und die Passagiere der Fähre blickten wie hypnotisiert auf die beschädigte Statue. Im Zeitlupentempo knickte der Verband der vier Pylonen in Höhe der Knie kaum merklich ein. Erst nur ein paar Grad, dann etwas mehr. Niemand wagte den Blick von der kupfernen Lady zu wenden. Schließlich kam der gewaltige Koloss mit seinem Gewicht von fast 200 Tonnen in sichtbare Schräglage.

Von der gesamten Statue stürzten jetzt die großen Kupferplatten einzeln herab. Sie fielen mit infernalischem Lärm auf das Pflaster des Vorplatzes. Wie ein bizarrer Trümmerregen schlug die Verkleidung der Statue auf die Erde und das Wasser nieder.

Die beiden verbliebenen Stahlträger hielten der Belastung nur für ein paar Minuten stand. Dann knickten auch sie wie Strohhalme um. Mit der Fackel in der Hand voran stürzte die Statue of Liberty aus über hundert Metern Höhe auf die Insel und in den grauen Ozean. Eine gewaltige Flutwelle trat aus dem Atlantik. Die Touristenfähre und die Boote der Coast Guard kippten wie Spielzeugboote um.

Unter den Trümmern begraben lag eine Bronzeplatte mit einem Gedicht von Emma Lazarus:

Give me your tired, your poor,
Your huddled masses yearning to breathe free,
The wretched refuse of your teeming shore.
Send these, the homeless, tempest-tossed to me:
I lift my lamp beside the golden door.

Die Fackel hingegen sank immer tiefer auf den Grund des Ozeans.

Von Liberty Island zogen dicke Rauchschwaden gen Himmel. Zwei F-16-Jäger der Navy donnerten im Tiefflug an der Ruine der Freiheitsstatue vorbei. Sie kamen zu spät.

Karen stand regungslos am Anleger. Sie konnte nichts fühlen. Sie wusste nicht einmal, ob sie noch atmete. Die Menschen um sie herum nahm sie nicht mehr wahr. Nicht die Polizeihubschrauber, nicht die Dutzende Streifenwagen, die mit höllischem Lärm direkt neben Karen zum Halten kamen. Sie spürte weder das Zerren an ihrer Kleidung noch das Schubsen. Wie mechanisch ging sie ein Stück zur Seite, als ein Passant auf sie zu fallen drohte. Ihr Blick war festgehaftet an der Stelle, wo die Freiheitsstatue gestanden hatte.

Die kupfergrünen Trümmer waren vom Ufer aus gut zu erkennen. Darüber stieg der feine weiße Rauch in den blauen Himmel. Karens starrer Blick wurde erst verschwommen, als Tränen das zerstörte Symbol ihrer glücklichen Kindheit verschleierten.

Etwas später in Washington

Deek Miller rannte aus dem Westflügel des Weißen Hauses in Richtung Situation Room, dem zentralen Einsatz- und Krisenzentrum. Deek war Leiter der Counterterrorism Security Group (CSG), der Antiterror-Einheit der USA. Der Präsident, Gordon Sebastian, war bereits mit acht Beamten des Secret Service im PEOC verschwunden, dem Presidential Emergency Operation Center. Der Bunker unter dem Ostflügel diente als Einsatzzentrale im Katastrophenfall. Man fürchtete weitere Anschläge – auch auf das Weiße Haus.

»Wo ist POTUS?«, fragte Deek aufgeregt.

»Bereits im PEOC«, antwortete ein Agent des Secret Service knapp.

Im Situation Room befanden sich Vertreter aller im Krisenfall zuständigen Behörden – CIA, FBI UND NSA (National Security Agency) – sowie hochrangige Militärvertreter. Auch der Außenminister und der Verteidigungsminister hatten sich an dem riesigen Tisch eingefunden. Per Video waren die Bundesluftfahrtbehörde (FAA), der Verkehrsminister und der Präsident zugeschaltet. Die Routine der letzten Jahre, die vielen Krisensituationen hatten ihre Spuren hinterlassen. Mit schlafwandlerischer Sicherheit wusste jeder

Verantwortliche, was seine Aufgabe war. Wie schon so oft in der Vergangenheit schauten die bei der Krisensitzung Anwesenden auf ein Trümmerfeld.

Der Präsident der Vereinigten Staaten kam mit ernster Stimme sofort zur Sache: »Deek, was genau wissen wir?«

»Mr President, vier mit Granatwerfern bewaffnete Terroristen haben die Statue of Liberty zum Einstürzen gebracht. Beim Versuch, die Terroristen zu stellen, wurde ein Einsatzboot der Coast Guard in die Luft gesprengt. Die Terroristen trugen Sprengstoffwesten«, sagte Deek.

Am Tisch wurde unverhohlen geflucht. »O mein Gott, diese Hurensöhne!«

»Keine Emotionen, bitte. Wir wollen diesen Krisenfall möglichst professionell behandeln – auch wenn es schwer fällt«, ermahnte Elisabeth Clark, die Nationale Sicherheitsberaterin, ihre Kollegen.

»Deek, beginnen Sie mit den notwendigen Sicherheitsmaßnahmen.« Mit diesen Worten übergab der Präsident offiziell die Leitung an Deek.

»Zunächst eine Frage an die zentrale Flugsicherung.« Deek winkte in die Kamera. »Können wir sofort sämtlichen Flugverkehr über New York und Washington einstellen?«

»Betrachten Sie es als erledigt«, sagte Morgan Connel von der FAA. »Ich werde meine Truppe sofort in Bewegung setzen.«

»Für das Verkehrsministerium gilt, dass sämtlicher Schiffsverkehr unverzüglich zu stoppen ist. Achten Sie besonders auf Gastanker. Wir müssen vermeiden, dass Anschläge auf unsere Häfen verübt werden oder ganz Boston in die Luft gesprengt wird.« Deek wandte sich wieder dem Präsidenten zu. »Mr President, wir wissen nicht, was noch passieren kann. Die Erfahrung lehrt, dass Terroristen oft mit simultanen Aktionen arbeiten. Die Botschaften von Kenia und Tansania 1998. Die gleichzeitige Explosion Dutzender Sprengsätze in Madrid und London. Hier ist maximale Aufmerksamkeit gefordert.«

Deek schaute kurz auf den Boden und bemühte sich, beim Gedanken an die Terroranschläge vom 11. September seine Gefühlsregungen zu unterdrücken. Er konnte sich an jenen wolkenlosen Herbsttag erinnern. Damals hatte er am selben Tisch gesessen und war aufs Schlimmste gefasst gewesen. Seine Befürchtungen waren damals noch weit übertroffen worden.

Deek richtete sein Wort an General Steve Baurs von der Air Force. »Wir brauchen CAPs.«

»Combat Air Patrol? Die brauchen wir sonst nur in ausgemachten Krisengebieten.« Der General war sichtlich verunsichert.

»Steve, Washington ist jetzt ein Krisengebiet. Wir haben es damals getan und sollten es auch jetzt tun.«

Sämtlicher Schiffsverkehr in den USA wurde sofort eingestellt, der Luftraum über New York und Washington geschlossen. Luftabfangjäger kreisten über den beiden Stadtgebieten. DEFCON 3 wurde erklärt. Das letzte Mal, als das der Fall war, hatten zwei Flugzeuge das World Trade Center zum Einsturz gebracht, und ein Flugzeug hatte das Pentagon gerammt.

Dann passierte etwas Ungewöhnliches. Gordon Sebastian entschuldigte sich und verließ den Bunker unter dem Weißen Haus.

Deek sah es über den Bildschirm und schaute verdutzt in die Runde, in der auch nur ungläubiges Staunen zu erkennen war.

Der Präsident bahnte sich seinen Weg durch die massiven Bunkertüren, vorbei an mit Maschinenpistolen bewaffneten Soldaten, die Helme und schwere, schusssichere Westen trugen. Draußen ging er durch die leeren Flure des Weißen Hauses in sein Arbeitszimmer, das Oval Office. Dort stützte Gordon Sebastian beide Hände auf die massive Holzplatte seines Schreibtischs. Nein, er wollte keinen sinnlosen und verbrecherischen Angriff befehlen, auch wenn das die meisten im Situation Room von ihm erwarteten. Er wollte kein Land bombardieren, um strategische und geopolitische Vorteile am Persischen Golf zu erlangen. Alles unter dem sicheren Deckmantel einer angemessenen Vergeltung. Aber noch etwas anderes ging ihm durch den Kopf. Eine Erinnerung an die »Operation Desert Storm« im Zweiten Golfkrieg, in dem er als First Sergeant Sebastian gedient hatte. Er erinnerte sich nur zu gut daran. Er sah wieder die endlosen Kolonnen von Humvees und Panzern, die am Horizont durch die flirrende Hitze Kuwaits zogen. Er hatte sich damals etwas versprochen.

Seine Brust begann zu beben, und schließlich konnte er die Tränen nicht mehr zurückhalten.

Gordon Sebastian setzte sich an seinen gewaltigen Schreibtisch und fing an, eine Rede an die Nation vorzubereiten. Am Nachmittag sollten die Bürger hören, was in New York passiert war und wie die Regierung der Vereinigten Staaten darauf zu reagieren gedachte.

Eine kurze Zeit später erschien der Präsident im Situation Room. Niemand traute sich etwas zu sagen. Alle Blicke hefteten sich an den Präsidenten des mächtigsten Staates der Erde. Jeder versuchte, in seinem Gesicht eine Erklärung für sein unverständliches Handeln zu entdecken. Auf einem der Bildschirme wurden aktuelle Fernsehbilder übertragen.

Man hatte viele der Besucher, die an diesem Morgen zur Liberty Island gefahren waren, retten können. Coast-Guard-Rettungseinheiten hatten die Überlebenden aus dem Wasser gefischt. Mit ihnen hatten auch die Kameras überlebt und damit die Filme des Anschlags. Diese wurden jetzt ununterbrochen auf allen Kanälen gezeigt. Der Terror hatte wieder ein Massenpublikum bekommen. Gierig wurde jedes noch so mangelhafte Bild gezeigt. Man erkannte das Boot der Terroristen, die Granatwerfer, den Sturz der Statue und schließlich den Selbstmord der Terroristen, die zehn Beamte mit in den Tod gerissen hatten.

»Mr President, was sind Ihre Einsatzpläne? Die gesamte Armee ist in Alarmbereitschaft.« Elisabeth Clark schrie ihren Präsidenten förmlich an, konnte in seinem Gesicht aber nichts außer einer seltsamen Gefasstheit finden.

»Warten Sie bitte meine Rede an die Nation ab.« Der Präsident der Vereinigten Staaten drehte sich auf dem Absatz um und verließ den Raum wieder.

Eine Stunde später nahm Gordon Sebastian im Operation Center des Weißen Hauses vor dem präsidialen Wappen Platz und begann mit seiner Rede:

»Liebe Mitbürger, liebe Amerikaner. Das wichtigste Monument der USA ist heute Opfer eines Anschlages geworden. Wir vermuten einen terroristischen Hintergrund, wahrscheinlich islamistischen Ursprungs. Tiefe Trauer erfüllt unser Land in diesen Stunden. Als die Franzosen uns 1886 diese gewaltige Statue geschenkt haben, taten sie es aus Bewunderung für einen noch kleinen Staat mit einer Verfassung, in der die Freiheit das universelle Symbol menschlichen Strebens und der wichtigste Grundpfeiler einer modernen, aufgeklärten Gesellschaft ist.

Freiheit der Rede, Freiheit des Lebenswandels und die

Freiheit des Glaubens und der Religion. Heute wurde dieses Monument der Freiheit zerstört. Was sie aber nicht zerstört haben und was niemand je zerstören kann, ist die Freiheit in unserem Land selbst.

Was zudem niemand jemals zerstören kann, ist die Freiheit der Religion. Es gibt in unserem stolzen Land Hunderte Arten zu beten und seine Religion auszuüben. Jeder nach seinem Glauben. Jeder, der in unserem amerikanischen Haus Platz gefunden hat, darf sich sicher sein, dass niemand ihm vorschreibt, wen er anbetet, wen oder was er als göttlich betrachtet. Der Islam ist eine wunderbare, friedliche Religion. Das Wort Frieden spielt eine genauso zentrale Rolle im Koran wie in der Bibel, der Tora oder den Schriften Buddhas.«

Der Präsident der USA war sichtlich bewegt. Man konnte seine emotionale Anteilnahme fast greifen. Doch den vielen Millionen Zuschauern entging auch ein anderes Detail nicht. Ihr Präsident hatte alle Unsicherheit verloren. Der Mann an der Spitze des Landes hatte endlich seine eigene Identität gefunden. Jener manchmal fast peinlich wirkende Opportunismus, der ihm bisher anhaftete, war völlig verschwunden.

»Wir Amerikaner verehren die Freiheit. Es liegt in unserer Vergangenheit begründet, dass wir die Fesseln von Tyrannei hinter uns lassen wollten, das Gefühl, eingesperrt zu sein. Niemand sollte uns vorschreiben, wie wir zu leben haben. Diese Freiheit gilt es zu verteidigen, und in meinem Amtseid habe ich geschworen, die Freiheit gegen jeden Feind zu verteidigen. Freiheit bedeutet aber auch, die Freiheit des anderen zu akzeptieren. Das ist die Grundvoraussetzung einer friedlichen Koexistenz.

Was wir heute gesehen haben, ist nicht der Islam. Was wir

heute gesehen haben, ist Terror, politischer Terror. Terror hat die Freiheitsstatue zum Einsturz gebracht. Von gemeinen, feigen Terroristen ausgeführt. Es ist Terror und kein anderes Land. Es gibt kein Land, welches Terror heißt.«

Die Entschlossenheit und Stärke von Gordon Sebastian überraschte die Zuschauer angenehm, doch was sie aus dem Munde des Präsidenten hörten, gefiel ihnen ganz und gar nicht. Viele Millionen Zuschauer hatten ihr TV-Gerät wutentbrannt abgestellt. In manchen Lokalen flogen sogar Bierflaschen auf die Mattscheibe. Das sollte die Rede des Präsidenten der USA sein? Das sollte die Antwort auf die Zerstörung der Freiheitsstatue sein? Im Fernsehen liefen noch immer die grotesken Bilder der Trümmer, die zum Teil aus dem Atlantik ragten. Noch immer stieg der feine Rauch auf. Immer wieder wurden die Amateuraufnahmen der DV-Kameras gezeigt, in denen man den Einschlag der Granaten verfolgen konnte, bis die kupferne Lady schließlich ins Meer stürzte. Immer wieder, wie in einer Endlosschleife. Man konnte die quälenden Bilder, die wie in Zeitlupe eingefroren waren, in allen Einzelheiten studieren. Man wollte sie wie beim Standbild einer DVD anhalten, um dann alles rückwärts zu drehen, bis die Granaten wieder in den Stahlrohren verschwanden, das Boot mit den Männern rückwärts in Richtung offener Ozean fuhr, und dann hätte man die DVD aus dem Player genommen und sie in den Mülleimer geworfen.

»Wir werden diese feigen Verbrecher jagen und stellen. Die ganze Härte unserer Justiz wird sie treffen. Ferner wird die CSG, unsere Antiterrorgruppe, eine Verdopplung der Mittel erhalten. Wir kämpfen mit aller Kraft gegen den Terror. Wir werden einen harten …«

Es dauerte nicht lange, bis die ersten arabischen Geschäfte geplündert und zerstört wurden. Der iranische Schneiderladen um die Ecke – zerstört und mit Molotowcocktails ausgebrannt. Das Schaufenster des ägyptischen In-Restaurants – mit Steinen eingeworfen. Überall waren Graffitis zu sehen: WE HATE YOU!

Die Rede von Gordon Sebastian war gerade zu Ende, als der erste Lynchmord verübt wurde. Ein junger Marokkaner hing an einer Straßenlaterne in der Nähe der Pennsylvania Station. Um den Hals trug er ein hastig gemaltes Pappschild auf dem »Kill Islam« stand. Es sollten noch viele derartige Opfer folgen.

In New York kam es zu brutalen Straßenschlachten zwischen weißen Amerikanern und Moslems, die vor allem in der Lower East Side wohnten. Auch hier rückten Kolonnen von Polizeikräften an. Zehn Tage wüteten die Unruhen. Hunderte Menschen, vor allem Moslems, kamen dabei grausam ums Leben. Manche der Opfer wurden bei lebendigem Leib verbrannt. Wie menschliche Fackeln liefen sie durch die Straßen New Yorks. Der Geruch von verbrannten Leichen lag in der Luft. Plünderungen am helllichten Tag waren an der Tagesordnung. Blinde Zerstörungswut beherrschte die Großstädte der USA. Neben New York kam es in Los Angeles, Chicago und Dallas zu schweren Ausschreitungen. Die Regierung und die Sicherheitskräfte hatten auf ganzer Linie versagt.

Ein paar Wochen später, als sich der Gewaltrausch gelegt hatte und viele Amerikaner wie nach einem Mord im Affekt ungläubig auf ihre grausige Tat sahen, wurden in der *New York Times* Briefe von Opfern der blutigen Unruhen veröffentlicht.

Die 32-jährige Azadeh Shirazi schrieb:

Ich bin in Queens geboren worden. Meine Eltern kamen vor vierzig Jahren aus Pakistan in dieses wunderschöne Land. Vor ein paar Monaten sind wir in eine Wohnung nach Manhattan gezogen. Wir waren so aufgeregt. Mein Mann Keivan hatte mit seinem neuen Job in einer Investmentbank genügend Geld verdient, so dass wir uns eine kleine Wohnung für uns und unseren Sohn leisten konnten. Wir hatten gerade begonnen, die Früchte seiner harten Arbeit zu genießen.

Am Abend des 2. Oktobers sahen wir die schrecklichen Bilder im Fernsehen. Die Trümmer, den Rauch. Wir konnten nur noch weinen. Ich erinnere mich, dass ich als Kind der Freiheitsstatue immer einen Kuss zugeworfen habe, wenn unsere Eltern uns an den seltenen Wochenendausflügen mit nach Manhattan nahmen.

In der Zeitung las ich über die Unruhen in ganz New York und in anderen Städten unseres Landes. Mein Mann bat unseren Sohn Rasul, bei unseren Nachbarn zu klingeln und zu fragen, ob alles in Ordnung sei. Als Vorsichtsmaßnahme nahm er das Klingelschild von der Tür. Als unser Sohn von unseren Nachbarn zurückkam, zog schon eine Horde von aufgebrachten Männern mit Baseballschlägern, Brecheisen und Steinen bewaffnet durch unsere Straße. Ich konnte gerade noch rechtzeitig die Tür schließen. Wir machten alle Fenster zu, und draußen hörten wir Rufe und das Klirren von eingeschlagenen Scheiben. Eine Polizeimannschaft rückte an, aber sie konnten den Mob nicht stoppen. Ein Hubschrauber flog über unser Viertel, und mein Sohn versuchte, ihn vergeblich heranzuwinken. Am Abend wurde unser

Haus in Brand gesetzt. Wir flohen auf die Straße. Ich sah meinen Mann und meinen Sohn auf dem Boden liegen. Immer wieder holten die Männer aus und schlugen mit Brecheisen auf sie ein. Ich warf mich verzweifelt zwischen meinen Mann und die Horde und schrie: »Hört auf, hört bitte auf!« Aber sie schlugen auch mich. Ich sah einen teilnahmslos wirkenden Polizeibeamten und rief ihm zu: »So tun Sie endlich was. Helfen Sie uns!« Der Polizist zog mich verletzt aus der Horde der blutrünstigen Männer und erklärte: »Sie können jetzt gehen, aber die beiden« – er zeigte auf meinen Mann und meinen Sohn – »bleiben hier.« Und mit einem breiten Grinsen sagte er dann die Worte, die ich niemals vergessen werde: »Vielleicht hilft den beiden ja Allah!« Der gesamte Mob und die Mannschaft der Polizei brachen in schallendes Gelächter aus. Ich hatte sechs gebrochene Rippen und eine Kopfwunde davongetragen, die mit zwanzig Stichen genäht werden musste. Nach ein paar Tagen kam ein Regierungsbeamter mit den Resten meines Mannes und meines Sohnes in einem Leichensack. »Sagen Sie auf Wiedersehen«, forderte er mich abfällig auf und verschwand. Ich glaube immer noch, dass die Gerechtigkeit und die Justiz die verfolgen werden, die meinen Mann und meinen Sohn und die vielen anderen Moslems umgebracht haben. Bis dahin denke ich jeden Morgen: Weine mein geliebtes Land, weine.

Der Brief der 35-jährigen Susan Jaff lautete so:

Ich bin in New Jersey geboren worden und lebe hier in einem wunderschönen Haus zusammen mit meinen Eltern. Sie waren einst aus Persien geflohen und hatten in den Vereinigten Staaten eine neue Heimat gefunden.

Ich liebe die USA, die Heimat meiner Eltern habe ich nie gesehen. Meine Heimat ist Amerika.
Am 2. Oktober kam mein Mann Tariq schon am Mittag von der Arbeit heim. Ich dachte, er wollte zu Hause essen, wie er das manchmal tat. Ich hatte von dem schrecklichen Anschlag gehört und die Bilder der zerstörten Statue gesehen. Doch mein Mann kam nicht wegen des Essens zu mir. Er hatte gehört, dass einige Muslime überfallen und getötet worden seien. Mein Mann hatte sich daher Urlaub genommen und wollte die nächsten Tage nicht aus dem Haus gehen. Während wir vor dem Fernseher die Berichterstattung über den Anschlag verfolgten, hörten wir im Treppenhaus ein lautes Gepolter und die wilden Rufe einer Horde aufgebrachter Männer. Mit einer großen Axt wurde unsere Haustür aufgebrochen, und drei oder vier Männer zogen meinen Mann nach draußen auf die Straße. Er fiel dabei die Treppen hinunter und blutete stark am Kopf. Ich wurde gezwungen, in der Wohnung zu bleiben, und konnte nicht sehen, was sie dann meinem Mann angetan haben.
Nach einiger Zeit verschwand der Mob, und ich stürzte auf die Straße. Dort sah ich die halbverbrannte Leiche meines Mannes. Ich fing an zu schreien und konnte es nicht fassen. Als ich kniend vor dem toten Körper meines Mannes kauerte, gingen Leute an mir vorbei und sahen mich verachtungsvoll an. Mein Neffe, der bei der Polizei angestellt ist, half mir schließlich, den Leichnam zu bergen. Meine Eltern blieben die ganze Woche in ihren abgesperrten Zimmern. An diesem Tag bin auch ich gestorben. Ich lebe zwar noch, atme und gehe wieder zur Arbeit. Doch jeden Abend, wenn ich zu Bett gehe, um zu schlafen, hoffe ich, dass ich nicht wieder aufwachen muss.

Ich bete, dass ich nicht weiterleben muss und dass ich wieder an der Seite meines Mannes sein darf.

Auf einem Amateurvideo über die Unruhen in der Stadt erkannte man einen ehemaligen Senator des Staates New York. Die Bilder von einem der angesehensten Politiker, wie er im Blutrausch inmitten einer Horde wütender Schläger und Mörder mitmischte, gingen um die Welt.

Beim Super Bowl, dem Endspiel der National Football League, kam es zu einem Eklat. Der Quarterback der New England Patriots Steve Gillan rief kurz vor dem Spiel »We hate you« ins Publikum und schlug dabei die geballte rechte Faust ans Herz: das inoffizielle Symbol des gewaltsamen Kampfes gegen den Islam in allen Metropolen der USA. Steve Gillan wurde auf Lebenszeit gesperrt, und der gegnerischen Mannschaft wurde der Sieg zuerkannt. Wieder kam es zu Ausschreitungen, zum Ausbruch roher Gewalt. Moslems waren im Zuschauerraum allerdings nicht zu finden. Seitdem die Volksstimmung in Hass umgeschlagen war, mieden sie Massenveranstaltungen.

Aber auch diese Phase des blutigen Kampfes und des blinden Hasses ging vorüber. Eine bahnbrechende Erfindung in der Computertechnik brachte neues Wirtschaftswachstum. Wohlstand und ein wiedererstarktes Selbstbewusstsein durchdrangen die USA. Deek Millers Befürchtungen wurden nicht wahr, es blieb bei diesem einen, schrecklichen Anschlag. Bei der Wahl des Präsidenten im folgenden Jahr wurde Gordon Sebastian mit überwältigender Mehrheit abgewählt. Es war die größte Wahlniederlage der Demokraten seit der Gründung der USA. Ein neuer Präsident zog ins Weiße Haus ein und mit ihm eine neue Politik.

Wenn Gott Dir eine Rose schenkt

Kapitel 4

Sara wurde schwanger und gebar dem Abraham noch in seinem Alter einen Sohn zu der Zeit, die Gott angegeben hatte. Abraham nannte den Sohn, den ihm Sara gebar, Isaak.

(Gen 21,2)

Frankfurt/Main, zwei Tage nach dem Anschlag auf die Maschine der Saudi Arabian Airlines

Auf einer Fläche von mehreren Quadratkilometern waren Polizisten und Experten des BKA mit der Sicherung von Spuren beschäftigt. Auch kleinste Teile der Aluminiumverkleidung wurden in Plastikbeuteln verstaut und sorgfältig nummeriert.

Manche Trümmer lagen in einem kleinen Waldstück. Hier war die Sicherung und Katalogisierung besonders schwierig und zeitaufwendig. Immer wieder wurden Spezialisten an die Fundstellen gerufen. Sie trugen Atemschutz und Latexhandschuhe. Die Forensiker versuchten, aus den Leichenteilen durch DNA-Proben die Identität der Opfer zu ermitteln. Es würde noch Wochen dauern, bis alle Teile dieses grausamen Puzzles zusammenpassten.

Deek Miller zeigte seinen Ausweis und ging über die Fläche mit den vom Himmel gefallenen Trümmern. Er war nach einem Anruf aus dem Bundeskanzleramt unmittelbar nach dem Anschlag auf die Maschine der Saudi Arabian Airlines von Washington nach Frankfurt geflogen worden.

Deek untersuchte geöffnete Koffer, aus denen angesengte

Kleider quollen. Er inspizierte sorgfältig die Teile der Rumpfverkleidung. Irgendetwas schien er zu suchen. An einer anderen Stelle lag ein ganze Sitzreihe – 7 A, B, C – auf dem flachgedrückten Rasen. Deek näherte sich langsam. Etwas weiter links bemerkte er einige merkwürdig geformte und mit Stoff bezogene Gegenstände. Es waren Leichenteile. Das Blitzlicht eines Fotografen erhellte die mit Wimpeln markierten Überreste der Passagiere.

Vor Deek lag der Arm eines Teddys. Er hatte Brandspuren. Deek hob ihn mit einem Taschentuch auf, begutachtete ihn gründlich und legte ihn mit einem traurigen Kopfschütteln wieder hin. Kinder! Bei allen Schauplätzen von Terroranschlägen hatte ihn das Schicksal getöteter oder verletzter Kinder am meisten zu schaffen gemacht. Manchmal hatte er auch die Fassung verloren und sich aus der Sichtweite seiner Kollegen gebracht. Wenn er wieder aufgetaucht war, hatte er dann immer versucht, seine roten und leicht verquollenen Augen mit Geschichten über seine gereizte Bindehaut zu erklären. Seine Kollegen ließen sich aber nicht für dumm verkaufen.

Seine Ehe war nach zwölf Jahren gescheitert. Die Schuld für die Scheidung im letzten Sommer suchte er vor allem bei sich selbst. Trotzdem blieb Deek ein leidenschaftlicher Familienmensch. Mit großem Aufwand versuchte er, das Verhältnis zu seinen beiden Töchtern so intensiv wie möglich zu gestalten. Seine Exfrau Betsy bewunderte ihn für sein unermüdliches Engagement. Er wollte es nicht zulassen, dass seine Kinder durch die Trennung emotionalen Schaden erlitten. Aber Deek tat dies alles nicht nur für Lynn und Kate. In der freien Zeit, die Deek mit seinen beiden Töchtern verbrachte, konnte er den Hass und den Schmutz seines Jobs vergessen. Zumindest für eine Weile.

In der Counterterrorism Security Group war Deek jedoch ein unnachgiebiger und strenger Chef. Das Verantwortungsbewusstsein für seine Arbeit ließ ihn fast jedes persönliche Bedürfnis vergessen. Er arbeitete oft bis spät in die Nacht, wenn seine Kollegen ihre Zeit schon mit Baseball vor dem Fernseher und einer gekühlten Dose Bier verbrachten. Deek glaubte, dass Terror einen Nährboden zum Wachsen brauche. »Schaut auf die Wurzeln, geht zu den Quellen«, belehrte er seine Mitarbeiter oft. Nach dem Einmarsch des Iraks in Kuwait waren amerikanische Truppen zur Unterstützung nach Saudi-Arabien gekommen. Das, so glaubte Deek, hatte den Grundstock für den heutigen islamistischen Terror gelegt. In den Augen vieler Moslems war die Präsenz der US-Armee im Heiligen Land eine ungeheuerliche Gotteslästerung.

»Stellen wir uns vor, die saudi-arabische Armee würde einen Stützpunkt im Vatikan errichten. Die Empörung wäre unbeschreiblich.« Seine Mitarbeiter lachten an dieser Stelle immer. Doch so lustig fand Deek diesen Vergleich gar nicht.

Seine häufigen Auslandseinsätze und seine Sprachbegabung befähigten ihn, mit einfachen Bauern in Ägypten Arabisch zu sprechen, mit Feldarbeitern in Pakistan Urdu und mit einem Taxifahrer in Tansania Kisuaheli. Hier erfuhr er, was Menschen im täglichen Existenzkampf wirklich bewegte. Es war eine völlig andere Welt als die jährlich im schweizerischen Davos zelebrierte elitäre Weltkultur. Die Pläne und Utopien der Wirtschaftsführer und Intellektuellen hatte nach Deeks Meinung nur sehr wenig mit der Realität der einfachen Bürger zu tun. Die Menschen, die er traf, waren stolz auf ihre Kultur. Die Kultur ihres Stammes, ihres Clans. Sie wussten nicht viel von der Welt außerhalb ihres Kulturkreises, doch was sie sahen und hörten, verstärkte nur den Wunsch, diese Werte nicht anzunehmen.

Nichts brachte Deek mehr aus der Fassung als Dummheit und Arroganz. Unglücklicherweise hatte er in seiner Organisation oft genau damit zu kämpfen. Seine Studienwochenenden mit der gesamten Abteilung waren von seinen Mitarbeitern gefürchtet. Hier wurden Themen aus der Welt- und Kulturgeschichte intensiv behandelt. Die phönizischen Kriege, die minoische Kultur Kretas oder Kemal Atatürks Zwangsmodernisierung der Türkei. Jeder Mitarbeiter hatte dabei die Aufgabe, aus den Geschehnissen Bezüge zur Gegenwart zu nennen. In den Büros des CSG nannte man diese Seminare nur »Professor Deeks History Channel«.

Als einer der ganz wenigen Mitarbeiter wurde er beim Regierungswechsel nach der Wahlniederlage von Gordon Sebastian ins Team des neuen Präsidenten übernommen. Den Vorsitz des CSG musste er allerdings an einen Kollegen abgeben, der dem neuen Präsidenten näherstand. Deeks neuer Bereich war die internationale Zusammenarbeit. An seinem ersten Tag in der neuen Position sprach er nur halb im Scherz zu seinen Kollegen, er habe gar nicht gewusst, dass es so eine Abteilung überhaupt gebe. Die Degradierung schluckte er herunter. »Die Pflicht und die Arbeit gegen den Terror sind wichtiger als meine persönlichen Gefühle.«

Berlin, vor dem Bundeskanzleramt

Fast eintausend Journalisten aus vielen Ländern der Erde waren nach Berlin gereist. Auch viele arabische TV-Stationen hatten Ü-Wagen mit Satellitenschüsseln vor dem Gelände geparkt.

Die Nachrichtensprecherin eines großen deutschen Fernsehsenders stand mit einem Mikrofon vor dem Bundeskanzleramt. Im Hintergrund hielten sich Hundertschaften von schwer bewaffneten Polizisten. Der frische Sommerwind brachte die Frisur der Sprecherin immer wieder durcheinander. Mit der freien Hand strich sie die Strähnen aus dem Gesicht. Ihr Kollege gab ihr ein Zeichen und die Live-Übertragung begann:

»Zwei Tage nach der verheerenden Explosion einer Maschine der Saudi Arabian Airlines gibt es noch keine Hinweise auf die Hintergründe dieser Katastrophe. Als fast sicher gilt, dass es sich hierbei um einen Anschlag handelt. Die mit 112 Passagieren nur halb besetzte Maschine explodierte nur wenige Minuten, nachdem sie von Frankfurt aus in Richtung Riad gestartet war. Spekulationen und Mutmaßungen, dass es sich um einen Abschuss durch eine Boden-Luft-Rakete gehandelt haben könnte, wurden von offizieller Stelle bislang nicht bestätigt. Zeugen hingegen berichteten von einem raketenähnlichen Objekt, welches sich dem Flugzeug unmittelbar vor der Explosion genähert haben soll. Die Ratlosigkeit der verantwortlichen Sicherheitsexperten ist groß. Dem möglicherweise terroristischen Hintergrund dieses Unglücks konnte vor allem durch das Ausbleiben von Bekennerschreiben oder Hinweisen auf einschlägigen Internetseiten islamistischer Gruppen nicht nachgegangen werden. Der Bundeskanzler drückte der saudischen Regierung sein tiefstes Mitgefühl aus. Ferner verurteilte der Kanzler diesen feigen Anschlag aufs Schärfste. Die islamische Welt ist zutiefst geschockt über diese Katastrophe. Die geplante Reise des indischen Premierministers nach Afghanistan ist aufgrund der äußerst angespannten Sicherheitslage auf unbestimmte Zeit vertagt worden.«

Irgendwo in Deutschland weinte eine junge Frau und konnte ihr makaberes Glück nicht fassen. Sie hatte vor zwei Tagen geschäftlich nach Riad fliegen wollen. Sie war völlig aufgelöst gewesen, als sie gehört hatte, dass der Flug ausgebucht war. Ein wichtiger Termin und eine Präsentation, die über ihre berufliche Zukunft entscheiden sollten, hatten nicht stattfinden können.

»Dass kann doch nicht sein! Ist denn wirklich kein Platz mehr frei? Es ist sehr wichtig für mich, beruflich«, hatte die junge Frau ins Telefon gefleht.

Die Mitarbeiterin der Saudi Arabian Airlines hatte sie enttäuschen müssen. »Kein einziger Platz, nichts zu machen, es tut uns leid. Ja, es ist wirklich ungewöhnlich. Gestern waren noch genügend Plätze vorhanden. Es tut uns leid.«

Berlin, Spreebogen, Lagezentrum des Innenministeriums, ein paar Stunden später

»Gibt es schon etwas über die verwendete Waffe?« Mit dieser Frage eröffnete Ludwig Küng, Leiter der Sondergruppe des BKA, die Krisensitzung. Knapp achtundvierzig Stunden nach dem Anschlag hatten sich Mitarbeiter des eilig einberufenen Krisenstabs, der Sprecher des Bundeskanzlers, das Kommando Spezialkräfte der Bundeswehr (KSK), BKA-Terrorspezialisten, Vertreter des Innenministeriums und der Bundespolizei im Innenministerium versammelt. Die Sitzung war geheim, Pressevertreter mussten vor den verschlossenen Türen auf eine Erklärung warten.

Die Männer im Saal verneinten die Frage mit knappen Gesten.

»Keine Spur? Nichts?«, fragte Küng in die Runde.

»Wir können nur Vermutungen anstellen. Der Anschlag ist höchstwahrscheinlich nicht mit einem an Bord gezündeten Sprengsatz verübt worden. Möglicherweise war es eine Boden-Luft-Rakete. Eine Stinger«, berichtete der Leiter des Spezialistenteams vom BKA. Die Untersuchungen waren noch nicht vollständig abgeschlossen.

»Der Ansicht bin ich auch«, sagte Deek. »Aber ob es tatsächlich eine Stinger war, wage ich zu bezweifeln.«

»Darf ich fragen, wer sie sind?«, fragte Herbert Wolters, der Präsident des BKA.

»Mein Name ist Deek Miller. Ich bin Leiter der Abteilung Internationale Zusammenarbeit der US-amerikanischen Counterterrorism Security Group. Ihre Regierung dachte, dass es besser sei, wenn wir jetzt vernünftig zusammenarbeiten, anstatt uns gegenseitig zu behindern.«

»Herzlich willkommen in Deutschland, Mr Miller,« begrüßte ihn Küng.

»Ich war in Frankfurt an der Absturzstelle und glaube auch an eine Luftabwehrrakete. Doch die populäre Stinger, die vor allem durch den Krieg der Mudschaheddin gegen die sowjetischen Truppen in Afghanistan bekannt geworden ist, kann nach unseren Erkenntnissen nicht mehr benutzt werden.«

»Das ist mir neu«, sagte Küng.

»Seit dem Ende des Kriegs in Afghanistan haben wir mit einem Anschlag dieser Waffen gerechnet. Doch jetzt geht sehr wahrscheinlich keine Gefahr mehr von den Stingern aus. Die über zweihundert noch vorhandenen Einheiten unserer Armee brauchen zum Betrieb eine spezielle Batterie. Diese Batterien liefern anscheinend längst keinen Strom für die aufwendige Elektronik mehr. So haben sämtliche Modelle, die Anfang der Achtziger von der CIA nach Afghanistan gebracht wurden, nur noch musealen Wert.«

»Sie glauben aber auch an eine Boden-Luft-Rakete, nicht wahr?«, fragte Herbert Wolters.

»Ja, aber ich vermute, dass es sich bei der verwendeten Waffe um eine SA-7b, auch ›Grail‹ genannt, handelt. Die Grail ist eine infrarotgelenkte Rakete die von der Schulter aus abgefeuert wird und ursprünglich zur Abwehr von Bodentruppen gegen Luftbedrohungen diente.«

»Sie ist das russisches Gegenstück zu den amerikanischen Raketen Redeye und Stinger. Sie ist inzwischen leicht veraltet, dennoch weltweit und in verschiedensten Variationen zu finden«, erklärte der Leiter des KSK.

»Warum ist dann bislang noch kein einziger Terroranschlag weltweit, von welcher Seite auch immer, mit solch einer Rakete verübt worden?«, fragte ein Vertreter des Innenministeriums.

Deek ging langsam an das kleine Buffet am Fenster des Sitzungssaals. Er hatte seit dem mageren Frühstück im Flugzeug nichts gegessen. Auf dem mit einer weißen Leinendecke versehenen Arbeitstisch gab es nur Erdnüsse und Äpfel. Er nahm sich eine Flasche Apfelsaft und leerte sie in wenigen Schlucken. Deek beobachtete seine deutschen Kollegen. Keiner der Anwesenden hatte mit einem solchen Anschlag nur im Entferntesten gerechnet. So ähnlich sahen auch die Gesichter der Verantwortlichen in seinem Land nach solchen Katastrophen aus. Der Mensch stellt sich anscheinend nur Szenarien vor, die er bewältigen kann, dachte Deek. Alles andere erhielt leicht den Stempel »fantastische Horrorvisionen« oder »unseriöse Schwarzmalerei«. Deek hatte beide Klassifizierungen schon häufiger gehört.

»Für den Erwerb einer solchen Waffe braucht man viel Geld und einflussreiche Freunde. Plastiksprengstoff gibt es an jeder Ecke zu kaufen, aber eine solche hochentwickelte Waffe? So etwas ist sehr viel schwieriger«, sagte Deek.

»Ist diese Waffe denn in der Lage, ein ganzes Verkehrsflugzeug auseinanderzureißen, so dass die Trümmer die Größe von Bierdeckeln haben?« Der Innenminister wirkte misstrauisch.

»Die technischen Daten der Grail sind wirklich beeindruckend«, sagte Deek. »Mit Überschallgeschwindigkeit trifft der mit Sprengstoff gefüllte Gefechtskopf sogar Flugzeuge, die sich in über zwei Kilometern Höhe befinden. Der Angreifer ist bei der verheerenden Detonation schon längst verschwunden und in Sicherheit. Bei der Verwendung solcher Waffen spricht man nicht umsonst von ›fire and forget‹. Aber der Sprengstoff ist nur das eine Problem. Die Boeing 777 war für einen fast sechs Stunden langen Flug vollgetankt. 150 000 Liter Kerosin. Es ist wie an diesem verdammten 11. September.«

»Wir wollen dem lieben Gott danken, dass die Maschine nur zur Hälfte mit Passagieren besetzt war«, bemerkte Küng. Alle Anwesenden nickten stumm.

Deek beobachtete den Leiter der Sondergruppe des BKA. Küng war ein Mann in den späten Vierzigern. Leicht untersetzt, unsportlich, behäbig. Seine beginnende Stirnglatze versuchte er mit längeren Schopfhaaren zu kaschieren. Zum Lesen von Dokumenten nahm sich der Beamte immer eine faltbare Lesebrille aus der Hemdtasche.

»Wo fangen wir an?« Küng wollte Ergebnisse. Schon mehrmals hatte er nervös auf seine Armbanduhr geschaut.

Deek wandte sich an ihn. »Ich schlage vor, die Passagierlisten zu überprüfen. Konnten Sie schon Kontakt zur saudischen Regierung aufnehmen?«

»Ja, haben wir. Die Situation ist natürlich äußerst angespannt.«

»Kann ich die Liste mal sehen?«

»Sicher, hier ist sie.« Küng reichte Deek eine Mappe mit den Passagiernamen.

»Irgendwie hatte ich mir das gedacht.«

»Was denn?«, fragte Küng.

»Die Namen sind alle arabisch.«

»Die Maschine ging ja auch nach Riad«, sagte Küng.

»Riad ist die internationalste Stadt in Saudi-Arabien. Es ist äußerst ungewöhnlich, dass kein einziger Ausländer mitgeflogen sein soll.«

»Zufall.«

»Ja, vielleicht, aber irgendwas stört mich an der Sache.«

»Es gibt keinerlei Hinweise der Täter. Nichts im Netz, kein Bekennervideo«, erklärte Innenminister Diestel. »Wenn wir etwas gelernt haben sollten, dann, dass der Terror ein Publikum braucht wie ein Schauspieler das seine. Nichts ist passiert. Das macht mich misstrauisch.«

»Allerdings. Und dann diese hoch entwickelte Waffe.« Deek zog die Stirn in Falten.

»Meine Herren, der Bundeskanzler der Bundesrepublik Deutschland muss in wenigen Minuten vor die Weltpresse treten«, sagte der Sprecher des Bundeskanzlers. Er wirkte nervös. »Wie Sie bestimmt wissen, ist auch die arabische Welt äußerst gespannt, was unsere Regierung in dieser Krise zu ihrer Entlastung zu sagen hat. Etwas mehr brauche ich schon von Ihnen.«

»Wir sollten uns auf einen terroristischen Anschlag unbekannter Herkunft einigen«, empfahl die parlamentarische Staatsekretärin der Abteilung Innere Sicherheit.

Sie wurde sofort vom Vertreter des Bundespolizei abgebügelt. »Das berichten die Nachrichtensender weltweit schon den ganzen Tag. Das ist doch kein Ergebnis.«

Das Handy des Innenministers klingelte. Er nahm das Gespräch an, und augenblicklich entglitten ihm seine Gesichtszüge. Dann nickte er ein paarmal schwach, sprach ein paar zustimmende Worte und beendete das Gespräch. Fragend sah die gesamte Runde den Innenminister an.

»In Pakistan ist gerade ein Bürgerkrieg ausgebrochen. Die Militärregierung ist nicht mehr Herr der Lage. Islamabad droht zu fallen.«

»Als wäre die Lage nicht schon kompliziert genug«, sagte der Sprecher des Bundeskanzlers konsterniert.

Jetzt klingelte auch Deeks Handy. Und dann entstand ein skurriles Konzert einzelner Handymelodien. Wäre die Lage nicht so ernst, hätte man über die Situation schmunzeln können. Die Sitzung wurde aufgrund der veränderten weltpolitischen Lage auf den morgigen Tag verschoben.

Deek war müde und schleppte sich in sein Zimmer im Hotel Adlon am Brandenburger Tor. Mittlerweile war es früher Abend geworden. Er schaltete seinen Laptop an und checkte seine Mails. Wegen der Menge der Nachrichten war Deek schon auf das Schlimmste gefasst. Leider waren seine Befürchtungen berechtigt. Er entschloss sich, die Antworten erst am nächsten Morgen zu verfassen. Deek wollte seinen Kopf klar bekommen. Ein abendlicher Spaziergang schien ihm die beste Medizin zu sein. Er trat aus dem Hotel in die frische Abendluft von Berlin. Das geschichtsträchtige Tor mit der eindrucksvollen Quadriga stand vor ihm. Er sah dieses Monument das erste Mal in der Realität. Bislang hatte er nur die zahllosen Schwarz-Weiß-Fotos gekannt. Das Bild des Führers, stehend in seinem offenen Mercedes vor diesem Brandenburger Tor, kam ihm in den Sinn. Deek war besessen von der Geschichte des Zweiten Weltkriegs. Von der Geschichte der Machteergreifung der Nazis, der beispiellosen Mobilmachung, den Blitzkriegen. Gern hätte er in Berlin die vielen stummen Zeugen wie den Standort des Führerbunkers oder den Reichstag besucht. Der Häuserkampf um das eingeschlossene Berlin hatte ihn besonders gefesselt. Er verglich die abendliche Szenerie mit den Filmaufnahmen der russischen Armee, die jeden Vorsprung in Richtung Reichstag genau dokumentiert hatte. Er hatte gehört, dass es in Berlin noch immer Gebäude mit Einschusslöchern gab. Aber Deek war in Berlin, um einen anderen Kampf zu gewinnen.

Nachdem er das Tor passiert hatte, wandte er sich nach links. Er ging an der Demarkationslinie, dem Standort der »Berliner Mauer«, vorbei zum Mahnmal der ermordeten europäischen Juden. Viele seiner Freunde in den USA waren jüdischer Herkunft. Er musste an den unvorstellbaren Horror der Konzentrationslager denken und schüttelte fassungslos den Kopf. »Warum ist unsere Welt nur so voller Hass?«, fragte er sich an diesem Abend nicht zum ersten Mal.

Er folgte der Straße zum Potsdamer Platz hinunter. Hier stand eine riesige Bronzeskulptur der Weltkugel. Sie wurde mit gewaltigen Scheinwerfern von unten angestrahlt und tauchte die Umgebung in ein gedämpftes Licht. Zwei riesige Hände waren wie zum Schutz über der Skulptur gefaltet.

Auf der im Boden eingelassenen Tafel stand:

Zum Gedenken an die Opfer des Pockenanschlages in Deutschland und Europa

Und seitlich davon, wo eine »ewige Flamme« einen schwachen Schein warf, war ein Bibelzitat zu lesen:

Selig sind die Friedfertigen,
denn sie werden Gottes Kinder heißen
Matt. 5, 9

Deek hatte früher auch das Ressort »Bioterror« in den USA geleitet. Er stand in ständiger Verbindung mit dem »Krisenstab Pocken« in Deutschland. Nach den Anthrax-Anschlägen war auch in den USA die Gefährdung durch Biowaffen in den Händen von Terroristen real geworden. Der Horror, der Deutschland und Europa fast ausradiert hatte, war in Deeks Land aber bislang nur grausames Drehbuch für Simulationen und Übungen gewesen.

Es hatte angefangen zu regnen. Deek richtete sein Gesicht gen Himmel und genoss das kühle Nass auf der Haut. Er legte den Kopf tief in den Nacken und schloss die Augen. Der Regen lief ihm die Stirn hinunter. Das erste Mal an diesem Tag lächelte er zaghaft. Er schlurfte weiter durch die Stadt, folgte einfach dem Weg, den seine Füße ihn trugen. Vorbei an der Neuen Nationalgalerie, diesem kühlen, nüchternen Meisterwerk von Mies van der Rohe. Es sah spätabends noch eindrucksvoller aus. Die Umrisse des Gebäudes hoben sich nur schwach vom dunklen Himmel ab. Weiter ging es durch etwas engere Straßen zum Kurfürstendamm. Deek war schon über zwei Stunden unterwegs. Auf den Gehwegen bildeten sich bereits große Pfützen. Seine Kleidung war völlig durchnässt, die Schuhe waren aufgeweicht. Vom Hosensaum floss ihm ein stetiges Rinnsal in die Strümpfe hinein.

An einer Straßenecke bemerkte er die Leuchtreklame eines Bierlokals. Er öffnete die Tür, und eine schwere Wolke aus verbrauchter Luft und Bierdunst schlug ihm entgegen. Wie schade, dass man auch in Deutschland in den Kneipen nicht mehr rauchen darf, dachte sich Deek. Vor allem in Kneipen und Bars überkam ihn seine Sucht nach Nikotin. Er hatte sich das Rauchen immer wieder abzugewöhnen versucht, und doch hatte das Laster immer wieder gesiegt.

Er setzte sich an einen der vielen leeren Tische und bestellte sich ein Bier. In einer Ecke hing ein Fernseher. Der Ton war abgestellt. Ein Nachrichtensender übertrug Bilder der Absturzstelle in Frankfurt. Vor der nächtlichen Szenerie stand ein Reporter im Regen und berichtete wohl über die neuesten Erkenntnisse. Deek wusste nur zu gut, wie wenig es war, was sich zu berichten lohnte.

Ein Kneipengast gestikulierte mit der Bierflasche in der Hand wild herum und machte seinem Unmut Luft. »Geschieht den Scheißmoslems ganz recht. Weg mit diesen Ratten!«

»Keine solchen Sprüche in meinem Lokal!«, fuhr ihn der Wirt an.

»Ist ja gut. Weißt schon, wie ich das meine.« Der Gast widmete sich wieder seinem Bier.

Deek schaute sich um. An dem langen Tresen saßen ein paar offensichtliche Dauergäste, die sich kaum bewegten. Nur das sporadische Heben und Senken der Bierflaschen unterbrach ihre sonst meditative Ruhe. Im hinteren Teil stand ein Glücksspielautomat, der ab und zu seine simplen Melodien abspielte, um auf sich aufmerksam zu machen. Emailleschilder mit alten Werbemotiven verzierten die schmuddeligen Wände. Von irgendwoher kam leise Musik. Zu leise, um der Melodie zu folgen.

Die Eingangstür öffnete sich, und ein Schwall frischer Nachtluft wehte in das Lokal. Eine Frau Anfang dreißig betrat den Raum. Sie passte so wenig hierher wie eine Dichterlesung auf einen Schlachthof. Deek drehte sich um. Die Frau trug einen kurzen schwarzen Trenchcoat, den sie mit einem breiten Gürtel eng um die Hüften gerafft hatte. Ihre enge blaue Jeans endete in schlichten dunklen Sneakers. Die glatten braunen Haare waren durch den Regen nass geworden und klebten an ihrer hohen Stirn. Ihre grünen Augen waren auffallend groß.

Die junge Frau setzte sich an einen der leeren Tische, schälte sich aus dem regennassen Trenchcoat und hängte ihn zum Trocknen über den Stuhl neben sich. Deek hatte sich gerade ein zweites Bier bestellt und schaute zu ihr hinüber. Ein älterer, ungepflegt aussehender Mann näherte sich dem Tisch der Frau.

»Na, Kleine, ganz alleine?«

Die Frau schaute demonstrativ in die andere Richtung, als der Mann nun mit der Bierflasche in der Hand stark angetrunken vor ihr herumtänzelte. Er war jetzt kaum einen Meter von ihr entfernt.

»Wie wär's denn mit 'nem Küsschen?«

»Bitte lassen Sie mich in Ruhe. Verschwinden Sie!« Mit einem hilfesuchenden Blick wandte sie sich an Deek.

Er ging hinüber und schob mit sichtlichem Ekel den liebestollen Trinker vom Tisch weg. »Lassen Sie die Dame in Ruhe. Los! Hauen Sie ab!«

»Harry, mach keinen Ärger, du bekommst doch sowieso keinen mehr hoch.« Der Wirt stellte dem Mann ein weiteres Bier auf den Tresen.

Die Frau lächelte Deek entgegen. »Vielen Dank für Ihre Hilfe. Ich habe schon das Schlimmste befürchtet. Setzen Sie sich doch.«

»Keine Ursache, gern geschehen.« Deek nahm die Aufforderung an und setzte sich an ihren Tisch.

»Oh, Sie kommen nicht von hier.«

»Ist mein Akzent so verräterisch? Ich bin Amerikaner. Aus Washington. Mein Name ist Deek Miller.«

»Ich heiße Sara.«

Der Wirt stellte ein großes Bier auf den Tisch.

»Geht aufs Haus. Prost!«

Sara kam mit dem Gesicht in den Schein der schmiedeeisernen Deckenlampe. Wangen und Stirn waren mit kleinen Kratern und Narben übersät. Deek musterte ihre Hände. Auch hier waren die Wunden von zerstörter Haut zu sehen. Es dämmerte ihm. Er schaute rasch weg und hoffte, dass sie seine Blicke nicht bemerkt hatte.

»Ich habe es überlebt. Meine beiden Brüder leider nicht. Ich versuche nicht, meine Narben zu verstecken, obwohl das viele Opfer tun.«

Deek vermied es, ihr in die Augen zu schauen. Dann fasste er sich, hob den Kopf und sah ihr in die funkelnden grünen Augen. Sie lächelte wieder. Deek lächelte zaghaft zurück.

»Wie gefällt Ihnen Berlin?«

»Gut, sehr gut. Ich bin allerdings erst einen Tag hier.«

»Wollen wir nicht irgendwo hingehen, wo es etwas netter ist? Ich kenne ein sehr schönes Café. Es hat die ganze Nacht auf. Und ehrlich gesagt sind die Gäste dort ein bisschen zivilisierter.« Sara sah Deek freundlich auffordernd an.

»Warum nicht. Ist es weit?«

»Nein, es ist gleich um die Ecke.«

Sie verließen gemeinsam das Lokal. Beim Rausgehen betrachtete Deek ihre vollendete Figur.

Es hatte aufgehört zu regnen. Die Luft war klar und kühl. Sara führte Deek über ein paar Seitenstraßen in ein Viertel mit vielen Restaurants und Gaststätten. Auf der linken Seite der Hauptstraße befand sich ein Kanal. Gegenüber standen Fabrikgebäude, deren Etagen umgebaut worden waren und den vielen kreativen Unternehmern als Lofts dienten. »Die heilige Krippe« war ein schummriges Nachtcafé. Die Wände waren in ein warmes Ocker getaucht. Die Einrichtung bestand aus dunklem Holz und Edelstahl. Hinter dem langen

Tresen hing eine grüne Tafel, auf die mit weißer Kreide die Tagesgerichte geschrieben waren. Am Ende des linken Flügels sah man ein großes Holzkreuz an der Wand. Verschiedene Tageszeitungen und politische und christliche Zeitschriften lagen überall verstreut. Der Wirt, ein kurzrasierter Enddreißiger, begrüßte Sara mit einer knappen Geste. Die Sitzgelegenheiten bestanden aus weichen Polstermöbeln mit altmodischen Bezügen.

Ganz in der Nähe der beiden stand eine altmodische Jukebox. Deek war gleich die anspruchsvolle Musikauswahl in diesem Café aufgefallen. Die Stücke erinnerten ihn an seine wilden Collegejahre. Als die Bedienung an den Tisch kam, bestellte er eine Flasche Rotwein und zwei Gläser.

»Was treibt denn einen Amerikaner nach Berlin?«, fragte Sara ihn.

»Berufliche Gründe. Ich arbeite für die amerikanische Regierung.«

»Es hat bestimmt etwas mit dem Flugzeugabschuss zu tun, oder? Schrecklich, diese Gewalt. Wissen Sie, wenn Sie einmal selbst Opfer eines Terroranschlags geworden sind, ist es so, als ob man jedes Mal sein eigenes Leid noch einmal durchlebt, den Schmerz der Hinterbliebenen spürt und ihre Hilflosigkeit fühlen kann.«

»Ja, Sie haben Recht. Ich bin wegen des Anschlags hier«, sagte Deek. »Ich bin hier, um den deutschen Sicherheitskräften zu helfen und die Kooperation mit den amerikanischen Behörden in die Wege zu leiten.«

»Das klingt gut. Ich hoffe, Ihre Arbeit ist erfolgreich.«

Der Rotwein war schwer und aromatisch. Als ihre Gläser sich zum Zuprosten trafen, blickte Deek ihr offen ins Gesicht.

»Ich bin Sara.«

»Deek.«

Ein warmer, angenehmer Schauer überkam ihn, der bis in die Füße reichte. Während Sara anfing, etwas über ihre Heimatstadt Berlin zu erzählen, bewunderte Deek ihre schöne, etwas zur Seite gebogene Nase. Er fuhr mit den Augen an ihrem vollen roten Mund entlang, ging mit dem Blick zurück zu ihren ausgeprägten Wangenknochen, um schließlich bei ihren Augen stehen zu bleiben. Das Grün ihrer Iris schien zu pulsieren und sich ständig zu verändern. Er hatte den Anfang von Saras Frage nicht verstanden und bat sie, diese noch einmal zu wiederholen.

»Warst du schon auf der Siegessäule, beim Friedensengel?«

»Nein, noch nicht.«

»Es ist mein Lieblingsort in Berlin. Ich bin schon mal nachts über die Absperrung geklettert und die Stufen hinauf zum Ausguck gelaufen. Es ist einfach wunderschön. Die Aussicht, die Lichter, einfach unbeschreiblich.«

Sara erklärte ihm die wechselvolle Geschichte der Siegessäule und ihre kulturhistorische Bedeutung für die Stadt.

»Die Franzosen wollten die Säule nach dem Krieg in die Luft sprengen, aber da haben die anderen nicht mitgemacht.«

Aus der Jukebox kam ein Song, den Deek besonders mochte. Er schloss für einen Moment die Augen und spielte den Rhythmus mit den Händen mit.

»Du bist musikalisch. Wunderbar. Wollen wir tanzen?«

»Bestimmt nicht. Ich bin wahrscheinlich der schlechteste Tänzer der Welt.«

»Glaub ich nicht. Wir machen ein Spiel, okay? Wenn ich deinen Lieblingsmusiker errate, tanzt du mit mir.«

»Einverstanden. Da kommst du sowieso nicht drauf.«

Sara ging zur Jukebox und knabberte auf der Unterlippe,

während sie überlegte. Sie lächelte Deek zu. Die ersten Töne von Prince' »The Most Beautiful Girl in the World« kamen aus dem Lautsprecher.

»Unglaublich. Woher wusstest du …«

»Das nennt man weibliche Intuition. Ich warte übrigens schon auf meinen Tanzpartner.«

Deek stand auf und nahm noch einen großen Schluck Rotwein, bevor er mit Sara zu tanzen begann. Nach ein paar weiteren Songs aus der Box standen sie sich eng umschlungen auf der Tanzfläche gegenüber.

»Komisch, es kommt mir so vor, als ob wir uns schon ewig kennen würden«, hauchte Sara.

»Ich weiß, was du meinst.«

Ganz langsam näherte sich Sara, bis sich ihre Lippen berührten. Es folgte ein langer leidenschaftlicher Kuss. Dann schaute Deek wieder in Saras Augen und merkte, wie ihm das Blut in den Kopf schoss.

Als die beiden wieder an ihrem Tisch saßen, lagen ihre Hände aufeinander. Immer wieder streichelte Sara mit ihren schmalen, grazilen Finger über Deeks Handrücken.

»Hast du schon mal vom ›Haus der Cherubim‹ gehört?«, fragte sie ihn.

»Cherubim? House of the Cherubim? Ich glaube schon. Das gibt es auch in den USA, oder? Warum fragst du?«

»In den USA, in Frankreich, Italien, halb Europa und auch in Südamerika. Als die Pocken ausbrachen, haben die Menschen vom ›Haus der Cherubim‹ uns allen sehr geholfen. Menschen, die in Not waren. Kranken, Waisen und auch den Sterbenden.«

»Hat denn die Regierung nicht geholfen?«

»Doch, schon, aber alles war so kompliziert, weißt du? Die Cherubim haben nicht lange gefragt, sondern einfach geholfen. Die brachten zum Beispiel warme Mahlzeiten zu kranken und hilflosen Menschen. Sie beteten mit uns und sangen Lieder. Bei den Kirchen haben sie nachgefragt, wo sie helfen könnten. Gottes Liebe und Barmherzigkeit sind für euch da, haben die Cherubim den Kranken versichert. Glaubst du an Gott, Deek?«

»Ich bin christlich erzogen worden. Meine Eltern sind Protestanten. Ich gehe aber nicht regelmäßig in die Kirche, wenn du das meinst.«

»Mir war die Kirche früher auch völlig fremd. Ich hätte nie gedacht, dass ich mal regelmäßig beten würde. Aber das mit den Pocken hat alles verändert. Es muss jemanden geben, einen Gott geben. Ich bin für seine Liebe und die Zuwendung unendlich dankbar. Durch die Cherubim habe ich diese Liebe kennengelernt. Ich bekomme von den Cherubim übrigens ein Stipendium und studiere Kunstgeschichte. Deshalb bin ich auch so schlau.«

Sara lächelte und lehnte sich über den Tisch, um Deek einen Kuss zu geben.

»Ich finde dich faszinierend, Deek. Und wenn ich Männer faszinierend finde, muss ich sie einfach küssen.«

Deek genoss die angenehme Erregung im ganzen Körper und schaute immer wieder in Saras grüne Augen.

»Ich würde dich gern wiedersehen, Deek.«

Deek nickte. Sara schrieb ihm ihre Handynummer auf und führte ihn dann zum nächsten Taxistand. Auf dem Weg dorthin nahm sie zärtlich seine Hand. Unter dem Schein einer einzelnen Straßenlaterne blieben sie stehen, um sich noch einmal lange zu küssen. Als Deek mit seinen Lippen Saras Nacken berührte, war er ziemlich verwundert. Er hatte die Folgen ihre Pockenerkrankung in den letzten Stunden überhaupt nicht mehr wahrgenommen, diese Narben in ihrem Gesicht und auf ihrem Körper einfach ausgeblendet.

Als Deek im Taxi saß, blickte er sich um. Er wollte sie noch einmal sehen. Sie winkte ihm zu. Deek drehte sich auf dem Taxisitz so weit wie möglich nach hinten und winkte zurück. Er fühlte sich wieder wie auf der Highschool. Das Kribbeln nach dem ersten Date. Als sein Hals gänzlich zu verspannen drohte, setzte er sich mit einem zufriedenen Gesicht in Fahrtrichtung des Taxis.

Kaum im Hotelzimmer angekommen, legte sich Deek rücklings aufs Bett. Das schlechte Gewissen plagte ihn. Er nahm sein Handy, schaute kurz auf die Uhr und rief dann seine Exfrau Betsy an. Sie waren seit elf Monaten geschieden, doch immer wenn er sich für eine andere Frau interessierte, fühlte er sich, als ob er Betsy betrügen würde. Sie war gerade geschäftlich in New York. Deek stellte sich die Skyline vor. Die Wolkenkratzer, das Lichtermeer und die neue Freiheitsstatue. Eine gigantische, 1776 Fuß hohe genaue Kopie der ehemaligen kupfernen Lady. Aus Sicherheitsgründen war sie nun allerdings komplett aus hochfestem rostgrünem Stahlbeton gefertigt. Die neue Freiheitsstatue war nachts illuminiert wie ein Football-Feld im Flutlicht.

»Hallo, Betsy, ich bin es.«

»Hallo, Deek, alles in Ordnung bei dir? Was machst du denn noch so spät? Bei dir ist es doch schon halb drei, oder?«

»Ja, halb drei. Ich konnte nicht schlafen.«

Deek fühlte sich ertappt. Von dem Kribbeln und der aufkeimenden Leidenschaft der letzten Stunden war nichts mehr übrig geblieben. Er dachte an seine beiden Kinder und an ihr ehemaliges gemeinsames Haus.

»Ich wollte dir nur sagen, dass ich dich … dass ich sehr an dich denke.«

»Ich denke auch an dich, Deek, aber warum bist du so ernst? Ist etwas mit deinem Job?«

»Bei der Sache mit dem Flugzeugunglück in Deutschland handelt es sich wohl tatsächlich um einen Anschlag, aber sonst wissen wir gar nichts, und das macht mich ziemlich nervös.«

»Du schaffst das Deek. Wie du immer alles schaffst. Du bist doch immer noch Lulu für mich. Geh jetzt einfach schlafen. Morgen sieht die Welt ganz anders aus. Glaub mir.«

Wie Recht sie damit hatte, konnte sie nicht ahnen.

Deek legte auf und schaltete den Hotelfernseher ein. Er zappte durch die Programme und hielt bei einem Musiksender an. Ein treibender Dance-Titel dröhnte aus den kleinen Lautsprechern des TV-Geräts. »My Love Will Guide You« hieß der Song. Eine Frau mit einem knappen schwarzen Lederrock tanzte mit einer Gruppe von Männern im Smoking um die Wette. Sie hauchte immer wieder die Zeile »My love will guide you« ins Mikrofon. Deek verglich die Tänzerin aus dem Video-Clip mit Sara. Er sah sie im Wegdämmern vor sich tanzen. Schließlich schlief er ein, und die Fernbedienung rutschte ihm aus der Hand.

Am nächsten Morgen fand sich Deek noch vollständig bekleidet auf dem Hotelbett wieder, und ein lauter Rap-Titel schallte aus dem Fernseher. Sein Hoteltelefon klingelte. Deek zuckte zusammen. Das war die Terminerinnerung für die Sitzung im Innenministerium. Er schaute auf die Uhr: Es blieb ihm nur noch eine Dreiviertelstunde. Er zog sich schnell an. Vor dem Hotel wartete bereits ein Taxi, um ihn zum Spreebogen zu bringen. Für die wenigen Kilometer brauchte der beige Mercedes fast eine halbe Stunde. Nervös fragte Deek nach dem Grund der Verzögerung.

»Wenn Se Stress machen wollen, könn Se gleich zu Fuß

loofen. Is wo' irjendwie so 'ne Demonstration. Nüscht zu machen.« Der Fahrer berlinerte so stark, dass Deek ihn kaum verstand.

Der moderne Glas- und Stahlpalast befand sich gegenüber dem Schloss Bellevue. Aufgrund der verschärften Sicherheitslage war der Weg zum Innenministerium für Fahrzeuge gesperrt, also musste Deek die letzten hundert Meter tatsächlich zu Fuß laufen. Am Eingangstor verlangten die Sicherheitsleute von ihm, dass er sich auswies, und zogen den Pass dann durch ein Lesegerät. Ein lauter Ton war zu hören, begleitet vom Blinken einer roten Lampe. Die Prozedur wurde noch einmal durchgeführt. Wieder ein lauter Ton und das Blinken. Die Sicherheitsschranke blieb geschlossen.

»Meine Herren, ich muss dringend zur Krisensitzung. Mein Name ist Miller. Deek Miller vom CSG der Vereinigten Staaten von Amerika.«

Einer der Beamten kramte umständlich sein Diensthandy aus der Brusttasche hervor. Er murmelte ein paar Worte hinein und drehte sich dann wieder zu Deek um. »Es tut mit leid, alle Verantwortlichen sind in einer Sitzung im großen Saal. Ich darf dort niemanden stören.«

»Genau da will ich ja hin. Zu dieser Sitzung. Verdammt, verstehen Sie das denn nicht?«

Die Miene des Beamten blieb unbewegt. Nur die rechte Hand ließ er etwas näher zum Sicherungshebel seiner Dienstwaffe wandern.

»Lassen Sie mich bitte in die Sitzung. Meine Arbeit ist im Sinne der nationalen Sicherheit. Verstehen Sie?«

Nun telefonierte der Kollege des Beamten noch einmal, aber auch das brachte nichts. »Die Sitzung hat bereits begonnen. Uns liegt keine Nachricht über noch einzutreffende

Personen vor. Ich muss Sie jetzt bitten, den Sicherheitsbereich zu verlassen.«

Deek war außer sich. Wutentbrannt ging er zurück zum Eingangsbereich. Auf dem Weg dorthin fluchte er und verwünschte die Beamten.

Ein paar hundert Meter entfernt im großen Saal sagte der Innenminister: »Ich vermisse diesen Amerikaner Deek Miller. Weiß jemand, ob er noch kommt? Seine gestrigen Ausführungen waren äußerst hilfreich.«

»Oh, ich habe eine Nachricht aus dem Hotel Adlon bekommen. Mr Miller ist erkrankt. Es tue ihm sehr leid. Er bittet um eine Zusammenfassung der heutigen Ergebnisse.« Ludwig Küng erklärte den von ihm fingierten Sachverhalt äußerst überzeugend. Alles hatte geklappt. Auch die Sperrung von Deeks Sicherheitsausweis.

Deek lief frustriert in sein Hotel zurück. Die livrierten Pagen grüßten ihn förmlich, und völlig unbewusst legte er militärisch korrekt die rechte Hand an die Schläfe. In seinem Zimmer ließ er sich aufs Bett fallen und zog sein Handy aus der Jackentasche. Er wollte schon die Nummer in Washington wählen, als ihm einfiel, dass es dort mitten in der Nacht war.

Deek nahm seinen Computer aus dem Reisegepäck, um die Zeit mit etwas Arbeit zu überbrücken. Er wählte den Laptop ins Funknetz des Hotels ein. Währenddessen musste er wieder an Sara und an den Anschlag mit den Pockenviren denken. Ein Mausklick weiter, und er war im Internet. »Cherubim« war das erste Wort, das er in das Suchprogramm eingab.

Gleich unter den ersten Treffern fand er eine Definition:

Cherub (Plural Cherubim) war im Alten Testament und im Alten Orient ein geflügeltes Fabelwesen mit einem Tierleib und einem Menschengesicht. Später vor allem als Engel bekannt. Die Cherubim werden als Wächter des Paradieses und als Träger des Thrones Gottes beschrieben. Damit die ersten Menschen nach ihrer Sünde nicht mehr in den Garten Eden zurückgelangen konnten, standen Cherubim am Eingang des Paradieses. (vgl. Hes. 1,5 ff.)

Deek schaute in die Schublade neben seinem Bett. Er nahm die Bibel dort heraus und schlug Hesekiel, Kapitel 1 auf:

Und darin war es gestaltet wie vier Tiere, und dieselben waren anzusehen wie Menschen. Und ein jegliches hatte vier Angesichter und vier Flügel. Und ihre Beine standen gerade, und ihre Füße waren gleich wie Rinderfüße und glänzten wie helles glattes Erz. Und sie hatten Menschenhände unter ihren Flügeln an ihren vier Seiten; denn sie hatten alle vier ihre Angesichter und ihre Flügel. Und je einer der Flügel rührte an den andern; und wenn sie gingen, mussten sie nicht herumlenken, sondern wo sie hingingen, gingen sie stracks vor sich. Ihre Angesichter waren vorn gleich einem Menschen, und zur rechten Seite gleich einem Löwen bei allen vieren, und zur linken Seite gleich einem Ochsen bei allen vieren, und hinten gleich einem Adler bei allen vieren. (…) Wo sie hingingen, da gingen sie stracks vor sich, sie gingen aber, wo der sie hintrieb, und mussten nicht herumlenken, wenn sie gingen. Und die Tiere waren anzusehen wie feurige Kohlen, die da brennen, und wie Fackeln; und das Feuer fuhr hin zwischen den Tieren und gab einen Glanz von sich, und aus dem Feuer gingen Blitze. Die Tiere aber liefen hin und her wie der Blitz.

Dann fand er in den Suchergebnissen im Internet folgenden Eintrag:

Cherubim, Haus der Cherubim. Karitative Organisation, die sich um die Hilfe benachteiligter Menschen in Europa und den USA kümmert. Auch um Opfer von Naturkatastrophen oder Kriegen. Besondere Bedeutung in Deutschland durch den Einsatz nach Pockenepidemie.
Zahlreiche nationale Verbände, Hauptsitz des Dachverbandes in Hamburg, Deutschland.

Deeks E-Mail-Programm meldete den Eingang neuer Nachrichten. Als er es öffnete, waren auf dem Bildschirm zunächst nur zusammenhangslose Zeichen zu erkennen. Ein weiterer Tastendruck, der erfolgreiche Daumen-Scan am Rand des Laptops, und dann wurden die E-Mails nach und nach entschlüsselt. Der Inhalt ließ Deeks Stirnfalten noch tiefer werden: interne Memos über die politische Entwicklungen, Nachrichten der Geheimdienste und immer wieder ein Stichwort – Pakistan.

Deek schaltete den Fernseher ein und wählte einen englischsprachigen Nachrichtensender. Man sah verwackelte Bilder aus Islamabad, der Hauptstadt Pakistans. Aus gepanzerten Fahrzeugen wurde auf Demonstranten geschossen. Leichen lagen auf den Straßen. Straßenbarrikaden brannten. Wie die Bilder sich doch immer wieder ähnelten. Jetzt also Pakistan, dachte Deek. Sofort schossen ihm die Bilder des erfolgreichen Atomwaffentests von 1998 durch den Kopf.

Am 29. Mai waren in der Provinz Belutschistan fünf atomare Sprengköpfe gezündet worden.

»Und wir, die CIA, haben Pakistan auch noch dabei geholfen«, sagte Deek leise. Der Vater der Bombe, Abdul Kadir Khan, war zum Nationalhelden erklärt worden. Auch Deutschland hatte diesen genialen Physiker ausgebildet. Damit war Pakistan – wen auch widerwillig – in den elitären Club der Nuklearmächte aufgenommen worden.

Jetzt tobte ein brutaler Bürgerkrieg in diesem Land, und es konnte das geschehen, was alle Experten am meisten befürchteten: Atomwaffen in den Händen von Terroristen.

Kapitel 5

> Und das Kind wuchs und ward entwöhnt; und Abraham machte ein großes Mahl am Tage, da Isaak entwöhnt ward. Und Sara sah den Sohn Hagars, der Ägyptischen, den sie Abraham geboren hatte, dass er ein Spötter war, und sprach zu Abraham: Treibe diese Magd aus mit ihrem Sohn; denn dieser Magd Sohn soll nicht erben mit meinem Sohn Isaak.
>
> *(Gen 21,8–10)*

Gemeinsam mit dem gesamten auserwählten Heer Christi, der uns große Tapferkeit verliehen hat, befinden wir uns nun seit dreiundzwanzig Wochen auf dem Vormarsch in die Heimat unseres Herrn Jesu. Wir eilten mit großer Freude der Hauptstadt Antiochia entgegen, belagerten sie und wurden dort oft in Kämpfe mit den Türken verwickelt. Wir bemühten uns, ihnen zuvorzukommen, und kämpften mit dem wildesten Mut unter der Führung Christi. Und in allen diesen sieben Schlachten besiegten wir und töteten wir dank Gottes Hilfe eine unermessliche Schar von Feinden. Gewiss wurden in diesen Schlachten und in sehr vielen Angriffen auf die Stadt auch viele von unseren Brüdern und Gefolgsleuten getötet und ihre Seelen in die Freuden des Paradieses emporgetragen. Die Stadt Antiochia erschien uns sehr weit ausgedehnt, mit unglaublicher Macht verteidigt und beinahe uneinnehmbar. Zudem waren mehr als fünftausend kühne Türken in der Stadt, noch nicht eingerechnet die Sarazenen, Araber, Turkopoliten, Syrer, Armenier und Angehörige anderer Rassen, von denen sich eine unermessliche Schar dort versammelt hatte. Im Kampfe mit diesen Feinden Gottes, die auch unsere Feinde sind, haben wir bis jetzt mit Gottes Gnade viele Leiden und unermessliche Unbill überstanden.

Als dann Kaspian, der Emir von Antiochia merkte, dass er von uns arg bedrängt wurde, sandte er seinen Sohn namens Sensodolo zum Fürsten, der Jerusalem hält, und zu den Fürsten von Aleppo und Riodan. Fünf Emire kamen plötzlich mit zwölftausend auserlesenen türkischen Reitern den Einwohnern von Antiochia zu Hilfe. Aber kurz bevor sie die Stadt erreichten, griffen wir sie über eine Distanz von drei Meilen hinweg mit siebenhundert Soldaten in einer Ebene in der Nähe der Eisernen Brücke an. Wie auch immer, Gott kämpfte für uns, die ihm treu ergeben waren, gegen unsere Feinde. Denn an jenem Tag kämpften wir mit einer Kraft, die Gott uns gegeben, besiegten sie und töteten eine große Zahl. Gott war ständig an unserer Seite, und wir kehrten mit mehr als zweihundert Köpfen zurück, damit sich die Leute an ihrem Anblick erfreuen konnten.

Leo Malzahn schloss das Buch über den ersten Kreuzzug wieder. Der Brief, den er darin gerade gelesen hatte, war am 29. März 1098 verfasst worden. Der Graf von Blois und Chartres hatte diese Zeilen seiner Frau Adele geschrieben, um sie wissen zu lassen, dass es ihm gutgehe. Antiochia war eine der fünf wichtigsten Städte des Römischen Reichs gewesen. Antiochias Macht und Reichtum waren sagenumwoben. Doch hinter den Mauern dieser Stadt hatte noch eine andere, viel geheimnisvollere Geschichte ihren Lauf genommen. Leo Malzahn kannte sie auswendig.

Peter Bartholomäus wurde irgendwann im Jahr 1054 in

einer so unbedeutenden Siedlung in der Provence geboren, dass die Geschichtsschreibung den Namen seines Dorfes oder seiner Stadt längst vergessen hatte. Er wurde einfacher Bauer wie sein Vater und sein Großvater zuvor. Er arbeitete von morgens bis spät in die Nacht auf den Feldern seiner Lehnsherren. Im Jahr seiner Geburt spaltete sich gerade die lateinische Kirche von der byzantinischen, später orthodoxen, ab. Es war eine turbulente Zeit, in der sich Fürsten und Bischöfe im ständigen Streit um Macht und Reichtum befanden.

Unter der erdrückenden Macht der mittelalterlichen Kirche fristete er das ärmliche Dasein eines unfreien Landarbeiters. Anfang November des Jahres 1095 hatte Peter Bartholomäus von einer öffentlichen Synode des Papstes in der Stadt Clermont in der Auvergene gehört. Seit zehn Tagen war er deshalb schon unterwegs. Von seinem kleinen Dorf in der Provence in die große Bischofsstadt waren es viele beschwerliche Meilen, eine Reise, die er gegen viele Widerstände verteidigen musste. Er besaß kein Geld für Wegzehrung und war gezwungen, zu betteln oder sich seine Nahrung von den Feldern zu klauen. Aber ein tiefes Gefühl sprach aus seinem Herzen zu ihm. Er spürte eine nie zuvor gekannte Kraft, die ihn zu dem entbehrungsreichen Fußmarsch antrieb. Als er schließlich am Morgen des elften Tages an den Rand von Clermont gelangte, bekreuzigte er sich und dankte dem Herrn, dass seine Beine ihn so weit getragen hatten. An jenem Novembermorgen war es kalt und feucht. Der Wind trug schwere, tiefe Wolken auf das riesige Stoppelfeld, auf dem die Rede des Papstes zu hören sein sollte. Auf diesem Feld nun drängten sich Leute aller Klassen. Arme Bauern wie er selbst neben Erzbischöfen, Äbten, Priestern, Fürsten und freien Bürgern. Die Nähe der vielen

Menschen machte das Wetter etwas erträglicher. Er zog sich den Kragen seiner mottenzerfressenen Kutte höher ins Gesicht. Abschriften der folgenden Rede des Papstes wurden schon unter den kirchlichen Würdenträgern verteilt. Bartholomäus bemerkte einen dieser handgeschriebenen Zettel. Natürlich konnte er die Schriftzeichen nicht lesen, aber er konnte ihre ungeheure Bedeutung erahnen. Der Papst saß auf einem erhöhten verzierten Thron, beobachtete zufrieden die vielen Tausend Zuhörer und begann dann seine Ansprache. Er sprach mit einer tiefen, volltönenden Stimme auf Französisch. Trotz seiner 53 Jahre hatte Urban II. die Ausstrahlung eines Mittdreißigers. Er zitierte das Buch Daniel in der Interpretation des heiligen Hieronymus. Nach seiner Auslegung würde eines Tages der Antichrist selbst auf dem Ölberg stehen und sich fühlen wie Gott, Könige grausam hinrichten lassen und Angst und Schrecken in der Welt verbreiten. Eine Armee von Christen, so Hieronymus, würde dann vom Herrn ermutigt werden, die heiligen Stätten zurückzugewinnen, um Platz für das Reich Christi zu machen. Die Menge johlte. Dann lenkte der Papst die Aufmerksamkeit seines Publikums auf die Schändungen von Kirchen durch eine gottentfremdete Rasse aus Persien. Selbst die Grabeskirche des Herrn Jesu Christi sei nun in der Hand von Ungläubigen. Er berichtete von bestialischen Folterungen und Vergewaltigungen in den heiligsten Stätten des Christentums. Schließlich forderte er die Menge auf, sich zu wehren, die Schändungen und Erniedrigungen zu beenden, zu den Waffen zu greifen, um Gottes Wort zu erfüllen.

Die Menge jubelte und klatschte wie wild. Urban II. freute sich über seine gelungene Rhetorik. »Gott will es – Deus vult«, erscholl es auf einmal aus tausend Kehlen in der aufgebrachten Menge. Fürsten, Bauern, Bischöfe, alle schrien es hinaus: »Deus vult!« Peter Bartholomäus war ergriffen.

Dann erhob Papst Urban II. ein goldenes Kreuz in den wolkenverhangenen Himmel und rief der Menge zu: »Christus selbst kommt aus seinem Grab hervor und zeigt euch das Kreuz. Lasst es über euren Waffen und euren Fahnen strahlen. Es wird euch immer daran erinnern, dass Christus für euch gestorben ist und dass es eure Pflicht ist, für ihn zu sterben!«

Peter Bartholomäus zitterte am ganzen Leib. »Gott will es, Gott will es!«, rief er mit ganzer Kraft. Er lief durch die Menge, versuchte sich nach vorn zum Podium zu kämpfen, riss sich seine Kutte vom Leib, stolperte und fiel auf den schwarzen Acker. Er schrie wie ein verletztes Tier. Die Tränen liefen ihm über die heißen Wangen. »Gott will es, Gott will es, Gott will es!«

Noch Stunden später saß Peter Bartholomäus auf dem Stoppelfeld. Die Menge hatte sich längst in alle Richtungen verstreut. Er war allein und hatte kaum mehr als einen Fetzen Stoff als Hose am Leib, dennoch spürte er die Kälte der aufkommenden Nacht nicht. Es war dunkel geworden, und das fahle Mondlicht bedachte den Acker mit seinem milden Schein. Auf einmal erhob sich sein Leib, und Bartholomäus stand mit nackten Füßen auf dem schwarzen Mutterboden, auf den der Nachtfrost schon weiße Flecken gemalt hatte. Peter Bartholomäus hatte eine Stimme vernommen, die seinen Namen ausrief.

»Ja, der bin ich!«, antwortete er der nächtlichen Stille.

»Fürchte dich nicht!«, rief ihm eine gütige Stimme entgegen. »Ich bin der Apostel Andreas. In bin vor langer Zeit wie unser Herr am Kreuz gestorben und komme nun hierher, um dir einen wichtigen Auftrag zu erteilen.«

»Ihr müsst mich verwechseln, ich bin nur ein einfacher Bauer«, stammelte Bartholomäus in tiefer Ehrfurcht. Er blickte zu Boden, weil er sich nicht mehr traute, in die dunklen Augen des Apostels zu schauen.

»Ich weiß, wer du bist, Peter Bartholomäus. Du bist auserwählt aus allen Menschen, um den Lauf der Geschichte zu verändern. Du bist auserwählt!«

Neben dem rotbärtigen Apostel erschien eine zweite Gestalt, schöner als ein Mensch je sein könnte. Über ihrem Kopf formte sich ein gleißendes Kreuz aus Licht. Peter Bartholomäus senkte das Haupt über seine zum Gebet gefalteten Hände. Dann verschwanden die Erscheinungen, und er war wieder ganz allein auf dem kalten schwarzen Acker. Irgendwo in der Ferne bellte ein Hund. Die eisige Luft um Clermont roch durch die vielen offenen Feuer nach Qualm. Er blickte sich um, bemerkte seinen nackten Körper, seine schmutzigen Füße, betrachtete lange seine Hände, und ein kleines Lächeln umspielte seinen schmalen Mund. Er machte sich auf den beschwerlichen Weg zurück in sein Dorf. Unentwegt dachte er auf seinem Fußmarsch über die Rede des Papstes nach. Das Gebrüll von »Deus vult« hallte noch in seinem Kopf. Er spürte noch einmal diese unbändige Kraft in sich. Die Gewissheit, dass er etwas Besonderes erlebt hatte. Die unerträgliche Last seines harten Lebens schien verschwunden zu sein. Und dann sah er wieder den heiligen Apostel Andreas und jenen anderen vor seinem inneren Auge. Er traute sich kaum zu denken, wen er dort erblickt haben könnte. Ja, es war unser Herr Jesus Christus selbst, dachte er.

Peter Bartholomäus war darauf ein anderer Mensch geworden. Zwar arbeitete er noch immer als unfreier Landarbeiter, doch stand er in Verbindung zu etwas Höherem, und sein Dasein hatte etwas Sinnvolles bekommen.

Fast zwei Jahre später erschrak Peter Bartholomäus mitten in der Nacht von einem gewaltigen Beben der Erde. Voller Angst saß er in seiner armseligen Hütte aufrecht im Bett und erwartete das Jüngste Gericht. Doch da erschien ihm erneut der Apostel Andreas.

Inmitten einer Lichtwolke kam der Apostel zu ihm und sprach: »Peter Bartholomäus! Geh zu den Kreuzfahrern ins Heilige Land. Zeige dem Grafen von Toulouse und der ganzen Armee unseres Herrn die Heilige Lanze.«

»Was für eine Lanze?«, fragte Bartholomäus, der um Fassung rang.

»Die Heilige Lanze. Mit ihr wurde unser Herr Jesus Christus getötet, wodurch wir alle für immer erlöst wurden. Als Longinus die Spitze der Lanze in den geschändeten Körper unseres Herrn stach, floss das Blut Jesu, und unsere Sünden wurden reingewaschen. Mit dieser Lanze ist die Armee der Kreuzritter unbesiegbar und wird das Heilige Land schon bald zurückerobert sein.«

»Wo finde ich diese Lanze?«

»Ich zeige sie dir, folge mir.«

Die Erscheinung des Apostels Andreas wies Bartholomäus den Weg. Sie waren nicht mehr in seiner Hütte in der Provence, sondern in der lichtdurchfluteten Kapelle des heiligen Petrus in Antiochia. Der Apostel schritt zum Altar und hob eine Bodenplatte auf. Er griff in den Hohlraum darunter, und als er die Hand wieder herauszog, hielt er die Lanze ins Licht.

»Das ist die Heilige Lanze, mit der unsere ganze Welt errettet wurde«, sprach der Apostel.

Peter Bartholomäus war so ergriffen, dass er glaubte, die Beherrschung zu verlieren. Er sah die Lanze in den Händen des Apostels, und ein überirdisches Licht erhellte die Kapelle. Tränen liefen ihm übers Gesicht und tropften auf seine faltigen Hände.

Dann richtete der Apostel Andreas wieder das Wort an ihn. »Ich will sie hier vergraben.« Er zeigte auf eine Stelle vor dem Altar. »Weise dem Grafen und seinen Gefolgsleuten den Weg.«

Peter Bartholomäus wachte wie aus einem wilden Traum schweißgebadet auf. Er lag auf seiner kargen Holzpritsche und kam nur langsam zu sich. Er hörte Menschen rufen und auf dem Marktplatz zusammenlaufen. Bartholomäus eilte halbnackt aus seiner Hütte und sah, wie die Leute seines Dorfes in den Himmel blickten. Im Süden stand ein riesiger Komet am Firmament, heller als alle anderen Sterne. Peter Bartholomäus nickte stumm und wusste, was dieses Zeichen bedeutete.

Es gelang ihm, ins Heilige Land zu reisen. Unterwegs nahm eine seltsame Krankheit Besitz von ihm, die sein Augenlicht immer schwächer werden ließ. Als er nach seiner mühsamen Reise endlich in Antiochia eintraf, war er fast blind. Er zögerte, vor die hohen Herren zu treten, erinnerte sich jedoch an seine heilige Aufgabe, die ihm vom Apostel Andreas erteilt worden war.

Nachdem er vor dem Grafen von Toulouse und dem Bischof Adhemar seine Geschichte erzählt hatte, bekreuzigten sie sich. Bartholomäus hatte befürchtet, er würde ausgelacht und aus der Stadt vertrieben werden. Aber es war nach Ansicht des Grafen und des Geistlichen nicht das erste Mal, dass Gott der Herr seine einfachsten Diener auswählte, um durch Prophezeiungen unmittelbar mit den Menschen zu sprechen. Am nächsten Tag machte man sich auf die Suche. Die Kapelle wurde von innen verschlossen, und zwölf Ritter gruben an der Stelle, die ihnen Bartholomäus gezeigt hatte. Doch selbst nach Stunden des Grabens hatte man nichts gefunden. Schließlich stürzte Bartholomäus wie wild in die Grube und fing an, mit den bloßen Händen zu wühlen. Mit kaum mehr als seinem Tastsinn buddelte er wie besessen und bat die erstaunte Menge, währenddessen Kirchenlieder zu singen und für ihn zu beten. Und wirklich, bald stieß er auf etwas Metallenes. Eine kaum zehn Zentimeter lange, grob gehämmerte Eisenspitze, die auf einem einfachen, abgebrochenen Holzstab steckte, kam zum Vorschein. Bartholomäus schrie und rief, das jemand mit einer Fackel zu ihm kommen möge.

»Hier ist sie, hier ist sie!« Bartholomäus kam aus der Grube gekrabbelt. Dreckverschmiert, schwitzend, mit in Fetzen hängenden Kleidern, hielt er die Heilige Lanze in die Höhe. Die Menge kniete nieder und sprach ein Gebet. Rasch wurde ein aus kostbarem Brokat gefertigtes Tuch geholt, das der Heiligen Lanze als Schutz dienen sollte. Vom Grafen gestützt, wurde Bartholomäus anschließend in ein bischöfliches Gemach gebracht.

Außer dem Leitspruch »Deus vult« verfügte der erste Kreuzzug nun über einen göttlichen Talisman. Eine Reliquie, so wertvoll, dass selbst der Vatikan die Kreuzritter beneiden würde. Allerdings gab es auch etliche unter den Kreuzrittern in Antiochia, die bezweifelten, dass die Lanze wirklich im Leib Christi gesteckt hatte. Diese Menschen verletzten Bartholomäus so sehr, als ob sie seine Person selbst infrage stellen würden. Der Sinn seines Daseins, die Kraft, die aus einem einfachen Bauern einen Helfer der Kreuzritter gemacht hatte, der Auftrag des Apostels Andreas – das alles sollte eine Lüge sein?

Ein paar Tage später, am Karfreitag des Jahres 1098, wohnten 60 000 Menschen der Feuerprobe von Peter Bartholomäus bei. Mit kaum mehr als einem Hemd bekleidet, trug er die Heilige Lanze vor sich her und lief über einen zehn Schritte langen Scheiterhaufen. Nach der Hälfte der Strecke hielt er kurz inne, und ihm erschien noch einmal der Apostel Andreas, der verkündete: »Du wirst nicht ohne Wunden durch das Feuer gehen, aber du wirst der Welt beweisen, dass die Heilige Lanze echt ist.«

Von allen Geschichten und Mythen, die sich um die Kreuzzüge rankten, war Leo Malzahn diese am liebsten. Er stellte sich alle Details und die verschiedenen Schauplätze immer wieder vor. Sah das kalte schwarze Stoppelfeld von Clermont vor sich. Im Hintergrund malte er sich eine Kulisse aus windschiefen, mittelalterlichen Häusern. Mit engen Gassen und gebückt gehenden Menschen. War Peter Bartholomäus ein bedauernswertes Geschöpf, oder gab es so etwas wie Erscheinungen tatsächlich? Und die Reliquienverehrung – war sie nur ein Götzendienst oder steckte mehr dahinter, als man zunächst annehmen mochte? Im Mittelalter hatte diese Art Kult bizarre Ausmaße angenommen. Holzsplitter aus dem Kreuz Jesu, Haare, Fingernägel, von Heiligen berührte Tücher, Kämme. Alles auch noch so Abseitige, wusste Malzahn, war verehrt und für viel Geld gehandelt worden.

In den letzten Tagen beschäftigte ihn genauso wie alle anderen Menschen in Deutschland allerdings noch etwas ganz anderes: Die Katastrophe der SV 1068 der Saudi Arabian Airlines.

Er brachte das Buch über den ersten Kreuzzug zurück in seine Bibliothek. Als Professor für Religionswissenschaften an der Universität Frankfurt interessierte ihn der gemeinsame Ursprung von Spiritualität in den verschiedenen Kulturkreisen. Wo gab es Ähnlichkeiten? Wo Unterschiede? Seine Profession war aus seiner eigenen spirituellen Reise entsprungen. Seiner eigenen Suche nach Gott und Wahrheit. Eine Antwort hatte er noch nicht gefunden. Das Neue und Unentdeckte ließen ihn immer wieder alles infrage stellen. Er blieb neugierig, und sein Hunger nach Wissen war mit den Jahren sogar noch gewachsen. »Mit vierundvierzig sollte man langsam wissen, was man glaubt«, hatte ihn ein Freund einmal belehrt. Er hatte den Kopf geschüttelt und sich wieder in seine Studien vertieft.

Auf Leo Malzahns Sofa lag eine Auswahl an Tageszeitungen. Alle kannten nur ein Thema. Er hatte gestern den ohrenbetäubenden Knall selbst gehört und war auf den Balkon seiner Wohnung gelaufen. Er hatte die gleißende Lichtkugel gesehen und danach den Regen aus Trümmern, der vom Himmel fiel. Fassungslos hatte er minutenlang hinausgestarrt, bis das Klingeln des Telefons ihn aus seiner Trance gerissen hatte. Es war sein Jugendfreund aus Hamburg gewesen, der gerade die Nachricht über den Anschlag im Fernsehen gesehen hatte.

Er setzte sich wieder an seinen Schreibtisch. Um seinen Laptop herum war der Tisch mit Büchern, Notizen und Schreibblöcken übersät. Literatur über den Islam, über Päpste, verschiedene Bibelausgaben, hebräische Wörterbücher. Auf der linken Seite des Tischs stand das Foto einer jungen Frau, die melancholisch in die Kamera blickte. Das Foto war in einen rahmenlosen Glasquader eingelassen, an dem ein schwarzer Trauerflor befestigt war.

Leo erinnerte sich an eine Vorlesungsreihe über islamische Religionsgeschichte, die er vor ein paar Monaten gehalten hatte. Es war eine Einführungsveranstaltung für Erstsemester gewesen. Als er eines Morgens in den Vorlesungsraum gekommen war, hatte in großen Lettern »Jesus liebt – Mohammed tötet« an der Tafel gestanden.

»Eine interessante Feststellung, Gott – oder Allah – sei Dank ist sie vollkommen falsch. Aber dafür sind wir heute hier und werden uns das ganze Semester über damit beschäftigen. Die beiden Personen, der historische Jesus und Mohammed, waren sich in vielen Dingen ähnlicher, als Sie glauben.«

Malzahn wurde durch ein Geräusch aus seinen Gedanken gerissen, zwei kurze Signaltöne, die von seinem Laptop kamen. Er hatte eine neue Nachricht in der Mailbox.

Subject: diese Nachricht wird dein leben verändern
From: unbekannter Absender
Date: 13.7.20--
To: leomalzahn@web.de
Cc: -

Zef 1, 17,18

Kapitel 6

Das Wort gefiel Abraham sehr übel um seines Sohnes willen. Aber Gott sprach zu ihm: Lass dir's nicht übel gefallen des Knaben und der Magd halben. Alles, was Sara dir gesagt hat, dem gehorche; denn in Isaak soll dir der Same genannt werden. Auch will ich der Magd Sohn zum Volk machen, darum dass er deines Samens ist. Da stand Abraham des Morgens früh auf und nahm Brot und einen Schlauch mit Wasser und legte es Hagar auf ihre Schulter und den Knaben mit und ließ sie von sich. Da zog sie hin und ging in der Wüste irre bei Beer-Seba.

(Gen 21,11–14)

Deek verließ sein Mailprogramm und schaltete den Rechner auf den Standby-Modus. Es war immer noch viel zu früh, um jemanden in den USA anzurufen, ohne ihn aus dem Tiefschlaf zu reißen. Es klopfte leise an der Zimmertür. Deek bat den livrierten Hotelpagen herein, der ihm eine aktuelle Morgenzeitung brachte. Eine der führenden deutschen Zeitungen widmete sich mit einer halben Seite in besonders dicken Lettern dem Bürgerkrieg in Pakistan:

Islamabad versinkt im Chaos

Regierungstruppen in schwere Kämpfe mit Aufständischen verwickelt

F. Schimmler, Islamabad

Die Lage in der pakistanischen Hauptstadt wird immer unübersichtlicher. Bei den seit gestern wütenden Unruhen sind bereits über hundert Menschenopfer zu beklagen. Desertierende Soldaten haben am Mittwochabend ein Blutbad im Verteidigungsministerium angerichtet. Kurze Zeit später sah man bereits die improvisierte Flagge der neuen »Islamischen Volksrepublik Pakistans« am Regierungspalast hängen. Nach einigen Stunden wurde diese wieder durch das Banner mit dem Halbmond und dem Stern auf grünem Grund ersetzt. Protestmärsche mit Tausenden von Demonstranten liefen gestern durch die »Blue Area«, das Geschäftszentrum von Islamabad.

Auf der Jinnah-Avenue kam es dann zu schweren Auseinandersetzungen zwischen den Ordnungskräften und dem Militär der immer handlungsunfähiger werdenden Regierung. In Höhe der riesigen Faisal-Moschee versammelten sich die Demonstranten und Aufständischen zu einer zentralen Kundgebung. An einem weiteren Wahrzeichen der Stadt, dem riesigen silbernen Globus, konnte man einem makaberen Schauspiel zusehen, als Demonstranten Kälberblut auf die Umrisse der USA und Europa kippten.

Deek musste unwillkürlich schlucken. In solch seltenen Momenten wünschte er sich einen anderen, sichereren Job. Aber dieses Gefühl hielt meistens nur ein paar Minuten an und wurde dann durch eine eiserne Entschlossenheit ausgetauscht. Er blätterte weiter in der Tageszeitung und stieß auf eine ganzseitige farbige Anzeige. Auf der Grafik konnte man drei stilisierte Engel in einem Meer aus Flammen erkennen.

Wenn Gott Dir eine Rose schenkt …
Haus der Cherubim
Liebe und Mut
für
Gott und die Welt

»Wenn Gott Dir eine Rose schenkt«, wiederholte Deek den Satz im Kopf. Er sah sich noch einmal die Engel im Flammenmeer an und dachte über die enormen Kosten nach, die eine solche ganzseitige Anzeige verursachte.

Er blätterte weiter und gelangte nach ein paar langweiligen Lokalseiten zum Börsenteil. Der klare Sieger im gestrigen Handel war wieder einmal die Liquid Com. Nicht nur in Frankfurt, sondern ebenso in Tokio und New York. Diese Aktie schien den ganzen Börsenbetrieb mitzureißen. Weltweit witterten Händler und Anleger ein riesiges Geschäft. Was für einen Aufstieg diese Firma doch seit ihrer Gründung präsentiert hatte. Der Himmel war das Limit, und es schien dorthin nicht mehr weit zu sein. Etwas unterhalb der Börsencharts war ein Interview mit der jungen Gründerin Karen Benedict abgedruckt:

Mrs. Benedict, Ihre Firma Liquid Com *ist in kürzester Zeit zum Star der gesamten IT-Branche geworden. Ihre bahnbrechende Innovation im Bereich der Quantencomputer hat auch andere Firmen der Branche nach oben gezogen, und die Stimmung im Börsenparkett ist so gut wie seit Ende der neunziger Jahre des letzten Jahrhunderts nicht mehr. Woher nehmen Sie Ihre unglaubliche Power?*

Ja, LC steht wirklich gut da! *(lacht)* Als wir vor achtzehn Monaten aus dem Nichts angefangen haben, konnten wir diesen Erfolg nicht mal in unseren kühnsten Träumen erahnen. Aber wie heißt es so schön? »Eine Idee, deren Zeit gekommen ist, kann nichts und niemand aufhalten.« Ich habe diesen fantastischen Erfolg aber nicht allein zu verantworten. Es gibt jemanden, ohne den Liquid Com absolut nichts wert wäre.

Wer sollte das sein? Sie halten sämtliche Schlüsselpositionen selbst inne. Ein stiller Teilhaber vielleicht?

(lacht) So still ist er gar nicht. Nein, ich rede hier von einer höheren Instanz. Jemand, der alles erhöht und bereichert. Ich rede von unserem Herr Jesus Christus. Ohne ihn wäre ich nichts, LC nichts, wir alle wären nichts und nur nutzloser Staub im Universum.

Sie glauben an Gott. Aber das erklärt doch nicht den kometenhaften Aufstieg Ihrer Firma, oder?

Nur das erklärt den Erfolg! Nichts anderes. Gott ist das Licht. Er ist der Anfang und das Ende. Jedes Byte, jeder Schaltkreis. Ich bin nur ein kleines Werkzeug und diene ihm. LC dient ihm.

Sie gelten als äußerst bescheiden. Obwohl Ihr Privatvermögen mittlerweile auf fast eine Milliarde Dollar angewachsen sein dürfte.

Persönlicher Reichtum, der ganze Luxus, das bedeutet mir überhaupt nichts. Ich habe ein kleines Haus mit einem noch kleineren Garten und spende einen großen Teil meiner Erlöse an wohltätige Einrichtungen. Ich versuche, dem Königreich Jesu Christi einen Platz zu bereiten. Raum zu machen für den König der Könige.

Was sind Ihre Pläne für die Zukunft?

Wie Sie wissen, gibt es im freien Handel noch keinen funktionierenden Quantencomputer. In unseren Labors funktionieren sie ganz wunderbar, und es gibt ein paar Prototypen, die in befreundeten Firmen zum Einsatz kommen. Ich versuche, die Marktreife unseres ersten Rechners, des »LC1«, für das nächste Frühjahr zu terminieren.

Wir wird er aussehen?

Anders! *(lacht)* Der LC1 wird mit unserer traditionellen Vorstellung von einem Computer nur sehr wenig gemein haben. Herzstück ist kein Prozessor im herkömmlichen Sinne, sondern eine Flüssigkeit, eine Quantenflüssigkeit.

Vielen Dank für dieses Interview.

Gern geschehen. Gott schütze Sie.

Karen Benedict und Liquid Com. Dieser Frau und ihrer Firma hatten die USA den Wirtschaftsaufschwung des letzten Jahres zu verdanken. Eine verrückte Welt, dachte Deek. Er verstand zu wenig von Computertechnologie, um Karens revolutionäre Entwicklungen wirklich zu begreifen. Seit jedoch zwei Studienabbrecher von der Westküste Ende der siebziger Jahre nur mit ein paar tausend Dollar bewaffnet den Traum verfolgt hatten, dass alle Privathaushalte einen Personal Computer ihr Eigen nennen sollten, war nichts mehr so heiß gewesen wie diese Firma, Liquid Com. Deek gehörte der Generation an, die noch voller Stolz ein Textdokument auf einer 5¼"-Diskette nach Hause gebracht hatten. Er hatte allerdings genügend Computerfreaks im Bekanntenkreis, die ihm bei Problemen mit der Hardware oder der Softwareinstallation helfen konnten.

Sein Freund Hank schlief so gut wie nie, daher wagte es Deek, ihn auch jetzt mitten in der Nacht anzurufen. Hank lebte mit fünf Katzen in einem baufälligen Haus am Rande der Westküstenstadt Seattle im Bundesstaat Washington. Alles bei ihm war völlig verwahrlost. Der Farbton des Teppichs in seinen Räumen war nicht mehr auszumachen, weil eine dicke Schicht Katzenhaare alle Böden bedeckte. Der Weg zu Hanks hypermodernem Computerraum war ein Hindernislauf durch benutzte Teller, angetrocknete Kochtöpfe, meterhohe Stapel von Pizzakartons und viele andere, kaum noch identifizierbare Kleinartikel hindurch. Deek war jedes Mal erleichtert, wenn er sicher vor den riesigen Monitoren angekommen war.

»Ja, hallo?«, ertönte es müde am anderen Ende der Leitung.

»Ich bin's. Deek.«

»He, alter Geheimagent. Wo treibst du dich denn rum?«

»In Berlin.«

»Abgefahren! Dem in Deutschland, oder?«

»Jedenfalls nicht in der Geisterstadt in Nevada.«

»Cool. Was kann ich für dich tun?«

»Sag mal, Hank, sagt dir der Name Karen Benedict etwas?«

»Deek, machst du Scherze? Die Frau ist der totale Hammer. Die hat mit ihrer Firma die gesamte IT-Branche auf den Kopf gestellt. Quantencomputer, Deek! Das ist die Zukunft. Nebenbei sieht die auch noch saumäßig gut aus. Der würde ich gern mal ein paar Hackertricks beibringen. Ich schätze aber, die kennt sie alle selber. Außerdem ist sie auf einem total abgefahrenen Trip.«

»Und der wäre?«

»So einem Jesustrip. Sie sagt, dass sie schon verlobt ist, obwohl sie bekanntlich Single ist. Und zwar verlobt mit Jesus Christus. Kannst du dir das vorstellen? Verlobt mit Jesus Christus! Das ist einfach nicht fair. Da ist diese Frau, Multimillionärin, Unternehmerin, sieht aus wie ein Topmodel, liebt Computer und ist mit Jesus Christus verlobt – das ist echt brutal.«

»Die Welt ist ungerecht, Hank. Ich hätte da übrigens noch etwas anderes auf dem Herzen. Ich sollte das nicht übers Handy mit dir besprechen, aber es drängt. Pass auf: Ich bin an der Investigation eines Flugzeugabsturzes in Deutschland beteiligt.«

»Hab davon gehört und gelesen. Weiß man schon, wer dahintersteckt?«

»Nein, und deshalb rufe ich dich an. Es geht um die Passagierliste der Unglücksmaschine. In dem Flugzeug saß kein einziger Ausländer, nur Menschen mit saudi-arabischer Staatsangehörigkeit. Die Maschine ging nach Riad.

Solche Verbindungen werden mindestens zu einem Viertel von Ausländern benutzt. Verstehst du?«

»Klar, und jetzt soll ich rausfinden, wer dabei seine schmutzigen Hände im Spiel hatte, oder?«

»Stimmt, kannst du mich so schnell wie möglich zurückrufen?«

»Mach ich. Wo wohnst du eigentlich? Ich meine, in welchem Hotel?«

»Im Adlon, direkt am Brandenburger Tor.«

»Cool, deinen Job möchte ich haben. Bis gleich.«

Deek klappte sein Handy zu. Er legte sich aufs Bett und machte die Augen zu, um sich aus den Eindrücken der letzten Tage ein zusammenhängendes Bild zu machen. Da klingelte sein Handy. Hank konnte es noch nicht sein. Das Display zeigte keine Nummer an. Zögerlich drückte Deek die grüne Annahmetaste.

»Hallo?«

»Ich bin es. Sara. Erinnerst du dich an mich?«

»Hi, natürlich erinnere ich mich. Wie geht es dir?«

»Gut. Ich vermisse dich schon ein bisschen und wollte nur kurz fragen, ob du nicht Lust hättest, zu einem Gottesdienst zu den Cherubim zu kommen. Es ist nicht weit von deinem Hotel. Vielleicht zwei Kilometer. Kommst du?«

»Ich komme gern. Wo und wann findet er denn statt?«

»Um ein Uhr im Haus der Cherubim in der Schlesischen Straße. Du kannst es nicht verfehlen. Es ist ein großes weißes Gebäude mit goldenen Engeln auf dem Dach.«

»Ich nehme mir einfach ein Taxi. Ich werde auf jeden Fall da sein. Ich freu mich …«

»Ich freu mich auch schon. Bis gleich.«

Deek rieb sich die Stirn und die Augen und lief ein paar Minuten hektisch durch sein Hotelzimmer, dann wurde er durch das Klingeln seines Hotelanschlusses aus seinen ungeordneten Gedanken gerissen.

»Ja?«, sagte er in den Hörer.

»He, ich bin es. Hank. Dein Handy war die ganze Zeit besetzt. Ich dachte, ich kann dich ja auch auf deinem Zimmer anrufen. Geht übrigens auf deine Hotelrechnung. Hab mich ins Netz eingewählt, und der Telefoncomputer denkt, du rufst mich an. Egal. Ich habe das mal mit den Saudi Arabian Airlines gecheckt. Da ist tatsächlich was manipuliert worden. Irgendetwas stimmt mit der Buchungsseite nicht. Nicht schlecht. Supergeschickt gemacht. Ganz großes Kino. Aber der Knaller ist, dass …« *Tüttüt tüttüt tüttüt tüttüt tüttüt …*

»Hank?«

Die Verbindung war unterbrochen. Deek wählte Hanks Mobilnummer. Nichts. Keine Verbindung. Die Hotelleitung war tot.

Ein paar hundert Kilometer weiter südlich des Hotels Adlon fluchte ein BKA-Beamter darüber, dass er eine Telefonverbindung von Berlin nach Seattle, Washington, zu spät unterbrochen hatte. Im Innenministerium vibrierte das Handy von Ludwig Küng, um ihm den Eingang einer SMS zu bestätigen. Küng sah kurz auf das Display, entschuldigte sich und verließ eilig die bislang völlig fruchtlos verlaufende Krisensitzung.

Deek musste sich konzentrieren. Die Information war äußerst wichtig gewesen. Das Chaos in seinem Kopf näherte sich einem kritischen Level. Doch eines hatte er in all den Jahren in der Counterterrorism Security Group gelernt: Vertraue deinen Instinkten – *trust your guts!*

Er machte sich auf den Weg zum Gottesdienst der Cherubim. Es war nicht nur der Wunsch, Sara wiederzusehen, es war noch etwas anderes, nur eine leise Ahnung. Deek fuhr mit dem Taxi vom Zentrum in den Osten der Stadt. Die Fahrt führte ihn zur historischen Oberbaumbrücke über die Spree. Hier war früher einer der Grenzübergänge in die DDR gewesen. Deek konnte die Schönheit der Backsteinarchitektur jedoch nicht bewundern, in seinem Kopf kreisten zu viele andere Dinge.

Nach einem knappen Kilometer auf der Schlesischen Straße sah Deek den riesigen Kirchenbau der Cherubim am Ufer der Spree. Ein knapp hundert Meter langer und fünfzehn Meter breiter schlichter Quader. Ohne erkennbare Verzierungen, mit messerscharfen Kanten an den blendend weiß verputzten Wänden. Ein gutes Stück unter dem zwanzig Meter hohen Flachdach war rund um die Kirche ein Band aus bunten, rechteckigen Glasfenstern eingesetzt. Auf dem Dach befand sich eine gewaltige goldene Skulptur aus drei in einem Flammenmeer thronenden Engeln. Deek folgte dem weißen, mit schwarzem Granit eingefassten Marmorweg zum Haupteingang. Er war fast eine halbe Stunde zu früh und schaute sich um, konnte Sara aber nirgends ausmachen. Links neben dem Eingang befand sich ein kleineres Gebäude, dessen Glastür offen stand. Deek lenkte seine Schritte in diese Richtung und trat in das dunkel gehaltene Informationszentrum der Cherubim. Hier standen zwei adrett gekleidete Frauen, die ihn freundlich begrüßten.

»Herzlich willkommen im ›Haus der Cherubim‹. Wenn Sie irgendwelche Fragen haben, wenden Sie sich gern an uns. Am Ende der Halle befindet sich noch eine kleine Bibliothek. Dort können Sie auch Bücher und Broschüren kaufen, wenn Sie wollen«, erklärte eine der Mitarbeiterinnen.

»Vielen Dank, ich möchte mich erst mal umschauen«, sagte Deek.

An den mit schwarzem Tuch behängten Wänden waren große farbige Fotografien mit den Losungen der Cherubim angebracht. »Gott hilft« stand dort in großen weißen Lettern geschrieben. Im Hintergrund war ein Foto mit lachenden Kindern, die wohl vor einem Gebäude standen, das wie eine Schule aussah. Die ausgelassenen Schüler trugen Uniformen und kamen dem Fotografen entgegengelaufen.

Unser Ziel:
Hilfe für jeden Menschen
Bildung für alle
Gesundheit für alle

Diese Losung stand auch unter einem riesigen Weltraumbild des blauen Planeten, das sich hinten am Ende der kleinen Galerie befand.

Etwas weiter rechts entdeckte Deek zwei prunkvolle goldene Rahmen, in denen sich die Fotografien zweier Männer befanden. Auf den Messingschildern darunter standen in altmodischen Lettern die Namen der Abgebildeten:

Felix Gutknecht, Gründer des Hauses der Cherubim
Leif Brendan, Gründer des Hauses der Cherubim

Deek blieb stehen und betrachtete die Bilder eingehend. Obwohl die Fotografien eher wie Bilder aus der Ahnengalerie einer ausgestorbenen Grafenfamilie und die Männer steif und unbeweglich wirkten, schienen beide doch recht jung zu sein. Ein entschlossener Blick und ein strenger Zug um den Mund. Felix Gutknecht hatte feine Locken, die er mit viel Gel oder Pomade nach hinten kämmte. Leif, strohblond, trug eine Kurzhaarfrisur, die Seiten hatten kaum Stoppellänge. Im Hintergrund der gestellten Aufnahmen sah man ein großes Holzkreuz an der dunklen Wand hängen.

Deek schlenderte durch die spärlich beleuchtete Halle weiter und blieb schließlich vor einem der Multimediaterminals stehen. Auf dem Startfenster des berührungsempfindlichen Monitors stand:

Haus der Cherubim – Infoterminal

Deek stöberte durchs Menü und wählte den Punkt:

Unsere Erde – unser Auftrag

Sofort lief ein professionell gemachter Werbefilm über die Cherubim. Die Botschaft war einfach und schnell zu begreifen. Nach Bildern von Hungernden aus Afrika und von Kriegsopfern aus dem Zweiten Weltkrieg, aus Korea und Vietnam wurden die Szenen des Anschlages vom 11. September gezeigt. Es war eine äußerst kurze Sequenz, kaum fünfzehn Sekunden lang. Der Nordturm des World Trade Center stand schon in Flammen. Dicker schwarzer Rauch stieg in den blauen Himmel. Dann sah man ein weiteres Flugzeug, die United Airlines 175. Sie zielte auf den noch unbeschädigten Südturm. Mit schräg gestellten Flügeln und vollem Schub würde dieses Flugzeug in wenigen Sekunden zwischen dem 78. und 84. Stockwerk des WTC komplett verschwinden. Jedem Menschen, auch denen, die diesen

Moment minutiös geplant hatten, war sofort bewusst gewesen, dass nichts mehr so sein würde wie früher. Eine Zeitenwende. Deek hatte diese Bilder wohl schon tausendmal gesehen. Jedes Mal war er wieder wie vom Donner gerührt. Auch jetzt und hier vor diesem Monitor.

Es folgten die Aufnahmen der Überwachungskamera des Boston Logan Airport beim Einchecken von Mohammed Atta. Die Kamera zoomte auf sein Gesicht, bis fast der gesamte Bildschirm mit der grob gepixelten Miene ausgefüllt war. Dann ein harter Schnitt. Man sah entsetzte, fassungslose Menschen, Passanten, die sich weinend in den Armen lagen. Die Kamera schwenkte zu einem jungen Mann, der sich wie ein wütendes verletztes Tier aus voller Kehle die Eingeweide aus dem Leib zu schreien schien. Die Adern an Hals und Stirn drohten zu platzen. Er zerriss sich sein T-Shirt und lief, wie von einer unsichtbaren Feuerwand verfolgt, an der Uferpromenade entlang. Dann fiel er auf die Knie und schlug mit dem Kopf immer wieder auf die harten Betonplatten, bis aus der Platzwunde ein breiter Blutstrom trat. Der Mann krümmte sich vor Schmerzen, sein Gesicht zeigte unerträgliche Qualen. Er schrie und schrie und schrie. Die Tränen liefen ihm übers Gesicht und vermischten sich mit dem Blut, das aus der Stirn quoll. Er wimmerte wie ein kleines Kind und zeigte schließlich mit gekrümmtem Zeigefinger auf den Horizont, auf die kupfernen Trümmer auf Liberty Island. Dann hob er ein Stück Stoff vor die Kamera. Es handelte sich um den Fetzen einer Coast-Guard-Uniform. Das Meer hatte die Reste der Verstorbenen ans Ufer gespült.

Deek verspürte einen tiefen Schmerz in der Brust. Die Bilder jenes sonnigen Herbsttages waren in Sekundenbruchteilen wieder präsent. Die Anspannung der Krisensitzung, die ungeheure Last der Verantwortung hatten Deek an jenem Tag gar keine Zeit gelassen, über diese Tragödie persönlich betroffen zu sein. Erst spätabends, als die unmittelbare Bedrohung durch einen weiteren Anschlag ausgeschlossen zu sein schien und er in seiner kleinen Washingtoner Wohnung den Fernseher anstellte, hatte er endlich loslassen können. An jenem Abend hatte er sich so sehr gewünscht, dass sein Vater noch am Leben wäre und ihn trösten und ihm erklären würde, warum diese Welt so war, wie sie war.

Deek stand vor dem Terminal und war emotional so aufgewühlt, dass er prüfend zur Seite schaute, ob ihn jemand beobachtete. Der Film ging weiter. Die Handkamera bewegte sich durch voll besetzte Krankenhaussäle. Die behandelnden Ärzte und Schwestern trugen schwere Schutzkleidung mit Handschuhen und Atemmasken. Jetzt konnte man einen der Patienten etwas deutlicher erkennen. Der Körper war mit eitrigen Pusteln übersät. Das Gesicht war durch die krankhaften Wucherungen völlig entstellt. Das linke Auge war zugeschwollen. Der Patient lag regungslos in seinem Bett, während die Schwester sich bemühte, ihm Nahrung zu verabreichen. Das Krankenbett neben ihm wurde gerade aus dem völlig überfüllten Krankensaal geschoben. Das Gesicht dieses Kranken war mit einem langen Tuch bedeckt. Es folgten Bilder einer Reha-Station. Die Kamera zeigte Menschen auf Krücken und in Rollstühlen, Patienten bei der Gymnastik und beim therapeutischen Schwimmen. Alle lachten und winkten. Als die Kamera aufzog, war ein Schild zu sehen: HAUS DER CHERUBIM – REHA-ZENTRUM KÖLN.

Die Bilderreise ging weiter. Ein Campus im Frühling, Studenten diskutierten rege auf einer Bank neben einem kleinen Brunnen. Eine Kamerafahrt zog durch einen großen, modernen Hörsaal, der bis zum letzten Platz besetzt war. Absolventen jubelten zum bestandenen Abschluss. Kurz wurde der Stempel der Universität auf einer der Urkunden eingeblendet: *Cherubim-Universität Hamburg.*

Ein grauer Lieferwagen fuhr durch eine triste Vorstadt. Man sah kalte Betonklötze und einen verwahrlosten Kinderspielplatz, auf dem die blasse Farbe von den Geräten abplatzte. Dem Wagen folgte johlend eine Horde Kinder. Jedes Kind hatte einen Teller, Besteck und einen kleinen Becher in den Händen. Das nächste Bild zeigte ein gut gelauntes dreiköpfiges Küchenteam bei der Essensausgabe. Als diese »Küche auf Rädern« wieder wegfuhr, winkten die Vorstadtkinder dem Wagen noch lange hinterher, wohl wissend, dass er am nächsten Tag wiederkommen würde. Dann wurde der Bildschirm schwarz, der Film war zu Ende. Es erschienen kleine weiße Buchstaben:

Haus der Cherubim
Gott hilft!

Deek durchsuchte das Terminal nach weiteren Informationen. Im Hauptmenü wählte er den Punkt *Galerie der Opfer des Pockenanschlags in Deutschland.*

Eine neue Seite baute sich auf. Auf der linken Hälfte jeweils das Bild des Opfers und eine Kurzbiografie und auf der rechten die jeweilige Krankengeschichte und das Sterbedatum. Diese Aufzählung ging scheinbar endlos so weiter. Deek scrollte durch Hunderte von Einträgen und hielt ab und zu an, wenn ihm Fotos auffielen, zum Beispiel die von Kindern. Die Opfergalerie machte den ganzen Horror dieses Anschlags auf eine zutiefst unangenehme Weise spürbar. Es waren keine abstrakten Zahlen mehr. Nicht mehr 1980 Tote, sondern 1980 ganz individuelle Leidensgeschichten:

Lisa Bergmann, 11 Jahre alt, Geburtsort Verden an der Aller, wohnhaft in Diepholz, in das Kreiskrankenhaus Osnabrück eingeliefert, gestorben am …

Jemand tippte Deek auf die Schultern. »Meine beiden Brüder stehen etwas weiter unten.«

Er erschrak, sah sich um und schaute in die grünen Augen von Sara. Er nahm ihre Hand. »Es tut mir so leid.«

»Ist schon okay, gehen wir in den Gottesdienst.«

Sie nahm seine Hand, grüßte die beiden Empfangsdamen auffallend höflich und betrat dann mit ihm ehrfurchtsvoll die Kirche. Er bewunderte die schlichten, mit weißem Marmor gefliesten Böden und Wände der Kirche. Auf Saras Gesicht entstand ein Lächeln. Deek blickte nach oben und bemerkte das wunderschöne, mit buntem Glas gestaltete Bild eines Baums. Das fein gearbeitete Kunstwerk zog sich über das gesamte Kirchenschiff. Das Tageslicht schien durch die verschiedenfarbigen Glasflächen und tauchte die Kirche in ein übernatürliches vielfarbiges Licht. Die Ränder am Boden und in der Decke des Raums waren in schwarzen Granit gefasst. Ein einziger dicker sandfarbener Sisalteppich führte vom Eingangstor durch den Mittelgang zum Altar, der aus einem massiven hellgrauen Marmorblock bestand. An der Stirnseite des Altars gab es die Darstellung eines Kreuzes. Die Umrisse waren aus pechschwarzem Onyx. Mit Perlmutt und Perlenstaub war ein Strahlenkranz in aufwendiger Intarsienarbeit in den Gesteinsblock eingelassen worden. Unmittelbar vor den zwei Stufen hing eine riesige, fast die gesamte Breite des Kirchenschiffs einnehmende Kreuzigungsdarstellung. Auch dieses Bild war mit kleinsten farbigen Steinen in die Bodenfläche eingelassen. Trotz der Stilisierung des Geschehens auf dem Hügel zu Golgatha konnte man die Lanze des römischen Soldaten erkennen, die sich in die Seite des Leibes Jesu Christi bohrte. Ein einzelner tropfenförmiger roter Stein stellte das Blut im freien Fall auf den sandigen Boden dar. Neben dem Gekreuzigten kniete die Jungfrau Maria auf dem Boden. Im Himmel war eine Engelsschar zu sehen. Deek vermutete, dass sie aus reinem Gold gefertigt waren.

Die Bänke waren aus tiefdunklem Holz gearbeitet. Sie waren hart und unbequem. Keine Sitzkissen, keine Rückenlehnen. Die einzige Verzierung bestand aus Rosenholzfurnier, das die Seitenteile farblich abhob. Deek und Sara setzten sich leise hin. Die Kirche war schon gut gefüllt. Als nun ein älterer Mann in einer scharlachroten Robe den Raum betrat, ging ein kleines Raunen durch die Menge: Es war Kardinal Vierstein. Die Besucher der Kirche tuschelten, und viele lächelten aufgeregt und rutschten auf den harten Bänken herum. Der Kardinal schaute in die Menge, begrüßte mit einer knappen Geste ein paar bekannte Gesichter und setzte sich in die erste Reihe der Kirche. Ein Mann Anfang dreißig mit Schnauzbart und krausem Haar betrat andächtig die Kanzel.

Er richtete das Mikrofon aus und begann mit seiner Predigt: »Liebe Brüder und Schwestern, liebe Gemeinde der Cherubim. Selig sind, die da Leid tragen! In wunderschöner Harmonie, mit üppigen Streichern und getragenem Gesang, vertonte Johannes Brahms diese biblischen Verse des Evangeliums nach Mathäus Kapitel fünf für den Anfang seines Deutschen Requiems. Selig sind, die da Leid tragen?«

Der Pastor machte eine dramatische Pause und schaute fragend in die Gemeinde. Niemand rührte sich, kein Geräusch war zu hören. Nur das peinliche Räuspern von einem älteren Herrn in der Mitte des Kirchensaals.

»Um Gottes willen, nein! Das würden wir wohl antworten. Nein, und nochmals nein! Was soll denn Seliges sein an den entsetzlichen Schmerzen einer krebskranken Frau? Am Leid der Eltern am Grabe ihres durch eine Naturkatastrophe verstorbenen Kindes? An der stillen Verzweiflung eines ausgemergelten AIDS-Kranken? Was soll denn ›Seliges‹ daran sein? Am Leid der bald nicht mehr zählbaren Terroropfer, der Überlebenden des Pockenangriffs, der immer entstellt Bleibenden?«

Deek nahm Saras Hand und schaute langsam zu ihr hinüber. Sie erwiderte seinen Blick und schloss dann schmerzverzerrt die Augen. Dann nickte sie kaum sichtbar und drückte seine Hand fester. In Gedanken sah er sie in einem der Krankenhausbetten, gepflegt von Menschen in Raumanzügen. Kalt und isoliert. Nur hoffend, diese Krankheit zu überleben. Auf einmal spürte er einen Hass in sich aufsteigen. Einen Hass gegen die Täter, die dieses Leid über dieses Land gebracht hatten.

Der Pastor nahm seine Rede wieder auf: »Denn sie sollen getröstet werden, dichtete Brahms dem Matthäus-Evangelium folgend weiter. Es fällt uns Gesunden, uns Unbeteiligten schwer, diese Abgründe zu erahnen und zu ermessen. Abgründe, in die man leicht hinabstürzen kann. Jeder hofft, verschont zu bleiben. Hofft, dass er solche Erfahrungen und solches Leid nicht selbst erleben muss. Wir träumen gar von der Abschaffung jeglichen Leids. Unsere Gesellschaft strebt nach Perfektion, nach dem Makellosen. In ihr hat Leid keinen Platz. Denn Leid zwingt uns, nach innen zu schauen. Wir vergöttern aber die Oberfläche, das Oberflächliche.

Wir wollen immer jung, immer schön, immer gesund bleiben. In diese Welt passt deshalb das Symbol des Kreuzes nicht hinein. Wir wollen verschont bleiben von der Konfrontation mit dem Schmerz, dem Verfall, den Qualen. Jesus hat heute viele Anhänger, viele Menschen, die in seinem Königreich wohnen wollen. Viele suchen Trost bei ihm, doch niemand bittet freiwillig um Kummer. Viele wollen von seinem Festmahl essen, doch nur wenige teilen mit ihm das Fasten. Viele jubeln ihm zu, doch nur wenige sind bereit, für ihn zu leiden. Viele wollen mit ihm das Brot teilen, doch kaum jemand den Giftbecher seiner Passion, seiner Kreuzigung. Viele lieben Jesus, wenn er ihnen Gutes tut, und verachten ihn, wenn sie Leid und Schmerz empfangen. Doch der Weg des Kreuzes ist der Weg zur Erlösung durch Leid, durch Selbstaufgabe.

Das Kreuz zeigt uns jemanden, der hinabgestiegen ist. Freiwillig. Jemanden, der den Wandel gesucht hat und dem Schmerz nicht ausgewichen ist, dem Leid am Kreuz nicht ausgewichen ist. Diese Möglichkeit zur Wandlung hat uns Gott an seinem eigenen Sohn gezeigt. So zeigt uns das Kreuz das Leben, wo alle Hoffnung verloren zu sein scheint. Es bringt Licht in die Abgründe der schmerzerfüllten Seelen. Zu den hilflosen Opfern von brutaler Gewalt. Selbst den Tätern, den Verirrten zeigt er den Weg aus der Dunkelheit. So haben Jesus' Worte in der Bergpredigt immer noch Bedeutung: ›Selig sind, die da Leid tragen; denn sie sollen getröstet werden.‹ Ihr Leid wird gewandelt, auch wenn sie selbst nicht mehr daran glauben mögen. Denn Gott hat uns diese Wandlung geschenkt.

Es gibt diesen Weg des Kreuzes. Was bedeutet das? Es bedeutet, dass Menschen im Schmerz, in der größten Verzweiflung ihren Glauben finden. Ihren Glauben an Gott. Man ergibt sich, lässt den Schmerz zu, so wie Lukas in seinem Evangelium Jesus als letzte Worte sagen lässt: ›Vater, ich befehle meinen Geist in deine Hände.‹ Oder Jesus im

Evangelium des Johannes am Kreuz sagt: ›Es ist vollbracht.‹ So können wir im Schmerz und in der Verzweiflung unser Schicksal annehmen, wehren uns nicht mehr, ergeben uns. Gott hat uns dieses Geschenk der Wandlung gegeben. Mit dem Symbol des Kreuzes erinnern wir uns an dieses Geschenk. Denn wenn wir unser Kreuz freiwillig auf uns nehmen, dann trägt das Kreuz uns.«

Die Predigt war zu Ende. Die Gemeinde erhob sich und sang ein Lied. Kardinal Vierstein nickte dem Pastor anerkennend zu.

»Wenn Gott dir eine Rose schenkt«, begann der schlichte Kirchengesang, »dann schau nicht auf die Dornen.«

Deek sah Sara erstaunt an. Sie blickte zur Kanzel und sang voller Inbrunst:

»Wenn Gott dir eine Rose schenkt,
dann schau nicht auf die Dornen.
Gib dem Duft einen Augenblick
und blick dann auf den Morgen.
Wenn Gott dir eine Rose schenkt,
dann schaue nicht, dann schaue nicht,
dann schau nicht auf die Dornen.
Gib dem Duft einen Augenblick
und blicke dann und blicke dann
und blick dann auf den Morgen.«

Nach dem Gesang leerte sich die Kirche schnell. Die Menschen lächelten, und man konnte anerkennende Gesprächsfetzen vernehmen. Kardinal Vierstein ging langsam auf die Kanzel zu. Der Pastor schien von seinem Besuch tief beeindruckt zu sein und verbeugte sich.

Der Kardinal nahm den Pastor zur Seite. Die beiden

tauschten einen langen Blick aus, und dann flüsterte der Kardinal dem Pastor etwas ins Ohr. Deek ging unauffällig ein paar Schritte näher zu den beiden Geistlichen. Er konzentrierte sich auf die Lippen des Kardinals.

»Wenn Gott dir eine Rose schenkt«, wiederholte Deek die erste Zeile des Liedes.

»Dann schau nicht auf die Dornen«, sang Sara neben ihm den Vers zu Ende.

»Was bedeutet das?«, fragte Deek sie.

»Es ist die Losung der Cherubim. Magst du das Lied nicht?«

»Kann ich noch nicht sagen. Es klingt schön. Romantisch würde ich sagen. Aber ...«

»Unser Gründer Felix Gutknecht hat das Lied geschrieben. Ich mag es. Es berührt mich sehr.«

»Felix Gutknecht. Das erinnert mich daran, dass ich mir noch ein Buch über ihn kaufen wollte. Meinst du, es gibt so etwas in der Informationshalle?«

»Bestimmt«, antwortete Sara.

Wenig später hielt Deek eine Biografie des Gründers der Cherubim in der Hand.

»Sollen wir jetzt zur Siegessäule fahren? Ich zeig dir alles. Das Wetter ist gut, und ich möchte noch ein bisschen mit dir zusammen sein.« Sara schaute Deek bittend in die Augen.

»Wenn es nicht zu lange dauert – warum nicht?«

Sie nahmen sich ein Taxi, setzten sich beide auf die Rückbank und fuhren von der Kirche der Cherubim zur Siegessäule. Deek nahm zärtlich Saras Hand und streichelte sanft ihre Wangen. Im Autoradio liefen die Nachrichten eines Lokalsenders: »Der Bürgerkrieg in Pakistan ist außer Kontrolle geraten. Die Situation in Islamabad ist nur noch als chaotisch zu bezeichnen. Die meisten ausländischen Journalisten sind bereits abgereist …«

»Scheiß Pakistanis, alles Feiglinge.«

»Wie bitte? Das meinst du doch nicht ernst, oder?«, sagte Deek.

»Natürlich meine ich das ernst. Da kommen die Männer mit den Bomben um den Bauch doch her. Aus diesen Koranschulen.«

»Warst du schon mal in Pakistan?«

Sara schüttelte den Kopf. »Steht auch nicht ganz oben auf meiner Reiseliste, wenn ich ehrlich bin.«

»Ich war schon häufiger dort. Ein wunderschönes Land, mit wunderbaren Menschen, die sich nichts mehr als Frieden wünschen. Nach dem pakistanischen Anschlag auf das indische Parlament Ende 2001 hatte ich die Gelegenheit, mir selbst ein Bild von der Situation zu machen. Diese Koranschulen, die du angesprochen hast, die Medresen, werden ja von der Regierung in Islamabad auch heftig kritisiert, leider ohne besonderen Erfolg.«

»Ist es denn so schwer, Schulen zu schließen?«

»Dieses Land ist zerrissen. Wie stark, merken wir doch jetzt gerade. Die Medresen laden arme Kinder und Jugendliche aus den vor allem ländlichen Gebieten Pakistans zu kostenfreiem Unterricht in Sprache und Geschichte ein. Es gibt jeden Tag kostenlose Verpflegung, für viele die einzige Nahrung am ganzen Tag. Sie bekommen Kleidung und Bücher. Der Unterricht findet in wunderschönen Sälen statt. Luftigen, kühlen Auditorien.«

»Das klingt ja verführerisch. Und in dieser schönen Umgebung lernen die Kinder dann, wie man Bomben baut und sich selbst in die Luft sprengt. Toller Stundenplan.«

»Die Betreiber der Koranschulen kümmern sich um Menschen, um die sich die Regierung einen Dreck schert. Das Geld für die Ausbildung der Kinder wurde anderweitig verbraucht, zum Beispiel für Waffen. Atomwaffen! Es ist wie bei der Hamas in Palästina. Sie helfen vielen Tausend Flüchtlingen und Vertriebenen mit Essen, Unterkunft und Geld. Ein perfider Plan.«

»Das ist mir neu. Ich kenne die nur als Terrorgruppe.«

»Ja, die eine Hand hilft, die andere tötet.«

Die Nachrichten im Autoradio gingen weiter: »Die bisher noch weitgehend unklaren Umstände, die zum Absturz der Maschine der Saudi Arabian Airlines führten, scheinen sich zu klären. Im Bundeskanzleramt ist das Bekennerschreiben einer bisher unbekannten Terrororganisation eingegangen. Demnach wurde der Abschuss mit einer Boden-Luft-Rakete als direkte Reaktion auf die Politik der – Zitat – ›Marionetten-Regierung im Land der zwei Heiligtümer‹ verübt. BKA-Chef Ludwig Küng hält das Schreiben nach ersten Informationen für authentisch. Die weiteren Ermittlungen werden jetzt in die Richtung dieser Terrorgruppe verlaufen, so ein BKA-Sprecher. Das Bundeskanzleramt und das Außenministerium haben bereits Kontakt zu den Sicherheitskräften und den Geheimdiensten mehrerer Staaten, unter anderem denen der USA, aufgenommen. Inwieweit die Gruppe mit Schläferzellen in der Bundesrepublik zusammengearbeitet hat, wird mit einer beispiellosen Großfahndung untersucht, so der Sprecher des BKA weiter …«

»Das kann nicht stimmen«, sagte Deek. »Niemals. Hier ist was mächtig faul. Sara, es tut mir leid, ich muss zurück ins Hotel.« Er wandte sich an den Fahrer. »Halten Sie bitte an.«

»Wollen wir uns heute Abend treffen?« Sara schaute auf den Boden des Taxis.

»Ich weiß noch nicht. Es ist heute so viel Verwirrendes

und Widersprüchliches passiert, dass ich beim besten Willen nicht sagen kann, wo ich heute Abend sein werde. Es kann sein, dass ich sogar schon zurück in die USA fliegen muss. Es tut mir leid.«

»Ach so.«

Der Fahrer des Taxis hupte.

Deek nahm noch einmal Saras Hand. Wortlos stieg sie aus dem Taxi aus.

»Sara, warte. Soll ich dir ein Taxi rufen? Sara!«

Sie drehte sich nicht um und ging mit raschen Schritten zu einer nahe gelegenen U-Bahnstation.

»Und wo soll's jetzt hingehen?«

»Hotel Adlon, bitte«, sagte Deek.

Auf der arabischen Halbinsel gab es immer wieder Terrorangriffe von muslimischen Fundamentalisten. Diese richteten sich jedoch fast ausschließlich gegen ausländische Einrichtungen: Botschaften, Wohnanlagen und militärische Stützpunkte. Deeks Gehirn arbeitete wieder auf Hochtouren. Seine Umgebung nahm er auf der Rückfahrt zum Hotel überhaupt nicht mehr wahr, obwohl ihn der Taxifahrer mehrmals mit einem breiten Berliner Dialekt nach seinem Beruf fragte. Als das Taxi schließlich vor dem Adlon zum Halten kam, war Deek überrascht, dass die Fahrt schon vorbei war. Der Taxifahrer schüttelte den Kopf und nuschelte etwas über blöde, arrogante Ausländer.

Deek legte sich auf sein breites, wieder frisch bezogenes Hotelbett. Er kickte die Schuhe von sich und legte die Hände hinter den Kopf. Etwas war in all den Jahren beim CSG eine Art Lebensversicherung für ihn gewesen: die Fähigkeit sich in einer unübersichtlichen und chaotischen Informationsflut Stück für Stück an den Kern heranzutasten. Sein Puls blieb ruhig. Er glich jetzt eher einer Maschine, die in einen anderen Arbeitsmodus umschaltete – den Gefechtsmodus.

Deek konzentrierte sich und schloss die Augen. Ein paar Minuten später nahm er hellwach die Biografie von Felix Gutknecht in die Hand. Er würde dieses Buch schnell lesen müssen. Sehr schnell.

Felix Gutknecht
Der Weg der Cherubim

I. Mein Weg zu Gott

Mein Leben begann anders, als viele es sich wahrscheinlich vorgestellt haben. Ich wurde in eine sehr wohlhabende Familie hineingeboren. Mein Vater leitete eine erfolgreiche Baufirma. An großen Aufträgen hatte es nie gemangelt. So zeichnete die Firma Gutknecht-Bau für viele der beeindruckendsten Gebäude in der Hamburger City verantwortlich. Darüber hinaus war der angeschlossene Baustoffhandel sehr lukrativ und mit seinem breiten Kundenstamm Marktführer in Norddeutschland. Meine Eltern besaßen ein schönes Haus an der Alster in Hamburg-Harvestehude. Mein Kinderzimmer verfügte über eine riesige Fensterfront, von der ich die gesamte Alster übersehen konnte. Ich besuchte nur Privatschulen, und für das Abitur zog ich in ein angesehenes Internat in Süddeutschland. Mit achtzehn Jahren bekam ich von meinem Vater einen schwarzen Sportwagen geschenkt. Zum Internat fuhr ich die letzten Jahre immer mit meinem BMW. Dass ich ein leeres, oberflächliches Leben führte, war mir zu dieser Zeit nicht bewusst. Im Gegenteil. Ich liebte den Kaufrausch, die Bewunderung meiner Freunde, die Mädchen. Ich bekam genügend Bestätigung. Dass es nicht meine Person, sondern mein Geld war, welches die Leute bewunderten, war mir einerlei. Mein Geld, das Geld meiner Eltern, und Felix Gutknecht waren eine Einheit. Ich sammelte Frauenabenteuer wie andere Briefmarken. Ich hatte ein Album, in das ich die Fotos von den Mädchen klebte, mit denen ich geschlafen hatte. Manche erlaubten mir sogar, Nacktfotos von ihnen zu machen. Ich war glücklich, weil ich kein anderes Glück kannte. Ich hatte meinen Sportwagen, teure Uhren, mein Album mit den Mädchen und träumte vom süßen Leben auf einer Motorjacht im Mittelmeer.

Eines Tages trat der Schulleiter des Internats in meinen Klassenraum, um mich zu seinem Büro zu begleiten. Ich folgte ihm, ohne das Geringste zu ahnen. Er gab mir den Hörer seines Telefons. Mein Vater war in der Leitung. Er sagte nichts. Ich konnte ihn nur durch sein Schluchzen und Wimmern erkennen. Ich fragte ihn, was passiert sei. Mit vielen Pausen, durch Weinkrämpfe unterbrochen, berichtete mein Vater mir, dass meine Mutter bei einem Terroranschlag in Jerusalem ums Leben gekommen sei. Diese Worte hallten in meinem Kopf wider, und ich verlor kurzzeitig die Kontrolle über meine Beine. Als ich wieder auf einem Stuhl saß, erzählte mir mein Vater bruchstückhaft die Geschichte des Bombenattentats der Hamas. Ich konnte es einfach nicht glauben.

Zehn Tage zuvor war meine Mutter mit einer Jugendfreundin zu einer Studienreise nach Israel aufgebrochen. Diese Reise sollte für beide ihre letzte sein. Ich fuhr sofort nach Hause. Auf der langen Fahrt von Süddeutschland nach Hamburg, konnte ich zunächst gar nichts fühlen. Keinen Schmerz, keine Tränen, nichts! Es war nur ein Gefühl des Unglaubens. Wie durch Watte fuhr ich durch die Welt, die mir merkwürdig distanziert erschien. Ich fühlte mich irgendwie nicht dazugehörig. Zu Hause angekommen, verbrachte ich die nächsten Wochen damit, meinem Vater ein Trost zu sein. Er war abwechselnd apathisch und dann wieder so voller Leid, dass ich befürchtete, er würde den Schmerz nicht überleben. Ich erinnere mich an eine Szene, wo er plötzlich vor dem Bild meiner Mutter stehen blieb, in einen lautlosen Schrei ausbrach und sich zu mir umdrehte. Ich sehe ihn noch vor mir. Den Mund verzerrt und weit geöffnet, das Gesicht von unerträglichem Schmerz gezeichnet, sank er auf die Knie und umklammerte meine Beine. Minutenlang saß er so dort. Aus seinem Mund kam kein

Geräusch, kein Wort. Doch dieser stille Schrei lässt mich heute noch erschaudern. Ein paar Monate lang sagte mein Vater kein Wort. Er blieb stumm. Als wir eines Morgens beim Frühstück saßen, sprach er mich auf einmal an, und ich erschrak regelrecht. »Ich habe gestern mit deiner Mutter gesprochen. Es geht ihr gut. Sie ist wohlauf. Sie meint, dass mein Leben weitergehen muss. Der Himmel ist ihre Heimat geworden, ich gehöre noch auf die Erde.« Am nächsten Morgen fand ich ihn im Wohnzimmer. Erhängt. Unter seinen in der Luft baumelnden Beinen lag eine Bibel.

Auch nach all den Jahren fällt es mir schwer, darüber zu berichten, was dann genau passierte. In den nächsten Wochen funktionierte ich wie mechanisch. Ich zog mich morgens an, und es war, als ob ich eine Puppe ankleidete. Wie ein Roboter steckte ich Nahrung und Flüssigkeit in mich hinein. Es schmeckte nach nichts. An die Beerdigung kann ich mich nur noch schemenhaft erinnern. Ich sah dieses Meer aus Schwarz, die vielen Autos, den Haufen frischer Erde. Es war so, als hätte ich jemand anderen als mich ans Grab gestellt und hielte mich selbst in der hintersten Ecke des Friedhofes auf.

Ich verkaufte die Firma meines Vaters und investierte den Gewinn in ein aufstrebendes amerikanisches Unternehmen aus der IT-Branche. Der Aktienkurs explodierte. Ich war auf einmal unfassbar reich. Ich hatte mehr Geld, als ich in meinem Leben je ausgeben würde können. Gleichzeitig wurde mir meine innere Leere noch bewusster. Ich war allein. Es gab niemanden und nichts, der oder das mir etwas bedeutete. Ich flog für ein paar Monate nach Indien, um Antworten zu finden. Ich übernachtete in Ashrams, besuchte Gurus. Ich reiste nach Tibet und versuchte, in einem der vielen Klöster zur Ruhe zu kommen. Ich las die heiligen Schriften der Weisen. Besann mich auf buddhistische Lehren. Meditierte, machte Yoga, fastete. Schließlich entschloss ich mich, eine Trekkingtour durchs Himalaja-Gebirge zu unternehmen. Schwieriges Gelände, extreme Höhen und keine Menschen weit und breit. Ich flog mit einer Linienmaschine nach Leh in der indischen

Region Ladakh. Dieser verlassene Ort liegt auf 3500 Metern Höhe. Ich kletterte ohne Hilfe der einheimischen Sherpas wochenlang über die kalte Steinwüste. Am Horizont nichts außer den majestätischen Gipfeln dieses Gebirges. Eines Tages, es war gerade erst hell geworden, bestieg ich einen der kleineren Gipfel. Die Morgensonne tauchte die Berge in ein übernatürlich schönes Licht. Ich war durch die extrem dünne Höhenluft und mein unmenschliches Tempo völlig ausgepumpt. Seit Tagen mutete ich meinem Körper Strapazen zu, die mich an den Rand eines Zusammenbruchs brachten. Ich wollte mich quälen, mich durch diese Selbstkasteiung befreien. Ich dachte, ich könnte durch diese Gewaltkur meinen Geist vom Körper trennen.

Mit blutrot unterlaufenen Augen stapfte ich durch das schwere Geröll. Immer wieder lagen Schneeverwehungen auf meinem Weg. Weil ich an diesem Morgen unentwegt in den Himmel schaute, übersah ich wohl ein überfrorenes Felsenstück. Ich rutschte aus und polterte auf dem scharfkantigen Untergrund den Abhang hinunter. Ich konnte vor mir sehen, wie der gewaltige Abgrund immer näher kam. Ich versuchte, mich mit den Händen in den Gesteinsschutt zu krallen. Drehte und rollte mich, um meine Geschwindigkeit irgendwie zu verringern. Ungehindert schlitterte ich in den drohenden Tod. Mit einer letzten kraftvollen Bewegung brachte ich mich in eine senkrechte Lage, streckte den rechten Arm aus und erreichte damit einen Felsvorsprung. Meine Bewegung wurde gestoppt. Kaum zwanzig Meter weiter wäre ich in einem gähnenden Schlund verschwunden. Ich rang nach Luft. So sehr ich mich auch anstrengte, ich bekam doch nicht genug Sauerstoff in meinen ausgemergelten Körper. Ich hatte das Gefühl zu ersticken. In meinem Kopf drehten sich alle Dinge. Warum war ich hier oben, ganz allein im Himalaja? Was suchte ich hier? Warum quälte ich mich so erbarmungslos? Atemlos und mit schneidenden Schmerzen im ganzen Körper richtete ich mich auf und schrie, so laut ich nur konnte, in den schwarzblauen Himmel: »Wer bin ich? Wer bin ich?«

Ich kehrte nach Europa zurück. Ich war wie auf der Flucht. Monate vergingen. An keinem Ort blieb ich länger als ein paar Nächte. Der erste Jahrestag der Beerdigung meines Vaters kam und ging. Ich kam nicht zur Ruhe. In einem Reisebüro sah ich das elegante Bild des Ozeanriesen *Queen Elizabeth 2*. Ohne zu zögern, buchte ich eine Passage nach New York. Eine riesige Suite in bester Lage war für die Dauer der Atlantiküberquerung mein Zuhause.

Wir legten von Southampton ab und nahmen Kurs auf Nordamerika. Doch auch auf diesem wunderbaren Luxusschiff kam ich nicht zur Besinnung. Eine krankhafte Schlaflosigkeit suchte mich heim. Schon drei Tage lang hatte ich nicht eine Minute geschlafen. Am nächsten Tag passierte es. Ich hatte wohl beim Abstieg von einem höher gelegenen Deck eine Stufe nicht gesehen. Ich fiel und kam erst mehrere Meter tiefer zum Halt. Mein Kopf schlug auf eine der Treppenstufen. Ich verlor das Bewusstsein. Doch nach einer gewissen Zeit veränderte sich die undurchdringliche Schwärze, die mich umgab. Ein weißes Licht war ganz klein am Ende eines unendlich großen Raums zu erkennen. Ich hatte große Angst und zitterte am ganzen Leib. Dann hörte ich eine wunderbare, unbeschreiblich schöne Musik. Wenn ein Diamant singen könnte, dann wäre sein Klang so schön wie der, den ich dort hörte. Das weiße Licht kam näher. Langsam konnte ich in dem pulsierenden, blendenden Schein undeutliche Konturen erkennen. Es kam näher zu mir. Jetzt erkannte ich drei Engel, die in einem Meer aus Flammen standen. Sie glänzten wie pures Gold. Ihre Augen funkelten wie geschliffene Edelsteine. Eine feine Stimme schien aus allen Mündern gleichzeitig zu kommen. Sie befahl mir:

»Felix Gutknecht, bekenne, dass du ein Sünder bist. Bekenne!«

Meine Angst war verschwunden, das Zittern hörte augenblicklich auf. Ich wollte etwas sagen, aber mein Mund versagte den Dienst. Ich nickte schließlich nur stumm.

»Dein Leben ist ein kostbares Geschenk unseres Herrn Jesus

Christus. Verschwende es nicht. Tue Gutes. Kümmere dich. Schenke anderen Menschen Hoffnung, dann wirst du selbst auch wieder Hoffnung empfangen. Schütze den Namen unseres Herrn, damit sein Himmelreich auch auf Erden einen Platz bekommt.«

Die Engel überreichten mir eine Rose. Sie schien aus Licht geformt zu sein. Ich nahm sie in die Hand und verletzte mich an einem der Dornen. Ich zuckte zurück. Die Engel sahen meine Zurückhaltung, und die Flammen, auf denen sie standen, schlugen höher empor. Das Feuer züngelte an den goldenen Kleidern der Engel hinauf. Die funkelnden Edelsteinaugen wurden heller, und wie mit einer Stimme sprachen sie erneut zu mir:

»Wenn Gott dir eine Rose schenkt, dann schau nicht auf die Dornen.«

II. Die Geburt der Cherubim

Als ich aus meiner Ohnmacht aufwachte, lag ich auf dem Bett im Behandlungszimmer eines Schiffsarztes. Das Erste, was ich vernahm, war der Klang der Wellen, die gegen die Bordwand klatschten. Dazu mischte sich das grelle Kreischen der Möwen. Es war so, als hätte ich nie zuvor so etwas Herrliches gehört. Ich schaute mich zaghaft um. Durch eines der Bullaugen schien die orangefarbene Morgensonne. Die Strahlen malten kleine Schatten auf das Bett. Ich musste fast weinen, weil ich das Gefühl hatte, das erste Mal in meinem Leben wirklich sehen zu können. Ich wurde etwas wacher und richtete mich im Bett auf. Neugierig wie ein Kind beobachtete ich meine Umgebung. Ich befand mich in einer modern eingerichteten, luxuriös aufgemachten Praxis. Ich schaute zur Kabinentür, die sich gerade öffnete. Ein Arzt und eine Schwester kamen herein. Sie näherten sich mir vorsichtig, und der Arzt sprach: »Sind Sie wieder bei uns? Wieder auf der QE2? Das freut uns. Ich empfehle Ihnen, die nächsten Tage im Bett zu bleiben. Durch den Sturz haben Sie eine Gehirnerschütterung erlitten. Wir wollen ganz sichergehen, dass nicht noch mehr passiert ist.«

Ich fühlte mich wie ein Besucher auf einem fremden Planeten. Alles war neu und aufregend. Doch tief in mir drin wusste ich, dass ich schon immer hier gewesen war, aber niemals wirklich gelebt hatte. Ich spürte einen tiefen Frieden und ein überwältigendes Glück in mir.

Nach zwei Tagen konnte ich die Enge der Krankenstation auf dem Ozeandampfer nicht mehr aushalten. Ich fühlte eine seltsame Energie in mir, die mich antrieb und forderte. Noch wusste ich meine Bestimmung nicht zu erklären. Ich ging in die Bibliothek und versuchte mir einen Reim auf die Bilder meiner Erscheinung zu machen. In einem Lexikon fand ich eine Darstellung der Cherubim-Engel. Die Ähnlichkeit war verblüffend. Ja, es waren die Cherubim! Jene alttestamentarischen Wesen, die am Tor zum Paradies wachten. Diese Engel mit ihrem Flammenthron waren mir erschienen. Und das erste Mal, seitdem ich vom Tod meiner Mutter erfahren hatte und ich nicht nur sie, sondern auch meinen Vater hatte beerdigen müssen, konnte ich ein wenig lächeln. Eine positive Kraft durchströmte mich, hob mich auf, trug mich aus meinen Depressionen hinaus. Ich wollte mein Leben nicht wegwerfen oder es nutzlos weiterführen. Ich wollte leben! Mit meinen finanziellen Mitteln wollte ich Hilfe und Hoffnung geben. Ich hatte einen Auftrag erhalten und gedachte, diesen auch zu erfüllen. Die Tage und Nächte, bis wir in den Hafen von New York einliefen, verbrachte ich in der Bibliothek der QE2. Ich schrieb und skizzierte meine Pläne. Einen Namen für meine Organisation hatte ich bereits: Haus der Cherubim.

Nur selten ging ich zu einem kleinen Spaziergang an Deck. Auch hierhin nahm ich einen Schreibblock mit und plante die nächsten Schritte. Ich fühlte mich gut, konnte wieder schlafen und hatte Appetit. Das Leben schmeckte mir wieder. An einem der nächsten Tage ging ein Signalton durch alle Decks. Ein Herr klopfte an meine Kabinentür und erklärte mir, dass wir in Kürze in den Hafen von New York einlaufen würden. Ich ging an Deck. Nach einer knappen halben Stunde sah ich die Lady mit der Fackel: die »Statue of Liberty«. Ich werde diesen

Augenblick nie vergessen, wie am Horizont die kupfergrüne Figur immer klarer erkennbar wurde und unser Ozeandampfer Kurs auf Liberty Island nahm. Denn die Freiheit hatte auch für mich eine neue Bedeutung gewonnen. Die Freiheit, sein Leben zu ändern. Zum Guten zu ändern, Ziele zu haben und diese auch zu erreichen.

In New York angekommen, suchte ich mir ein großes, komfortables Hotelzimmer, um schon von hier aus die ersten wichtigen Entscheidungen mit meinem Anwalt, der auch die Rechtsgeschäfte meines Vaters geleitet hatte, zu besprechen. Mein Vermögen war in den fast zwei Jahren meiner Reise noch einmal gewaltig angewachsen. Ich war dreiundzwanzig, Vollwaise, Multimillionär und fest entschlossen, die Welt zu einem besseren Ort zu machen. An meinem ersten Abend in New York wollte ich die Stadt kennenlernen. Ich nahm mir ein Taxi und fuhr nach Downtown Manhattan. Ich besuchte einen Musikclub, der gleichzeitig auch eine Galerie für Avantgarde-Kunst war. Ich setzte mich an den Tresen und bestellte mir etwas zu trinken. Neben mir saß ein junger Mann, mit dem ich schnell ins Gespräch kam. So lernte ich Leif Brendan kennen. Er war ein strenggläubiger Katholik. Sein Wissen über die Kirche, über Glauben, über Gott, Jesus und die Trinität saugte ich wie ein Schwamm auf. Er war ein ehemaliger Priesterschüler aus der Diözese Boston. Meine theologische Bildung war mangelhaft. Was wusste ich denn schon von der christlichen Kultur? Mein Elternhaus war zwar protestantisch gewesen, aber unsere Kirchenbesuche hatten sich auf die üblichen Feiertage reduziert. Leif und ich ergänzten uns wunderbar. Wir beide hatten den unbedingten Wunsch, etwas für unsere Welt zu tun, sie zu einem besseren, christlicheren Ort zu machen. Ich hatte das Geld, und Leif schaffte mit seinem enzyklopädischen Wissen über die Kirche den theologischen Unterbau für unser Unternehmen. Darüber hinaus verband uns schon nach kurzer Zeit eine enge Freundschaft. Wir planten Zentren in ganz Europa, Kirchen, Krankenhäuser, Kindergärten. Ich wollte keine neue Religion gründen, sondern auf den Pfeilern eines ökumenischen, christlichen Werte- und Glaubenssystems Hilfe und Schutz in unserer Gesellschaft zur Verfügung stellen. Praktizierte Nächstenliebe, ohne Berücksichtigung der Hautfarbe oder Gesellschaftsschicht. Wir sind alle Kinder Gottes. Die in seinem Namen leben, werden ein Haus bei den Cherubim finden. Wir wollten niemanden bekehren, sondern Menschen, die in Not waren, helfen. Das war der Weg. In Hamburg sollte unser Hauptquartier sein.

III. Der Anfang der Cherubim

Unsere Welt braucht Hilfe. Hilfe, die von Herzen kommt. Hilfe für Menschen, die sich nicht selbst helfen können. Elend und Leid sind ständige Begleiter in unserem Leben geworden. Nicht erst nach der Pockenepidemie, die so viele unschuldige Christen tötete und noch mehr Verletzte zurückließ. Kriege und Terror sind allgegenwärtig. Die Menschen fürchten sich. Fühlen sich nicht mehr sicher. Wir wollen ihnen mit Gottes Hilfe neue Hoffnung geben.

Unser Motto heißt:

Liebe und Mut
für Gott und die Welt

Mit unseren Schulen, Universitäten, mit unseren Krankenhäusern und den anderen Wohltätigkeitseinrichtungen wollen wir die Welt zu einem besseren Ort machen. Zugleich wollen wir den Menschen im Haus der Cherubim unseren Glauben an Jesus Christus näherbringen. Mit unserem Auftrag wollen wir ein Stück des Himmelreichs schon auf Erden wahrmachen und den Platz bereiten für den König der Könige.

Deek sah kurz von seiner Lektüre auf. Er blätterte die nächsten Seiten schnell durch. Es folgten Kapitel, in denen ausführlich die verschiedenen Landesverbände aufgelistet wurden. Dann die Filialen im europäischen Ausland und schließlich die in Übersee. Pläne für die Zukunft. Ein paar persönliche Dankesworte, Bibelzitate, Psalme und schließlich der Abdruck des Liedtextes »Wenn Gott dir eine Rose schenkt«. Musik und Text von Felix Gutknecht.

Von allen Personen, ob nun in der CSG, dem Bureau oder der Regierung, gab es nur einen Menschen, dem Deek blind vertraute, dessen Loyalität und Integrität stets ein Vorbild für ihn selbst gewesen war. Ein Mensch, der schon einmal den Lauf der Geschichte beeinflusst hatte: Gordon Sebastian, der ehemalige Präsident der Vereinigten Staaten, sein früherer Chef.

Deek wurde überwacht, daran gab es seit der unterbrochenen Telefonverbindung zu seinem Hackerfreund Hank keinen Zweifel. Weder sein Mobiltelefon noch die Hotelleitung waren jetzt sicher.

Er warf sich rasch seine braune Lederjacke über und hastete zum Lift. Unten angekommen, stieg Deek die gewaltige Treppe des Adlon zur Hotellobby hinunter. Er musterte die unterschiedlichen Gäste. Ein Reisegruppe mit Italienern, die aufgeregt in den luxuriösen Räumlichkeiten des Hotels herumwanderten und sich in einer ungeheuren Lautstärke über die Vorzüge des neuen Berlins unterhielten. Da waren gleich daneben die typischen Businessleute mit ihrem uniformierten Auftreten. Sie schafften ein vertrautes Bild in jedem gehobenen Hotel, meistens mit ihren Mobiltelefonen beschäftigt oder mit weiten Schritten durch die Menge stolzierend. Auf der Sitzgelegenheit hinter dem Marmorbrunnen mit der Elefantengruppe saß ein älteres Pärchen. Die reiche Dame hielt ihre teure Louis-Vuitton-Tasche auf dem Schoß zur Schau. Etwas weiter hinten saßen zwei Männer unter einem üppigen Blumenbouquet. Sie hatten es sich auf dem gediegenen roten Sofa bequem gemacht. Ihre elegante, aber austauschbare Geschäftskleidung wirkte keinesfalls verräterisch. Deek dachte sich: »Nicht schlecht die Jungs vom BKA. Gar nicht schlecht.«

Kurz vor der Eingangstür schaute er noch einmal nach links ins Restaurant Quarré. Auch dort bemerkte Deek zwei Kollegen. Fast wollte er sie freundlich grüßen, verkniff sich dann aber doch diese übermütige Geste. Auf der Straße »Unter den Linden« fand er ein schickes Café mit dem Namen »Einstein«. Deek bestellte sich einen Cappuccino und musterte die Gäste. Hier war er zumindest für kurze Zeit sicher. Er hatte seinen Kaffee noch nicht geleert, als er den Kellner nach einem Telefon fragte. Etwas ungläubig wegen der ungewöhnlichen Bitte, hatten Gäste wie er doch eigentlich immer ein Handy, zeigte er Deek einen Fernsprecher mit Festanschluss. Deek wählte eine Nummer in Florida zu einem Telefon in einem ruhigen Örtchen auf einem der vielen kleinen Keys. Es stand in einem Haus, das sich von außen nicht von den Nachbargebäuden unterschied. Doch der genaue Beobachter konnte die unauffällig installierten Sicherheitseinrichtungen und die schwarze Limousine mit den zwei Beamten vom Secret Service erkennen. Noch weitere acht Jahre lang würden sie den ehemaligen Präsidenten schützen.

Gordon Sebastian war gerade erst aufgestanden. Er saß auf seiner Veranda, genoss eine starke Tasse Tee und las die Morgenzeitungen. Sein Haus hatte einen direkten Blick auf die Mangrovenwälder der Keys. Hier konnte er manchmal sogar wilde Delfine beobachten. Fischreiher kreisten entlang der weiten Küste und stießen immer wieder in das flache, moorige Wasser. Doch das Schönste für ihn waren die fast mystisch wirkenden Sonnenuntergänge hier, die den gesamten Himmel in einen wilden Tuschkasten verwandelten. An solchen Abenden vergaß der ehemalige Präsident die Schmach der katastrophalen Abwahl aus seinem Amt und pries vielmehr die Ruhe des einfachen Lebens auf dem Land. Es klingelte. Gordon Sebastian nahm ab und setzte sich dann mit dem schnurlosen Telefon in der Hand wieder auf seinen Schaukelstuhl, der auf den knarrenden Bohlen der Holzveranda seines bunten Häuschens stand.

»Deek! Was für eine Überraschung. Wo steckst du?«

Der Ton zwischen den beiden war der von alten Freunden. Und das waren sie auch. Während Gordons Amtszeit als Präsident mussten beide die Zurückhaltung, die ein solches Abhängigkeitsverhältnis mit sich brachte, einhalten. Doch seit die Republikaner wieder im Weißen Haus regierten, war aus der ehemaligen Mitarbeiter/Chef-Beziehung eine tiefe Freundschaft geworden. Deek war immer noch stolz darauf, den Expräsidenten als seinen engen Freund bezeichnen zu dürfen, wenn auch viele seiner Bekannten und anderen Freunde Gordon Sebastian für einen der schwächsten Präsidenten seit Warren Harding hielten.

»Ich bin in Berlin in einem Café in der Nähe des Brandenburger Tors.«

»Wie schön, dann kannst du ja bei den Jungs von der Botschaft vorbeischauen. Phil Sterner ist ein alter Freund von mir. Was machst du in Berlin? Ist es wegen der Terrorgeschichte mit dem Flugzeug der Saudi Arabian Airlines? Bestimmt ist das der Grund deines Aufenthalts in Deutschland, oder?«

»Ja, genau. Und ich stecke mitten im Morast fest.«

»Was ist los? Kann ich dir irgendwie helfen?«

»Gordon, du bist mein Freund, und ich traue dir wie kaum einem anderen Menschen. Ich rufe von einem Café aus an, weil ich davon ausgehen muss, dass meine Telefongespräche abgehört werden.«

»Und warum?«

Deek fasste sachlich die Geschehnisse der letzten sechsunddreißig Stunden zusammen.

»Etwas stimmt hier nicht, Gordon: die Boden-Luft-Rakete in Frankfurt, das Bekennerschreiben einer unbekannten Terrororganisation, mein gesperrter Sicherheitsausweis, das unterbrochene Gespräch mit Hank, die Beamten im Adlon. Ich bin schon so lange in der Terrorabwehr, ich merke, wenn etwas nicht stimmt.«

»Warum meldest du die Sache nicht bei der CSG? Die sollen die Sache auf dem Amtsweg klarstellen«, riet ihm Gordon.

»Amtsweg! Eben deshalb nicht. Wenn meine Vermutungen richtig sind, dann ist das deutsche BKA mitten drin in dieser Verschwörung. Die Bundesregierung ist anscheinend völlig ahnungslos, jedenfalls trifft das auf den Kanzler und den Innenminister zu. Die haben mich ja schließlich gebeten, ihnen zu helfen. Außerdem bin ich mit Patrick Delaney, meinem Nachfolger im Chefsessel, nicht so richtig befreundet. Um ehrlich zu sein, können wir uns beide nicht ausstehen. Was, meinst du, würde passieren, wenn ich als Leiter der Abteilung für Internationale Zusammenarbeit eine Investigation des BKA veranlassen würde? Eine offizielle Untersuchung eines unserer wichtigsten Verbündeten? Stell dir vor, die Arbeit unserer Jungs würde zunächst nichts Stichhaltiges hervorbringen. Delaney wartet doch nur auf solch ein gefundenes Fressen. Dann könnte er mich endgültig absägen. Nicht unbedingt die klügste Variante, was?«

»Da hast du wohl Recht. Ich kann diesen Delaney auch nicht ausstehen. Ein Apparatschick durch und durch.«

»Da ist noch eine andere Sache, die mich beschäftigt, Gordon. Immer wieder taucht das Haus der Cherubim auf.

Wo ich auch suche, die Cherubim waren schon vorher da. Kennst du diese Organisation?«

»Deek, bei allem Respekt, aber die Cherubim sind bestimmt nicht der Grund für diese zugegeben seltsamen Vorfälle. Sie sind nicht nur in Europa, sondern auch in den USA hoch angesehen. Ich kenne selbst ein paar Mitglieder der Organisation. Was diese Menschen tun, ist äußerst ehrbar.«

»Ich weiß. Auch ich bin von der Arbeit der Cherubim beeindruckt. Bei dem Gottesdienst, dem ich hier in Berlin beigewohnt habe, war sogar ein Kardinal anwesend. Mein Problem ist Folgendes: Ich verstehe zu wenig von christlicher Theologie. Frag mich etwas über die verschiedenen Terrorgruppen im Nahen Osten und deren Begründer und Hauptakteure. Oder frag mich, wer Ibn Taimiya war. Das ist mir alles bekannt. Aber über den christlichen Glauben weiß ich viel zu wenig. Es ist eigentlich verrückt. Mohammeds Leben und Wirken ist bei mir präsenter als das von Jesus Christus. In der Biografie des Begründers der Cherubim, ein Mann namens Felix Gutknecht, kommen Personen vor, von denen ich noch nie etwas gehört habe, Bibelzitate, Psalme. Um diese Cherubim, oder was auch immer dahinterstecken mag, zu begreifen, muss man wahrscheinlich Priester oder Religionswissenschaftler sein. Kennst du die heilige Agnes? Kennst du den Propheten Maleachi?«

»Ich muss offen gestehen: So bibelfest bin ich nun auch wieder nicht.«

»Ich kannte den natürlich auch nicht. Aber in einer Fußnote erwähnt Gutknecht diesen Propheten, ohne weiter auf ihn einzugehen. Ich habe das alles mal in einer dieser Hotelbibeln nachgeschaut, die es auch hier in Deutschland überall gibt. Willst du es hören?«

»Ja, natürlich.«

Gordon Sebastian hörte ein Rascheln und dann das Knistern von Papier. Schließlich las Deek einen Psalm vor: »›Denn siehe, es kommt ein Tag, der brennen soll wie ein Ofen. Da werden alle Verächter und Gottlosen Stroh sein, und der künftige Tag wird sie anzünden, spricht der Herr, und wird ihnen weder Wurzel noch Zweige lassen. An dem Tag, den ich herbeiführe, werdet ihr die Ruchlosen unter euren Fußsohlen zertreten, so dass sie zu Asche werden, spricht der Herr der Heere.‹ Was sagst du dazu, Gordon? Das klingt nach Kampf und Krieg und nicht nach Nächstenliebe.«

»Bist du dir sicher, dass du da nicht auf dem Holzweg bist? Man könnte denken, du verdächtigst die Bibel als Anleitung für Gewaltverbrechen. Ich wollte es dir eben schon anbieten, aber du warst ja kaum zu bremsen. Es gibt da jemanden, der mir auch schon einmal Nachhilfe in Sachen Religion gegeben hat.«

»Klingt interessant. Wer ist es denn?«

»Leo Malzahn. Ein Professor für vergleichende Religionswissenschaften an der Universität Frankfurt. Er hat mehrere Bücher geschrieben. Erfolgreiche Bücher. Hört sich nach einem steinalten Kauz an, oder? Weit gefehlt. Ein überaus dynamischer Mensch Anfang vierzig. Er hat Witz und eine Schwäche für alten Single Malt. Ein bisschen eigenwillig ist er, aber das bist du ja auch. Warte, ich geb dir gleich seine Telefonnummern. Festnetz und Handy.«

Gordon Sebastian blätterte in seinem Adressbuch und diktierte Deek dann die Nummern.

»Ich glaube, ich kann dir noch weiter helfen. Wenn du willst.«

»Gern.«

»Ein paar Botschaftsangehörige sind heute Abend in

Berlin zu einem großen Wohltätigkeitsball, einer Charity-Veranstaltung, eingeladen. Dreimal darfst du raten, wer der Initiator ist.«

»Das Haus der Cherubim lädt ein!«, sprach Deek mit anpreisender Stimme. »Das ist die große Chance, Gordon. Allerdings kann ich kaum als Deek Miller von der CSG dort auftauchen.«

»Nein, da hast du Recht. Wenn deine Vermutungen richtig sind, wäre das wohl reichlich dumm.«

»Mir fällt schon was ein. Wie komme ich an Karten?«

»Ich melde mich gleich bei Phil Sterner. Der wird nicht viele Fragen stellen, hoffe ich. Du wirst eine Karte von einem normalen Botschaftsangehörigen bekommen. Den Rest überlasse ich dir. Keine Ahnung, ob du mit deinen Anschuldigungen gegen die Cherubim richtig liegst. Offen gesagt, hoffe ich sogar, dass du Unrecht hast.«

»Ich würde dich heute Abend gern noch einmal anrufen. Bleibst du zu Hause?«

»Ja. Ich werde wie fast jeden Abend dieses wunderbare Meer hier betrachten und mich über die Farben des Himmels freuen. Ich werde lange aufbleiben und nehme das Telefon dann mit ans Bett. Nicht nur in Deutschland passieren im Moment irritierende Dinge.«

»Was meinst du damit?«

»In Boston wurden fünf Priester ermordet. Ich sollte vielmehr sagen: hingerichtet. Schüsse aus nächster Nähe. Kopfschüsse. Grauenhaft.«

»Was, Priester? Unglaublich …«

»Priester schon. Aber gute Menschen? Das wohl weniger. Jedem dieser Priester hängt ein Verfahren wegen Kindesmissbrauchs an. Die Kirche hatte schon vor einigen Jahren mal massive Probleme mit pädophilen Triebtätern aus den eigenen Reihen. Damals hat sich sogar der Papst eingeschaltet. Die Aufregung in den USA ist jedenfalls riesengroß. Und bislang gibt es keine Spuren. Selbstmord wird ausgeschlossen. Es waren tatsächlich ausgeführte Todesurteile. Also, Deek, pass auf dich auf.«

»Ja, mache ich. Genieß den Sonnenuntergang.«

Deek hatte fast eine halbe Stunde lang telefoniert. Als er den Gastraum wieder betrat, stand der Kellner schon ungeduldig da und tippte demonstrativ auf die Armbanduhr. Deek zückte einen 50-Euro-Schein und sagte trocken: »Wissen Sie, wenn Gordon Sebastian erst mal anfängt zu reden, dann vergehen die Stunden wie im Flug.«

Der Kellner brach in schallendes Gelächter aus. »Der war nicht schlecht, wirklich! Gordon Sebastian, der ehemalige Präsident der USA. Nicht schlecht.« Wieder ging eine kleine Lachsalve durch den leicht untersetzten Körper des Berliners.

Als Deek die Straße »Unter den Linden« betrat, hatte sich der Himmel bedeckt. Es war ein verregneter Julitag, und Deek machte sich auf den Weg zur Botschaft der Vereinigten Staaten von Nordamerika. Eine große Plakatwand ließ ihn für einen Moment verharren. Ein neuer Fernsehsender wurde beworben:

Cherubim TV – das Licht in der Dunkelheit
24 Stunden jeden Tag!

Deek schüttelte den Kopf und beeilte sich, zur Botschaft zu kommen. Am scharf bewachten Eingang zeigte er seinen CSG-Ausweis vor und wurde salutierend in den Räumen der Botschaft begrüßt. »Wenigstens weiß man hier, wer ich bin«, murmelte Deek, der das Desaster im Innenministerium noch nicht verwunden hatte. Das Büro des Botschafters Phil Sterner lag im ersten Stock.

Der Botschafter kam um seinen Schreibtisch herum und schüttelte Deek die Hand. »Unser gemeinsamer Freund Gordon Sebastian hat mich gebeten, Ihnen keine Fragen zu stellen, also will ich mich daran halten«, sagte er. »Doch eine Frage sei mir gewährt: Mögen sie Popmusik?«

Deek war verblüfft und wusste nicht recht, was er antworten sollte. »Es kommt darauf an. Wenn die Stimme mich berührt, schon.«

»Dann werden Sie heute Abend eine große Überraschung erleben. Der Stargast bei der Gala ist ein Weltstar: Monique Lyon, eine Sängerin mit einer unglaublichen Stimme. Meine Frau hat alle ihre CDs. Sie ist untröstlich, dass wir gerade heute verhindert sind. Aber die Pflichterfüllung geht vor. Dieses Geschäftsessen mit dem finnischen Botschafter ist schon seit Monaten vorbereitet worden. Und einer meiner besten Mitarbeiter wird wegen ihres Wunsches auch nicht in den Genuss dieser Gala kommen.«

Der Botschafter überreichte Deek eine Einladungskarte zur Cherubim-Gala im Hotel Estrel Berlin. Der Name auf der Karte lautete: Richard Hearst. Immerhin konnte man sich den leicht merken.

»Da ist noch etwas für Sie, Mr Miller. Gordon wollte, dass ich Ihnen ein abhörsicheres Handy gebe. Ist ein nagelneues Modell. Keine Ahnung, wie es funktioniert, aber alle Beamten, die es benutzen, sind sehr zufrieden damit. Hier, bitte schön.«

Phil Sterner reichte Deek ein silberfarbenes Handy. Auf dem Außendisplay strahle das CIA-Emblem. Wie überaus unpraktisch, dachte Deek, wenn man verdeckt ermitteln wollte. Er bedankte sich und steckte es in seine Wildlederjacke.

Auf dem Weg nach draußen plante Deek seine Mission auf der Gala: Brille mit breitem Rand, Kinnbart, graue Perücke, einen Smoking, Lackschuhe und Wattepads. Deek hatte in einer Dokumentation über die Dreharbeiten von *Der Pate* einmal gesehen, wie Marlon Brando sich die Wattepads zwischen die untere Zahnreihe und die Wangen klemmte, um damit die dicke Wangenpartie von Don Corleone zu erlangen. Deek fuhr in das größte Kaufhaus Europas, das KaDeWe.

In der Tauentzienstraße angelangt, stand Deek vor dem riesigen, einen ganzen Block umfassenden Konsumpalast. Er schritt unbeeindruckt durch das Portal und wurde sofort durch eine irritierende Mixtur unterschiedlicher Parfüms, Cremes und anderer Kosmetika empfangen. In der Abteilung für Faschingsartikel kaufte sich Deek einen falschen Bart. Nicht sehr schön, aber effektiv, dachte er. In der Herrenmodeabteilung empfing man den Amerikaner mit ausnehmender Freundlichkeit, schienen die Verkäufer doch einen finanzkräftigen Kunden zu wittern. Der Smoking, den er sich aussuchte, passte wie angegossen. Deek gefiel seine Verkleidung ganz und gar nicht. Die um ihn herumflitzenden Angestellten des KaDeWe waren völlig entzückt, als er noch das passende Hemd, ein paar Lackschuhe, eine Fliege und ein Einstecktuch kaufte. Beim Bezahlen war er erleichtert, dass er den gesamten Einkauf als Spesen abrechnen konnte. Im Erdgeschoss kaufte er sich noch die Wattepads. Mit drei riesigen Tüten beladen, stieg Deek in ein Taxi.

»Na, Ihr Geld möchte ich haben«, kommentierte der Fahrer Deeks Einkaufsbeute.

Im Adlon warf Deek die Plastiktüten auf sein Bett und holte sein neues Handy aus der Tasche. Er wählte eine Nummer in Königstein, in der Nähe von Frankfurt.

»Hallo?«

»Meine Name ist Deek Miller. Spreche ich mit Leo Malzahn? Ein gemeinsamer Freund, Gordon Sebastian, hat mir Ihre Nummer gegeben.«

»Was kann ich für Sie tun?«

»Ich arbeite für die Counterterrorism Security Group, eine allen Geheimdiensten übergeordnete Behörde der amerikanischen Regierung. Wir sind für die Prävention von Terrorangriffen zuständig. Bei uns laufen alle Informationen zusammen. Natürlich nur im Idealfall. Ich bin Leiter der Abteilung Internationale Zusammenarbeit.«

»Wenn Sie mich über Gordon Sebastian kennen, wissen Sie ja wohl, dass ich mich mit einem ganz und gar anderen Gebiet beschäftige.«

Leos Begegnung mit Gordon Sebastian lag mehrere Jahre zurück. Bei einem Kongress in Frankfurt am Main hatten sie sich kennengelernt. Gordon war der umjubelte Star und Gastredner des Abends gewesen. Leo hatte ihn beim Buffet angesprochen, und beide hatten sich auf Anhieb gemocht. Seitdem schrieben sie sich und telefonierten regelmäßig. Hätte es die Verbindung zwischen Deek und Gordon nicht gegeben, so hätte Leo Malzahn wohl nach ein paar Minuten das Gespräch freundlich abgebrochen.

»Sie sind Professor für vergleichende Religionswissenschaften an der Universität Frankfurt. Ich weiß, wer Sie sind, und ich brauche Ihre Hilfe. Dringend.«

»Gern. Terror und Religion. Zwei Dinge, die eigentlich nicht zusammengehören. Manchmal habe ich das Gefühl, dass die Menschen nur wegen des Terrors anfangen, sich für Religion zu interessieren.«

»Sie haben leider Recht, es geht auch mir nur um eine Art

Nachhilfekurs in Religion. Meine Antiterrorausbildung hatte Jesus bislang nicht unbedingt auf dem Lehrplan. Sagt Ihnen das ›Haus der Cherubim‹ etwas?«

»Natürlich kenne ich diese … wie soll man sagen … Organisation. Nach der Pockenepidemie in Deutschland hat sie vielen Menschen geholfen. Wieso interessieren Sie sich für die Cherubim?«

»Haben Sie jemals mit dieser Organisation zusammengearbeitet?«

»Nein, nie direkt.«

»Gut. Ich weiß, dass meine Vermutungen höchst ungewöhnlich klingen. Ich bin auf Dinge gestoßen, die ich nicht verstehe, und ich hoffe, dass Sie mir weiterhelfen.«

»Wenn ich kann.«

»Sie haben bestimmt von dem Anschlag auf die Maschine der Saudi Arabian Airlines gehört?«

»Ja, natürlich«, antwortete Malzahn.

»Was Sie bestimmt nicht wissen, ist die Tatsache, dass kein einziger Nichtaraber an Bord der Maschine war. Und das hat auch einen Grund: Die Buchungsseite wurde nämlich äußerst professionell manipuliert.«

»Das wusste ich in der Tat nicht.«

»Die verwendete Waffe, eine seltene Boden-Luft-Rakete mit dem schönen Namen ›Grail‹, ist teuer und schwer zu beschaffen.«

»Aber es gibt doch einen Bekennerschreiben aus islamistischen Kreisen.«

»Das ist meiner Meinung nach gefälscht. Ich glaube vielmehr, dass es sich bei dem Abschuss des Flugzeuges um einen Vergeltungsschlag handelt.«

»Rache? Von wem?«

»Für einen Anschlag dieses Kalibers braucht man Geld,

sehr viel Geld sogar. Dann braucht man einflussreiche Freunde, Computerspezialisten und … ein Motiv.«

»Sie wollen doch nicht andeuten, dass die Cherubim dahinterstecken, oder?«

»Ich kann noch nichts Bestimmtes sagen, aber irgendjemand hat die Macht, selbst die Regierung Ihres Landes an der Nase herumzuführen.«

»Ich habe seltsamerweise heute eine anonyme E-Mail bekommen. Jetzt glaube ich fast, dass es da einen Zusammenhang gibt. Wahrscheinlich kennen Sie den Propheten Zefanja nicht, richtig?«

»Das stimmt. Da muss ich passen.«

»In der E-Mail, die ich bekam, war ein verschlüsselter Hinweis auf eine von Zefanjas Prophezeiungen.«

Leo las Deek den Bibeltext vor:

»›Ich will den Leuten bange machen, dass sie umhergehen sollen wie die Blinden, darum dass sie wider den Herrn gesündigt haben. Ihr Blut soll ausgeschüttet werden, als wäre es Staub, und ihr Leib, als wäre es Kot. Es wird sie ihr Silber und Gold nicht erretten können am Tage des Zorns des Herrn, sondern das ganze Land soll durch das Feuer seines Eifers verzehrt werden; denn er wird plötzlich ein Ende machen mit allen, die im Lande wohnen.‹«

»Ich glaube, Sie sollten schleunigst nach Berlin kommen!«

»Nach Berlin?«

»Es kann kein Zufall sein, dass Sie diese Nachricht bekommen haben.«

»Wozu brauchen Sie denn mich? Ich bin Wissenschaftler, Theologe.«

»Sagen wir es so: Ich brauche Antworten, und ich habe noch viele Fragen. Was in Frankfurt passiert ist, war möglicherweise erst der Anfang. Ich wohne im Adlon, das liegt direkt am Brandenburger Tor, ist also einfach zu finden. Vertrauen Sie mir?«

»Ich bin mir da nicht ganz sicher.«

»Dann rufen Sie mich auf meinem Handy an, wenn Sie sich entschieden haben. Ich werde gleich zu einer Benefizgala der Cherubim gehen.«

»Ich melde mich auf jeden Fall bei Ihnen, Mr Miller.«

Leo legte auf und ging langsam und nachdenklich durch sein Arbeitszimmer. Das langjährige Studium, dann die Arbeit an der Universität und schließlich die mühevolle Recherche für seine Doktorarbeit, es war nur ein kleiner elitärer Zirkel von hoch spezialisierten Fachleuten, mit denen Leo es zu tun hatte. Erst das Schreiben von Fachbüchern für ein breiteres Publikum und der daraus resultierende Erfolg ließen ihn auf die Welt außerhalb des Elfenbeinturms blicken. Diese Bücher hatten ihm jedoch nicht nur Freunde gemacht. Viele Lehrkräfte und Kollegen aus dem Wissenschaftsbetrieb fanden seine verständlich geschriebenen Werke fast schon anstößig. »Unerlaubte Vereinfachungen« oder »triviale Volksweisheiten«, das waren Kommentare, an die er sich erst hatte gewöhnen müssen.

Die Terroranschläge von New York und London hatten ein neues Interesse an der Wissenschaft über die Religionen geweckt. Als dann die Pockenepidemie über Deutschland hereingebrochen war, waren Fachleute wie Leo gefragte Gesprächspartner in den Medien und auf internationalen Kongressen und Tagungen gewesen.

Tief in Gedanken strich er mit der Hand über die vielen Bücher, die in den bis an die Decke reichenden Regalen standen. Ohne auf den Titel zu schauen, nahm er einen der Bände heraus. Es war ein Buch über die Geschichte der christlichen Märtyrer. Leo blätterte ein wenig durch die ersten Seiten, bis er auf den Zettel stieß, auf dem eine Widmung stand:

Für den Mann, der mir eine neue Welt gezeigt hat. Mein Weg geht weiter, zu einem neuen Jerusalem. Ich werde Ihre Güte und Weisheit niemals vergessen.

Kapitel 7

Da nun das Wasser in dem Schlauch aus war, warf sie den Knaben unter einen Strauch und ging hin und setzte sich gegenüber von fern, einen Bogenschuss weit; denn sie sprach: Ich kann nicht ansehen des Knaben Sterben. Und sie setzte sich gegenüber und hob ihre Stimme auf und weinte. Da erhörte Gott die Stimme des Knaben. Und der Engel Gottes rief vom Himmel der Hagar und sprach zu ihr: Was ist dir Hagar? Fürchte dich nicht; denn Gott hat erhört die Stimme des Knaben, da er liegt. Steh auf, nimm den Knaben und führe ihn an deiner Hand; denn ich will ihn zum großen Volk machen.

(Gen 21,15–18)

Florida Keys, 13. Juli, früher Nachmittag

Gordon Sebastian schaute aus dem Fenster seines Arbeitszimmers. Er las gerade eine neue Biografie von Benjamin Franklin. Dieser Meister der amerikanischen Diplomatie, der nebenher noch ein Ausnahmewissenschaftler gewesen war, inspirierte Gordons Leben immer wieder. Die Wachheit bis ins hohe Alter, der trockene Witz, der scharfe Verstand, diese Attribute des Geistes von Franklin sollten Zeitgenossen auch in Verbindung mit Gordon benutzen, wenn er selbst einmal in das Alter des *Elder Statesman* kommen würde. Aber noch fühlte Gordon sich alles andere als bereit für einen solchen Titel. Er fühlte sich so voller Energie, so voller Spannkraft. Seine Frau Margarete hatte immer wieder im Scherz gesagt, dass sie sich beim nächsten Mal einen älteren Mann anlachen würde. Die Ironie war, dass Gordon knapp zehn Jahre älter war als sie. Er war jetzt Mitte fünfzig und glaubte, das Leben hätte gerade erst angefangen. Sein Strandhaus auf den Keys in Florida nutzte er als Refugium für seine Studien und seine Buchprojekte.

Er war als Präsident, vor allem am Ende seiner Amtszeit, nicht sehr beliebt gewesen, doch mit den Jahren war er mit seinem Wissen und seiner Erfahrung bei vielen Veranstaltungen mehr als willkommen. Eine weltweit agierende Agentur schickte ihn immer wieder quer um den Globus, damit er vor gut zahlenden Kunden Vorträge über Diplomatie, Völkerverständigung und Wege aus der Armut hielt.

Mit seinem Buch in der Hand entschied sich der ehemalige Präsident doch noch ein wenig Nachmittagssonne zu genießen und ging durch die Glastür hinaus auf die Veranda. Er hatte es sich gerade auf seinem Korbstuhl bequem gemacht, als ihn ein eigenartiges Geräusch aufhorchen ließ. In Sekundenschnelle wurde aus dem Politiker im Ruhestand wieder ein wachsamer Soldat. Er duckte sich und schlich von der Veranda rechts um sein Haus herum zur Südseite. »Fang nicht an zu spinnen«, sagte er sich. Ein kleines Geräusch, dann wieder nichts. Aber er vertraute seinen Instinkten. Er hörte auf sein Bauchgefühl und wusste: Ich werde bedroht!

Gordon kroch leise an der Holzwand seines Hauses entlang. Er konnte jetzt den kleinen Parkplatz vor seinem Haus sehen. Die schwarze Limousine des Secret Service stand immer noch an der gleichen Stelle wie zuvor. Hatten die beiden Beamten nichts gehört? Gordon versuchte, ihre Aufmerksamkeit auf sich zu lenken, hatte aber kein Glück. Da … ein weiteres Knacken auf den Holzdielen im Wohnzimmer. Jetzt war sich Gordon sicher: Da war jemand in seinem Haus. Er war immer ein guter Schütze gewesen. Er war zwar kein Waffennarr, und die National Rifle Association war einer der vielen Feinde, die er sich während seiner Amtszeit gemacht hatte, durch schärfere Gesetze und Verbote bestimmter Waffentypen, doch auch nach seiner aktiven Zeit beim Militär ging er regelmäßig zum Schießtraining. In einem Schubfach seines Schreibtischs lag eine stets geladene Waffe. Sein Revolver war im Bücherschrank verstaut, hinter den Bänden über Währungstheorie. Er vermutete, dass niemand ein solches Buch zum Schmökern aus seinem Bestand nehmen würde. Doch der Weg dorthin führte ihn wahrscheinlich direkt zu den Eindringlingen. Ein Schatten lugte um die Ecke von Gordons Haus. Er konnte die Silhouette jetzt genau erkennen: In der Hand war ganz eindeutig eine Waffe.

Während seiner Amtszeit hatte er gelernt, mit dem Bedrohungspotenzial, das seine Position mit sich brachte, zu leben. Er hatte Sicherheitstrainings über sich ergehen lassen, Übungen durchgespielt. Nach seiner umstrittenen »Politik der Vernunft«, wie sein Kurs im Weißen Haus genannt wurde, hatte es immer wieder Geheimdienst-Informationen über geplante Attentate gegeben. In diesen Monaten hatte er wie in einem Hochsicherheitsgefängnis gelebt. Nach einer Weile war es ruhiger geworden, und kurz darauf folgte die Abwahl aus dem Präsidentenamt.

Doch jetzt, hier in seinem gemütlichen Holzhaus auf den friedlichen Keys, wollte ihn tatsächlich jemand umbringen. Mit der Angst machte sich so etwas wie Verblüffung breit. Der Schatten kam näher. Die Geräusche im Wohnzimmer machten dem Expräsidenten klar, dass es mindestens zwei Männer waren, die ihm nach dem Leben trachteten. Eine Flucht in die Mangrovenwälder war ausgeschlossen.

Es waren über fünfzig Meter bis zu den ersten Bäumen. Er wäre eine zu leichte Beute.

Es gab nur eine Chance: die Flucht nach oben. Mit einem Sprung schaffte es Gordon, die Dachrinne seines eingeschossigen Holzhauses zu packen. Er war jetzt kaum einen halben Meter über dem Boden. Seine nächste Bewegung würde laut werden, zu laut. Er wartete. Wie weit war der Angreifer jetzt noch entfernt? Er war in dieser Lage geradezu ein Geschenk für seine Attentäter. Seine Arme wurden schwerer. Auf einmal kamen ein paar streunende Hunde auf das Grundstück gelaufen. Wie oft hatte er sich in den letzten Jahren über den Lärm der kläffenden Vierbeiner geärgert? Jetzt waren sie mehr als willkommen. Die Hunde bellten unaufhörlich. Immer wieder griffen sie sich gegenseitig knurrend und jaulend an. Mit einer Kraftanstrengung unter Todesangst zog Gordon sich mit beiden Armen, so weit er konnte, an seiner Hauswand hoch. Mit dem rechten Bein versuchte er, auf dem knappen Vorsprung vor dem schrägen Dach Halt zu bekommen. Er rollte sich auf den Rücken. Die Hunde liefen unter gewaltigem Lärm in den nahen Mangrovenwald. Gordon bemühte sich, seinen rasenden Atem unter Kontrolle zu bekommen. Die Arme schmerzten höllisch. Beim Hochwuchten hatte er sich am Knöchel verletzt. Er schloss die Augen und unterdrückte den pochenden Schmerz. Nach ein paar Minuten wagte er es, den Kopf zu bewegen. Aus seinem Haus kamen keine Trittgeräusche mehr. Er versuchte, aus seiner Position zu erkennen, wo die Angreifer waren. Vom Eingang seines vorgelagerten Gartens her war ein Geräusch zu hören. Gordon Sebastian sah zwei Männer weglaufen. Sie hasteten in Richtung Highway, der keine halbe Meile vom Grundstück entfernt vorbeiführte. Gordon prägte sich die äußere Erscheinung der Männer ein: Beide waren ungewöhnlich groß, schlank, mit einer sportlichen Figur und breiten Schultern, sehr kurzem Haar und ausrasiertem Nacken. Dann verschwanden die Männer aus Gordons Blickfeld. Er konnte noch erkennen, dass der Attentäter auf der Rechten beim Laufen die Schusswaffe wieder in die Innentasche seiner engen Jacke steckte. Mühsam kletterte Gordon vom Dach herunter. Den letzten Meter musste er springen. Er wollte es vermeiden, den verletzten Knöchel zu sehr zu belasten, aber wie ein greller Blitz schoss ihm der Schmerz ins Hirn. Gordon fiel vornüber und konnte sich gerade noch mit den ausgestreckten Armen abfangen.

Mit schmerzverzerrtem Gesicht humpelte er zur schwarzen Limousine der Secret-Service-Beamten. Offenbar hatten sie von alldem nichts mitbekommen. Sehr seltsam, dachte Gordon. Auch jetzt schienen sie keinerlei Notiz von ihm zu nehmen. »Frank! Terry!«, rief er. »Verdammt, seid ihr taub?«

Die verdunkelten Scheiben auf der Fahrerseite des Autos waren geschlossen. Gordon ging zur anderen Seite und schaute durch das komplett heruntergelassene Fenster. Er erstarrte augenblicklich. Der Schmerz im Knöchel war verschwunden, er hatte die Augen weit aufgerissen und war hellwach. Er hatte im Golfkrieg schon häufiger Tote gesehen. Aber das war sehr lange her. Auf seiner Stirn bildete sich kalter Schweiß. Nach dem anfänglichen Schock trat bei Gordon jedoch bald eine analytische Ruhe ein. Die beiden Männer saßen aufrecht in den Autositzen, nur die tödlich getroffenen Häupter waren seitlich auf die Schultern gesackt. Die Schüsse mussten aus nächster Nähe direkt in den Kopf abgefeuert worden sein. Die kreisrunden Einschusslöcher in der Stirn waren nur von ein paar bereits geronnenen Blutstropfen umgeben. Die Schmauchspuren des Mündungsfeuers waren als feine verbrannte Pigmente auf der blassen Haut zu erkennen. Warum war das Fenster heruntergelassen worden? Warum hatte sich offensichtlich keiner der beiden gewehrt? Es gab nur eine Erklärung: Die Beamten des Secret Service mussten ihre Mörder gekannt haben.

Kapitel 8

Und Gott tat ihr die Augen auf, dass sie einen Wasserbrunnen sah. Da ging sie hin und füllte den Schlauch mit Wasser und tränkte den Knaben. Und Gott war mit dem Knaben; der wuchs und wohnte in der Wüste und ward ein guter Schütze. Und er wohnte in der Wüste Pharan, und seine Mutter nahm ihm ein Weib aus Ägyptenland.

(Gen 21,19–21)

Leo hatte das Buch und die handgeschriebene Widmung nicht vergessen. Jetzt erinnerte er sich wieder sehr lebhaft an den jungen Mann aus der Nachbarschaft. Er nahm sein Telefon und wählte eine Mobilnummer. Während das Rufzeichen zu hören war, hob er das Foto mit dem Trauerflor vom Schreibtisch hoch, küsste es und flüsterte: »Mia.«

Als sich jemand am anderen Ende der Leitung meldete, kam Leo gleich zur Sache: »Ich habe Flugangst. Ganz schreckliche Flugangst sogar, deshalb scheidet Fliegen aus. Ich komme mit dem Auto. Es wird aber ein bisschen dauern.«

»Okay. Dann können wir während Ihrer Fahrt noch weiter miteinander reden. Ich melde mich in einer halben Stunde nochmal bei Ihnen. Danke, dass Sie mir vertrauen.«

Deek schaute wieder auf die Uhr. Es war bereits siebzehn Uhr. Die Gala der Cherubim begann in zwei Stunden. Er klebte sich den Bart mit einem übelriechenden Klebstoff auf die Haut. Schon nach ein paar Minuten juckte es unter den Kunststofffasern, die seinen neuen Haarschmuck am Kinn darstellen sollten. »Die Brille steht mir gut«, dachte Deek. Wenn er jemals eine Sehhilfe benötigte, würde sie ganz ähnlich aussehen. Große runde Gläser in einen breiten schwarzen Hornrand gefasst. Die Perücke machte schließlich die deutlichste Veränderung aus. Deeks kurze graue Stoppelhaare wurden durch eine gepflegte, mittellange Lockenpracht ausgetauscht. Der Verkäufer hatte ihm empfohlen, sie mit ein bisschen Gel oder Pomade zurückzukämmen, damit sein neuer Look nicht zu wild aussah. Nach ein paar Minuten läutete der Page, der ihm schon mehrmals geholfen hatte, an der Zimmertür. Er hatte sein Gepäck getragen, ihm das Frühstück serviert und ihm die Morgenzeitung gebracht. Deek öffnete nur mit Boxershorts bekleidet die Zimmertür.

»Entschuldigen Sie, der Herr. Mr Miller hat diese Haarpflege bei der Rezeption bestellt. Ist er zugegen?«

Der Hotelpage war sichtlich irritiert. Nur seine anerzogene Diskretion hielt ihn von weiteren Fragen ab.

»Vielen Dank, Sie können es ruhig mir geben.«

Deeks Verkleidung wirkte offenbar. Er nahm das Haargel entgegen und probte dann noch einmal im Badezimmer vor dem Spiegel. »Richard Hearst, mein Name ist Richard Hearst.« Er bestellte sich für halb sieben eine Limousine und versuchte dann, Leo zu erreichen.

Leo saß in seinem Kleinwagen und fuhr bereits auf der A5 in Richtung Hattenbacher Dreieck. (Genau vor drei Tagen war ein weißer Kombi über dieselbe Strecke gerast. Auch das Ziel war dasselbe gewesen. Mark Kaufmanns Wagen stand jetzt schon auf dem Langzeitparkplatz des Flughafens Berlin-Schönefeld. Niemand würde ihn dort je wieder abholen.)

»Hallo, Herr Malzahn. Sie sind schon im Auto, wie ich höre. Können Sie reden?«

»Sicher, kein Problem. Ich hoffe, ich kann Ihre Fragen beantworten.«

»Gut. Fangen wir gleich an. Was genau sind eigentlich die Cherubim?«

»Dass es sich dabei um Engel handelt, wissen Sie ja bereits. ›Und er trieb‹ – Gott ist hier gemeint – ›den Menschen hinaus und ließ lagern vor dem Garten Eden die Cherubim mit dem flammenden, blitzenden Schwert, zu bewachen den Weg zu dem Baum des Lebens.‹ Da war gerade die erste wirklich blöde Situation passiert. Adam, Eva, der Apfel. Die Geschichte kennen Sie, oder?«

»Ja, das habe ich gerade noch mitbekommen. Also, die Cherubim bewachen mit Flammen und Schwertern den Eintritt ins Paradies?«, fragte Deek.

»Sie sind so eine Art Schutzarmee oder der Sicherheitsdienst des Himmels.«

»Sehr interessant. Ich glaube, die nächste Frage ist etwas komplexer. Ich habe bei einem Gottesdienst in Berlin Kardinal Vierstein belauscht. Er schien über ein Vorhaben der Cherubim äußerst besorgt zu sein. Dabei fiel mehrmals ein Name, er schien eine besondere Bedeutung zu haben. Dieser Name sagt mir leider überhaupt nichts: Ismael.«

»Ismael? Da muss ich ein bisschen ausholen, die interessanteste Familiengeschichte in der hebräischen Bibel beginnt nämlich mit Ismaels Vater Abraham. Der hatte Schwierigkeiten, Kinder zu bekommen. Gott beruhigte ihn zwar immer wieder und versprach ihm, er würde der Vater eines großen Volkes werden, aber irgendwie klappte es nicht mit der Schwangerschaft von Sara.«

»Sara war die Ehefrau von Abraham?«

»Richtig. Ganze vier Mal erschien Gott Abraham und versprach ihm, es würde bald so weit sein. Wie Männer nun mal so sind, war natürlich seine Frau Schuld, und daher ging Abraham mit einer ägyptischen Sklavin ins Bett. Ob es sich um eine Hure oder Nebenfrau gehandelt hat, da sind sich die Gelehrten nicht ganz einig. Auf jeden Fall klappte es hier auf Anhieb. Diese Ägypterin, Hagar genannt, schenkte einem Jungen namens Ismael das Leben. Der Name bedeutet übrigens ›von Gott erhört‹. Seine Hauptfrau war mit dieser Entwicklung natürlich überhaupt nicht einverstanden. Ein großes Problem, zumindest aus heutiger Sicht, war das hohe Alter der beiden Protagonisten. Abraham war zu diesem Zeitpunkt neunundneunzig und seine Frau Sara neunzig. Als Gott ihm aber erneut weiteren Nachwuchs versprach und dass jetzt nach der heißen Ägypterin auch seine Frau Sara schwanger werden würde, brach Abraham vor Lachen fast zusammen.

Doch Gott erfüllte sein Versprechen. Sara schenkte Abraham einen zweiten Sohn: Isaak. Als dieser schließlich heranwuchs, vertrieb Sara den unehelichen Sohn Ismael mitsamt seiner ägyptischen Mutter Hagar. Hier war Eifersucht das klare Motiv. Gott erklärte aber Abraham, dass alles seine Ordnung habe und dass auch Ismael Vater von zwölf Stämmen werden würde. Diese Rivalität ist einer der Schlüssel zum Verständnis der beiden Religionen. Familienkrach!«

»Musste Abraham nicht seinen Sohn opfern? Daran kann ich mich noch erinnern.«

»Ja, das stimmt. Abraham folgte den Anweisungen Gottes und führte seinen geliebten Sohn in das Land Morija, um Gott ein Opferlamm zu schenken. Isaak war verwirrt, sah er doch weit und breit kein Schaf, welches als Brandopfer zur Verfügung gestanden hätte. Abraham belog seinen Sohn und erzählte ihm, dass Gott sich schon etwas einfallen lassen würde. Als er bereits das Messer in der Hand hatte, um seinen Sohn Isaak zu töten, sprach ein Engel zu ihm: ›Leg deine Hand nicht an den Knaben.‹ Gott war sehr zufrieden mit dem Ausgang dieses Treuetests und versprach Abraham erneut so viele Nachkommen wie Sterne am Himmel oder Sandkörner am Meer. Isaak zeugte dann Jakob. Der wiederum bekam einen neuen Namen: Israel.«

»Einen neuen Namen, warum?«

»Um die Bedeutungstiefe einer neuen Aufgabe zu definieren, bedient sich nicht nur die Bibel oft einer Namensänderung. Abram wurde Abraham, Saulus wurde Paulus, und, um ein Beispiel aus der Populärkultur zu benennen, Anakin Skywalker wurde zu Darth Vader. Sie verstehen?«

Deek musste herzhaft lachen.

»Wie gesagt, Jakob wurde zu Israel und damit zum Vater des jüdischen Volkes. Abrahams Pflichterfüllung, die so weit ging, dass er selbst seinen Sohn geopfert hätte, dient allen Juden als Vorbild. Durch diese Rolle ist Abraham auch Vater des Christentums geworden. Die frühen Christen haben immer auf ihre alttestamentarische Vergangenheit Wert gelegt. Es wäre durchaus möglich gewesen, ganz mit der jüdischen Vergangenheit zu brechen. Aber das taten sie nicht.

Ismael hingegen ist der Gründer der arabischen Welt. Die Bibel nennt sie die Ismaeliten. Abraham wird im Koran ausdrücklich als Freund Gottes bezeichnet und ist der Urvater aller drei Religionen. Deshalb spricht man beim Judentum, Christentum und dem Islam auch von den abrahamitischen Religionen. Alle drei sind die Leute des Buches!

Aber die Geschichte von Abraham geht im Koran noch weiter. Laut dem Koran gründete er später zusammen mit seinem unehelichen Sohn Ismael die Kaaba, das zentrale Heiligtum aller Muslime. Genauer gesagt, reinigte er sie nur von den heidnischen Kulten und anderen Götzenverehrungen.«

»Abraham hat die Kaaba erbaut?«

»Ja, Abraham und Ismael. In der Zweiten Sure steht es geschrieben. ›Nehmt Abrahams Stätte als Bethaus an.‹ Dann gab Allah genauere Anweisungen. ›Reinigt mein Haus für die es Umwandelnden und darin Verweilenden und die sich Beugenden und Niederwerfenden.‹ Ziemlich eindeutig, wie ich finde.«

»Ismael und Isaak sind also Halbbrüder. Ismael begründet die islamische Welt und Isaak durch seinen Sohn Jakob alias Israel das jüdische Volk und dadurch auch das Christentum, richtig?«

»Ja, ganz genau. So steht es in der Genesis«, sagte Leo.

»Mich beschäftigt die ganze Zeit das Motiv für den Anschlag auf das Flugzeug. Könnte denn solch eine Art der Gewalt durch die Bibel legitimiert werden? Terror mit der Heiligen Schrift in der Hand?«

»Das kann ich Ihnen natürlich auch nicht beantworten. Ich weiß nur, dass alle drei Religionen nie Probleme damit hatten, Gewalt anzuwenden. Auch die Christen nicht. Denken Sie nur an die Kreuzzüge.«

»Aber gibt es in der Bibel nicht auch eindeutig pazifistische Strömungen? Was ist mit dem berühmten Satz, nach dem Schwerter zu Pflugscharen umgewandelt werden sollen?«

»Dieser Satz bezieht sich auf eine Zeit, nachdem der letzte Feind vernichtet worden ist. Und das ist wörtlich gemeint. So bekommt dieser Satz auch eine andere, viel pragmatischere Bedeutung. Wenn es niemanden mehr gibt, den man erschlagen muss, kann man ja aus dem guten Stahl der Schwerter etwas Nützliches machen.«

»So gesehen ist dieses Bibelzitat in Ihrer Mail gar keine Ausnahme.«

»Ja, das stimmt. Die hebräische Bibel, also das Alte Testament, ist voll von entsetzlichen Grausamkeiten. Das Neue Testament ist aber auch nicht besser, und das Gleiche gilt für den Koran. Viele Wissenschaftler glauben, dass der Monotheismus an sich gewaltbereiter ist als andere Religionen. Das hat Gründe. Beim Glauben an einen einzigen Gott gibt es keinen Kompromiss. Vor allem der Islam definiert sich ja über die Existenz des einen Gottes. ›La illah il allah.‹ Es gibt keinen Gott, außer den Gott. In der hebräischen Bibel, bei Moses genauer gesagt, ist aber auch das erste der Zehn Gebote der Bindung an den Monotheismus gewidmet.«

»›Ich bin der Herr, dein Gott. Du sollst keine Götter haben neben mir.‹«

»Richtig. Der Wunsch, Erlösung zu finden, geht nur dann in Erfüllung, wenn man sich zu dem ausschließlichen Glauben an den einzigen, den wahren Gott bekennt. Bei Glaubensfragen kann man schwer verhandeln.«

»Aber Jesus ist doch ein Mann des Friedens und der Versöhnung gewesen, oder?«

»Ja und nein. Auch das Neue Testament mitsamt den Evangelien ist voller Widersprüche. Nehmen wir nur das Matthäus-Evangelium. Jeder kennt die wunderbare Bergpredigt. ›Selig sind die Sanftmütigen, denn sie werden das Erdreich besitzen.‹ Oder: ›Selig sind die Friedfertigen, denn sie werden Gottes Kinder heißen.‹«

»Ich habe diese Zeile erst gestern auf dem Mahnmal des Pockenanschlages gelesen«, sagte Deek.

»Ein paar Seiten später im gleichen Evangelium ändert

sich die Stimmung allerdings schlagartig. Der Gewaltverzicht, die Toleranz, die Feindesliebe scheint vollständig aufgehoben zu sein. ›Ihr sollt nicht wähnen, dass ich gekommen sei, Frieden zu senden auf die Erde. Ich bin nicht gekommen, Frieden zu senden, sondern das Schwert. Denn ich bin gekommen, den Menschen zu erregen gegen seinen Vater und die Tochter gegen ihre Mutter und die Schwiegertochter gegen ihre Schwiegermutter. Und des Menschen Feinde werden seine eigenen Hausgenossen sein.‹ Klingt nicht gerade nach einer Losung für den Weltjugendtag.«

»Nein, wirklich nicht.«

»Es geht noch weiter. Alle Personen und Städte, die Jesus' Lehre nicht annehmen wollen, werden verflucht. ›Und wo euch jemand nicht annehmen wird noch eure Rede hören, so geht heraus von demselben Haus oder der Stadt und schüttelt den Staub von euren Füßen. Wahrlich ich sage euch: Dem Lande der Sodomer und Gomorrer wird es erträglicher gehen am Jüngsten Gericht denn solcher Stadt.‹ Da bekommt man richtig Angst, wenn man es liest. Das klingt eher nach Dirty Harry. Wenn man will, kann man in der Bibel eine überaus kriegerische und gewalttätige Botschaft erkennen.«

»Verdammt, ich muss jetzt zu dem Ball der Cherubim«, sagte Deek hastig. »Ich melde mich sofort, wenn ich dort angekommen bin und ungestört mit Ihnen reden kann.«

»Schon gut. Bis später. Ich heiße übrigens Leo.«

»Und ich bin Deek. Danke nochmal, dass du, ohne mich näher zu kennen, mitten in der Nacht mit dem Auto nach Berlin fährst. Und danke für die Antworten.«

Deek fuhr mit der gemieteten Limousine zum Estrel Berlin. Das Hotel war so riesig, dass in den Sälen oft ganze Fernsehproduktionen durchgeführt wurden. Schon im Auto hatte Deeks falscher Bart angefangen, unerträglich zu jucken. Als er kurz vor der Rezeption in einen Spiegel schaute, sah er, dass selbst sein vorsichtiges Kratzen den Bart verschoben hatte. Hastig richtete er ihn wieder gerade und ging dann mit großen Schritten zum Sonderschalter für die Galagäste. Eine junge Hostess begleitete Deek zum Festsaal und händigte ihm das Programm des Abends aus. Er bekam einen kleinen Schock, als er am Ende des Programmheftchens den überaus üppigen Eintrittspreis für diese Gala las.

Der Veranstaltungsraum war in seiner Größe erschlagend. Der Innenarchitekt der Veranstaltung hatte offensichtlich den Charme eines mittelalterlichen Klosters mit dem postmodernen Schick eines minimalistischen Italodesigns verbinden wollen. Die hohen Decken und Wände waren mit weißen Tüchern abgehängt worden. Der Boden war bis auf die Tanzfläche komplett mit einem naturfarbenen Sisalteppich ausgelegt. Auf jedem Tisch stand ein schnörkelloser schmiedeeiserner Kerzenständer, der zwölf Kerzen hielt. Hier fanden jeweils zehn Gäste Platz. Von der Decke hingen mehrere riesige Leuchter. Sie waren kreisrund und erinnerten in ihrer Form an den Metallbeschlag alter Wagenräder. Sie waren aus Roheisen handgeschmiedet worden. Auf der Bühne stand eine große Tafel, die aus einem massiven Stück Eichenholz gefertigt war. Das unbearbeitete Holz hatte man nur mit einer leichten Öllasur imprägniert. Die Ähnlichkeit der Tafel mit der, die man von bildlichen Darstellungen des Letzten Abendmahls kannte, war nicht zu übersehen. Als Trinkgefäße dienten aus Kupfer getriebene und mit feinen Hämmerschlägen verzierte Becher. Auf den Tischen lagen schwere, ungefärbte Leinentücher und Servietten aus dem gleichen Material. Als Sitzgelegenheiten dienten rohe, dunkel gebeizte Holzbänke, die in zwei Halbkreisen um die runden Tische herumstanden. Das Essgeschirr war aus schlichtem weißem Porzellan und auf geometrische Grundformen reduziert: Kreis, Halbkreis, Dreieck. Das Besteck bestand aus rostfreiem Stahl, das mit Hammerschlagmuster verziert worden war. Darüber hinaus war der Festraum selbst völlig frei von störenden Einflüssen der Moderne. Keine farbigen Kunststoffaschenbecher. Keine Kabel, die durch den Publikumsbereich führten. Keine sichtbaren Scheinwerfer. Aufwendige Konstruktionen ließen alles Technische, alles Hässliche, verschwinden. Selbst auf der Bühne, die mit einem feinen grauen Bodenbelag versehen war, konnte man keine Technik entdecken.

Das Licht im Saal wurde langsam gedimmt, und schließlich sah man nur noch den Schein der vielen hundert Kerzen. Auf der Bühne wurde lautlos ein riesiges, überdimensionales Kreuz aus Ebenholz herabgelassen. Ein Raunen ging durch die Menge. Dann tauchte Leif Brendan auf der Bühne auf. Die Leute waren so von der feierlichen Atmosphäre ergriffen, dass sie sich kaum zu klatschen trauten. Erst vereinzelt und zaghaft, schwoll allmählich ein dröhnendes Brausen und Jubeln unter den fast vierhundert Gästen an. Deek saß am linken Rand in der dritten Reihe. Er schaute sich um. Immer wieder entdeckte er bekannte Gesichter. Manche waren ihm in der Forbes-Liste der reichsten Deutschen aufgefallen: Wirtschaftsmagnaten, Kaufhauskettenbesitzer, Börsenspekulanten. Andere Gesichter sah man immer wieder in der Regenbogenpresse: Schauspieler, Fußballer, Stars und Starlets.

Direkt neben ihm saß ein Mann, den er nicht sofort einordnen konnte. Irgendetwas an seiner Erscheinung passte nicht. Nicht Fett hatte er verloren, sondern Muskeln. Ein ehemaliger Sportler. Was für eine Untertreibung, dachte Deek, der Mann war der Sportler des Jahrzehnts. Kein anderer Quarterback war so populär wie Steve Gillan. Beim Superbowl war er damals auf Lebenszeit gesperrt worden. Wie war die symbolische Geste nochmal gewesen? Deek dachte kurz nach. Die rechte geballte Faust aufs Herz legen und – Deek stockte das Herz – »We hate you« rufen. Und hier saß er nun. Viel dünner, sonst aber gesund aussehend. Leicht gebräunt und mit einer Surferfrisur, verkörperte er immer noch den ewigen Sonnyboy. Steve war das Sexsymbol einer ganzen Generation von frustrierten Amerikanerinnen gewesen, bis er schließlich, fast über Nacht, aus den Medien verschwunden war.

Zwei Tische weiter fiel sein Blick auf eine blonde Frau, von der nur ein kecker Pferdeschwanz zu sehen war, der leger von einem groben Gummiband zusammengehalten wurde. Ein paar Strähnen des glänzenden Haars fielen ihr immer wieder ins Gesicht. Deek hatte ihr Foto erst gestern in einer Zeitung gesehen und dachte sofort daran, was Hank zu ihrer Person gesagt hatte. Er hatte Recht gehabt, sie sah wirklich unglaublich gut aus, diese Karen Benedict. Am Tisch neben ihr saßen nur Männer, die alle in ihrer kirchlichen Amtstracht gekommen waren: Priester, Dekane und – Deek begegnete ihm jetzt schon zum zweiten Mal – Kardinal Vierstein. Sara hatte ihm beim Verlassen der Kirche erklärt, was für eine große Ehre es bedeute, dass der Kardinal die Messe mit seiner Anwesenheit bereichert habe.

Leif Brendan begann seine Rede. »Liebe Freunde der Cherubim!«, sprach er in perfektem Deutsch. »Es ist mir eine große Ehre, Sie heute Abend hier in Berlin zum mittlerweile dritten Wohltätigkeitsball des Hauses der Cherubim herzlich begrüßen zu dürfen. Dies tue ich auch im Namen meines Freundes Felix Gutknecht, den die Arbeit an einem neuen Projekt leider davon abgehalten hat, heute mit mir zusammen diesen Abend zu veranstalten. Felix hat mir aufgetragen, Sie an dieser Stelle ausdrücklich für sein Fernbleiben um Entschuldigung zu bitten. Die Arbeit für das Wohl aller habe bei seiner Entscheidung gewonnen, nicht der Wunsch, diesen hoffentlich unvergesslichen Abend mit Ihnen zu genießen.«

Die Menge spendete ausgiebig Beifall.

»Es ist ein schönes Gefühl, an diesem Abend unter anderem so wunderbare Menschen wie Kardinal Vierstein und Karen Benedict begrüßen zu dürfen.«

Deek schaute sich um. Der Kardinal erhob sich und winkte mit einer knappen Geste der applaudierenden Menge zu. Als der Scheinwerfer Karen Benedict entdeckte, schenkte sie den vielen Gästen ein hinreißendes Lächeln. Der Lichtkegel des Spots streifte ein paar Gesichter neben ihr. Deek durchfuhr ein kurzer Schreck. Doch schon saß die Person, die er erkannt zu haben glaubte, wieder im Schummerlicht. Ein paar Fotografen schossen wie wild Bilder von der attraktiven Unternehmerin. Blitzlichter zuckten. Jetzt war sich Deek ganz sicher. Neben Karen saß ein Mann, den er erst gestern bei einer Sitzung im Innenministerium getroffen hatte: Ludwig Küng.

»Doch genauso freue ich mich darauf, neue Freunde kennenzulernen«, fuhr Leif Brendan mit seiner Eröffnungsrede fort. »Sie wissen ja, es gibt keine Fremden, sondern nur Freunde, die man noch nicht kennt. In diesem Sinne möchte ich den Abend eröffnen. Bitte erheben Sie mit mir die Gläser und sprechen mit mir die Losung der Cherubim. Allein Ihre Anwesenheit zeigt mir, dass Sie diese Worte nicht nur kennen, sondern schon längst in Ihrem Herzen tragen.«

Mit vielen Hundert Stimmen wurden langsam und feierlich die Worte gesprochen:

Liebe und Mut
für Gott und
und die Welt!

Die Menge tobte, und der Beifallssturm wollte nicht abebben. Dann betrat Monique Lyon die Bühne. Die Zuschauer jubelten noch mehr, sogar einige begeisterte Pfiffe waren zu hören. Da stand sie nun, die fraglos berühmteste Entertainerin ihrer Zeit. Mit einer Stimme gesegnet, die selbst Zuhörer, die mit ihrer Musik nicht viel anfangen konnten, respektvoll bewunderten. Sie begann ihr Bühnenprogramm mit ihrer aktuellen Single. Auch Deek hatte sie schon dutzendfach im Radio gehört. Danach sang Monique Lyon ihren größten Hit: den Titelsong eines der erfolgreichsten Filme aller Zeiten. Die Menge war bewegt. Bei einigen Zuschauern konnte Deek Tränen in den Augen entdecken.

In den Beifallsrausch hinein sprach Monique in gebrochenem Deutsch: »Vielen Dank, vielen, vielen Dank. Es ist so wunderschön, hier in Berlin zu sein bei Ihnen. Heute Abend ich möchte Ihnen verraten eine Geheimnis: Ich liebe die Cherubim!«

Die Menge war außer sich, viele Gäste erhoben sich spontan von den Stühlen und klatschten wie wild. Monique Lyon strahlte und klatschte zurück und wiederholte ihre Danksagungen. Dann führte sie mit ihrer feinen Hand das kabellose Mikrofon zum Mund und hob ohne Begleitung an, ein Lied zu singen, das die Menge nur zu gut kannte: »Wenn Gott dir eine Rose schenkt«. Durch solch eine unvergleichliche Stimme vorgetragen, konnte auch Deek sich der Faszination dieser schlichten und eindringlichen Melodie nicht entziehen. Bei der zweiten Wiederholung des Refrains bat die Künstlerin die Zuhörer, sie zu unterstützen. Alle Gäste standen auf und sangen das Lied mit. Es war ein bewegender Augenblick. Einen Tisch hinter ihm hörte Deek eine Stimme, die er zu erkennen glaubte. Er drehte sich vorsichtig um. Es war Sara. Augenblicklich drehte Deek den Kopf nach vorn und hoffte, dass seine Verkleidung wenigstens im Halbdunkeln des gedimmten Deckenlichts funktionierte.

Der Auftritt von Monique Lyon war zu Ende. Die Vorspeisen wurden serviert.

Dann kletterte wieder Leif Brendan auf die Bühne und griff sich das Mikrofon. »Meine verehrten Damen und Herren, liebe Freunde der Cherubim. Wie bei den vergangenen Charity-Veranstaltungen der Cherubim wollen wir auch in diesem Jahr Personen ehren, die sich um die Menschlichkeit verdient gemacht haben. Denn Menschlichkeit, Barmherzigkeit und Mut sind die Pfeiler unseres christlichen Glaubens. Menschlichkeit zeigen, wo viele resigniert aufgegeben haben. Barmherzigkeit vorleben, wo viele ihr Herz schon verschlossen haben. Und Mut, das bedeutet für uns Cherubim, ungewöhnliche Wege zu gehen, schwierige Wege zu gehen, uns selbst nicht so wichtig zu nehmen oder zu lernen, unsere eigene Angst zu überwinden. Es sind diese Tugenden, von denen wir glauben, dass sie unsere Welt christlicher und lebenswerter machen. Es gibt viele Menschen, die mit ihrem Mut, ihrem Talent und ihrem Wissen im letzten Jahr Ungewöhnliches geleistet haben. An diesem wundervollen Abend wollen wir zwei Personen ehren, die beispielhaft unsere Ideale verkörpern. Die erste unserer diesjährigen Preisträger ist eine Wissenschaftlerin. Eine junge Doktorin im Bereich der Virologie. In den Laboren ihres Arbeitgebers, dem Robert-Koch-Institut in Berlin, hat sie als Erste das heimtückische und tödliche Virus entdeckt, das dann jene furchtbare Katastrophe über ihr Land gebracht hat. Die Pockenepidemie in Deutschland war wohl das grausamste Attentat gegen die Menschheit. Doch in jenen verzweifelten Tagen und Wochen des wütenden Todes erblühte in der deutschen Gesellschaft eine Stärke und Entschlossenheit, die ein Zeichen setzte. Ein Zeichen gegen das Böse, gegen die Fratze der Gewalt. Mut und Entschlossenheit beseelte auch die junge Frau, die wir hier gleich auf dieser Bühne ehren wollen. In den Stunden der höchsten Not vergaß sie die Angst vor der tödlichen Krankheit. Für sie gab es Wichtigeres als diese Angst, nämlich den Ruf der Barmherzigkeit. Diesem Ruf folgte sie und widmete sich ausschließlich der Pflege der Kranken. Sie tat dies unter dem Einsatz ihrer eigenen Gesundheit. Wochen unter schwerstem Druck lagen vor ihr. Niederlagen, Tote und der nicht enden wollende Strom neuer Infizierter. Britta Hornberg gab nicht auf, sie trug den Geist der Cherubim in sich. Meine Damen und Herren, liebe Freunde, begrüßen Sie mit mir die Trägerin des diesjährigen ›Haus der Cherubim‹-Preises – Britta Hornberg.«

Ein tosender Applaus brach aus. Eine schüchterne junge Frau trat verlegen auf die riesige Bühne. Leif Brendan begrüßte sie förmlich und überreichte ihr die Auszeichnung: eine gläserne Rose. An Stelle der Dornen waren funkelnde Diamanten in das Glas gesetzt. Die Trophäe war fast siebzig Zentimeter groß, und die zierliche Preisträgerin hatte Schwierigkeiten, ihre Auszeichnung zu umfassen. Leif Brendan kam ihr zu Hilfe, nahm ihr die Skulptur ab und platzierte die gläserne Rose neben sie auf die Holztafel. Dann bat er sie, ein paar Worte an die Gäste zu richten

»Meine verehrten Damen und Herren. Ich bin gerührt

über diesen wunderschönen Preis. Was damals in unserem Land passiert ist, kann man schwer beschreiben. Sie erinnern sich bestimmt.«

Im Saal wurde es augenblicklich still. Die Freude über den gerade überreichten Preis wich einem Gefühl tiefen Schmerzes. Auf der Bühne stand eine junge Frau, die über ihre Arbeit berichtete, doch viele im Saal hatten selbst Freunde und Verwandte durch die Pocken verloren oder erinnerten sich an die Zeit des Hoffens, dass die heimtückische Krankheit einen bestimmten geliebten Menschen verschonen würde. Es herrschte eine kollektive Trauer, als weinte man am Grab eines gemeinsamen Kindes. Britta Hornberg schaute in die gesenkten Mienen der Gäste. Ihre Worte hatten die Menschen erreicht.

Mit deutlich lauterer Stimme fuhr sie fort: »Doch darf man aufgeben im Angesicht einer solchen humanitären Katastrophe? Darf man sich einschließen und hoffen, dass bald alles vorbei ist? Ich glaube, wenn man so handelt, haben die Täter ihr Ziel erreicht. Ich konnte in diesen Tagen nicht einfach unsere Peiniger bestrafen oder ihnen Gewalt antun, auch wenn, und ich gebe es offen zu, ich mir das manchmal gewünscht habe. Ich habe gesagt: Ihr wollt uns vernichten, weil ihr glaubt, euer Gott ist stärker. Ihr wollt uns vernichten, weil ihr glaubt, dass wir schwächer sind als ihr. Ich aber sage, ihr könnt uns nichts anhaben, denn wir tragen unseren Gott in uns. Der Tod kann uns nichts anhaben, weil einer schon einmal für uns gestorben ist. Einer der den Tod überwunden hat, einer der am Kreuz gestorben ist. Der für uns gestorben ist. Nicht für euch!«

Die Menge war ergriffen. Man hätte eine Stecknadel fallen hören können. Alle starrten gebannt auf die kleine Person auf dieser riesigen Bühne. Aus der schüchtern wirkenden jungen Frau war eine mitreißende, charismatische Rednerin geworden. Sie versprühte eine Präsenz, die einem den Atem stocken ließ.

»Wir haben überlebt, die Menschlichkeit hat überlebt. Ich danke den Cherubim für die Unterstützung und für den Wiederaufbau unseres Landes. Mein Leben ist seither reicher geworden. Die Wissenschaft war damals mein ganzes Leben. Als die Pockenepidemie ausbrach, merkte ich, dass Wissenschaft ohne Menschlichkeit wertlos ist. Es war wie eine Taufe. Wie sagt Johannes der Täufer im Evangelium des Matthäus? ›Ich taufe nur mit Wasser, doch der nach mir kommt, tauft mit Feuer.‹ Ich wurde mit sehr viel Feuer getauft, aber die Arbeit der Cherubim ist noch nicht beendet. Viele Menschen, auch in Ihrer Nähe, brauchen Hilfe. Suchen Sie Ihren Nächsten, wie Gott Sie sucht. Und wenn Sie dann spüren, dass etwas Größeres als Sie selbst ihre Hände lenkt, dann wissen Sie, dass die Cherubim-Engel das Tor zu einer besseren Welt einen Spalt weit geöffnet haben. Ich danke Ihnen. Gott schütze Sie.«

Britta Hornberg hob ihren Preis von der Tafel, streckte ihn noch einmal mit viel Mühe in die Luft, verneigte sich und ging dann von der Bühne. Wieder jubelte die Menge und klatschte minutenlang Beifall.

Der nächste Gang wurde serviert. Es gab gefüllte Kalbskoteletts und in Speck gewickelten grünen Spargel. Deek hatten den ganzen Tag noch nichts gegessen, aber die Anspannung hatte ihm den Appetit genommen. Er nahm zwei Bissen von dem perfekt zubereiteten Spargel, dann legte er das Besteck wieder auf den blütenweißen Porzellanteller.

Er war fasziniert von der zierlichen Britta Hornberg. *Ich taufe mit Wasser, doch der nach mir kommt, tauft mit Feuer.* Das muss ich mir merken, dachte er.

Schließlich betrat wieder Leif Brendan die Bühne. »Vielen Dank, verehrtes Publikum, vielen Dank, Britta Hornberg. Der nächste Preisträger ist im Bereich der Kunst tätig. Er beherrscht die Kunst, mit Worten Bilder zu malen. Bilder, die unser Leben bereichern, Türen öffnen, Antworten geben. Zu allen Zeiten gab es spirituelle Lehrer, die überkonfessionell ihre Weisheit den Menschen präsentiert haben. Ihre Worte haben uns erleuchtet. Unabhängig von der jeweiligen Religionszugehörigkeit finden sie ihre Leser und Zuhörer in der ganzen Welt. Manche sind so reich an Weisheit, dass ihre Bücher Millionenauflagen erreichen. Sie geben Seminare, produzieren DVDs, jetten um die Welt. Doch nicht aus Eitelkeit, sondern weil sie ihre spirituelle Erleuchtung mit möglichst vielen Menschen teilen möchten. Dies war auch der Wunsch unseres diesjährigen Preisträgers im Bereich der Kunst. Er hat es geschafft. Seine Bücher sind für viele der Beginn eines neuen, erfüllteren Lebens geworden. Er wurde in Deutschland geboren, hat in Kanada gelebt und ist jetzt in der ganzen Welt zu Hause. Begrüßen Sie mit mir Dietmar Bodde.«

Wieder bebte der Saal. Deek konnte seine Überraschung kaum verbergen. Er hatte Boddes Bücher verschlungen und ließ keine Gelegenheit aus, Boddes Schriften wie *Leben im Hier und Jetzt* zu verschenken oder anderen zutiefst ans Herz zu legen. Der schüchterne kleine Bodde betrat die riesige Bühne des Festsaals. Eine weitere gläserne Rose wartete bereits auf der langen Holztafel.

»Es war mir immer wichtig, für Menschen aller Religionen zu sprechen«, begann Dietmar Bodde seine Rede, nachdem er von Leif Brendan den Preis überreicht bekommen hatte. »Für mich gibt es nur eine universelle Wahrheit. Ich bin der spirituelle Meister, der diese Wahrheit kennt, und genauso sind Sie im Besitz dieser Wahrheit. Ich kann Ihnen nichts beibringen, was Sie tief im Innern nicht bereits wissen oder spüren. Unsere Welt ist vom Verstand geprägt. Wir versuchen, alles zu analysieren, zu untersuchen. Wir denken zu viel und fühlen zu wenig. Aber unser Verstand ist nicht in der Lage, die Schönheit und das Göttliche zu begreifen. Wir müssen wieder lernen, die Welt durch unsere Gefühle und unsere Sinne anzunehmen. Dann werden wir das Licht der Schöpfung neu entdecken. Und weil Sie Christen sind, möchte ich noch Jesus Christus zitieren. So steht es im Thomas-Evangelium: ›Ich bin das Licht, das über allen ist. Ich bin das All. Das All ist aus mir hervorgegangen, und das All ist zu mir gelangt. Spaltet das Holz, ich bin da. Hebt einen Stein auf, und ihr werdet mich dort finden.‹

Ich danke dem Haus der Cherubim für diesen Preis und wünsche Ihnen allen viel Erfolg auf der Reise zur eigenen Erleuchtung.«

Mit einer knappen Verbeugung ging Dietmar Bodde unter einem frenetischen Beifall des Publikums von der Bühne. Deek schritt unauffällig in Richtung Ausgang und hielt dabei möglichst viel Abstand zu Sara. Er ging am Tisch von Kardinal Vierstein vorbei, an den sich Leif Brendan gesetzt hatte. Es herrschte eine ausgelassene Stimmung, wie unter alten Freunden.

Irgendetwas schien auf einmal Leif Brendans Aufmerksamkeit geweckt zu haben. Er drehte sich um, und sein Blick traf Deeks Augen. Wie in Zeitlupe erstarrte jegliche Bewegung. Die Zeit schlich nur noch dahin, als würde sie durch einen zähen Sirup gebremst. Beide Männer schauten sich an. Leif hatte stahlblaue Augen und für einen Mann ausgesprochen lange Wimpern. Es war diese Mischung aus Unschuldigkeit und Verschlagenheit. Leif war der kleine Junge und der Gewalttäter. Er hatte die Augen eines Engels und die eines Monsters. Leifs Blick verfolgte Deek.

Er riss sich von Leif los und schaute in eine andere Richtung. Etwas weiter stand der Tisch von Karen Benedict. Die junge Computerunternehmerin war von Bewunderern umringt. Sie strahlte, machte Smalltalk und schüttelte Dutzende Hände. Die Männer hingen ihr an den Lippen. Ein Fotograf kam dazu und tauchte ihren Tisch wieder in ein Blitzlichtgewitter.

Deek suchte sich einen Weg aus dem Saal. Ein Kellner mit einem großen Tablett stand ihm im Weg und fragte, ob er ein Getränk haben möchte. Deek griff sich schnell ein Mineralwasser und trank es in einem Zug aus. Vor dem Ausgang war eine kleine Fotogalerie installiert. Dort gab es Aufnahmen von den Einweihungen der vielen Krankenhäuser, Schulen und Universitäten der Cherubim. Er stieß auf ein Bild, auf dem Felix Gutknecht und Leif Brendan in freundschaftlicher Umarmung in einem Raum standen, der wie ein neu bezogenes Büro aussah. Deek blieb stehen und betrachtete das Foto etwas genauer. Das Büro war riesig. Im Hintergrund konnte man eine große Fensterfront erkennen, durch die man auf Dächer anderer Hochhäuser sah.

Neben den beiden Gründern stand ein massiver Schreibtisch, eine mehrteilige Konstruktion aus Panzerglasplatten und poliertem Aluminiumguss. Auf der linken Seite war ein modernes schwarzes Sofa aus Glattleder und darüber hing ein großes, schlichtes Holzkreuz, ähnlich dem, das am Anfang der Show von der Decke gelassen worden war.

Im rechten Teil des Büros war eine Steinsäule zu erkennen, auf der ein in Glas umschlossener Gegenstand befestigt war. Deek ging noch näher an das Bild heran. Mehrere in die Konstruktion eingearbeitete Lampen strahlten eine altertümliche Waffe an. Sie war aus Holz gefertigt, was an dem fransig abgebrochenen hinteren Ende zu sehen war.

Er ging etwas weiter die Galerie entlang und schaute sich um. Im Saal wurde wieder gegessen. Auf der Bühne wurde der Auftritt eines gregorianischen Männerchors vorbereitet. Diese Mönche aus einem Kloster in Süddeutschland waren Meister in der Kunst des mittelalterlichen Gesangs. Deek fühlte sich, obwohl sein Musikgeschmack ganz woanders beheimatet war, von dieser Musik merkwürdig angezogen. Er nahm den beruhigenden Klang der feinen Stimmen auf und bewegte sich wieder ein wenig in Richtung Festsaal. Die Mönche trugen ihre traditionellen Kutten. Mit ihrer Gesangskunst und ihren in lateinischer Sprache geschriebenen Choralen verzauberten sie die Gäste. Wieder einmal musste Deek der Choreografie des Abends Respekt zollen. Er holte sein abhörsicheres Handy heraus und wählte Leo Malzahns Nummer.

»Wo steckst du, Leo?«

»Ich werde wohl noch zwei Stunden brauchen. Alles in Ordnung bei dir?«

»Dieser Wohltätigkeitsball ist ein Riesenspektakel. Die Cherubim haben Geschmack, das muss man denen lassen, und Geld. Kennst du dich auch mit Reliquien aus?«

»Wieso fragst du?«

»Hier ist so eine Art Fotogalerie neben dem Festsaal. Jede Menge Bilder von Einrichtungen, Kirchen, Persönlichkeiten des öffentlichen Lebens. Auf einem der Fotos sieht man die Gründer der Cherubim, Felix Gutknecht und Leif Brendan, offenbar in ihrem Büro. Auf einer Säule ist ganz eindeutig eine altertümliche Lanze ausgestellt.«

»Wie sieht sie denn aus, diese Lanze auf dem Bild?«

»Unscheinbar würde ich sagen. Die Metallspitze ist aus einfachem Eisen gefertigt und steckt auf einem abgebrochenen Holzstab. Nicht besonders lang und aus einem stark verwitterten Material. Wie gesagt, sehr unscheinbar. Nichts Glänzendes zu sehen, auch keine Edelsteine oder so was. Sieht irgendwie wertlos aus.«

Deek hörte das Aufheulen eines Motors durch das Handy.

»Leo? Leo, bist du noch dran?«

»Ja, ich fahre, so schnell ich kann. Heute ist doch der 13. Juli, oder?«

»Ja. Warum fragst du?«

»Erzähl ich dir später. Wir sehen uns in Berlin.«

Leo unterbrach die Verbindung. Sein Kleinwagen fuhr im höchsten Drehzahlbereich. Immer wieder blinkte er, um auf der linken Spur langsamere Autos zu überholen. Mittlerweile hatte es angefangen zu regnen. Am Horizont wurde eine rote Gischtwolke sichtbar, angestrahlt durch die unzähligen Brems- und Warnleuchten einer riesigen Blechschlange. Der Verkehr kam zum Stehen. Nach einer quälenden halben Stunde sah Leo den Grund des Staus: Der gesamte Verkehr wurde auf eine Raststätte umgeleitet. Überall waren Einsatzwagen, Mannschaftsbusse und Polizeibeamte zu sehen. »Scheiße«, fluchte Leo.

Jemand tippte Deek auf die Schulter. Er drehte sich um. Der Mann, der ihn freundlich anblickte, war ihm unbekannt.

»Mr Hearst, welch eine Freude! Wir haben uns noch gar nicht bekanntgemacht. Ich bin Bernhard Fiedler. Ich arbeite im Auswärtigen Amt. Eben habe ich auf dem Sitzplan Ihren Namen entdeckt. Ich wollte Sie gerade fragen, ob ich mich zu Ihnen setzen dürfte, da sind Sie hier in diese Galerie gegangen. Wir haben schon einige Male miteinander telefoniert. Erinnern Sie sich?«

Deek musste schnell schalten. Was machte dieser Richard Hearst eigentlich in der amerikanischen Botschaft? Deek hatte vergessen gehabt, sich Informationen über sein Alter Ego zu besorgen. Ein richtiger Anfängerfehler. Er musste sich auf die Kunst der Improvisation verlassen.

»Herr Fiedler, endlich lernen wir uns auch einmal persönlich kennen. Jetzt hat man endlich mal ein Gesicht zu der Stimme.«

Deek lachte möglichst unverkrampft. Er musste auf jeden Fall vermeiden, dass sein falscher Bart verrutschte.

»Ich hoffe Sie sind nicht erkältet. Ihre Stimme klingt am Telefon viel heller.«

»Scheint die Sommergrippe zu sein.« Deek hüstelte kurz. »Sehr lästig.« Er deutete auf sein Mobiltelefon. »Ich muss jetzt leider dringend telefonieren. Geschäftlich. Ein alter Freund aus Amerika steckt in Schwierigkeiten mit der, äh, Steuerbehörde.«

Wieder lächelte Deek den Mann vom Auswärtigen Amt übertrieben freundlich an.

»Ja, das Finanzamt kann einen manchmal Nerven kosten. Schön, Sie getroffen zu haben. Und gute Besserung.«

Bernhard Fiedler verschwand im großen Festsaal, wo gerade der gregorianische Chor seine letzte Zugabe gab.

Aus den Augenwinkeln beobachtete Deek, wie sich ihm jemand mit großen Schritten näherte. Offenbar eine Frau. Sara! Deek drehte sich augenblicklich um und eilte zum Ausgang.

»Deek? Bist du das, Deek?« Sara klang ungläubig und fast belustigt.

Deek fing an zu laufen. Am Ausgang warteten Hostessen auf die sich verabschiedenden Gäste.

»Halt, nicht so stürmisch, Sie bekommen noch ein Geschenk.« Eine der Hostessen reichte Deek eine vollgepackte Präsenttasche mit Broschüren, CDs, Schreibgeräten und einer kleinen goldenen Figur. Hastig ergriff er die Tasche, entschuldigte sich für sein unhöfliches Benehmen und eilte weiter in die Hotellobby. Dort schaute er sich vorsichtig um und schritt dann rasch durch die große Glastür zur riesigen Auffahrt, wo die Taxis und Limousinen warteten. Im Laufschritt erreichte er bald ein Wohngebiet, wo er sich erst einmal ausruhte, nachdem er sich vergewissert hatte, dass ihm niemand gefolgt war. Die Luft an diesem Hochsommerabend roch gut. Selbst in dieser Großstadt konnte man ein wenig Natur schnuppern. Deek durchquerte einen kleinen Park, der zwischen zwei Wohnblocks lag. Er fuhr sich übers Gesicht und bemerkte, dass der künstliche Bart auf der rechten Seite hochgeklappt war. Er riss sich die Manneszierde mit einem kräftigen Ruck ab. Dann nahm er die Brille von der Nase und steckte sie in die Seitentasche seiner Smokinghose. Genervt zog er auch die zurückgekämmte Lockenpracht vom Kopf und warf sie in einen Abfalleimer.

Deek holte das Handy aus der Innentasche des Smokingjacketts heraus und wählte Hanks Nummer.

»Hier ist Hank Parlette.«

»Hank, bist du das? Was ist los? Hast du was Falsches gegessen oder vielleicht etwas geraucht, was Illegales meine ich?«

Deek konnte sich nicht erklären, warum sein Freund sich – anders als sonst – mit einer so monotonen Stimme meldete.

»Hallo, Deek, schön, dass du dich meldest. Ich hätte dich sonst auch angerufen. Also, ich habe mich mit der Buchungsseite der Airline getäuscht. Alles ist in bester Ordnung.«

»Was? Das kann nicht sein. Du hast mir doch erst erklärt, dass …«

»Mein Fehler, Deek. Ich bekomme im Moment irgendwie zu wenig Schlaf. He, Deek, denkst du manchmal noch an Lulu?«

Dann brach das Gespräch ab. Der Schuss aus der automatischen Handfeuerwaffe durchdrang spielend Hanks Schädel, so dass die Patrone am vorderen Hirnlappen wieder heraussstieß. Sie bohrte ein fast kreisrundes Loch durch die feste, mehrere Zentimeter dicke Schwarte, die den eigentlichen Schädelknochen nochmals schützte. Das Projektil zertrümmerte einen Flachbildschirm, der mit Klebezetteln, Zeitungsausschnitten und kleinen Spielfiguren verziert war. Am Rand dieser kunstvoll geschmückten Mattscheibe klebte auch ein Bild von Karen Benedict. Sie lächelte entwaffnend in die Kamera. Man konnte ihr Gesicht jetzt vor lauter Blutflecken und Knochensplitter jedoch kaum noch erkennen.

»Hank! Hank! Was ist mit Lulu? Ich verstehe das nicht. Verdammt, melde dich!«

Aus dem Hörer war nur noch das verzerrte Tuten eines Besetztzeichens zu hören.

»O mein Gott«, stöhnte Deek.

Auf einmal spürte er eine Hand auf seiner Schulter. Neben ihm stand Sara in einem langen Abendkleid.

»Deek, was sollte die Maskerade beim Ball? Ich habe dich kaum erkannt. Aber es ist schön, dich wiederzusehen. Was machst du hier, was soll das alles?«

Deek schaute etwas verlegen erst zu Boden und dann an ihr vorbei.

»Ich kann nicht darüber reden, weil ich denke, dass du ein Teil des Problems bist. Du steckst mittendrin.«

»Mittendrin? Wie meinst du das? Hat das irgendwie mit den Cherubim zu tun?«

Deek nickte leicht. Sara sah Deek mit weit aufgerissenen Augen an.

»Weißt du eigentlich, was du da sagst? Das sind die wahren Christen. Glücklicherweise sehe nicht nur ich das so. Unsere Gemeinde zählt mehrere Hunderttausend Mitglieder. Selbst der Papst hat seine Glückwünsche für das Gelingen des Balls geschickt. Kardinal Vierstein hat den Brief direkt aus dem Vatikan mitgebracht. Wir alle glauben an den Weg der Nächstenliebe. Was soll daran falsch sein?«

»Ich glaube nicht, dass die Cherubim dort aufhören, wo es andere Wohltätigkeitsorganisationen tun. Weißt du, was ich meine?«

»Da hast du verdammt Recht. Sie machen weiter. Ihre Arbeit geht weiter. Die Hilfe. Die Bildung. Die Medizin. Deek, begreifst du nicht, was für ein Geschenk diese Kirche für die Welt ist? Verstehst du es wirklich nicht?« Sara schüttelte den Kopf. »Du warst doch auch bewegt gewesen, im Informationszentrum und später auch beim Gottesdienst, oder? Tief in dir drin spürst du, dass ich Recht habe. Ist es nicht so, Deek?«

»Sara …« Deek musste seinen ganzen Mut zusammennehmen. Er riskierte viel. »Ich glaube, dass die Cherubim etwas mit dem Abschuss der Maschine der Saudi Arabian Airlines zu tun haben. Vielleicht nicht direkt, aber irgendwie gibt es da eine Verbindung.«

Sara strich sich mehrmals nervös am Haaransatz über die Stirn. Für Deek war es klar ersichtlich, wie sehr sie darum kämpfte, die Kontrolle über ihre aufkeimenden Gefühle nicht zu verlieren.

»Es stimmt also, was die Leute im Büro der Cherubim über dich gesagt haben. Die hatten Recht …«

»Welche Leute?«

»Menschen, die sich um die Sicherheit unserer Kirche Gedanken machen. Die haben mir erzählt, dass du ein Feind der Kirche bist. Dass ich mich nicht mehr mit dir treffen soll. Nach unserem Abend in der Heiligen Krippe habe ich denen berichtet, dass du ganz anders bist. Dass du vielleicht sogar irgendwann selbst zu den Cherubim kommen würdest.«

»Du bist eine Spionin? Und ich hatte gedacht, du magst mich wirklich. Wie dumm von mir.«

»So 'n Quatsch. Ich sollte dir die Barmherzigkeit der Cherubim zeigen. Dich vom Gegenteil deiner irregeleiteten Meinung überzeugen. Als ich dann von unserem Treffen erzählt habe, wollten sie mir nicht glauben. Sie waren fest davon überzeugt: Du willst unserer Kirche etwas Schlechtes. Du willst die Cherubim zerstören.«

»Sara, ich habe nichts gegen die Cherubim. Und du hast Recht, ich bewundere viele Dinge an dieser Kirche. Aber mein Job ist es, Ungereimtheiten nachzugehen. Und die gibt es hier. Sara, du kennst die Cherubim jetzt schon so lange. Ist dir denn nie etwas seltsam vorgekommen? Irgendetwas?«

Deek schaute Sara tief in die Augen. Sie fing an zu schluchzen.

»Nein. Du bist ein Verräter. Du bist ein Feind der Cherubim. Die Cherubim sind meine Familie. Verstehst du das denn nicht? Du hast doch auch eine Familie. Kinder, eine Frau, oder?«

»Ja, ich habe zwei Kinder, die ich über alles liebe. Aber hier geht es um viel, viel mehr. Ich will dich nicht verletzen, Sara. Vielleicht spinne ich auch nur …« Deek wusste es besser, doch für den Moment schien seine Vorgehensweise die richtige Taktik zu sein. »Du kannst mir helfen, Licht ins Dunkel zu bringen. Das ist doch auch im Sinne deiner Kirche, oder?«

»Ich habe dir noch nicht alles über meine Familie erzählt. Ich hatte drei Brüder. Zwei sind an den Pocken gestorben. Der dritte ist auch bei den Cherubim. ›Familie‹ ist übrigens nicht nur so dahergesagt. Dieses Wort bedeutet mir sehr viel. Ich habe sonst niemanden.«

»Du hast noch einen Bruder? War er heute Abend auch dabei? Oder beim Gottesdienst?«

»Nein, ich sehe ihn nur sehr selten. Er leitet Fortbildungskurse und Seminare bei den Cherubim. Bernhard lebt ausschließlich für unsere Gemeinde. Ich hatte immer das Gefühl, dass ihm die Krankheit und der Tod unserer Brüder sogar noch nähergegangen ist als mir. Er hat sich irgendwie schuldig und verantwortlich gefühlt. Ich war nach der Beerdigung völlig am Boden zerstört, aber Bernhard war überhaupt nicht mehr vorhanden. Ich hatte solche Angst um ihn. An einem bestimmten Punkt dachte ich, er will nicht mehr. Nichts mehr. Wer weiß, wie die Sache ohne die Hilfe der Cherubim ausgegangen wäre.«

»Sprichst du ab und zu mit ihm? Ich meine, telefoniert ihr miteinander oder schreibt euch Mails?«

»Ja, sicher. Er ist immer unterwegs. Auch in den USA und in Kanada. Happy Valley heißt ein Ort, von dem er häufiger erzählt. Nachdem unsere Eltern gestorben sind, gab es nur noch uns, die vier Kinder. Dann kam die Epidemie, und jetzt sind wir ganz allein, mein Bruder und ich.«

Sara machte eine Pause und blickte in den Himmel über Berlin. Die Wolkenbänder hatten sich verzogen, und die Nacht war plötzlich klar und sternenreich.

»Ich glaube, die ganze Arbeit bei den Cherubim hat Bernhard sehr gutgetan. Nachdem er der Kirche beigetreten ist, ging es mit ihm irgendwie vorwärts. Sein Leben hat zwar immer noch keine Richtung, aber wenigstens leidet er nicht mehr unter diesen schweren Depressionen.«

Sara stockte. Sie war in den letzten Minuten ein paar Meter auf und ab gelaufen, trat jetzt aber wieder ganz nah an Deek heran.

»Was passiert jetzt? Zeigst du mich an?«

»Natürlich nicht. Du bist ja anscheinend keine professionelle Spionin.« Deek lächelte, und Sara nahm diese Gefühlsregung sofort auf und lächelte zurück. »Ich möchte aber gern die Wahrheit kennen. Wer hat dich auf mich angesetzt? Sorry, jetzt klingt es doch wie Spionage. Kennst du diese Mitarbeiter?«

»Am Abend der Flugzeugkatastrophe haben wir uns spontan zu einem Gedenkgottesdienst getroffen, um für die vielen Opfer zu beten. Wir hatten überall kleine Kerzen aufgebaut. Vom Fußweg der Schlesischen Straße bis zum Eingang zur Kirche. Es sah so schön aus! Nach der Predigt wurde ich gefragt, ob ich dem Haus der Cherubim eine Bitte erfüllen würde. Ich habe eingewilligt, und dann wurdest du mir als Feind und Verräter vorgestellt.«

»Sind bei diesem Gespräch Namen von Organisationen gefallen? Das BKA zum Beispiel oder etwas über einen gewissen Ludwig Küng?«

Deek schaute Sara fragend ins Angesicht und konzentrierte sich, jedes noch so kleine Ausweichmanöver zu registrieren.

»Nein, ich glaube nicht. Dein Name ist halt gefallen. Dass du für die Vereinigten Staaten arbeitest und am Tag darauf nach Deutschland kommen solltest. Die Bezeichnung CSG meine ich, gehört zu haben. Das ist doch richtig, oder?«

Deek nickte stumm. Verdammt gut informiert für eine Kirche, dachte er. Er hatte erst irgendwann im Lauf des späten Nachmittags von seinen Reiseplänen erfahren und deshalb kaum genug Zeit gehabt, vernünftig zu packen. Abzüglich der Zeitverschiebung, überschlug Deek, lagen nur ein paar Stunden zwischen der Order aus Washington zum Flug nach Europa und Saras Einladung zur Spionage und Beschattung.

»Hat dein Bruder irgendwann mal etwas von seinen Fortbildungen oder Seminaren erzählt?«

»Äußerst selten. Ich habe aber auch nie danach gefragt. Er hat am Telefon immer so unbekümmert geklungen, so wie früher. So wie damals, vor den Pocken.«

»Weißt du, wo er jetzt ist?«

»Nein. Aber warum interessiert dich das so? Du glaubst doch nicht etwa wirklich, dass die Cherubim etwas mit Terrorismus zu tun haben? Wahrscheinlich hat dich dein Job zu so einem Menschen werden lassen.«

»Sara, glaub mir, ich bin dein Freund. Aber ich habe Gründe, warum ich das Haus der Cherubim verdächtige. Schwerwiegende Gründe. Ich bin fest davon überzeugt, dass die Cherubim dich fragen werden, ob du deine Gemeindearbeit intensivieren willst. Ob du mehr für deinen Glauben tun möchtest. Da bin ich mir ganz sicher.« Deek trat näher an Sara heran und legte ihr zärtlich die Hände auf die Schultern.

»Außerdem denke ich, dass dein Bruder in Gefahr ist. Du musst mir glauben. Bitte.«

»Das reicht. Ich gehe jetzt. Du bist total verblendet, ein gefährlicher Mann. So long, Deek.« Sara drehte sich um und ging mit energischen Schritten zurück zum Estrel Berlin, zurück zum Ball der Cherubim.

Als Deek ebenfalls zur riesigen Auffahrt zurückkehrte, bemerkte er zwei hochgewachsene Männer, die sich an die weite Glasfront des Hotels lehnten und ihn unverhohlen beobachteten. Auf dem Weg zurück zum Adlon sah Deek im Rückspiegel einen Wagen, der ihm folgte.

Operation Ismael

An das Heer des lebendigen Gottes!
Verzagt nicht, Brüder!
Viele fürchten sich vor den Zeichen, die der Welt bevorstehen.
Ich aber sage Euch: Fürchtet Euch nicht, redet und schweiget nicht. Gehorcht der Sache Gottes und befolgt seine Gebote, dann wird er Euch beschützen!
Denn wie schon Paulus spricht: Man muss Gott mehr gehorchen als den Menschen!
Jesus sagt uns: Es wird hier nicht ein Stein auf dem andern bleiben, der nicht zerbrochen werde. Denn es wird sich ein Volk gegen das andere erheben und ein Königreich gegen das andere. Und Ihr werdet gehasst werden um meines Namens willen von allen Völkern. Es wird eine große Bedrängnis kommen, wie sie noch nie gewesen ist. Und wenn diese Tage nicht verkürzt werden, so würde kein Mensch selig werden.
Soldaten, Ritter, Glaubensbrüder!
Kämpft für den Sieg Gottes!
Ihr habt bei Gott, dem Höchsten, geschworen, dass Ihr gegen all jene kämpft, die sich gegen unseren Glauben stellen. Überlasst nicht den Ungläubigen und den Armeen des falschen Propheten die Herrschaft. Wie Rauch verweht, so werden sie verwehen; wie Wachs zerschmilzt vor dem Feuer, so kommen die Gottlosen um vor Gott. Und habt keine Angst vor dem weltlichen

Gericht. Das Antlitz des heiligen Stephanus leuchtet für Euch. Auch der Tod konnte ihn nicht schrecken, als er von Gottes Gerechtigkeit sprach.
Ich werde vor Euch hergehen und die Herzen unserer Feinde mit großer Furcht erfüllen. Gemeinsam werden wir ihre Götzentempel zu Staub zermahlen, und ihr Blut wird den Boden rot färben. Ich habe nur den Grund gelegt als ein weiser Baumeister. Ein jeder aber sehe zu, wie er darauf baut. Wisst Ihr nicht, dass Ihr Gottes Tempel seid und der Geist Gottes in Euch wohnt? Und wenn jemand diesen Tempel Gottes verdirbt, den wird Gott verderben, denn der Tempel ist heilig!
Wir erfüllen die Prophezeiung, wir erfüllen den Willen Gottes. So lasst uns ablegen die Werke der Finsternis und anlegen die Waffen des Lichts!
Deus vult!

Kapitel 9

Nach diesen Geschichten versuchte Gott Abraham und sprach zu ihm: Abraham! Und er antwortete: Hier bin ich. Und er sprach: Nimm Isaak, deinen einzigen Sohn, den du lieb hast, und gehe hin in das Land Morija und opfere ihn daselbst zum Brandopfer auf einem Berge, den ich dir sagen werde. Da stand Abraham des Morgens früh auf und gürtete seinen Esel und nahm mit sich zwei Knechte und seinen Sohn Isaak und spaltete Holz zum Brandopfer, machte sich auf und ging an den Ort, davon ihm Gott gesagt hatte.

(Gen 22,1–3)

Auf der Autobahn zwischen Frankfurt/Main und Berlin am Tag des Anschlags auf die Maschine der Saudi Arabian Airlines

Mark hatte die Anweisung bekommen, sofort nach seinem Einsatz in Frankfurt nach Kanada zu fliegen. Aus Sicherheitsgründen wurde ihm von einem Abflug von Frankfurt aus abgeraten. Er hatte einen neuen Pass, einen neuen internationalen Führerschein und neue Kreditkarten in seiner Reisetasche verstaut, die auf dem Rücksitz des weißen Kombis lag, und besaß bereits ein Flugticket von Berlin nach Quebec via Newark. Die Zentrale hatte den Flug schon vor Monaten geplant und gebucht. Jede Reise wurde hier minutiös vorbereitet. Es wurde Economy geflogen, auch Billig-Carrier waren im Angebot der Logistikfachleute. Das Rückflugdatum war als flexibel eingetragen.

Marks Stimmung war ausgeglichen, als er in seinem Auto

über die Autobahn fuhr. Eine tiefe Befriedigung durchdrang ihn, er hatte das Gefühl, das einzig Richtige getan zu haben. Das geräuschvolle und quälende Murmeln seiner Gedanken war verstummt. Friedvolle Stille war in seinen Geist eingekehrt. Er hörte die Stimme seines Ausbilders: »Ihr seid Werkzeuge des Herrn. Euer Mut wird im Himmelreich verstanden werden. Der Herr wird euch auf seine Weise danken.«

Mark wäre bereit gewesen, für seinen Glauben zu sterben, ein Märtyrer zu werden. Doch sein Auftrag sollte noch weitergehen. Nachdem er die Boden-Luft-Rakete auf Kollisionskurs mit der Boeing gebrachte hatte, war er sofort in seinen weißen Kombi gestiegen. Die grüne Militärkiste hatte er ebenso zurückgelassen wie die Abschussvorrichtung mit der kyrillischen Beschriftung. In hohem Bogen hatte er sie in einen Bewässerungskanal geworfen. Er war zügig, aber ohne zu rasen, auf dem Betriebsweg zurückgefahren und schnell wieder auf der Autobahn gewesen.

Mark dachte an seine Frau und seine Kinder. Er hatte schon am frühen Morgen sein Handy ausgeschaltet, gleich nachdem er ins Auto gestiegen war. Wie oft hatte sie wohl schon versucht, ihn anzurufen? Nur ein paar Tage, dachte er. Nur noch ein paar Tage, und dann könnte er ihr alles erklären. Sie würde es verstehen, da war er sich ganz sicher.

Er fuhr auf der bergigen Strecke zwischen dem Hattenbacher und dem Kirchheimer Dreieck. Die Landschaft glitt sanft an ihm vorbei. Mark war schon lange nicht mehr Vollgas gefahren. Er kam gut voran und genoss die hohe Geschwindigkeit. Sein Leid und sein Hass waren für ihn jetzt erträglich geworden. Die zerfleischende Erniedrigung, die er seit dem Tod seiner Schwester fühlte, wich einem Gefühl von Überlegenheit. Er fühlte, wie sich sein Rückgrat reckte, und dann merkte er, dass er seit Frankfurt nicht ein einziges Mal die Brille die Nase hochgeschoben hatte. Wieder umspielte ein leises Lächeln seinen Mund. Mark fing an zu beten.

Bei der nächsten Tankstelle machte er Rast. Er setzte den Blinker und rollte im Leerlauf zur Zapfsäule. Zum Bezahlen ging er in den mit Neonlicht illuminierten Shop. Am kleinen Bistrotisch hinten links in der Ecke stand ein Trucker und biss in seine Bockwurst. Kaum merklich nickte er Mark zu. Mark lächelte etwas verlegen. Dieser Fernfahrer war der erste Mensch, der ihm seit Frankfurt bewusst in die Augen geschaut hatte. In die Augen eines Massenmörders. Er korrigierte den Gedanken sofort und dachte: eines Verteidigers des Christentums, eines Kreuzritters. Das gefiel ihm. Er wiederholte dieses Wort in Gedanken noch einmal: Kreuzritter!

Er bezahlte die Benzinrechnung, und als er das Wechselgeld zurückbekam, sprach der Kassierer ihn an.

»Mann, was für ein Unglück«, sagte er. »Schlimm ist das, schlimm, was da in Frankfurt passiert ist. Ein ganzes Flugzeug explodiert, alle tot. Schlimm. Bestimmt wieder diese Moslems. Nur seltsam, dass das ein Flugzeug von denen war. Ich meine, eins aus Saudi-Arabien.«

»Terror von denen? Den Moslems? Glaub ich nicht. Einfach nicht deren Kragenweite.« Mark drehte sich schon in Richtung Ausgang.

»Na ja, die haben schon einmal mit diesen verdammten Pocken unser ganzes Land ausrotten wollen. Diese Teufel!«

Mark blieb auf der Stelle stehen. Ein ganzer Strom von Gefühlen schoss ihm in den Kopf. Er knirschte mit den Backenzähnen und versuchte, seine Emotionen zu besänftigen, wollte schon gehen, wieder in sein Auto steigen und weiter nach Berlin fahren. Aber er konnte nicht. Stand einfach nur wie angewurzelt in der Mitte des Raums. Er ballte die Hände zu Fäusten und stampfte ungewöhnlich kräftig mehrmals mit dem rechten Fuß auf den Steinboden des Tankstellenhäuschens.

»Ja, Teufel sind sie. Teufel! Deshalb geschieht es ihnen recht, was heute passiert ist. Das ist die Rache unseres Herrn. Die Gottlosen sollen zu Asche werden. So steht es in der Bibel. Maleachi, Kapitel drei, Vers einundzwanzig.«

Marks Stimme wurde von Wort zu Wort lauter. Er war hochrot im Gesicht. Die Halsschlagader trat bedrohlich hervor. Mit großen Schritten lief er in dem kleinen Shop umher. Der Trucker vergaß seine Bockwurst und beobachtete ungläubig Marks Auftritt.

»Es geschieht ihnen recht. Wir vergeben nicht mehr. Nein, wir verkriechen uns auch nicht mehr. Nein! Wir verteidigen unseren Glauben. Unseren Glauben! Wir verteidigen unseren Herrn gegen dieses Ungeziefer.«

Jedes Wort schrie Mark aus dem tiefsten Inneren seines Leibes heraus. Der Speichel sprühte aus seinem weit geöffneten Mund. Die Augen hatte er weit aufgerissen. Kopfschüttelnd kommentierten die hereinkommenden Kunden das Schauspiel. Marks schnelle Schritte führten ihn zur Glastür, die er mit beiden Händen beinahe aus der Halterung riss.

Er lief zu seinem Auto, stieg ein und fuhr in die Nacht. Verdammter Mist, dachte er, verdammter Mist.

Die Sicherheitskontrollen in Berlin-Schönefeld waren überaus streng. Hundertschaften von mit Maschinenpistolen bewaffneten Polizisten patrouillierten im Flughafen. Für einige Stunden war der gesamte Flugverkehr über Europa ausgesetzt worden. Jedes Gepäckstück wurde mehrfach untersucht. Mark blieb cool. Er wusste, dass ihm nichts passieren konnte. Der Flug hatte mehrere Stunden Verspätung. Die gesamten Flugpläne aller Airlines in Europa waren durch die Katastrophe in Frankfurt völlig durcheinandergeraten. Ein heilloses Chaos. Vor den Abflugschaltern bildeten sich Menschenschlangen. Die Fernseher in der Wartehalle wurden umlagert, und die Lautstärke der wild diskutierenden Passagiere war beträchtlich. Mark schaute einmal kurz auf den Bildschirm, auf dem gerade das gewaltige Trümmerfeld gezeigt wurde. Er machte eine kleine, anerkennende Kopfbewegung.

Der Flug über den Atlantik war ruhig. Mark konnte sogar ein paar Stunden schlafen. Allerdings beunruhigte ihn ein böser Traum, und mehrmals konnte man im Flugzeug ein leises Wimmern vernehmen. Er lief im Traum mit seiner Schwester durch ein Moor. Hier hatten die beiden auch in der Realität oft gespielt. Mit ihren Fahrrädern waren sie vom Haus ihrer Eltern in das nahe gelegene Hochmoor gefahren. Irgendwann warfen sie die Räder zur Seite und liefen zu Fuß weiter.

Seine Schwester rannte voran und neckte ihn. »Nun komm schon, Mark, sei nicht so ein Feigling!«

»Lauf doch nicht so schnell, Claudia, ich komm nicht hinterher«, rief Mark seiner Schwester keuchend zu.

In seinem Traum sah Mark sie einen kleinen Weg entlanglaufen. Der Boden unter ihnen wurde immer weicher. Überall standen abgestorbene, skelettartige Bäume herum. Mark verlor seine Schwester aus dem Blickfeld.

»Claudia! Claudia, wo bist du?«

»Hier bin ich, hier hinten.«

Direkt vor Claudia war ein kleiner Tümpel mit fast schwarzem Wasser. Mark hatte sie gerade eingeholt, als seine Schwester plötzlich laut aufschrie. Sie war mit dem linken Fuß in den Tümpel geraten, der bodenlos tief zu sein schien, und verlor das Gleichgewicht. Langsam tauchte sie im moorigen Schlamm unter. Mark rannte, so schnell er konnte, zu ihr und reichte ihr die Hand. Aber Claudia sank immer tiefer in das Moor ein. Sie war schon bis zur Brust im schwarzen Schlund gefangen. Mark schrie um Hilfe.

Claudia bettelte ihn in tiefster Verzweiflung an. »Mark, hilf mir. Bitte, hilf mir doch!«

Mark wachte auf und drehte sich erschrocken um. Kalter Schweiß lag auf seiner Stirn. Er war im Flugzeug. Es war nur ein Traum gewesen. Doch seine Schwester war wirklich gestorben. Qualvoll gestorben. In einem überfüllten Krankenhaus. Übersät mit eitrigen Pusteln, die sie zum Wahnsinn getrieben hatten. Er hatte ihre Hand durch den Schutzhandschuh gehalten und gewusst, dass sie es nicht überleben würde. Er hatte sich damals so hilflos gefühlt, so unendlich hilflos.

In Quebec angekommen, ging es mit einem Van weiter in Richtung Norden zur Küste. Der Fahrer sprach kein Wort mit ihm. Mark hatte ihn noch nie gesehen. Der Mann hatte ein schlichtes Pappschild hochgehalten, auf dem mit breitem Filzstift »SOHC« geschrieben stand. Während der Fahrt betrachtete Mark die unberührte Landschaft Labradors. In dieser grünen Wüste gab es nur endlose Wälder, spiegelglatte Seen, karge Wiesen und den unendlichen blauen Himmel darüber. Überall wuchsen die flachen blaugrauen Schwarzfichten, die typischen Bäume in diesen Breiten. Aus ihren Zweigen fertigten die Ureinwohner jene Schneeschuhe, die es ihnen erlaubten, auch über tiefe Schneefelder zu stapfen, ohne einzusinken. Die Luft duftete durch die Nadeln dieser Bäume nach Eukalyptus und Menthol. Ein Problem stellten die riesigen Moskitoschwärme dar. Die flachen Uferzonen der unzähligen Seen und die milden Temperaturen ließen die Populationen der Plagegeister explodieren.

Die Temperaturen waren jetzt, Mitte Juli, auch für Menschen sehr angenehm. Nachts wurde es jedoch empfindlich kühl, und auch im Hochsommer konnten Wanderer und Sportler immer wieder von Bodenfrost überrascht werden.

Nach einem weiteren Tag in diesem Van tauchte schließlich ein Schild vor ihnen auf:

WELCOME TO HAPPY VALLEY, GOOSE BAY!

In dem 8000-Seelen-Dorf gab es nur einen kleinen Hafen und ein etwas heruntergekommenes Kongresszentrum. Mit ein paar Militärmuseen versuchte man die Touristen in den wenigen Hotels zu halten. »Der Tourismus ist die Zukunft« hieß der Leitspruch der Provinzregierung, und es wurden in Happy Valley alle möglichen Aktionen unternommen, um den Touristen die Vorteile der wunderschönen, unverfälschten Natur näherzubringen.

In einem kleinen Restaurant am Lake Melville aßen Mark und sein stummer Fahrer ein reichhaltiges kanadisches Frühstück. Zum ersten Mal seit langer Zeit schmeckte es ihm. Er schaute aus dem kleinen Fenster der Gaststätte. Die paar Leute, die vorbeikamen, sahen einen gut gelaunten Urlauber. Sie lächelten ihm zu und grüßten freundlich.

Mark musste man nicht von den Vorzügen dieses Landstrichs überzeugen. Er hatte Labrador bereits ins Herz geschlossen, als er vor Jahren das erste Mal hier gewesen war. Man hatte ihn angesprochen, damals in der Kirche. Ihn gefragt, ob er mehr tun möchte, als nur zu beten. Die Verantwortlichen waren gut geschult worden. Sie beobachteten die Besucher ihrer Kirchen sehr genau. Wer kam gelegentlich?

Wer kam mehrmals in der Woche, wer mehrmals am Tag? Wer sah hoffnungsvoll aus, wer verzweifelt? Niemand hatte ihn gezwungen. Er wollte diesen Weg gehen. Am Anfang waren es nur Wochenendseminare gewesen, irgendwo an den weiten Stränden der deutschen Nordseeküste. Er erzählte seiner Frau Laura etwas von Fortbildungen, zu denen ihn seine Firma schicke. Nach ein paar Monaten kam das Angebot für einen längeren Auslandsaufenthalt, eine Reise über den Atlantik. Mark willigte sofort ein. Laura fragte nicht lange nach. Sie sah, dass ihm diese Fortbildungen guttaten. Um ihn wieder etwas glücklicher zu erleben, hätte sie zu allem Ja gesagt. Sie litt genau wie er unter dem tragischen Tod seiner Schwester. Dem Tod durch die Pockenepidemie. Dem Tod durch Terroristenhand.

Mark und sein Begleiter verließen das Midway Garden Restaurant und besorgten im Drugstore noch ein wenig Reiseproviant. Dann ging es weiter durch die endlosen, menschenleeren Wälder Labradors. Dieser Teil der Provinz Neufundland und Labrador umschloss zwar die Fläche Italiens, hatte aber dennoch nur die Einwohnerzahl einer Kleinstadt.

Happy Valley konnte eine lange Geschichte als Gastgeber für verschiedene Militärstützpunkte und Übungsplätze aufweisen. Im Zweiten Weltkrieg hatte die 5 Wing Goose Bay eine wichtige Rolle als Flughafen der amerikanischen Luftstreitkräfte gespielt. Zu jener Zeit war es der am meisten genutzte Luftwaffenstützpunkt weltweit gewesen. Die einzigartige strategische Lage hatte die 5 Wing auch im Ersten Golfkrieg zum wichtigsten Umschlagsplatz für Truppen und Materialtransporte in den Persischen Golf gemacht. Selbst die NASA hatte ihn zum Ausweichplatz für eine Landung des Spaceshuttles auserkoren.

Irgendwo zwischen diesem gemütlichen kleinen Ort und Churchill Falls lag das Ausbildungszentrum. Mitten im dichten Wald, mitten in der tiefsten Einsamkeit. Von der Existenz dieser Einrichtung wussten selbst die wenigsten Einheimische etwas, dabei war das Gelände nicht einmal eingezäunt. Nichts deutete auf ein militärisches Trainingslager hin, bis man vor dem weitläufigen Areal mit den tannengrünen, eingeschossigen Baracken stand, die aus groben Holzstämmen und Brettern gezimmert waren. Flache Spitzdächer, die mit schwarzer Dachpappe gegen Regen und Feuchtigkeit abgedeckt waren, schützten die unterschiedlichen Gebäude von oben. Das Camp erstreckte sich über mehrere Quadratkilometer. Ein Netz aus kleineren und größeren Versorgungswegen verband die einzelnen Baracken. Das Ausbildungslager war völlig autonom aufgebaut. Ein unterirdisches Heizöllager garantierte ausreichend Energie. Solarkollektoren, die auf einer Lichtung aufgebaut waren, sorgten für elektrischen Strom. Eine moderne Müllentsorgungsanlage mit Wärmerückgewinnung reduzierte den Abfall. Eine Satellitenanlage gewährleistete die Kommunikation: Funk, Breitband-Internet, Telefone, Satelliten-TV – technisch war hier alles auf dem neuesten Stand. Im Computerlabor, das eine der Baracken beherbergte, stand sogar der Prototyp einer revolutionären neuen Technologie: ein Quantencomputer. Die Entwicklerin dieses Computers hatte die Mitarbeiter persönlich an diesem Gerät eingewiesen.

Die dichten Kronen der Schwarzfichten verdeckten die Sicht auf die vielen Gebäude. Aus der Luft konnte man das Ausbildungslager schlecht ausmachen. Auch auf dem Landweg war das Auffinden der Anlage äußerst schwierig. Nur erfahrene Waldläufer und die wenigen Ureinwohner kannten sich in diesem nur grob kartierten Gebiet aus. Die letzten hundert Kilometer musste sich der stumme Fahrer ganz auf sein GPS-System verlassen. Er gab die Koordinaten ein und folgte dem Ziel über ein Gewirr kaum befahrbarer Pfade und Schotterpisten. Oft gab es keinen einzigen Anhaltspunkt für den Weg. Hier musste der Fahrer den vorausberechneten Kurs halten und den vielen Hindernissen ausweichen, bis zumindest wieder die Anmutung eines Weges zum Vorschein kam. Irgendwann konnte man zwischen den vielen Schwarzfichten die ersten Gebäude ausmachen. Mark wurde etwas unruhiger. Er hatte während der Fahrt im Van eine dunkle Sonnenbrille getragen, die er jetzt abnahm. Nun konnte er die ersten Kameraden erkennen. Mit ihren Overalls in Tarnfarben waren sie nur schwer vom Grün der Bäume und dem satten Braun des Waldbodens zu trennen.

Die erste Kontrolle verlief reibungslos. Der junge Wachposten grüßte aufgeregt, als er Mark erkannte, und schenkte ihm ein strahlendes Lächeln. Nach einem unscheinbaren Schlagbaum führte eine grobe Piste schließlich ins Innere des Lagers. Damit die Dutzende Baracken besser unterschieden werden konnten, waren sie mit Zahlencodes aus lateinischen Ziffern und Kleinbuchstaben versehen: IVb, IIIc, VIIf. In diesem dichten Wald war es fast unnatürlich ruhig, weil der mit Nadeln und abgeworfenem Laub übersäte Boden alle Geräusche dämpfte. Nur hin und wieder durchbrachen Maschinengewehrsalven oder die Explosionen von Übungsgranaten die einsame Stille.

Als Mark aus dem Van kletterte, schloss er für einen kurzen Moment die Augen und legte den Kopf tief in den Nacken. Er trieb die frische, würzige Waldluft tief in seine Lungenflügel. Einmal, zweimal. Dann lief er in die improvisierte

Kirche. Von außen sah sie genauso aus wie die anderen tannengrünen Baracken, mit dem einzigen Unterschied, dass sich an der Eingangstür ein mit schwarzer Farbe gemaltes Kreuz neben dem Systemcode befand. Ia, das erste Haus im ersten Block.

Im Innern der Kirche kniete sich Mark vor ein Kruzifix aus Rosenholz. Vor dem Altar konnte man eine Windrose im Boden erkennen. Verschiedenfarbige Mosaiksteinchen markierten die Himmelsrichtungen: Norden, Osten, Süden und Westen. Eine Richtung war jedoch mit einer stilisierten Rose besonders hervorgehoben: Südost. Und noch etwas war in einer aufwendigen Intarsienarbeit in den Boden eingearbeitet: eine Entfernungsangabe, die Kilometer Luftlinie nach Jerusalem.

Aus dem Lautsprecher, der an der Decke hing, klang Musik, eine Kantate von Johann Sebastian Bach: »Sehet, wir gehen hinauf gen Jerusalem«.

Mark blickte sich langsam um. Auf den vielen Holzbänken saß kein einziger seiner Kameraden, er war allein. Er kostete diesen Moment der Stille aus, schloss langsam die Augen und betete das Glaubensbekenntnis:

Wir glauben an den einen Gott,
den Vater, den Allmächtigen,
der alles geschaffen hat, Himmel und Erde,
die sichtbare und die unsichtbare Welt.
Wir glauben an die Cherubim,
die Wärter des Gartens unseres Herrn,
die flammenden Engel,
die am Eingang des Himmelreichs jene richten,
die nicht des reinen Glaubens sind.
Um dem Herrn zu gefallen, lassen wir uns ein

auf den Ruf unserer Gemeinde und tragen die Lanze,
um schon auf Erden zu teilen, was Recht und
Unrecht ist.
Wir erwarten die Auferstehung der Gerechten
und ihr Leben in der kommenden Welt.
Amen.

Mark war tief konzentriert. Er drückte die gefalteten Hände so kräftig zusammen, dass die angespannten Unterarmmuskeln hervortraten. Mit stummen Mundbewegungen sprach er die Verse mit. Angestrengt versuchte er, die Bedeutung der Worte mit seinem Mienenspiel zu unterstreichen, ihnen mehr Nachdruck zu verleihen. Schließlich rann ihm eine Träne aus dem Auge. Mark war am Ziel einer langen, schmerzvollen Mission angelangt. Oft hatte er sich diesen Moment, das erste Gebet in dieser Kirche nach seinem Auftrag, herbeigewünscht. In den Wochen und Monaten der Ausbildung. In den langen einsamen Nächten, wo sein Herz sich in die Heimat wünschte, zu Laura, zu den Kindern. Die Ruhe und Stille in seinem Herzen, die Mark sich so herbeigesehnt hatte, war jetzt da. Das laute Rauschen, der unerträgliche Lärm der Vergangenheit, war wie mit einem unsichtbaren Schalter abgestellt worden. Schon auf der Autofahrt nach Berlin hatte eine ganz eigene Kraft Besitz von ihm ergriffen. Er wollte nie wieder der hilflose kleine Junge sein, den man demütigen und auslachen konnte.

Mark spulte die Erinnerungen des letzten Tages ab. Der Flughafen in Frankfurt, die Anspannung, das Warten auf das richtige Flugzeug. Er spürte noch einmal die Kraft der Grail-Rakete auf seinen Schultern. *Grail* – Gral –, das Gefäß, in dem das Blut des Herrn aufgefangen wurde. Es versprach ewiges Leben. Dies war ein weiteres Zeichen. Ein Zeichen, dass er im Auftrag des Herrn gehandelt hatte, denn sie waren Krieger, eine Armee, eine Armee Gottes.

Er empfand noch einmal den Rückstoß in der Abschussvorrichtung. Wie das Schulterklopfen eines Titanen, dachte Mark. Es riss ihn fast zu Boden, und ein brennender Schmerz durchströmte ihn. Dann hörte er das ohrenbetäubende Zischen und Fauchen der heißen Raketengase. Zentimeter neben seinem Ohr wurde die tödliche Rakete aus dem Stahlrohr katapultiert. Vor seinem geistigen Auge sah er noch einmal das wild geschwungene weiße Band am tiefblauen Himmel über Frankfurt. Es war sein Bild. Er hatte es in den Himmel gesetzt. Und schließlich hörte er – da saß er schon längst wieder in seinem Kombi – noch einmal die alle Elemente erschütternde Detonation. Fühlte die Schockwelle der mit Überschallgeschwindigkeit auseinandertreibenden heißen Gase. Sah den runden Feuerball, der den gesamten Himmel erleuchtete. Selbst aus sicherem Abstand konnte man die Hitze und Gewalt der Flammen spüren. Mark hatte geantwortet. Die vielen quälenden Fragen, die er sich und der Welt gestellt hatte, waren ein für alle Mal mit diesem Symbol beantwortet worden. *Seht her – das ist meine Antwort!*

Als Mark nach dem Gebet aufblickte, sah er, dass sich die Kirchenbaracke mittlerweile mit Kameraden gefüllt hatte. Sie blickten ihn alle anerkennend an. Er war gerührt. Als er dann die Kirche zusammen mit seinen Freunden verließ, wurde er draußen auf dem kleinen Platz vor der Baracke von der gesamten Gruppe mit tosendem Applaus willkommen geheißen. Jeder wollte Mark die Hand schütteln, ihn umarmen, berühren. Mark nahm den ehrfürchtigen Empfang mit einer Mischung aus schüchterner Freude und Stolz auf.

Einer seiner Kameraden trat aus der Masse hervor. »Mark,

wir gratulieren dir. Du hast uns alle sehr stolz gemacht, uns Kreuzritter.«

»Wie ihr bin auch ich nur ein Diener, ein Werkzeug unseres Herrn. Es gibt noch so viele Missionen, so viele Ungläubige. Wie hat es unser Anführer so schön beschrieben? ›In unseren Köchern stecken noch viele Pfeile, und unsere Schwerter sind noch immer scharf.‹«

»Es möchte dich jemand sprechen. Jemand sehr Wichtiges. Er empfängt dich! Bitte melde dich zur Audienz im Gebäude IId. Mark, wir sind so stolz auf dich.« Der Kamerad überreichte ihm einen Umschlag.

Mark zog einen handgeschriebenen Brief hervor und schaute auf die Unterschrift. *Er* ist tatsächlich hier und will mich persönlich empfangen, dachte er. Doch vorher würde er noch etwas anderes erledigen. Mit schnellen Schritten ging er zum Computerlabor. Es lag etwas außerhalb, direkt neben den getarnten Sattelitenschüsseln. Er öffnete die Tür. Das Labor war der einzige klimatisierte Raum im Lager. Fensterlos, schlicht eingerichtet und mit über zwei Dutzend modernsten Computern ausgestattet. Die beiden Kameraden, die dort gerade beschäftigt waren, standen auf und salutierten förmlich. Dann nahmen sie ihn herzlich in den Arm.

Mark setzte sich an einen der Arbeitsplätze und loggte sich ein, um eine kurze E-Mail zu verfassen. Sie bestand eigentlich nur aus dem Verweis auf eine Bibelstelle. Mark hatte dem Empfänger dieser Mail viel zu verdanken. Er hatte ihm geholfen, damals nach der Epidemie. Doch irgendwann hatten sich ihre Wege getrennt. Mit einem Klick schickte Mark die Nachricht ab, und irgendwo, viele tausend Kilometer weiter, wunderte sich jemand über diese kryptischen Zeichen. Mark hatte Glück, der Empfänger öffnete seine Post und löschte sie nicht, obwohl man denken konnte, es handle sich dabei doch nur um eine dieser ärgerlichen Spammails. Mark hatte noch ein wenig Zeit, bis der große Chef, der höchste Diener der Cherubim, ihn empfangen wollte.

Er zog seine Uniform aus Camouflage-Stoff und seine schweren Stiefel an. Als er die Jacke überziehen wollte, fiel ihm ein neues Abzeichen auf. Es war eine kleine goldene Nadel mit dem Bild einer abgebrochenen Lanze, die in ein Kruzifix auslief. Es war die höchste Auszeichnung, die ein Soldat wie er bekommen konnte. Ein Soldat der Armee Gottes. Über der Lanze auf der Nadel waren zwei lateinische Worte eingraviert: *Deus vult!*

Die Pritsche in seiner Baracke war frisch bezogen worden. Er setze sich auf den Rand und gab acht, dass er mit der Uniform die Bettwäsche nicht beschmutzte. Mark wollte einen Brief verfassen. Einen zweiten Brief an seine tote Schwester. Den ersten hatte er kurz nach ihrem Tod geschrieben und bei der Beerdigung auf ihren blütenweißen Sarg gelegt. Es war ein Versuch gewesen, seinen aufgewühlten Gedanken ein wenig Kontur zu geben und Claudia auf Wiedersehen zu sagen. Beim Verfassen der Zeilen hatte er heftig mit den Tränen gekämpft. Voller Schmerz hatte er damals mit einem Füller seine Trauer auf das dünne Papier gekratzt. Heute wollte er wieder einen Brief schreiben. Doch der Ton sollte diesmal ein ganz anderer sein.

Meine geliebte Schwester,
Matthäus 10, 38–39 beschreibt, wie ich mich heute fühle: »Und wer nicht sein Kreuz auf sich nimmt und folgt mir nach, der ist mein nicht wert. Wer sein Leben findet, der wird's verlieren; und wer sein Leben verliert um meinetwillen, der wird's finden.«
Du hast Dein Leben verloren, weil ich nicht stark genug

war. Jetzt habe ich mein eigenes Kreuz aufgehoben und folge dem Herrn. Wir sind jetzt stärker als je zuvor, denn wir folgen dem Ruf des Herrn. Wir tragen unser Kreuz. Viele Menschen werden uns nicht verstehen, uns hassen und verdammen. Doch ich weiß, dass Du, liebe Schwester, uns verstehen wirst. Es steht geschrieben im Matthäus-Evangelium: »Wer aber bis an das Ende beharrt, der wird selig.« Das erste Mal, seitdem Du aus dieser Welt geschieden bist, spüre ich, dass Dein Tod nicht vergebens war. Er hat mir die Augen geöffnet für ein Leben in der Armee Gottes. Glaube mir, liebe Schwester, die Sünder und Ungläubigen werden bluten, und sie werden nicht mehr sein. Ich bin nur ein kleiner Knecht im Dienste des Herrn. Mein Leben trachtet nicht mehr nach dem Diesseitigen, sondern nach der zukünftigen Welt.

Und in dieser werden wir dann wieder zusammen sein, und nichts kann uns dann mehr trennen.

Dein Dich liebender Bruder Mark

Mark faltete den Brief und steckte ihn unter sein Kopfkissen. Er wollte ihn auf das Grab seiner Schwester in Deutschland legen. Doch jetzt war er hier im hohen Norden Kanadas. Weit weg. Er wusste, dass ein sehr großes Zeichen an die Welt noch bevorstand. Sein Auftrag in Frankfurt war nur ein Auftakt gewesen. Im Ausbildungslager wusste niemand etwas Genaues. Es gab nur Gerüchte.

Doch nach diesem Zeichen sollte nichts mehr sein wie zuvor. Es fiel immer wieder ein Name.

Es war der Name der Operation: Ismael.

Kapitel 10

Am dritten Tage hob Abraham seine Augen auf und sah die Stätte von ferne und sprach zu seinen Knechten: Bleibt ihr hier mit dem Esel! Ich und der Knabe wollen dorthin gehen; und wenn wir angebetet haben, wollen wir wieder zu euch kommen. Und Abraham nahm das Holz zum Brandopfer und legte es auf seinen Sohn Isaak; er aber nahm das Feuer und Messer in seine Hand, und gingen die beiden miteinander.

(Gen 22,4–6)

Auf der Autobahn zwischen Frankfurt und Berlin, 13. Juli, abends

»Guten Abend. Den Führerschein und die Fahrzeugpapiere bitte.« Die Polizeibeamten leuchteten mit einer grellen Taschenlampe in das Fahrzeug von Leo Malzahn hinein.

»Was ist denn los?«, fragte Leo, während er die Papiere im Handschuhfach suchte.

»Allgemeine Verkehrskontrolle, reine Routine. Bitte warten Sie hier im Fahrzeug.«

Leo war ein vorbildlicher Staatsbürger. Stets hatte er im Einklang mit der Rechtsordnung gelebt, pünktlich seine Rechnungen bezahlt und sein Konto beim Verkehrszentralregister in Flensburg war in zwanzig Jahren ohne Eintrag geblieben. Die Beamten brachten seine Papiere in den hell beleuchteten Bus, der ein Stück entfernt stand. Leo beobachtete, wie mehrmals telefoniert wurde und einer der Polizisten dabei auf Leos Wagen deutete.

Irgendetwas läuft hier schief, dachte Leo. Andere Fahrzeuge waren schon längst wieder aus der Verkehrskontrolle entlassen worden. Nur er stand jetzt schon eine knappe halbe Stunde im Regen auf dem Parkplatz. Leo runzelte die Stirn und ließ den Motor an. Aus lauter Ungeduld rollte er ein paar Meter vorwärts. Die Polizisten im Bus waren mit ihrer Arbeit so beschäftigt, dass sie nichts bemerkten. Leo fuhr ein Stückchen weiter und ließ seinen Wagen jetzt mit Standgas rollen. Sein Herz fing merklich an zu pochen, und seine feuchten Hände klebten am Kunststofflenkrad. Er war jetzt mehr als zwanzig Meter vom Polizeibus entfernt. Ganz behutsam gab er ein bisschen Gas. Die Polizei hatte immer noch nichts von seinem Fluchtversuch bemerkt.

»Scheiße«, brüllte Leo die Windschutzscheibe an und drückte das Pedal durch.

Der kaum siebzig PS starke Motor ächzte unter Leos brutaler Führung. Als er die Raststätte verlassen hatte, ging es mit Höchstgeschwindigkeit auf den Beschleunigungsstreifen. Die Autobahn vor ihm war leer. Bis zur nächsten Auffahrt war er der einzige Reisende in Richtung Berlin. Nervös schaute er auf die nachtschwarze, regennasse Landschaft. Nirgends waren blinkende Polizeilichter zu sehen oder Martinshörner zu hören.

Hotel Adlon, Berlin, 13. Juli, nachts

»Deek, du hattest Recht. Es ist einfach unfassbar.« Sara kämpfte mit den Tränen. »Weißt du, was die gesagt haben? ›Deek Miller ist unser Feind, wir müssen ihn ausschalten.‹ Ausschalten! ›Und du wirst uns helfen.‹«

»Ganz ruhig, Sara. Alles wird gut.«

»Es war so schrecklich. Keine Spur mehr von Sanftmut, Gelassenheit oder Güte. Die sind doch meine Familie …«

Sara war verzweifelt. Immer wieder schluchzte sie. Die Tränen flossen nun ungehindert aus ihren großen grünen Augen.

»Was hast du ihnen gesagt?«

»Ich hab nur genickt. Dann wurde alles sehr konkret. Das genaue Reiseziel, die Tickets, das Visum für Kanada. Dann hab ich denen erzählt, dass ich nur noch schnell packen muss. Ich konnte entwischen, und jetzt bin ich hier. Oh, Deek, was machen wir jetzt?«

»Kanada. Dann hat mich mein Gefühl nicht getrogen.«

Deek hatte ihr vom Zimmerservice einen heißen Tee bringen lassen. Sie saß auf dem Sofa und blickte starr und ernst geradeaus. Er hatte einen Arm um sie gelegt und konnte ihren raschen Atem und ihr pochendes Herz spüren. Er bemerkte jedoch noch etwas anderes. Es war der angenehme Gleichstrom von gestern Abend, der ihn jetzt durchfloss. Sara drehte sich zu ihm um. Sie standen jetzt dicht an dicht. Deek blickte in ihre schönen, funkelnden Augen und verstand Saras Körpersprache sofort: Küss mich! Ganz langsam näherte er sich ihrem Mund mit seinem. Ihre Lippen berührten sich kaum. Sara schloss die Augen. Sanft zog Deek sie an sich. Wieder berührten sich ihre Münder. Diesmal fester und länger. Saras Atem wurde schneller. Deek streichelte zart ihren Nacken. Seine Finger tasteten sich über ihre weiche Haut zum Hals hinauf. Ihre Münder ließen sich nicht mehr los. Sara griff mit beiden Händen durch Deeks Haare. Jeder Kuss ließ ihre Bewegungen wilder werden. Ohne sich von ihm zu lösen, knöpfte sie sein Hemd auf. Schnell, ganz schnell glitten ihre schlanken Finger über seine Kleidung, und nach wenigen Momenten stand Deek fast nackt vor Sara. Er öffnete mit fiebrigen Händen die Knöpfe ihrer Bluse, aber Sara wich ein kleines Stück zurück. Deek maß dem im Rausch seiner aufgebrachten Gefühle keine Bedeutung bei und machte einfach weiter. Wieder wand sie sich ein wenig aus seiner engen Umarmung.

»Ich will nicht, dass du mich so siehst.«

»Was meinst du damit?«

»Bitte, lass es einfach. Ich möchte nicht …«

Sara hielt beide Arme schützend vor ihren Oberkörper. Ihre Bluse war etwas nach oben gerutscht und entblößte einen Teil ihres Bauchs. Die Haut war an dieser Stelle mit kleinen Narben übersät. Sofort richtete Deek seinen Blick wieder auf Saras Augen. Er kam ihrem Gesicht wieder näher, küsste sie zärtlich. Eine Träne löste sich aus Saras Augen. Deek spürte die salzige Flüssigkeit auf seiner Wange. Ganz leise fing sie an wimmern. Langsam wich die Spannung aus ihrem Körper. Immer heftiger wurde sie jetzt von einem Weinkrampf geschüttelt, und sie bebte am ganzen Leib. Dann sank sie in seine Arme.

Deek legte Sara behutsam auf sein Bett. Er spürte Saras tiefen Schmerz und wollte etwas zu ihr sagen, um die unerträgliche Situation zu entschärfen.

»Sara …« Deek sprach ihren Namen so zärtlich wie möglich aus. »Du bist wunderschön. Wunderschön.«

Das Hoteltelefon klingelte. Widerwillig nahm Deek den Hörer ab.

»In Ordnung. Bitte sagen Sie ihm, dass ich in fünf Minuten in die Hotellobby komme.«

Es war Leo sichtlich peinlich gewesen, dem aufmerksamen Portier den Autoschlüssel seines alten Kleinwagens zu geben. Jetzt stand er vor dem hell erleuchteten Adlon und schaute auf die Außentische eines der vielen Restaurants des Hotels. Zwei Kellner stellten eine Magnumflasche Champagner in einem gigantischen Sektkühler zu einer Gästegruppe. Die Männer rauchten Zigarre, und die mit einem knappen Kostüm bekleidete junge Frau in ihrer Mitte brach in ein schrilles Lachen aus, während die tadellos gekleideten Kellner die Kristallgläser füllten.

Leo schaute an sich hinunter und strich nervös seine dünne Fleecejacke glatt. Seine alte Cordhose beulte an den Knien. Sie war etwas zu kurz, und man konnte die farblich unpassenden Strümpfe darunter deutlich sehen. Leo kletterte eine Treppe hoch, die mit einem dicken roten Teppich ausgelegt war. Weiter ging es durch das große gläserne Portal in die weitläufige Lobby. Für einen kleinen Moment zögerte Leo. Er blieb stehen und schaute kurz in die freundlich wirkende Nacht zurück, doch dann schritt er mit seiner kleinen Reisetasche unter dem Arm zur Rezeption.

»Leo Malzahn, ich habe einen Termin mit Herrn Deek Miller.«

»Einen kleinen Moment, bitte.« Die Dame an der Rezeption nahm den Telefonhörer der Hausanlage in die Hand.

Leo konnte nicht sehen, dass hinter ihm zwei Männer mit großen Schritten auf ihn zukamen.

»Herr Miller wird in fünf Minuten hier sein«, sagte die Hotelangestellte.

»Danke.«

Leo drehte sich um und sah den beiden in dunkle Anzüge gehüllten Männern entgegen.

»Herr Malzahn, dürften wir uns kurz mit Ihnen unterhalten?«

»Wer sind Sie?«

»BKA. Kommen Sie doch hier ins Business-Center, da können wir ungestört reden.«

»Sicher, gern. Ich mache mich nur schnell frisch. Ich komme grad aus Frankfurt.«

»Das wissen wir. Bitte beeilen Sie sich.«

Leo nickte und ging dann zügig zu den Waschräumen. Als er außerhalb der Sichtweite der BKA-Beamten war, nahm er sein Mobiltelefon in die Hand.

»Deek, ich bin es. Leo. Wir können uns nicht in der Lobby treffen. Was für eine Zimmernummer hast du?«

»512, aber …«

»Ich erkläre dir gleich alles.«

Unbemerkt erreichte Leo den Lift. Als er die Taste für den 5. Stock drückte, setzte sich der Aufzug aber nicht in Bewegung, sondern ein blinkendes Feld verlangte die codierte Chipkarte. Toller Plan, dachte Leo.

Sara stand vom Bett in Deeks Zimmer auf, ging mit einer dicken Wolldecke über den Schultern zu einem der Sessel und ließ sich dort nieder. Die Beine zog sie so dicht wie möglich zu sich heran. Ihre Augen waren noch feucht, aber ihr Blick war hart geworden. Bewegungslos starrte sie auf ein Bild an der Wand.

Wieder klingelte Deeks abhörsicheres Handy.

»Hallo, Deek. Es gab einen Überfall auf mein Haus. Man hat versucht, mich zu umzubringen …«

»Gordon! Bist du verletzt?«

»Nein, es geht mir gut. Aber die beiden Jungs vom Secret Service sind tot. Wahrscheinlich kannten sie ihre Mörder sogar.«

Gordon musste eine kleine Pause machen. Das grausige Bild der beiden ermordeten Sicherheitsleute war sofort wieder vor seinen Augen erschienen. Draußen auf den Keys schickte sich die Sonne gerade an, wieder ein Farbenmeer an den Himmel zu zaubern. Heute konnte Gordon Sebastian diese Schönheit nicht genießen.

»Es waren Schüsse aus nächster Nähe. Kopfschüsse. Die beiden haben offensichtlich keinerlei Widerstand geleistet. Ich fahre gleich zum Flughafen nach Miami und bin dann heute Abend in Washington. Ich habe schon alles arrangiert. Du weißt, wen ich treffen werde, Deek?«

»Ich ahne es irgendwie.«

»Ich unterstütze dich, wo ich kann. Ich weiß, dass etwas passieren wird. Etwas Großes, Irritierendes. Sag mir, was du brauchst, und du hast es.«

»Ich brauche einen Flug nach Labrador. Genauer gesagt, nach Happy Valley, Goose Bay. Leider ist das nicht so lustig, wie es sich anhört. Keine weiteren Fragen seitens derjenigen natürlich, die den Flugtransfers bewerkstelligen.«

»Goose Bay, aha. Hab dort einen Teil meiner Ausbildung absolviert. Wunderschöne Landschaft, einfach traumhaft. Und du glaubst wirklich, dass die Cherubim von dort aus operieren?«

»Ich bin mir ziemlich sicher. Ich glaube, dass es dort so eine Art Einsatzzentrale gibt.«

»Okay, ich kümmere mich darum.« Gordon beendete das Gespräch.

Deek ging zu Sara und legte ihr eine Hand auf die Schulter.

»Ein Freund von mir wird gleich hier sein. Er ist Religionswissenschaftler und Theologe und wird uns nach Kanada begleiten, das hoffe ich zumindest. Wir werden noch heute Nacht fliegen.«

Sara griff nach ihrer Handtasche, ging wortlos ins Bad und schloss die Tür hinter sich ab.

Der Blick aus dem Fenster von Deeks Zimmer zeigte das hell angestrahlte Brandenburger Tor. Er konnte ein paar Touristen erkennen, die Fotos von dem Baudenkmal schossen. Man sah Blitzlichter, hörte ein kurzes Lachen, Musik drang aus einem der Cafés auf die Straße. Einen Kilometer weiter richtete eine Säule einen goldenen Engel in den dunklen Himmel. Deek musste an seine Kinder denken, an Betsy, an Hank.

Ein Paar in eleganter Abendgarderobe kam eng umschlungen auf den Fahrstuhl zu. Leo wartete.

»Das Essen im Uma ist wirklich ausgezeichnet«, sagte der Mann so laut, dass es jeder hören konnte.

»Ich fand es auch sehr lecker. Danke für die Einladung, mein Schatz.«

Der Mann ging zu den Tasten des Lifts und fragte Leo: »Wollen sie auch in den fünften Stock?«

»Ja, irgendwas stimmt mit meiner Karte nicht.«

»Kenne ich. Liegt wohl am Wetter.«

Wenige Minuten später klopft Leo an Deeks Zimmertür. »Ich bin es, Leo.«

Deek öffnete die Zimmertür und gab dem Professor die Hand.

»Ich werde verfolgt, vom BKA«, sagte Leo.

»Hab ich mir fast gedacht. Komm doch bitte rein. Wie war die Fahrt?«

»Gut. Ich bin aus einer Polizeikontrolle getürmt.«

Leo betrachtete etwas neidisch das gediegene Interieur in Deeks Suite, die teuren Möbel, den riesigen Fernseher und die vielen Fenster, die einen Blick boten, der an eine aufwendige Fototapete erinnerte.

»Es tut mir leid, dass ich dich in die Sache mit reingezogen habe«, sagte Deek. »Wir wollen schon heute Nacht nach Kanada fliegen. Ich hoffe, du kommst mit.«

»Kanada? Fliegen?« Leo schüttelte den Kopf.

Die Badezimmertür öffnete sich, und Sara kam heraus. Ihr Anblick war atemberaubend.

»Guten Abend, ich bin Sara.«

»Angenehm, ich bin Leo.«

»Sara ist eine Freundin. Sie arbeitet bei den Cherubim.«

»Cherubim? Deek, jetzt verstehe ich gar nichts mehr.«

»Sie will uns helfen. Sara wird mit uns nach Kanada fliegen.«

»Ich werde nicht mitkommen. Ich habe Flugangst, und die Sache wird mir langsam zu groß. Ich werde von Polizisten verfolgt, habe keine Papiere mehr …«

»Was willst du denn tun? Die Jungs vom BKA warten schon auf dich. Ich befürchte, du steckst schon – so wie ich – viel zu tief drin. Ich weiß natürlich, dass das alles meine Schuld ist.«

»Ich bin aber kein Agent, Deek«, sagte Leo. »Ich bin Professor für Religionswissenschaft und war in meinem Leben noch nie außerhalb Europas unterwegs. So gesetzestreu, wie ich normalerweise bin, wundert es mich überhaupt, dass ich heute schon zweimal Widerstand gegen die Staatsgewalt geleistet habe und vor dem BKA geflohen bin. Also, diese Welt der Verschwörungen ist nichts für mich. Mach's gut, ich bin raus aus dem Spiel.«

Leo wandte sich zur Eingangstür. Neben der Tür stand eine kleine schwarze Kommode, auf der eine Fotografie lag.

»Das Foto aus der Galerie?«

»Ja«, sagte Deek. »Ich habe es aus dem Rahmen genommen und zusammengerollt in meiner Smokingjacke rausgeschmuggelt. Ist was damit?«

Leo schaute sich die Fotografie genauer an. Dann griff er in seine Hosentasche und holte eine kleine Klapplupe heraus. In das Metall der Lanzenspitze war etwas eingraviert worden. Nur zwei Worte in lateinischer Sprache: *Deus vult!*

Kapitel 11

Da sprach Isaak zu seinem Vater Abraham: Mein Vater! Abraham antwortete: Hier bin ich, mein Sohn. Und er sprach: Siehe, hier ist Feuer und Holz; wo ist aber das Schaf zum Brandopfer? Abraham antwortete: Mein Sohn, Gott wird sich ersehen ein Schaf zum Brandopfer. Und gingen beide miteinander.

(Gen 22,7–8)

Islamische Truppen rufen neuen Staat aus

Revolutionstruppen setzen in Islamabad erfolgreich Regierung ab

sd, Islamabad
Die seit drei Tagen wütenden Unruhen in der pakistanischen Hauptstadt Islamabad kamen heute zu einem unerwartet frühen Ende, als der neue geistliche und politische Führer Kashif Abbasi sich zum neuen Regierungschef des Landes »Islamisches Reich Pakistan« ernannte. In den letzen Tagen hatte es in den blutigen Auseinandersetzungen zwischen den Regierungstruppen und den militärischen Verbänden der Revolution mehrere Hundert Opfer zu beklagen gegeben. Die neue Regierung hat der nationalen und internationalen Presse bereits mitgeteilt, dass es sich als streng islamisches Land verstehen wird. Der neue Regierungschef Abbasi erklärte, dass alle bestehenden politischen und wirtschaftlichen Verbindungen genau geprüft werden. Ferner wurde eine gründliche Reform des Justizwesens angekündigt. Tausende jubelnde Menschen feierten heute lautstark den Sieg über die gestürzte Regierung. In der »Blue Area«, dem Geschäftszentrum von Islamabad, kam

es hingegen zu Ausschreitungen. Wütende strenggläubige Muslime zerstörten Zeichen westlicher Zivilisation. Die Leuchtreklameschilder eines amerikanischen Limonadenherstellers wurden heruntergerissen, mehrere Restaurants einer Fast-Food-Kette mit Molotowcocktails in Brand gesetzt.

Für den kommenden Freitag wird in der gigantischen Faisal-Moschee das erste Gebet im neuen muslimischen Gottesstaat gefeiert. Abbasi hat alle gläubigen Moslems des Landes zu diesem Fest nach Islamabad eingeladen, welches sämtliche TV-Stationen live im Fernsehen übertragen werden.

Seit der Zwangsteilung 1947 ist dies die einschneidendste Veränderung in der krisenreichen Geschichte dieses Landes. Politische Beobachter sehen diese Entwicklung mit großer Sorge. Die geplante strenge Auslegung des Islams in diesem neuen, ausdrücklich nichtdemokratischen Staat und die strikte Abgrenzung gegenüber nichtislamischen Nachbarstaaten werden als politisches Pulverfass betrachtet. Noch dramatischer ist diese Entwicklung im Hinblick auf die Beziehungen zur Atommacht Indien zu bewerten. In Neu-Delhi redet man bereits offen über Präventivmaßnahmen. Die indischen Streitkräfte wurden bereits in erhöhte Alarmbereitschaft gesetzt. Außerdem sollen die atomaren Mittelstreckenraketen gegen Pakistan in Stellung gebracht worden sein. Dieser Vorgang ist eine ernste Drohung an die neue Regierung in Islamabad. Pakistan ist seinerseits im Besitz von Atomwaffen und Mittelstreckenraketen. Ausdrücklich begrüßt wurde die Entwicklung in Pakistan hingegen vom Iran, von Syrien und Palästina.

Kapitel 12

Und als sie kamen an die Stätte, die ihm Gott gesagt hatte, baute Abraham daselbst einen Altar und legte das Holz darauf und band seinen Sohn Isaak, legte ihn auf den Altar oben auf das Holz und reckte seine Hand aus und fasste das Messer, dass er seinen Sohn schlachtete. Da rief ihm der Engel des HERRN vom Himmel und sprach: Abraham! Abraham! Er antwortete: Hier bin ich.

(Gen 22,9–11)

Hotel Adlon, Berlin, 13. Juli, nachts

Das Blut sackte Leo in die Füße. Er musste sich an den Kopf fassen und suchte eine Sitzgelegenheit.

Deek kam näher zu ihm. »Was ist los, Leo? Alles in Ordnung? Stimmt etwas nicht?«, fragte Deek.

»Doch, alles stimmt. Das ist es ja. Deus vult, Gott will es.«

»Gott will es?«

»Ja, die Losung des ersten Kreuzzugs. Die Lanze stimmt mit sämtlichen Beschreibungen in der Fachliteratur überein. Wenn das hier wirklich die Heilige Lanze von Antiochia ist, dann ist das einer der größten Funde der Archäologie aller Zeiten.«

»Wie bitte?«

»Man weiß über den Verbleib der Lanze nicht besonders viel. Als Jerusalem wieder von den Sarazenen zurückerobert wurde, verschwand die Lanze aus dem Blickfeld der Geschichte. Als Reliquie wohl nur noch vom Heiligen Gral übertroffen.«

»Hast du sie schon einmal gesehen, ich meine, auf einem anderen Foto?«

»Es gibt kein authentisches Foto der vermeintlich echten Lanze. Alles ist Spekulation. Deek, die Geschichte des ersten Kreuzzuges und die Eroberung Jerusalems sind der Schwerpunkt meiner gesamten Forschung. Um ehrlich zu sein, ist es sogar noch etwas mehr als das.«

»Was denn?«

»Ich weiß, dass das verrückt klingt, aber die ganze Sache beschäftigt mich schon sehr lange.«

Deek betrachtete wieder das Foto der Lanze.

»Ich habe seit vielen Jahren diesen unheimlichen Traum. Es ist immer die gleiche Geschichte. Ich halte die Heilige Lanze von Antiochia in meinen Händen und spüre, dass sie echt ist, dass es wirklich die ist, die Peter Bartholomäus angeblich gefunden hat. Ich berühre die Metallspitze, fühle das kalte, geschmiedete Eisen. Dann ruft irgendjemand meinen Namen. Ich drehe mich um, dann fällt die Lanze auf den Boden, und ich laufe weg, fliehe vor irgendetwas.«

Leos Stimme fing an zu beben und überschlug sich fast.

»Ecce lancea quae latus eius aperuit, unde totius mundi salus emanavit!«

»Und das bedeutet?« fragte Deek.

»Dass der römische Hauptmann Longinus diese Lanze tatsächlich in den Leib Christi gestoßen hat, damals auf dem Hügel Golgatha.«

Ein leiser Ton kam aus Deeks Handy. Die Kurznachricht von Gordon Sebastian enthielt den Namen des Flughafens und einen Spitznamen: Fat Albert.

Deek wandte sich an Leo. »Wir haben eine Maschine. Hast du nur vor kleinen Flugzeugen Angst oder auch vor großen?«, fragte er.

»Vor großen und vor kleinen. Das spielt keine Rolle.«

»Das Geheimnis der Lanze liegt offensichtlich in Kanada. Ich bitte dich, Leo, komm mit. Wir fliegen übrigens mit einem großen Flugzeug, einem sehr großen sogar.«

»Größer als dieses zweigeschossige Riesenflugzeug, dieser Airbus?«

»Genauso groß, aber mit sehr viel weniger Sitzplätzen. Sara, Leo, wir müssen uns beeilen. Aber erst muss ich mich noch um die Beamten vom BKA kümmern.«

Deek wählte eine Mobilnummer in den USA.

»Danke für das Flugzeug, Gordon. Wir machen uns gleich auf den Weg. Ein kleines Problem gibt es da allerdings noch. Zwei – oder vielleicht auch mehrere – Beamte des BKA sind in meinem Hotel und werden uns wahrscheinlich abfangen wollen.«

Das Flugzeug, das auf dem neuen Flughafen Berlin Brandenburg International auf sie wartete, war eigentlich gar kein Passagierflugzeug. Es handelte sich um einen der größten Lufttransporter der Welt. Fast so lang wie ein Footballfeld und so hoch wie ein Haus mit sechs Stockwerken. Zu Testzwecken hob es schon einmal mit einem Gesamtgewicht von über vierhundert Tonnen ab. In seinem riesigen Schlund konnten ganze Containerlastzüge verschwinden. Selbst Panzer und Brücken wurden mit diesem Flugzeug transportiert. Wenn man im Laderaum eine zweite Ebene einzog, konnten auch fast dreihundert Soldaten zum Einsatzort gebracht werden.

Kurz nach dem Anruf von Deek schickte ein alter Freund von Gordon drei CIA-Beamte ins Adlon. Ihr Hinweis, dass der amerikanische Geheimdienst die Observation der Verdächtigen übernehme, hatte die Deutschen eingeschüchtert.

Als sie mit ihren Vorgesetzten telefonierten, um sich den Einsatz der CIA bestätigen zu lassen, waren Deek, Sara und Leo längst auf dem Weg zum Flughafen

Bei der Vorstellung, gleich ein Flugzeug zu besteigen, wurde Leos Mut noch einmal auf die Probe gestellt. Gordon hatte alles arrangiert, und nach der Fahrt vom Adlon nach Brandenburg ging es die letzten Meter im Laufschritt zu Fuß weiter. Deek und Sara rannten vorneweg, und Leo musste sich sichtlich anstrengen, um das Tempo zu halten. Als er die beiden eingeholt hatte, legte ihm Deek tröstend eine Hand auf die Schulter.

»Ich schätze, es geht nicht anders. Wir müssen nach Labrador, Kanada. Was sollen wir tun? Schwimmen?«, sagte Deek.

Er gab Leo einen Tablettenstreifen. Auf der Metallfolie waren außer dem Emblem der US Air Force keine weiteren Angaben vorhanden.

»Was ist das?«

»Nimm es einfach. Es beruhigt die Nerven. Das benutzen Fallschirmspringer bei ihren Nachteinsätzen. Auch die harten Jungs kriegen manchmal das große Flattern. Es hilft. Ich habe es selbst schon probiert.«

Leo drückte sich eine Tablette aus dem Streifen und schluckte sie hinunter.

»Hier ist der Eingang. Kommt, beeilt euch«, rief Deek. »Da hinten steht sie schon. Darf ich vorstellen, das ist Fat Albert.«

Die drei befanden sich am Anfang der Landebahn. Es befand sich nur ein Flugzeug auf diesem für das amerikanische Militär vorbehaltenen Teil des Flughafens. Man konnte die Umrisse der Lockheed C-5 *Galaxy* vor dem wolkenverhangenen Nachthimmel kaum ausmachen. Wie ein unförmiger

Dinosaurier mit riesigem Leib und kleinen Schweinsaugen stand der Transporter auf dem Rollfeld. Deek winkte der Bodencrew zu. Kurze Zeit später kam ein offener Militärjeep den dreien entgegen. Mit Vollgas wurden sie zum Heck der riesigen Maschine gefahren.

»Ich glaub das einfach nicht. Da soll ich einsteigen?« Leo war bleich geworden. »Wann wirken diese Tabletten denn endlich?«

Er versuchte mit aller Kraft, die Nerven zu behalten. Neben den monströsen Maßen dieses Flugzeuges fühlte er sich wie ein Zwerg. Auf einmal war ein mechanisches Geräusch zu hören. Die gewaltige, über vier Meter hohe und sechs Meter breite Ladeluke wurde langsam heruntergefahren. Deek kletterte zum höher gelegenen Flightdeck. Hier befanden sich das Cockpit und die Ruheräume für die Piloten und ihre Ersatzleute und ein Passagierraum. Es hatten bis zu fünfundsiebzig komplett ausgerüstete Soldaten Platz. Deek rief Sara zu sich nach oben. Hinter ihnen befand sich ein Computerarbeitsplatz mit Highspeed-Internetzugang und einem Satellitentelefon. Die Crew der *Galaxy* bestand im Normalfall aus sechs Personen. Zwei Piloten, zwei Ingenieure und zwei Lademeister. Bei diesem Flug waren nur drei Leute im Cockpit. Deek hatte bereits kurz mit den Piloten geredet und saß schon angeschnallt auf seinem Sitz. Leo stand an der riesigen Eingangsluke und zögerte.

»Das ist mein schlimmster Alptraum, und ich latsche mitten hinein.«

»Denk einfach an die Lanze, Leo.«

Leo tapste auf den Aluminiumprofilen zur Mitte des Flugzeugs und stieg dann über eine kleine Treppe in die zweite Etage zum Flightdeck. Die *Galaxy* bewegte sich schon zum Rollfeld, als Leo sich endlich traute, Platz zu nehmen.

Er murmelte noch einmal etwas von seinem nahen Ende und schloss dann die Augen. Die vier Triebwerke von General Electric mit jeweils fast 200 kN Schub heulten auf und drückten das fliegende Monster über die feuchte Rollbahn. Fat Albert hob ab und stieg auf eine Reisehöhe von 34 000 Fuß. Sie überflogen den Kanal, England, Schottland, die Shetland-Inseln, und schon bald waren Sara, Deek und Leo über der einsamen Wasserwüste des Nordatlantiks.

»Du kannst die Augen aufmachen«, sagte Deek zu Leo. »Es ist alles in Ordnung.«

»Okay, ich glaube, die Tabletten wirken tatsächlich irgendwie. Ich habe mir eben sogar vorgestellt, wie es wohl im Cockpit aussieht.« Leo öffnete die Augen und schaute zur linken Seite, wo Deek bereits den Computer hochgefahren hatte.

Zwei Reihen hinter ihm saß Sara und lächelte ihn etwas müde an.

»Willst du wirklich ins Cockpit?«, sagte Deek. »Die Jungs haben bestimmt nichts dagegen.«

»Nein. Ich will es lieber nicht übertreiben. Ich bin schon froh, dass ich die Augen aufmachen kann und meine Beine spüre. Wir sind also tatsächlich in der Luft? Gibt es in diesem Flugzeug irgendwo Fenster?«

»Nein, nur im Cockpit. Es ist ja eigentlich ein Transportflugzeug. Wir hatten leider keine große Auswahl.«

»Deek«, meldete sich Sara von hinten. »Gibt es irgendwo Decken? Ich friere so.«

In einer Kiste fand Deek unter ein paar Portionen Reiseproviant einen ganzen Stapel mit Armeedecken. Sara hüllte sich gleich in mehrere Wolldecken ein.

»Kennt ihr eigentlich die Geschichte von Jona und dem Walfisch?«, fragte Leo.

»Ich habe sie irgendwo mal gehört, aber richtig kennen tue ich sie nicht«, sagte Deek. »Bei Pinocchio gibt es doch eine ähnliche Geschichte, oder?«

»Als ich eben durch die Luke gegangen bin, hat sich mir jedenfalls der Vergleich zu einem riesigen Walfisch aufgedrängt. Grau, mit einem gigantischen Maul. Ich, ein armer Sünder, gefangen im Bauch des Meerestieres. Jona bekommt einen Auftrag von Gott und versucht, seiner Verantwortung zu entkommen. Doch so sehr er sich auch anstrengt, es gelingt ihm nicht. Schließlich stellt er sich seiner fast unmöglichen Aufgabe. Er schafft es, die Menschen von Ninive vor der drohenden Katastrophe zu warnen. Gott vergibt Jona und den Menschen der Stadt Ninive. Jona war auch einer der zwölf kleinen Propheten, genauso wie Zefanja. Der Mann mit der Botschaft aus der E-Mail an mich. Du erinnerst dich.«

Deek nickte. Als ob er diese überaus brutale Prophezeiung hätte vergessen können. Ein Satz jedoch hatte Deek besonders irritiert: *Ich will den Leuten bange machen, dass sie umhergehen sollen wie die Blinden.*

»Blind werden vor Angst. Das bedeutet Terror«, überlegte Deek laut. Er musste an die beiden ermordeten Secret-Service-Beamten denken, die Bilder von der Absturzstelle in Frankfurt, das verbrannte Kuscheltier.

»Jona weicht Gott aus, indem er zu fliehen versucht«, sagte Sara von hinten. »Das funktioniert aber nicht. Weder bei Jona noch bei uns in dieser Welt.«

Leo und Deek drehten sich gerade zu Sara um, als ein Piepen die Aufmerksamkeit der drei Passagiere auf den Computer lenkte, den Deek hochgefahren und mit einem satellitengestützten Internetanschluss verbunden hatte.

»Wir sind online.«

Sofort überprüfte Deek sein selten genutztes Postfach mit dem Namen »Lulu«.

Scheiße, Deek, hier ist wirklich was faul. Gerade eben bekam ich einen merkwürdigen Anruf. Jetzt klopft irgendwer an meiner Tür. Ich bekomme nie Besuch! Verstehst du? Da wollen ein paar Jungs anscheinend nicht, dass ich mich mit deinen Sachen beschäftige. Ich muss jetzt aufhören. Melde dich bitte so schnell wie möglich bei mir.
Ich glaube wir klic
h
gggggghhhhhhh

Dann endete die E-Mail abrupt. Nichts weiter. Die riesige C-5 *Galaxy* hatte Island bereits hinter sich gelassen und nahm jetzt direkten Kurs auf die kanadische Küste. Schon in zwei Stunden würde man im Cockpit Funkkontakt mit 5 Wing Goose Bay aufnehmen.

Deek wandte sich an Leo. »Jetzt erzähl mir aber erst einmal alles, was du über die Lanze weißt. Was sie für dich bedeutet, weiß ich ja bereits. Irgendwie scheinen alle Fäden hier zusammenzulaufen.«

»Okay. Ich fasse mich kurz. Diese Geschichte führt uns zurück ins mittelalterliche Frankreich. Papst Urban II. rief im November des Jahres 1095 zum ersten Kreuzzug auf. Es ging um die Befreiung der heiligsten Stätten des Christentums in Jerusalem. Viele Menschen unterschiedlichster Schichten, Fürsten, Priester und Bauern, folgten dem Ruf des obersten Vertreters Gottes auf Erden. Dieser Kreuzzug war, wie die anderen, die noch folgen sollten, äußerst verlustreich und grausam. Während die Kreuzritter in Richtung Heiliges Land und Jerusalem unterwegs waren, hatte der einfache Landarbeiter Peter Bartholomäus eine Vision des heiligen Andreas. Der befahl ihm zu Raimund IV. von Toulouse ins Heilige Land in die Stadt Antiochia zu reisen, weil dort die Heilige Lanze versteckt sein solle. Tatsächlich glaubten ihm der Graf und die anderen Kirchenfürsten.«

»Die Anführer des Kreuzzuges glaubten einem einfachen Bauern, und er überzeugte sie, ihre Pläne zu ändern?«

»Dieser Bartholomäus muss eine enorme Ausstrahlung gehabt haben. Man sollte aber auch bedenken, dass die Männer der Kreuzzüge in den Jahren zuvor so einiges erlebt und gesehen hatten: Blut, Leichenberge, Seher, Magier, dem Wahnsinn verfallene Soldaten. Warum sollten sie da diesem einfachen Mann nicht auch die unglaubliche Geschichte vom heiligen Andreas und der Lanze abnehmen?«

»Aber Bartholomäus wollte doch zunächst von seiner Aufgabe gar nichts wissen, oder?«, sagte Sara.

»Stimmt, und die Natur war auch irgendwie dagegen. Als er sich eingeschifft hatte, kam ein Orkan auf, und sie mussten dreimal umkehren. Aber da ist ihm der Legende nach der heilige Andreas abermals erschienen und hat ihn gewarnt, dass er seine Mission erfüllen müsse oder sonst hart bestraft werde. Bartholomäus hatte einfach Angst, so weit in feindliches Gebiet zu reisen. Verständlich, finde ich. Überall waren Türken, die mit ihm kurzen Prozess gemacht hätten. Aber irgendwann – Antiochia war zu dieser Zeit bereits in den Händen der Kreuzfahrer – gelang ihm die Ausführung seiner heiligen Mission. Die Lanze wurde in der Kirche des heiligen Petrus gefunden.«

»Und alle wussten, dass sie echt ist?«, fragte Deek.

»Peter Bartholomäus musste eine Feuerprobe bestehen, um die Echtheit der Lanze zu beweisen. Er lief viele Meter durch einen brennenden Scheiterhaufen aus Olivenholzzweigen.«

»Und das hat er überlebt?«

»Als Bartholomäus unverletzt aus dem Scheiterhaufen trat, war die Menge nicht mehr zu halten. Sie wollten ihn und die Lanze berühren, etwas von der göttlichen Macht spüren. Er wurde geschubst, zu Boden gebracht. Als Bartholomäus im Staub lag, rissen die Menschen an ihm und versuchten, ihm die Lanze zu entreißen. Mit knapper Not konnten er und die Lanze vor dem johlenden, halbwahnsinnigen Mob gerettet werden. Zwei Wochen später starb Bartholomäus an seinen schweren Verletzungen.«

»Also doch das Feuer?«

»Man weiß es nicht. Vielleicht haben ihn auch die Massen bei dieser Veranstaltung tödlich verletzt. Es war wie bei einem Rockkonzert. Auf jeden Fall hat er es nicht mehr erlebt, als am 15. Juli Jerusalem von den Kreuzfahrern zurückerobert wurde. Peter Bartholomäus' Lanze vorneweg, in der ersten Reihe der Kreuzritter. Auf die metallene Spitze haben die Kreuzritter noch den Wahlspruch des ersten Kreuzzugs eingraviert: *Deus vult* – Gott will es.«

»Der 15. Juli?«, bemerkte Deek. »Das ist ja in zwei Tagen. Dann jährt sich das Ereignis.«

»Ja. Komischer Zufall, oder?«

Sara kniff den Mund zusammen. Irgendetwas schien sie zu beschäftigen.

»Jedenfalls ist damals in dieser Stadt allerhand Besonderes passiert. Das ist sicher. Die Aufzeichnungen des Raymond d'Aguilers sind sehr ausführlich.«

»Und dieser Raymond war auch in Antiochia?«, sagte Sara.

»Ja, er war ein Augenzeuge. Er war damals dabei. In Antiochia und in Jerusalem. Diese Menschen waren überzeugt davon, dass sie genau das Richtige tun. Sie fühlten sich beseelt von einem göttlichen Auftrag. Ihr Mut und die Opferbereitschaft waren außergewöhnlich und sind für uns überhaupt nicht mehr nachvollziehbar. Ein Viertel aller Kreuzfahrer wurde auf der beschwerlichen Reise von Krankheiten, Hunger und Überfällen hingerafft. Ein weiteres Viertel starb im Kampf. Viele litten unter entsetzlichen Qualen. Mit abgetrennten Gliedmaßen warteten sie nach der Schlacht auf ihren sicheren Tod. Manche kehrten als alte Männer hager und grau nach Europa zurück. Manche hatte Jahrzehnte in Kerkern gelitten. Aber sie waren stolz und glücklich, im Heiligen Land gewesen zu sein.«

»Warum das alles, dieses Leid, diese Entbehrungen?«, fragte Deek.

»Die Beweggründe der Kreuzfahrer waren höchst unterschiedlich gewesen, Machthunger, der Wunsch nach ewiger Seligkeit, Bosheit, Demut. Doch alle einte eine absolute Gewissheit: der christliche Glaube. Man konnte über alles andere unterschiedlicher Meinung sein, sich an den Kragen gehen, doch die Existenz Christi als Herr der Welten stand außer jeder Diskussion. Sie waren beseelt davon, die heiligen Stätten zu besuchen, sie zu berühren, zu küssen oder ein Stückchen davon mit nach Hause zu bringen. Die Geradlinigkeit ihres Handelns und Denkens kommt uns heute fremd vor. Man erkennt diese Geisteshaltung auch im Verlauf der Schlachten wieder. Das waren keine Kriegskünstler, die mit ausgebufften Strategien und Tricks versuchten, ihre Feinde in die Flucht zu schlagen. Sie suchten eher den offenen, verlustreichen Kampf. Doch all ihre einfachen und logischen Denkmuster hielten sie nicht davon ab, an Zeichen und Wunder zu glauben. Diese Bereitschaft stieg sogar noch an, je näher die Kreuzfahrer nach Jerusalem kamen.

Sie warteten darauf, Übernatürliches zu sehen, und blieben dabei doch höchst praktisch denkende Menschen.«

»Und grausame Menschen«, fügte Deek hinzu.

»Das stimmt. Es war eine Mischung aus Gottesfurcht, Leidensfähigkeit und Spiritualität. Nur so kann man sich erklären, wie die ersten Kreuzfahrer an diesem besagten 15. Juli über einen Teppich aus Leichen ihrer Feinde stiegen, um kurz darauf in der Grabeskirche von Jerusalem – oder was von ihr übrig geblieben war – voller Hingabe zu beten.«

»Was wurde dann aus Jerusalem?«, fragte Sara.

»Nüchtern betrachtet, waren die Kreuzzüge ein ziemlicher Reinfall. Kaum hundert Jahre konnte die Christenheit Jerusalem und das Heilige Land besetzt halten. Zweihundert Jahre lang tobte ein erbitterter, bestialisch geführter Krieg. Am Freitag, dem 18. Mai 1291, ging das christliche Königreich Jerusalem endgültig verloren. Jerusalem war für die Christen kein eroberter Ort in der Wüste Judäas mehr, sondern wieder ein Ort in den Herzen der Gläubigen.«

»Und du glaubst, dass es die Lanze wirklich gab?«, sagte Deek. »Und dass sie …?«

»Die Kreuzritter in Antiochia glaubten auch, dass sie echt ist. Das hat genügt. Ihr müsst wissen, dass diese Stadt zwar von den Kreuzfahrern besetzt war, aber unter großem Druck von außen stand. Zu jeder Zeit drohte ein Angriff. Und der schwerste Teil der Mission, die Eroberung Jerusalems, stand da ja noch bevor. Die Menschen brauchten ein Zeichen, und das gab ihnen Peter Bartholomäus. Sie fühlten sich als Ausführende einer göttlichen Mission. Sie waren unbesiegbar, weil sie sich unbesiegbar fühlten. Das ist das Wunder der Lanze: Glauben.«

Leo schaute sich wieder die Fotografie an, die Deek aus dem Festsaal der Cherubim entwendet hatte.

»Sie sieht aus wie die Lanze in meinem Traum. Sie galt sehr lange als verschollen oder als eben niemals existent. Immer wieder wurde sie kurz erwähnt. Einmal soll sie in Venedig aufgetaucht sein, danach am russischen Zarenhof. Irgendwann tauchte die Lanze von Antiochia wieder auf. Man fand sie in Indien! In einer kleinen Stadt im Himalaja.«

»In Leh vielleicht?«, fiel Deek Leo ins Wort.

»Woher weißt du das?«

»Ich habe Felix Gutknechts Biografie gelesen. Da beschreibt er eine Reise nach Indien in die Stadt Leh. Aber was passierte dann mit dieser Lanze? Behauptet das Haus der Cherubim etwa, im Besitz der Heiligen Lanze zu sein?«

»Nein. Aber wir haben die Geschichte, die Leo gerade erzählt hat, schon oft gehört«, antwortete Sara. »Die Legende von Antiochia und der glorreiche Einzug in die Heilige Stadt.«

»Na ja, sollte sie jedenfalls tatsächlich echt sein, wäre ein Verbleib in Privathänden unmöglich«, erklärte Leo. »Ein Kulturschatz dieser Dimension müsste umgehend in einem Museum ausgestellt werden.«

»Das könnte genau der Grund sein, warum die Cherubim den Besitz der Heiligen Lanze bisher nicht an die große Glocke gehängt haben«, sagte Deek.

Die *Galaxy* durchflog ein paar heftige Turbulenzen. Die riesige Maschine vibrierte, und eine schlecht befestigte Metallkiste rutschte quer über den Aluminiumboden des Flugzeugs. Leo untersuchte immer noch aufmerksam die Fotografie der Lanze und schien von den unvorgesehenen Bewegungen des Flugzeugs völlig unbeeindruckt zu sein.

»Wie hast du eigentlich die Pockenepidemie erlebt?«, fragte ihn Deek. »Du warst doch zu dieser Zeit in Deutschland, oder?«

»Ja, ich war in Frankfurt. Es war eine sehr bewegende Zeit. Dieses Gefühl von tiefer Verunsicherung, diese an einem nagende Angst. Es war völlig unmöglich, noch an irgendetwas anderes zu denken. Die Krankheit hat alles beherrscht. Jedes Gespräch, jedes Medium, jeden menschlichen Gedanken. Viele Leute haben bei mir Trost gesucht. Die Tatsache, dass ich auch Theologie lehre, hat die Menschen zur Annahme geführt, ich sei so etwas wie ein Priester. Dabei bin ich keinesfalls jemand, der einen bestimmten Glauben vertritt. Ich bin selbst auf der Suche. Doch damals fragten mich die Menschen, suchten Antworten. Die Leute dachten anscheinend, ich hätte einen besseren Draht nach ganz oben. Beispielsweise hat mich ein Nachbar regelmäßig besucht, den ich vorher kaum gekannt habe. Er hat mich stundenlang über Jesus und die Heilungsgeschichten der Evangelien ausgefragt. Dieser Mann, er hieß Mark, wollte wissen, auf welcher Seite Gott steht. Auf der Seite der Christen oder der Moslems. Was für eine Frage! Als ob es ein Wettkampf ist. Er war verzweifelt. Seine Schwester war an den Pocken erkrankt. Er hat zwar so gut wie nie darüber gesprochen, aber man hat es an seinen Fragen gemerkt. Irgendwann kam Mark nicht mehr zu mir. Ich habe aus der Nachbarschaft erfahren, dass seine Schwester schließlich gestorben ist. Und dann verschwand Mia.«

»Deine Freundin?«, fragte Deek.

Leo nickte. »Sie hatte sich freiwillig zum Dienst in Berlin gemeldet. Dort war das Epidemiezentrum. Sie half den Erkrankten und Sterbenden.«

Deek sah zu Sara hinüber und versuchte Blickkontakt mit ihr aufzunehmen, aber sie starrte abwesend ins Leere.

»Sie hat ihrer Freundin und mir einen Abschiedsbrief geschrieben. Sie sagte, sie sei infiziert und wolle nicht auf ihren sicheren Tod warten. Ich habe nie wieder etwas von ihr gehört.«

Elf Kilometer unter dem Flugzeug trieben schwere Eisbrocken auf dem eiskalten Nordmeer. Das schwache Mondlicht wurde von den glatten weißen Flächen reflektiert. Die *Galaxy* war auf genauem Kurs. Die endlose Weite Labradors war nicht mehr fern. Der Kapitän hatte dem Bordingenieur die Erlaubnis für ein kleines Nickerchen gegeben. Der Copilot freute sich darauf, in Happy Valley ein paar alte Kameraden zu treffen. Er hatte einen Teil seiner Ausbildung in der Militärbasis von 5 Wing Goose Bay absolviert. Keines der Besatzungsmitglieder hatte eine Ahnung, was der Grund dieser Reise in den hohen Norden Kanadas war. Sie hatten auch nicht bemerkt, dass sie auf ihrer Reise nach Labrador schon seit Stunden nicht mehr allein am nördlichen Himmel waren.

Kapitel 13

> Er sprach: Lege deine Hand nicht an den Knaben und tue ihm nichts; denn nun weiß ich, dass du Gott fürchtest und hast deines einzigen Sohnes nicht verschont um meinetwillen. Da hob Abraham seine Augen auf und sah einen Widder hinter sich in der Hecke mit seinen Hörnern hängen und ging hin und nahm den Widder und opferte ihn zum Brandopfer an seines Sohnes Statt.
>
> *(Gen 22,12–13)*

An Bord der C-5 *Galaxy*, irgendwo zwischen Island und Labrador, 13. Juli, nachts

»Es gibt Christen, die glauben, ein zukünftiger Atomkrieg sei Teil eines göttlichen Plans«, sagte Leo. »Sie berufen sich dabei auf niemand Geringeres als den heiligen Paulus. Die betreffende Passage stammt aus seinem Brief an die Römer. Sie lautet etwas so: ›Es wird aber der Tag des Herrn kommen, dann werden die Himmel vom Feuer zergehen mit großem Krachen, die Elemente werden vor Hitze zerschmelzen und die Erde und die Werke, die darauf sind, werden ihr Urteil finden.‹«

Leo sah Deek und Sara an und wiegte den Kopf.

»Das klingt tatsächlich nach einer gewaltigen Explosion, vielleicht auch wie eine Atomexplosion. Wie das Ende der Welt aussieht, ist aber nicht so entscheidend. Es geht den Mitgliedern dieser fundamentalistischen Gruppen vielmehr um das Gefühl der Überlegenheit. Sie denken, dass das

Schicksal der Welt vorbestimmt ist und nur sie die grausame Zukunft kennen. Die meisten dieser Menschen fühlen sich ausgeschlossen, unverstanden und verlassen von der Gesellschaft, deshalb flüchten sie sich in das Wertesystem ihrer Gemeinde.«

»Ich höre immer nur Gewalt und Grausamkeiten«, sagte Sara. »Ich dachte, wir reden über Glauben? Habt ihr darüber einmal nachgedacht?«

Leo und Deek schauten sich an.

»Du hast Recht, Sara«, antwortete Leo, »aber es geht beim Glauben auch immer um Menschen, die sich mit der Gemeinschaft Gleichgesinnter identifizieren. Glauben hat ein großes Identifikationspotenzial. Wir sind Christen, du bist kein Christ. Ich bin Muslim, du nicht. Ich bin Katholik, du Protestant. Und so weiter. Das ist doch bei den Cherubim nicht anders, oder? Dieses Gefühl schafft Vertrauen, gibt einem Halt. Halt in schwierigen Zeiten, wo sich die Welt schneller verändert als der Verstand der Menschen.«

Saras Hände waren unter der wärmenden Wolldecke verborgen. Irgendetwas schien sie in ihrer Tasche zu suchen.

»Ich frage mich langsam, wohin diese Diskussion führen soll.« Sara war sichtlich aufgebracht. »Ihr redet doch nicht etwa vom Haus der Cherubim, wenn ihr solche Horrorvorstellungen von Terror beschreibt. Ihr glaubt doch nicht, dass …«

Deek fiel ihr ins Wort. »Niemand behauptet irgendwas. Du weißt aber auch, dass deine Gemeinde mich beseitigen will, mich töten will. Gordon Sebastian, der ehemalige Präsident der USA, sollte heute ebenfalls umgebracht werden. Zwei Beamte des Secret Service kamen dabei ums Leben. Niemand weiß, was mit meinem Freund Hank passiert ist. Sara, es geht hier um viel mehr als um deine heile Welt der Cherubim. Ich glaube, dass diese Menschen wunderbare Dinge getan haben. Das macht die Sache doch noch viel schlimmer. Hier werden Glauben und Nächstenliebe als Mittel für finstere Zwecke benutzt.«

»Du weißt gar nichts, Deek. Gar nichts weißt du! Warst du in Deutschland, als die Pockenepidemie ausgebrochen ist? Hast du das unglaubliche Leid gesehen und ertragen müssen? Kannst du dir vorstellen, wie es ist, jeden Morgen in den Spiegel zu schauen und daran erinnert zu werden, was damals mit dir passiert ist? Immer, wenn du denkst, du bist einen Schritt weiter, holt dich dein entstellter Körper in die Realität zurück.«

Saras grüne Augen funkelten Deek böse an.

»Kannst du dir das auch nur eine Sekunde vorstellen? Wie sich das anfühlt, wenn geliebte Menschen unter schrecklichen Qualen langsam sterben müssen? Wenn du jeden Tag siehst, wie die Lebenskraft aus ihren schwachen Körpern weicht? Wenn du das Gefühl hast, schuldig zu sein, weil du überlebt hast und deine Brüder nicht? Kannst du das, Deek? Die haben den Krieg über uns gebracht. Mit heimtückischem, schleichendem Terror. Die Zeit des Wartens ist vorbei. Es geht um die Sicherung unseres Glaubens. Und um die der Gläubigen unseres Gottes. Unsere Feinde sind keine Menschen mehr, sie sind von Gott verlassen.«

Deek schaute Leo völlig entgeistert an. Sara warf plötzlich die Wolldecken, mit denen sie sich zugedeckt hatte, auf den Boden und stand aufrecht im Flugzeug. Sie hatte eine automatische Waffe in der Hand und zielte auf Deek und Leo.

»Los, fesselt euch damit!«

Sara griff geschickt in ihre Jackentasche und warf den beiden Männern Kabelbinder zu. Leichenblass hoben sie die Kunststoffbänder auf und versuchten, sich möglichst vorsichtig gegenseitig die Kunststoffschlingen um die auf den Rücken verschränkten Arme zu binden.

»Nicht so zimperlich, die Herren. Los, macht schon!«

»Sara! Ich verstehe das nicht. Ich dachte …«

»Du dachtest also«, erwiderte Sara spöttisch. »Ist ja interessant.« Dann wurde ihre Stimme laut und aggressiv. »Das genau ist ja dein Problem, Deek. Du denkst nur und tust nichts! Du denkst, dass deine Leute in Washington irgendetwas ändern würden. Nichts ändert ihr, gar nichts. Ihr seid so klug, ihr seid so weise, dass es einen ankotzt.«

Leo und Deek kauerten mit gefesselten Armen auf den harten Flugzeugsitzen. Sara kam näher.

»Das ist für deine Machoart und die Frechheit zu glauben, ich würde dem Charme des großen Deek Miller so leicht verfallen.«

Sie schlug mit der Handkante kräftig auf Deeks Nacken. Er sackte augenblicklich in sich zusammen. Dann hob sie seinen Oberkörper an und rammte ihm ihr Knie mit voller Wucht in den Bauch. Anschließend wandte sie sich Leo zu.

»Und das ist für deine aufgeblasene Oberlehrerart und deinen ekelhaften Theologieliberalismus. Außerdem war es der zweite Brief von Petrus und nicht der an die Römer.«

Leo erging es nicht besser als Deek. Allerdings brachte bei Leo schon der Nackenschlag die gewünschte Wirkung, daher ließ Sara den Tritt mit dem Knie etwas schwächer ausfallen.

Mit ihrer Waffe im Anschlag ging sie in Richtung Cockpit. Sie kletterte die Stufen zum Oberdeck hoch und riss die Tür zur Pilotenkanzel auf.

»Keine Bewegung!«, schrie sie die Soldaten an. »Oder ich richte ein verdammtes Blutbad an!«

Zur gleichen Zeit auf einem U-Boot-Stützpunkt der US Navy im Roten Meer

Die drei Matrosen knieten auf dem breiten Landungssteg, der zur Hauptluke der USS *Toledo* führte. Sie hatten die Augen geschlossen. Mit gesenktem Haupt sprachen sie voller Inbrunst ein langes Gebet. Auf dem Boden vor ihnen hatten sie hastig ein kleines weißes Tuch ausgebreitet. Es zeigte die Himmelsrichtungen an. Südost war mit einer stilisierten Rose besonders hervorgehoben. Nach dem Gebet gingen sie an Bord. Endlich hatten sie eine Nachricht bekommen. Seit zwei Wochen wussten die drei Soldaten, dass die Leitung ihnen einen Auftrag zugeteilt hatte – *Operation Ismael.*

Heute endlich begann ihre Mission.

Kapitel 14

Und Abraham gab all sein Gut Isaak. Aber den Kindern, die er von den Kebsweibern hatte, gab er Geschenke und ließ sie von seinem Sohn Isaak ziehen, dieweil er noch lebte, gegen Aufgang in das Morgenland. Das aber ist Abrahams Alter, das er gelebt hat: hundertfünfundsiebzig Jahre. Und er nahm ab und starb in einem ruhigen Alter, da er alt und lebenssatt war, und ward zu seinem Volk gesammelt.

(Gen 25,5–8)

Sara stand mit der entsicherten Waffe in der Hand im Cockpit und zielte abwechselnd auf die drei Männer. Der Flugingenieur, der eben noch geschlafen hatte, bekam einen gezielten Tritt an die Schläfe und sackte sofort wieder ins Reich der Träume. Mit durchgedrückten Armen und mit dem Finger am Abzug der Waffe ging Sara ein paar Schritte näher zum Piloten und seinem Copiloten.

»Ganz ruhig, wir tun alles, was Sie sagen«, erklärte der Pilot mit betont ruhiger Stimme. »Es geschieht alles so, wie Sie es wollen. Es gibt keinen Grund zu schießen.«

Aus den Augenwinkeln bemerkte Sara, wie der Copilot langsam die Hand zu seiner Uniform führte.

Der Pilot begann wieder zu reden, um Saras Aufmerksamkeit zu fesseln: »Sie haben die Kontrolle über dieses Flugzeug, alles wird gut. Sagen Sie mir nur, was ich tun soll.«

»Sag deinem Copiloten, er soll die Hände wieder dahin

tun, wo ich sie sehen kann. Ganz langsam. Ihr glaubt nicht, dass ich das hier durchziehe, was? Gib deine Hand her!«

Der Copilot war völlig verdutzt, als Sara seine linke Hand ergriff und sie auf die Polsterung des Sitzes drückte. Sie richtete ihre Waffe auf den Handrücken. Nur ein paar Zentimeter waren jetzt noch zwischen der Mündung und der Hand des Copiloten.

»Nein! Nicht, bitte!«, schrie er und wollte gerade seine Hand losreißen, als Sara die Augen zusammenkniff und schoss.

Die Patrone durchschlug sauber den Handrücken und verschwand im Sitz. Ein großer Blutstrom schoss augenblicklich aus dem Handteller des Copiloten. Der Pilot am Steuerknüppel starrte schockiert zu seinem Kollegen hinüber. Für kurze Zeit verlor er die Kontrolle über das riesige Flugzeug. Die *Galaxy* neigte sich stark nach Steuerbord und sackte mehrere hundert Meter in die Tiefe. Sara konnte sich nur mit Mühe aufrecht halten.

»Wo ist der verdammte Verbandskasten?«

Der Pilot zeigte auf die hintere linke Ecke der Kanzel. Sara riss den Kasten aus der Halterung und warf dem Copiloten das Verbandsmaterial vor die Füße. Dann zog sie einen kleinen Zettel aus der Hosentasche.

»Das ist die Frequenz eines Funkgerätes. Einstellen und einschalten.«

Der Copilot verband sich unter halb unterdrückten Schmerzenslauten die Hand, während der Pilot Sara das Sprechteil des Funkgerätes übergab.

»Wir landen plangemäß auf der 5 Wing Goose Bay. Die Kommunikation mit der Flugsicherung übernehmen die sehr folgsamen Soldaten dieser Maschine. Alles andere dann nach Plan. Ende.«

Als sich Sara auf den Sessel des Flugingenieurs setzte, den sie zuvor unsanft auf den Boden der Pilotenkanzel befördert hatte, atmete sie möglichst unauffällig tief durch. Hier konnten die beiden Piloten nicht sehen, wie ihre Hände zitterten.

Die *Galaxy* landete mitten in der Nacht auf der 5 Wing Goose Bay. Sara kannte sich auf der Basis gut aus. Sie befahl den Piloten, in einer Position zu parken, die weit genug vom Tower entfernt war. Am Rand der riesigen Landebahn wartete bereits ein olivgrünes Fahrzeug. Sara hielt die Männer im Cockpit weiterhin in Schach. Die Verstärkung aus dem Ausbildungslager kam auf die Maschine zu und lief durch die bereits geöffnete gigantische Ladeluke ins Innere. Zwei Männer blieben bei Deek und Leo, die immer noch bewusstlos auf ihren Sitzen kauerten. Innerhalb weniger Minuten war das Flugzeug menschenleer, und der voll besetzte Jeep verschwand in den tiefen Wäldern.

Im Lager angekommen, wurden die Piloten der *Galaxy* sowie Deek und Leo in getrennten Baracken untergebracht. Sie wurden erneut gefesselt. Vor den Türen hielten bewaffnete Soldaten Wache.

Nach dem obligatorischen Gebet in der Kirche, auf deren Altar die Richtung, in der Jerusalem lag, eingezeichnet war, lief Sara voll freudiger Erwartung zu den Baracken, wo Verwaltung und Logistik untergebracht waren. Sie hatte alles erledigt. Ihr Auftrag war perfekt abgelaufen. Sara war froh, wieder in Happy Valley zu sein. Sie mochte dieses Land und freute sich darauf, hier endlich ihren Bruder wiedersehen zu können.

Am nächsten Morgen konnte Sara es nach ein paar Stunden Schlaf nicht mehr erwarten, Bernhard in die Arme zu schließen. Sie riss die Tür auf und rannte mit ausgestreckten Armen auf ihren Bruder zu.

»Guten Morgen, mein geliebtes Bruderherz!«

Sie konnte nur seinen Rücken und Hinterkopf sehen. Er war groß gewachsen, hatte kurzes dunkles Haar und verfügte über eine beeindruckend sportliche Figur. Selbst durch das legere Oberhemd konnte man das Spiel seiner gewaltigen Muskeln beobachten. Bernhard verstaute gerade einen großen Aktenordner. Dann drehte er sich um, und sie sah sein strahlendes Lächeln. An der Stelle seines linken Auges war ein riesiges Geschwür, das über die Stirn bis zum Haaransatz reichte. Es ragte mehrere Zentimeter vom Kopf ab und erinnerte an eine angekeimte, vertrocknete Kartoffel. Als er damals Opfer eines Impfunfalls wurde, hatten die Pockenpusteln und krankhaft wucherndes Gewebe sein linkes Auge zerstört. Auch sein Mund war deformiert. Die rechte Oberlippe straffte sich über eine unförmige vernarbte Beule. Bernhard strahlte seine Schwester an und schloss sie in die Arme.

»Es ist so schön, dass du wieder da bist. Hat alles geklappt?«

»Ich bin froh, dass es vorbei ist. Ist Leif schon da?«

»Ich glaube, er ist gerade auf dem Weg zu deinen Freunden, die du aus Berlin mitgebracht hast.«

Deek wurde von leisem Gemurmel geweckt. Es war weit entfernt und undeutlich. Um ihn herum sah er nur ein paar verschwommene Schemen. Der helle Fleck schien ein kleines Fenster zu sein. Darunter ein dunkles Viereck, der Boden auf dem er saß. Vorne wieder etwas helles, eine weiße Tür. Er versuchte, sich vorsichtig zu bewegen. Unmöglich. Wie ein messerscharfer Blitz schoss ihm ein Schmerz vom Rücken in die Füße. Seine Beine waren mit einem festen Strick zusammengeschnürt. Die Arme waren unbeweglich auf dem Rücken fixiert. In seinem Kopf brannte ein höllischer Schmerz. Die Lippen waren aufgeplatzt, mit der Zunge konnte er eine frische Wunde ertasten. Das Atmen fiel ihm immer noch schwer. Deek erinnerte sich an Saras heftigen Tritt in den Bauch. Er stöhnte.

Das Gemurmel schien von weiter vorne zu kommen. Die Geräusche dröhnten aus einem kleinen eckigen Kasten vor ihm. Jetzt wurde alles deutlicher. Ein Fernseher! Die Sprache wurde verständlicher: Es war Deutsch. Bewegte Bilder, ein Video. Bilder vom Krieg? Nein, es waren Bilder vom Anschlag des 11. Septembers. Dann wieder Rauch, Staub und entsetzte Menschen, die in Midtown Manhattan um ihr Leben liefen. Die Bilder wechselten. Ein Schwimmbagger zog eine grüne Fackel aus dem aufgewühlten Wasser. Deek erkannte die Bilder sofort: die Aufräumarbeiten nach dem Anschlag auf die Freiheitsstatue. Der Bagger hob ein Teil der ehemaligen Rückenfront der stolzen Lady aus den Fluten und packte das abgeplatzte Kupferstück in ein Schiff, das bereits gut mit verwittertem und korrodiertem Metallschutt gefüllt war. Deek erinnerte sich, dass man lange überlegt hatte, ob das Mahnmal für den Terroranschlag auf die Statue in Washington oder in New York stehen sollte. Man entschied sich schließlich für die Bundeshauptstadt. Auf einem kleinen Platz am Ufer des Potomac River war die fast unbeschädigte flammende Fackel der Statue of Liberty aufgestellt worden. Vor ihr ein ewiges Licht aus einem dicken Docht in Petroleum. Umrahmt von einem weißen, runden Marmorbrunnen, der mit Wasser aus der Stelle des Meeres befüllt wurde, an der früher die ganze Figur gestanden hatte. Es war das besinnlichste Wahrzeichen von Washington geworden. Niemand sprach viel, wenn er hier als Zeichen des Gedenkens Blumen oder kleine Briefchen niederlegte.

Deek hatte den metallischen Geschmack von frischem Blut im Mund. Ihm wurde schlecht. Er schaute sich um. Leo saß zusammengesunken kaum einen Meter neben ihm.

Die Bilderreise auf dem Bildschirm ging weiter. Deeks Aufnahmevermögen war jetzt wieder voll hergestellt. Im gleichen Moment wünschte er, er würde wieder nur blasse Schemen erkennen können. Er sah die extreme Nahaufnahme eines schrecklich entstellten Gesichts. Das rechte Auge des Opfers war mit dem kranken Gewebe der Pusteln völlig zugeschwollen. Die Kamera zog quälend langsam auf. Man sah jetzt die Stirnpartie, die mit tausend kleinen und großen Geschwüren übersät war. So ging es weiter, bis man endlich das gesamte Gesicht des todgeweihten Patienten sehen konnte. Einige größere Pusteln waren mit weißen Pflastern bedeckt worden. Dann wurde am unteren Rand etwas eingeblendet: *Carsten Henrich, 24 Jahre alt, starb zwei Tage nach diesen Aufnahmen.*

Das Bild war mit einem gesprochenen Text unterlegt worden. Deek musste sich konzentrieren, um ihn vollständig zu verstehen:

Christen aller Länder! Unser Glauben wird bedroht, Gläubige werden ermordet, geschändet, verkrüppelt. Die Zeit des Wartens ist vorbei. Gott spricht: Zu den Waffen!

Dann sah man Bilder, die Deek dem Gedenkgottesdienst in Berlin zur Einweihung des Mahnmals der Pockenepidemie zuordnete. Es waren damals mehrere Hunderttausend Trauernde auf dem Platz und in der vollständig gesperrten Innenstadt versammelt gewesen. Der Text zu den Bildern lautete:

Ihr seid das Volk, dem Gott Waffenruhm, Geistesgröße, Körperkraft und den Mut verlieh, die stolzen Häupter derer zu demütigen, die Euch Widerstand leisten. Erhebt Euch also und kämpft gegen die Barbaren, geht und kämpft für Euren Glauben!

Jetzt kamen Aufnahmen von einer wunderschönen unberührten Natur. Spiegelglatte Seen und endlose Wälder aus Schwarzfichten. Dann sah man einen Wasserfall und ein entferntes Bergmassiv. Es war eine typisch nordische Landschaft, das erkannte Deek. Wenn er zu diesem Zeitpunkt aus dem Fenster geschaut hätte, wäre ihm vielleicht aufgefallen, dass die Bilder, die jetzt folgten, kaum fünfhundert Meter von ihm entfernt aufgenommen worden waren.

Jetzt könnt Ihr beweisen, dass Euch wahrer Mut beseelt; jetzt ist die Zeit gekommen, die scheußlichen Gewalttaten derer zu sühnen, die Krieg über unsere Familien, über unsere Kinder, über unser Land gebracht haben. Badet im Blut der Ungläubigen, zieht das Schwert, und verdient Euch ewigen Lohn. Werdet zu Soldaten des lebendigen Gottes!

Wie Soldaten gekleidete Männer robbten unter flach gespanntem Stacheldraht hindurch, liefen über schmale Holzbohlen, sprangen über breite Gräben. Männer in Kampfanzügen kletterten an glatten Holzfassaden hoch, schossen mit Granatwerfern auf leere Autowracks, warfen Handgranaten und zielten an einem Schießstand auf Scheiben, bewegliche Objekte, Umrisse von Menschen. Dann änderte sich die Szenerie, und die gleichen Männer saßen in einem Klassenraum und wurden unterrichtet. Man sah technische Zeichnungen an der Tafel. Schließlich beteten die Soldaten in einer kleinen Kapelle. Und dann beendete die Stimme den Film mit einem kurzen Satz. Deek hatte ihn heute schon mehrmals gehört:

Deus vult – Gott will es!

Der Film schien von vorne zu starten. Abermals waren die Bilder vom 11. September zu sehen. Deek versuchte, Leo aufzuwecken. Mit seinen gefesselten Beinen stieß er ihn an.

»Los, Leo, wach auf!«

Nachdem Leo kurz zu Bewusstsein gekommen war, sackte er wieder in sich zusammen. Es dauerte mehrere Minuten, bis er ganz zu sich kam.

»Ich wusste, warum ich nie in ein Flugzeug steigen wollte. Ich hätte auf meine innere Stimme hören sollen …«

Deek fiel ihm ins Wort. »Das Flugzeug war nicht das Problem, sondern ein bestimmter Passagier. Wir haben jetzt keine Zeit.«

»Wo sind wir? Wo ist das Flugzeug?«

»Ich schätze, das wird uns sehr bald klarwerden. Bitte hör dir diesen Text an. Was bedeutet das?«

Deek deutete auf den Fernseher, der jetzt wieder die Bilder von den Aufräumarbeiten in New York zeigte.

Dann folgte der gesprochene Text. Es war eine tiefe voluminöse Stimme. Mit einem warmen, angenehmen Timbre. Ein Profisprecher, kein Zweifel.

Ihr seid das Volk, dem Gott Waffenruhm, Geistesgröße, Körperkraft und den Mut verlieh, die stolzen Häupter derer zu demütigen, die euch Widerstand leisten. Erhebt Euch also und kämpft gegen die Barbaren, geht und kämpft für Euren Glauben!

»Das ist Papst Urban II.!«, rief Leo Deek zu. »Ich meine, die Rede ist von ihm. Das ist sein Aufruf zum ersten Kreuzzug!«

Der Bildschirm wurde schwarz. Ein paar Minuten lang passierte nichts. Dann wurde ein weiterer Film abgespielt. Ein kleiner See im milden Abendlicht. Hohe Fichten rahmten das ruhige Wasser ein. Ein feiner Nebel lag über der glatten Oberfläche. Mückenschwärme brachten die Luft zum Vibrieren. Auf den groben Holzbohlen eines Bootsstegs saß ein großer Mann Ende zwanzig. Als die Kamera ihn schließlich fast formatfüllend eingefangen hatte, drehte er sich um. Er trug mittellanges, gewelltes Haar, das mit reichlich Gel zurückgekämmt war. Sein feines Gesicht zeigte freundliche, aufgeweckte Züge. In der Mitte thronte eine aristokratische Nase. Den erstklassig sitzenden Anzug, den der Mann trug, hatte er sich aus militärischem Tarnstoff anfertigen lassen. Darunter schimmerte ein blütenweißes Poloshirt hervor. Der Mann trug blankpolierte Halbschuhe aus hellem Kalbsleder. Sein ganzes Erscheinungsbild hatte etwas Herrschaftliches und Gediegenes. Neben ihm lag ein in Leder gebundenes Buch. Auf dem Einband war ein geprägtes goldenes Kreuz zu erkennen. Seine Augen konnten die ganze Palette menschlicher Emotionen zum Ausdruck bringen. In diesem Moment schaute der Mann gütig und vertrauenerweckend in die Kamera.

»Freunde? Glaubensbrüder? Wie soll ich euch bloß nennen?«

Der Mann machte eine kleine Pause und fuhr dann mit seiner Ansprache fort:

»In der Bedrängnis rief ich zum Herrn, der Herr hat mich erhört und mich frei gemacht. Der Herr ist bei mir, ich fürchte mich nicht. Was können Menschen mir antun?«

»Psalm 118«, sagte Leo.

Die Kamera zoomte auf das Gesicht des Mannes. Seine Stimme wurde tiefer und etwas leiser:

»Tausende Menschen mussten sterben. Bei lebendigem Leib verfaulen. Ein ganzes Land in Tränen. New York, Madrid, London, Deutschland. All diese Verbrechen sind eine Kriegserklärung an Gott. Verübt von Feinden unseres Glaubens. Und ihr habt Münder und redet nicht, ihr habt Ohren und hört nicht, ihr habt Hände und greift nicht, habt Füße und geht nicht.«

»Psalm 115«, bemerkte Leo.

»Ihr macht euch zu Handlangern dieser sündhaften Mörder. Ihr habt den Verstand und die Macht euch zu wehren und lasst euch wie Lämmer zur Schlachtbank treiben. Doch wir haben noch viele Pfeile in unseren Köchern, und unsere Schwerter sind noch scharf und hungrig.«

Wieder wurde der Bildschirm schwarz. Die Tür des kleinen Raumes öffnete sich langsam. Ein Blick aus zwei stahlblauen Augen mit langen Wimpern begegnete den beiden am Boden liegenden Männern.

Der junge Mann in der Tür trug amerikanische Freizeitkleidung. Ein verwaschenes T-Shirt, eine legere Jeans. Immer wenn er im Camp war, konnte er die unbequeme Businesskleidung, die er bei Galas wie gestern Abend tragen musste, ablegen und sich so kleiden, wie es im gefiel.

»Das sind ja unsere Gäste«, begrüßte der Mann die beiden Gefangenen. »Sie sind Leo Malzahn, nehme ich an. Ein interessantes Buch haben Sie da geschrieben, einen Bestseller: *Halbmond und Kreuz – Wege zum Dialog.* Ein schlaues Buch, doch meiner Meinung nach gibt es niemanden, der diesen Dialog führen kann. In diesem Buch beschreiben Sie die Ähnlichkeiten unserer Religionen. Die Ähnlichkeiten zwischen den Moslems, Juden und Christen. Es soll schließlich so etwas wie ein Weltethos, eine weltweite Ökumene zwischen den drei abrahamitischen Religionen geben. Eine schöne Idee. Wirklich! Vielleicht können Sie diese Ideen ja einmal mit einem Selbstmordattentäter, der sich gerade in einem voll besetzten Bus hochgehen lassen will, austauschen. Vielleicht können Sie ihn ja wirklich überzeugen. Er bedankt sich vielleicht sogar bei Ihnen, legt dann die Sprengstoffweste ab und lebt nach diesem Tage in religiöser Toleranz.«

»Wo sind wir hier?«, wollte Deek wissen.

»Wir haben das Ziel Ihrer Maschine nicht geändert. Sie sind eine ganz und gar bemerkenswerte Persönlichkeit, wie ich finde. Ich fand es äußerst beeindruckend, wie Sie unablässig gewirkt haben, um die CSG zur stärksten Waffe gegen den internationalen Terror zu machen. Sie sollten beizeiten einmal überlegen, auf welcher Seite Sie eigentlich stehen, Mr Miller.«

»Leif Brendan?«, fragte Deek.

»Mochten Sie unsere Gala in Berlin? Es war ein voller Erfolg. Mit so viel Zuspruch und so viel Spenden haben wir nicht gerechnet. Sara hat Sie übrigens als physisch anziehend beschrieben. Das kann ich zumindest hinsichtlich ihrer momentanen Verfassung nicht ganz nachvollziehen.«

»Dieses Video« – Deek deutet mit dem Kopf zum Fernseher – »trauen Sie sich wohl nicht in den Kirchen der Cherubim zu zeigen, was?«

»Nein, das ist richtig. Das Video gibt es nur im Internet. Als Download oder Stream in unterschiedlichen Auflösungen. Es ist bereits unser drittes Rekrutierungsvideo. Aber eigentlich brauchen wir es gar nicht mehr. Wir sind mit unseren Ausbildungskapazitäten fast schon am Limit angekommen.«

Deek streckte den Hals, um einen Blick aus dem kleinen Fenster zu werfen, konnte aber nur die eleganten Kronen der Bäume und den fast wolkenlosen Himmel erkennen. Er versuchte, die Stricke, die immer mehr ins Fleisch schnitten, etwas zu lockern.

Leif Brendan kniete sich auf den Boden und sah abwechselnd Deek und Leo tief in die Augen. Sein eben noch gastfreundlicher Gesichtausdruck wich augenblicklich einer finsteren, boshaften Miene. Kurz zuvor hatten die blauen Augen noch etwas Melancholisches an sich gehabt, doch jetzt drang tiefe Verachtung aus ihnen.

»Was wollen Sie hier? Was haben Sie sich dabei gedacht? Leo? Deek?«

Bei diesen Worten verpasste er den beiden einen fast freundschaftlich wirkenden Klaps auf die gefesselten Beine. »Es geht hier um so unendlich viel, und was machen Sie? Wollen zu dritt eine Armee überwältigen. Eine Armee des lebendigen Gottes! Die Soldiers of the Holy Crusade!«

Die letzten Worte schrie Leif Brendan fast heraus. Er hatte sich wieder aufgerichtet und wischte sich den imaginären Staub von den Knien seiner ausgefransten Jeans.

»Wer das Schwert nimmt, soll durch das Schwert umkommen. Matthäus, Kapitel sechsundzwanzig, Vers zweiundfünfzig«, sagte Leo.

»Ich habe keine Angst, durch das Schwert umzukommen. Ihr verblendeten Führer, die ihr Mücken aussiebt und Kamele verschluckt. Sie wissen bestimmt auch, wo das geschrieben steht.«

»Wir sind immer noch bei Matthäus«, antwortete Leo, »aber Jesus geht es an dieser Stelle um Recht, Barmherzigkeit und Glauben. Nicht um Gewalt und Terror.«

»Sehr gut. Nehmen wir zunächst die Barmherzigkeit. Die Cherubim sind die größte karitative Einrichtung Europas. Schulen, Kindergärten, Universitäten. Dann zum Glauben. Wir haben viele Kirchen gebaut, große Kirchen. Wir führen Glaubensgespräche, gehen auf die Menschen zu und bringen ihnen die Frohe Botschaft, das Evangelium. Sie haben die Kirche in Berlin gesehen, Deek. Zuletzt zum Recht. Wir haben das Recht, nein, wir haben die heilige Pflicht, unseren Glauben zu verteidigen. Es ist die Zeit der großen Bedrängnis, des Kampfes der Kulturen. Als der Patriarch Sophronius im Jahre 638 die Heilige Stadt an das muslimische Heer übergab, tat er das unter der erdrückenden Gewalt einer Armee von wilden Eindringlingen. Es ist wie damals. Heute gibt es das Internet, Interkontinentalflüge für den Gegenwert eines Abendessens, aber der Konflikt ist der Gleiche geblieben. Unser Glauben ist bedroht. Gläubige werden ermordet und verkrüppelt. Die Zeit des Wartens ist vorbei. Gott spricht: Zu den Waffen! Papst Urbans Worte, tausend Jahre alt. Unsere Pressestelle hätte es nicht besser formulieren können.«

Leif Brendan machte eine kleine Pause und lenkte seine Schritte zu einem Fenster der Baracke. Er legte die Hände auf den kleinen Vorsprung und beobachtete das Geschehen draußen.

Direkt vor ihm befand sich ein schmaler Transportweg. Hier marschierte eine Truppe von Soldaten in voller Kampfausrüstung zum Trainingsplatz. Etwas weiter hinten standen weitere Baracken. Ein paar mit Tarnfarbe bemalte Allradfahrzeuge parkten davor. Rechts, kaum hundert Meter weiter, fing der dichte Wald an. Die Sonne war schon auf dem Weg zu ihrem Höchststand. Der Tau, der das Unterholz benetzte, trocknete zusehends auf.

Leif riss den Blick vom Fenster los und schritt auf die Gefangenen zu. Nur ein paar Zentimeter vor den Füßen der beiden blieb er stehen und rief laut: »Ich werde jetzt gehen, Leo, Deek. Ein verdienter Soldat, ein wahrer Verteidiger des Christentums ist hier. Dieser Mann hielt ein mächtiges Schwert in der Hand und benutzte es weise.«

Leif machte eine kleine Pause und schwenkte mit beiden Händen ein imaginäres Schwert.

»Er benutze es virtuos. Glaubt mir, ihr dient den falschen Herren. Gerade euch möchten wir zeigen, dass ihr auf dem falschen Weg seid. Wir sind längst über den Zeitpunkt von Verständigung und Partnerschaft zwischen den Religionen hinweg. Eine Kultur der Gewaltlosigkeit, eine Kultur der Toleranz, das alles ist eine Utopie. Eine gefährliche, lebensbedrohliche Utopie!«

Leif Brendan verließ den Raum genauso unvermittelt, wie er ihn betreten hatte, und schlug die Tür zu.

Leo und Deek blieben auf dem kalten Holzboden zurück, schauten sich an und sagten kein Wort. Deek drückte das Hosenbein gegen die Wand, um zu überprüfen, ob er sein Handy noch hatte. Nichts.

Nach einer Weile durchbrach Leo die Stille: »Kreuzritter also. Terroristen, christliche Terroristen. Das hätte ich niemals für möglich gehalten. Niemals.«

Das letzte Wort flüsterte Leo. Er wirkte erschüttert und schloss die Augen.

Wenige Minuten später betraten zwei Soldaten den Raum und richteten ihre Maschinenpistolen auf die beiden Gefangenen.

Kapitel 15

Und es begruben ihn die Söhne Isaak und Ismael in der zwiefachen Höhle auf dem Acker Ephrons, des Sohnes Zohars, des Hethiters, die da liegt Mamre gegenüber, in dem Felde, das Abraham von den Kindern Heth gekauft hatte. Da ist Abraham begraben mit Sara, seinem Weibe.

(Gen 25,9–10)

Gordon war schließlich nach dem Linienflug vom Miami International Airport aus in Washington angekommen. Er stürzte in das Büro des Chefs der CSG. Hier liefen alle Informationen der verschiedenen Antiterroreinheiten zusammen. Von CIA, FBI, Heimatschutz und vielen anderen Behörden und Organisationen. Zumindest sollte es so sein. Patrick Delaney war weder ein Freund von Gordon noch von Deek. Es herrschte eine offene Antipathie zwischen ihnen, nur der Codex dieser Behörde hinsichtlich des Verhaltens gegenüber ehemaligen Staatsdienern verbat eine weitere Eskalation.

»Du hast Deek eine Militärmaschine zur Verfügung gestellt und einen Interkontinentalflug genehmigt? Das ist ja unglaublich! Außerdem frage ich mich gerade, wieso die Jungs von der Air Force nicht noch einmal nachgefragt haben. Es passiert ja schließlich nicht jeden Tag, dass eine *Galaxy* mit lediglich zwei Passagieren nach Kanada fliegt.«

»Ja, ich habe diesen Flug zu verantworten. Aber nur weil ich Deek jederzeit mein Leben anvertrauen würde. Ich habe

Freunde, Menschen die mir trauen. Kennst du dieses Gefühl?«

»Warum hat er sich nicht mit der CSG in Verbindung gesetzt? Deek kennt die Regeln.«

»Ja, er war schließlich den Großteil seiner Dienstzeit Chef eures Vereins. Er wollte erst ganz sicher sein. Als er vom Ball der Cherubim fliehen musste ...«

»Moment, Gordon, hast du gerade Cherubim gesagt, Haus der Cherubim?«

»Exakt. Deek hatte eine Spur gefunden, die er weiter verfolgen wollte.«

»Habe ich das richtig verstanden? Hat er wirklich den Verdacht, dass diese Kirche in irgendeiner Weise etwas mit einer terroristischen Gruppe zu tun haben soll? Gordon, meine Frau ist seit über einem Jahr bei dieser Organisation. Es ist beeindruckend, was diese Leute in unserem Land in so kurzer Zeit auf die Beine gestellt haben. Gute Dinge. Sie haben Schulen eröffnet, helfen Obdachlosen, alten Menschen. Das sind Christen, keine Verbrecher. Da geht er eindeutig zu weit. Was ist bloß in diesen Mann gefahren? Wo steckt er überhaupt?«

»Das ist ja das Problem. Deek war auf dem Weg in die Goose Bay, zu einem Ort, der ›Happy Valley‹ heißt. Kein sehr passender Name. Er hatte ein neues T17-Mobiltelefon. Abhörsicher und mit Ortungsfunktion. Ich hatte ständigen Kontakt zu ihm. Aber seit ein paar Stunden nicht mehr. Bitte lasst eure Jungs die Telefonnummer überprüfen. An den Verbindungsdaten ist automatisch die genaue Lage angehängt. So sollte es zumindest sein.«

»Wo ist die Maschine? Man kann sie ja nicht übersehen.«

»Das ist das nächste Problem. 5 Wing Goose Bay hat uns benachrichtigt, dass die Maschine gelandet sei. Danach war

Funkstille. Nach einer halben Stunde haben die Kollegen die Maschine überprüft. Alles war leer. Keine Spur von der Besatzung. In einem der Pilotensessel war ein Einschussloch, und ein Verbandskasten lag benutzt am Boden.«

»Die Besatzung kann doch nicht einfach so verschwinden. Da muss doch jemand etwas gesehen haben, oder?«

»Patrick, diese Base ist riesig. Selbst ein Spaceshuttle kann dort landen. Es war Nacht, als sie ankamen.«

»Und jetzt? Es gibt noch nicht einmal ein Aktenzeichen für diese Operation. Die größte Transportmaschine der Air Force, eines der gewaltigsten Flugzeuge der Welt, drei Piloten, ein hoher Beamter der CSG und eine Zivilist verschwunden. Einfach verschwunden! Eine Katastrophe. Was für einen Beruf hat dieser Mann eigentlich, der Zivilist meine ich?«

»Er ist Theologieprofessor. Und Bestsellerautor.«

»Das wird ja immer besser. Sind vielleicht noch andere komplizierte Dinge passiert? Spielen da zum Beispiel irgendwelche internationale Verflechtungen mit rein?« Delaney konnte seinen beißenden Zynismus nicht verbergen.

»Ja, so etwas Ähnliches! Das deutsche Bundeskriminalamt steckt tief mit drin. Bis in die höchsten Etagen.«

»Siehst du, Gordon, das sind genau die Dinge, die nicht gehen. Die nicht passieren dürfen.«

»So wie ein Terroranschlag im eigenen Land? Wie Verkehrsflugzeuge, die sich in Wolkenkratzer bohren?«

Gordon hatte damit einen wunden Punkt getroffen. Alle Behörden, die mit der nationalen Sicherheit der USA vor dem 11. September 2001 beschäftigt gewesen waren, hatten sich äußerst ernste Vorwürfe wegen schwerer Versäumnisse in der Kommunikation und Terrorprävention gefallen lassen müssen. Nicht zuletzt deshalb, weil sich niemand in den Behörden einen Anschlag in dieser Form und von diesem Ausmaß hatte vorstellen können.

Delaneys Augen funkelten böse. »Okay, was willst du?«

»Die Hilfe der CSG. Kurz nach der Landung der *Galaxy* ist ein anderes Flugzeug auf dem Radar gesichtet worden. Es flog extrem tief und verschwand dann plötzlich von den Schirmen. Hier müssen wir ansetzen. In der Goose Bay, in der Nähe von Happy Valley. Dafür brauche ich deine Hilfe, die volle Unterstützung.«

Delaney seufzte und schaute kurz zur Decke. Dann nahm er widerwillig den Telefonhörer und drückte eine einzelne Taste.

»Danke, Patrick.«

Kapitel 16

> Und als Abraham von seinem Herrn durch Gebote, die er erfüllte, geprüft ward, sprach Er: »Siehe, ich mache dich zu einem Imam für die Menschen.« Er sprach: »Und von meiner Nachkommenschaft?« Allah sprach: »Meinen Bund erlangen nicht die Ungerechten.«
>
> *(Sure 2, 124)*

Königstein/Taunus, Deutschland, nachmittags
Laura hatte von ihrem Mann einen kurzen Brief unter dem Kopfkissen ihres Ehebetts gefunden.

Meine geliebte Laura!
Die Welt steht vor großen Veränderungen. Ich werde ein paar Tage nicht bei Dir sein können. Doch danach wird alles anders. Du wirst sehen! Auch wenn ich es Dir seit dem Tod meiner Schwester nicht immer zeigen konnte, wird meine Liebe zu Dir und zu unseren Kindern nur von meiner Liebe zu unserem Herrn Jesus Christus übertroffen.
Gotte schütze Claudia, Benjamin und Dich
Mark

Wie fast jeden Tag holte Laura auch an diesem späten Nachmittag ihre beiden Kinder vom Ganztagskindergarten der Cherubim ab. Auch wenn diese Einrichtung vor allem für Sozialfälle und für die Opfer der Pockenepidemie gedacht war, so bestand Mark darauf, dass auch seine Kinder hier eine christlich orientierte Früherziehung bekamen. Der Kindergarten in der Limburger Straße war in jeder Hinsicht vorbildhaft. Hier war alles hell, freundlich und offen. Ein wahr gewordener Kindertraum, mit Ritterburgen aus Schaumstoff, Gymnastikstudios, einem Theater, einem Erlebnispark mit Motiven aus der Bibel. Hoch motivierte und gut bezahlte Pädagogen unterrichteten die überschaubaren Gruppen. Es gab freie Verpflegung. Für manche Kinder, die aus den Betonburgen der Randgebiete Frankfurts kamen, war es das einzige warme Essen am Tag. Für diese jungen Menschen war der Kindergarten der Cherubim ein Tor in eine andere, eine glückliche Welt. Für die Stunden in den Räumen der Kindertagesstätte konnten sie ihr Leben, das von Gewalt und Armut geprägt war, vergessen. Und eines wurde den Kindern hier gelehrt: Gott hilft!

Laura trat in die helle Empfangshalle ein. Einer ihrer Sprösslinge saß schon abholbereit auf der kleinen Bank in der Garderobe.

»Mami, wir haben heute gelernt, dass Jesus für unsere Sünden gestorben ist. Wir müssen alle nur an ihn glauben, dann werden wir erlöst. Stimmt das?«

Der fünfjährige Benjamin kam auf Laura zugelaufen und blickte sie mit großen Augen an.

»Ja, das stimmt.«

»Hier ist Ihre Kleine.« Eine Mitarbeiterin des Cherubim-Kindergartens überreichte Laura die zweijährige Claudia.

»Sie schläft schon seit einer halben Stunde.«

»Kommt Papa heute Abend?«, fragte Benjamin.

»Er kommt bald. Nicht heute Abend, aber bald.« Laura versuchte ihre Tränen zu unterdrücken und ging mit ihren beiden Kindern in die warme Nachmittagssonne.

**Happy Valley, Goose Bay, Labrador/Kanada,
14. Juli, nachmittags**

Laura hatte der Name Claudia für ihre Tochter nie gefallen, aber Mark hatte ihn gegen alle Widerstände durchgesetzt.

Es war das erste Mal, dass ihn die Sehnsucht nach ihnen quälte, seit er Frankfurt verlassen hatte. Nur noch ein paar Tage, hatte man ihm gesagt, dann wäre alles anders. Alles würde anders sein. In diesem Moment fragte sich Mark, was es denn sein würde, das die Umstände so radikal verändern könnte.

Mark las noch einmal den Brief, den er von ihm bekommen hatte. Die Anrede war wie die in den Rundbriefen, die Mark und seine Kameraden regelmäßig erhielten. Es waren Botschaften der Hoffnung und des Kampfes. Sie begannen stets mit: »An die Armee des lebendigen Gottes!«

An die Armee des lebendigen Gottes!
An den tapferen Soldaten Mark!
Du trägst die Fackel des Grafen Raimund von Toulouse. Ein Ritter im Heer Christi. Du hast gekämpft und gesiegt. Du hast gehandelt, Dich nicht auf Deinen Wunden ausgeruht, Du hast das Kreuz des Herrn der ungläubigen Welt gezeigt. Du weißt, dass eine Nacht in der Schlacht mehr bedeutet als sechzig Jahre im Gebet. Dieser Krieg bestimmt unsere Zukunft: Ehre und das Himmelreich Gottes – oder Versklavung und Untergang. Wir kämpfen, weil wir freie Männer sind, die sich nicht mit der Unterdrückung durch eine von Gott entfremdete Rasse abfinden. Du bist aufgestanden, und viele werden Dir folgen.
Eines sage ich Dir noch:
Sehr bald werden nicht nur wir für das Kreuz kämpfen,

sondern ganze Völker! Der unvermeintliche Krieg, in dem kein Stein auf dem anderen bleiben wird, klopft schon an unserem Tor – und die Heilige Lanze wird uns der Erlösung durch unseren Herrn näherbringen.
Gott schütze Dich

Mark erinnerte sich an seine Ausbildung in Happy Valley. Nach dem oftmals erschöpfenden Training an den Waffen wurde den Soldaten auch Unterricht erteilt. »Christliche Weltkunde« hieß eines der Fächer. Gespannt lauschten die jungen Krieger den Ausführungen der Lehrkräfte:

Gott sagt zum Volk Israel: »Ihr seid das, was ihr seid, weil ihr nicht seid wie die anderen.« Wehren wir uns endlich gegen die Menschen, die in Bussen und U-Bahnen Bomben zünden und Angst, Tod und Verzweiflung säen! Wollen wir kämpfen oder vor lauter kastriertem Gewaltlosigkeitsgefasel und naiver Toleranzpolitik offenen Auges in der Versenkung der Geschichte verschwinden? Vergessen, begraben, beerdigt als tragische Randbemerkung in den Geschichtsbüchern, als ein Verbund von Nationen, welche vor lauter weltfremdem Pazifismus den Schild nicht erhoben haben, als das Schwert auf sie niedersauste. Der Krieg findet statt, ob wir wollen oder nicht. Er ist schon da, die meisten wollen ihn bloß nicht wahrhaben!

Seine Kameraden hatten ihm auf sein Bett im Schlafsaal der Baracke IVb Zeitungen aus aller Welt gelegt. Blätter aus den USA, Europa, Indien, Japan, dem ganzen globalen Dorf. Die meisten Gazetten zeigten dasselbe Bild von der Unglücksstelle: Die relativ unzerstörte Pilotenkanzel ragte im spitzen Winkel aus einem Acker in der Nähe des Flughafens.

Daneben lagen unzählige kleine und mittelgroße Trümmerstücke. Es war unmöglich zu erkennen, aus welchen Teilen des Flugzeuges sie stammten. Man sah das Absperrband der deutschen Polizei, das großzügig um die Unglücksstelle herumgezogen war. Auf dem Acker standen Dutzende Beamte. Viele hatten Sprechfunkgeräte in der Hand, manche kleine Plastikbeutel, in denen sie Spuren sammelten. Ein paar Fotografen schienen aus jedem möglichen Winkel Aufnahmen zu machen.

Doch zwei Zeitungen hatten ein dramatischeres Motiv gewählt: eine Sommerwiese. Am rechten Rand standen in einer geschwungenen Linie ein paar hohe Pappeln. Ein kleiner Bewässerungsgraben trug reichlich mooriges Wasser. Die Pflanzen am Ufer wucherten und wuchsen in die Höhe. Aber auch hier gab es das rotweiße Absperrband, das im Wind flatterte. Es war eigentlich nicht viel zu sehen auf diesem Foto. Nur vereinzelte unförmige Trümmer, die nicht mehr zu identifizieren waren. Doch im Fokus des Bildes stand etwas anderes, etwas Kleines, Unscheinbares. Mark musste genauer hinschauen. Er kniff die Augen etwas zusammen und bewegte das Gesicht näher an die Zeitung. Ein tiefer Schmerz durchfuhr augenblicklich seinen dünnen Körper. Mit einem Ruck riss er sich vom Bild los und schmiss das Blatt beiseite. Sein Bauch verdichtete sich zu einer harten Kugel, und sein Blut rutschte ihm aus dem Gesicht. Ein Stofftier, der kleine angekohlte Rest eines Teddybären, lag dort auf der Sommerwiese.

Nach einem Moment nahm Mark die Zeitung wieder in die Hand. Dann las er ein paar Zeilen:

Unter den mehr als hundert Toten des Anschlags befand sich auch der saudi-arabische Geschäftsmann Ramsi Al Jahir. Er wurde von seinen beiden Töchtern (10 und 13) begleitet. Al

Jahir hatte seine Kinder auf eine Geschäftsreise durch Europa mitgenommen.

Mark fühlte, wie seine Kleidung auf der Haut immer heißer wurde. Ein unsichtbares Feuer breitete sich über seinen Kampfanzug aus. Ihm wurde unerträglich warm. Mark stampfte durch den Schlafsaal.

Er konnte den Drang, sich die Klamotten vom Leib zu reißen, kaum noch unterdrücken, da kam ein Kamerad durch die Tür und rief: »Mark, es ist Zeit! Er wartet schon auf dich.«

Ein bewunderndes Lächeln entwickelte sich auf dem Gesicht des kaum zwanzigjährigen Kameraden.

Wortlos verließ Mark seine Unterkunft und schlug den Transportweg in Richtung Kirche ein. Auf dem Weg dorthin kam er auch an einer der vielen unscheinbaren Baracken vorbei, die als Unterkünfte für Neuankömmlinge gedacht waren. Wäre er näher an eines der Fenster getreten, hätte er vielleicht die beiden gefesselten Männer, die gerade erst aus seinem Heimatland hierhergekommen waren, gesehen. Einen der beiden hätte er erkannt. Sie waren Nachbarn gewesen.

Zögerlich ging Mark in die zur Kirche umfunktionierte Baracke. Nur wenig Tageslicht drang durch das einzige Fenster ein. Außer ihm schien niemand hier zu sein. Behutsam ging er über das Bodenmosaik mit der Windrose zum Altar. Ein schlichtes Kreuz thronte hier. Doch es lag noch etwas anderes auf dem Tisch aus gelbem Sandstein: eine lange scharlachrote Samttasche. Mark schaute sich wieder in der kleinen Kirche um. Noch schien er nicht gekommen zu sein.

»Der Herr sei mit dir. Du bist ein wahrer Kreuzritter in der Armee des lebendigen Gottes. Die Heilige Lanze war mit dir, da bin ich mir sicher. Du darfst sie berühren, wenn du möchtest.«

Mark hörte die Stimme, die er schon so oft gehört hatte. Auf den vielen Dutzend Videos, die man den Soldaten vorspielte, war es immer diese warme und tiefe Stimme, die direkt ins Herz der jungen Kreuzritter ging.

Es war seine Stimme!

Ihn selbst konnte man auf den Videos nicht erkennen. Geschickt drehte die Kamera ab, wechselte die Perspektive, nahm eine andere Brennweite, wenn sie zu nah an ihn herankam.

»Schau weiter nach vorn, nach Südosten, gen Jerusalem, mein junger Ritter. Nimm sie heraus. Fühle ihre große Kraft.«

Mark schloss die Augen und bekreuzigte sich. Dann zog er den abgebrochenen Holzstab mit der einfachen Metallspitze langsam aus seiner Samtverpackung. Sein Herz schlug wie wild. Sanft strich er mit einer Hand über das dunkel gebeizte Holz. Er zögerte. Die eingravierten Worte »Deus vult« waren deutlich zu entziffern. Dann küsste er das stumpfe Metall der Lanze. Er war immer noch völlig aufgewühlt vom Betrachten des Zeitungsausschnitts. Die beiden toten Kinder, das verbrannte Kuscheltier. In seinem Kopf herrschte ein einziges Chaos, und eine Flut von widersprüchlichen Gefühlen durchzog seinen ganzen Körper. Die Legende von der Heiligen Lanze hatte ihn schon damals tief bewegt. Er konnte sich noch genau daran erinnern, wie es gewesen war, als er sie zum ersten Mal gehört hatte. Es war auf einem dieser Wochenendseminare in der flachen Einöde Norddeutschlands gewesen. Damals war Mark klargeworden, dass es hier um mehr ging als um zusätzliche Gebetsstunden. Ein Bild, eine Fotografie, war damals durch die Reihen der neuen

Rekruten gegangen. Das Bild der Heiligen Lanze von Antiochia. »Deus vult«, das hatte sich Mark seitdem immer wieder vorgesagt. »Deus vult – Gott will es.«

»Ja, Mark. Dies ist die Heilige Lanze. Es gibt noch zwei Duplikate, aber das hier ist die einzig echte Heilige Lanze. Sie soll hier bei meinen Soldaten sein. Hier gehört sie her, zur Armee des lebendigen Gottes. Zu den ›Soldiers of the Holy Crusade‹. So wie damals vor mehr als neunhundert Jahren. Sie hat damals die mutigen Krieger zum Sieg geführt. Und morgen ist es so weit. Da jährt sich das wunderbare Ereignis. Der 15. Juli 1099, der Einmarsch in Jerusalem. Doch jetzt kämpfen wir im Roten Meer.«

»Das neue Zeichen?«

»Die Welt ist bereit dafür. Nichts wird mehr wie früher sein, mein tapfere Held. Kennst du Hesekiel, Kapitel sechs, Vers drei?«

»›Siehe, ich will das Schwert über euch bringen und eure Hügel zerstören, dass eure Altäre verwüstet und eure Säulen zerbrochen werden, und will eure Erschlagenen vor eure Götzen werfen‹«, zitierte Mark.

Und der für Mark unsichtbare Besitzer der Stimme fuhr mit dem Zitat fort: »›Wo ihr wohnt, da sollen die Städte wüst und die Berge zur Einöde werden; denn man wird eure Altäre wüst und zur Einöde machen und eure Götzen zerbrechen und zunichtemachen und eure Opfertische zerschlagen und eure Machwerke vertilgen. Nun kommt das Ende über dich, denn ich will meinen Zorn über dich senden und will dich richten, wie du es verdient hast, und will dir geben, was allen deinen Gräueln gebührt.‹«

»Werden viele Menschen sterben?«

»Friede sei mit denen, die auf dem gerechten Weg wandeln. Denk an die entsetzlichen Gräueltaten, denke an das vergossene Blut vieler unschuldiger Schwestern und Brüder. Wir kämpfen, damit unsere Feinde das erleiden müssen, was sie uns angetan haben.«

»Werden Unschuldige sterben? Kinder?«

Die Stimme schwieg.

»Wo findet das Zeichen statt?«, fragte Mark.

»Bete heute Nacht. Bete für uns und für deine Kameraden, dass sie morgen die Kraft haben werden, Gottes Willen auszuführen. Morgen, am 15. Juli!«

Stille. Mark wartete noch ein paar Minuten, aber er spürte, dass der andere nicht mehr in der Kirche war. Er schaute noch einmal auf die Lanze. Die Metallspitze reflektierte das wenige Licht. Sein Kopf schmerzte.

Langsam wanderte er auf dem Weg zurück zu seinem Schlafsaal. Er blickte nach unten, sah den frischen Waldboden. Die Luft war erfüllt vom würzigen Duft der Baumharze. Irgendwo sang ein Vogel. Mark legte sich mit voller Uniform auf sein Bett. Er kreuzte die Hände hinter dem Kopf und versuchte, einen klaren Gedanken zu fassen.

Kurz darauf lenkten ihn seine müden Schritte in das Computerlabor. Vorbei an dem faszinierenden Prototypen, einem Computer, der mit einer Quantenflüssigkeit arbeitete. Mark wollte einem ehemaligen Freund, einem Nachbarn, eine weitere Mail schicken. Ihn warnen, auch wenn das äußerst gefährlich war. Der Datenverkehr wurde untersucht und zensiert. Mark gab ein paar Befehle in den Rechner ein. Am rechten unteren Rand erkannte er das Icon eines nicht geschlossenen Dokuments. Mark öffnete es.

Deine Hand wird all deine Feinde finden, wer dich hasst, den trifft deine Rechte. Zeige mir, Herr, deine Wege, lehre mich deine Pfade! Wer darf hinauf-

ziehen zum Berg des Herrn, wer darf stehen an seiner heiligen Stätte?
Hör mein Gebet, Herr, vernimm mein Schreien, schweig nicht zu meinen Tränen! Warum soll ich mich in bösen Tagen fürchten, wenn mich der Frevel tückischer Feinde umgibt? Ihr Tore, hebt euch nach oben, hebt euch, ihr uralten Pforten, denn es kommt der König der Herrlichkeit.
Es ist die Torheit der Gottesleugner und unsere Bedingung für den Eintritt ins Heiligtum.

Mark notierte die Sätze schnell auf ein Stück Papier.

Leif Brendan war nicht mehr allein in seinem kleinen Büro. Er hatte den Befehl gegeben, die beiden Gefangenen zu ihm zu bringen. Leo und Deek saßen auf zwei harten Holzstühlen. Die Fesseln waren ihnen abgenommen worden, aber ein Kreuzritter, der mit einer Maschinenpistole bewaffnet war, stand direkt neben ihnen. Leif saß hinter seinem kleinen Schreibtisch, auf dem es sehr aufgeräumt aussah. In der Mitte stand ein glänzend schwarzer Laptop. Direkt daneben ein Eingangskorb aus Edelstahl. Ein tiefdunkler Holzrahmen, der direkt neben dem Computer stand, hielt das Hochzeitsfoto von Leifs Eltern fest.

Auf dem Weg von der Baracke zu Leifs Büro hatte Deek die Umgebung inspiziert und nach Fluchtmöglichkeiten Ausschau gehalten. Überall standen Soldaten in voller Kampfausrüstung Wache. Jeeps patrouillierten durch das von dichtem Wald umgebene Lager. Selbst wenn ihnen die Flucht gelingen würde, wären sie in den Weiten der kanadischen Wildnis völlig orientierungslos und für die Soldaten eine leichte Beute.

Leif Brendan trug jetzt ein enges schwarzes T-Shirt. Er sah durchtrainiert aus, und der leichte Baumwollstoff spannte sich über seine Bizepse. Die Fremden kamen ihm wie Zwerge in seinem Riesenreich vor. Schnell tippte er noch etwas in seinen Computer, dann legte er beide Arme auf die Tischplatte. Er beobachtete seine Gefangenen einige Augenblicke, ohne ein Wort zu sagen, und begann dann ansatzlos:

»Sie sind ein brillanter Mann, Deek, aber Ihnen fehlt der Blick fürs Ganze. Wir kämpfen für die gleiche Sache wie Sie. Es gibt da keinen Unterschied.«

»Wir sind keine feigen Killer, die Verkehrsflugzeuge vom Himmel holen.«

»In diesem Flugzeug waren ausschließlich Menschen aus Saudi-Arabien. Alle Passagiere waren Moslems. Das haben Sie doch auch schon herausgefunden. Diese Menschen haben den Krieg in unsere Städte gebracht, zu unseren Familien, zu unseren Kindern. Sollen wir dieses Unrecht, dieses Blutbad ungesühnt lassen? So sehr unterscheidet sich unsere Strategie nicht von der Ihres Landes. Wahlurnen und Bomben – *ballots and bombs.* Wir haben einfach nur die Wahlurnen weggelassen.«

Deek schüttelte den Kopf. Er schaute zur Tür. Auch dort waren Soldaten mit schweren Waffen postiert.

»Wir sind im Krieg, viele Jahre schon, auch wenn Sie das nicht wahrhaben wollen. Schon 1998 wurde den Kreuzrittern und Ihrem Land der Krieg erklärt. Haben Sie das bereits vergessen? Geld, ökonomische Macht war schon immer ein entscheidender Faktor im Krieg. Ramsi Jusef hat ganz offen erklärt, dass er auch schon 1993 das World Trade Center zum Einsturz gebracht hätte. Was ihm fehlte, war das Geld für genügend Sprengstoff. So wurde aus dem Unternehmen vorerst nichts. Es gab einen Haufen Verletzte und sündhaft teure Reparaturen an den Fundamenten der Twin Towers, aber der Big Bang, der finale Showdown, gelang erst acht Jahre später. Da hatte man anscheinend das fehlende Geld zusammenbekommen.«

Deek nickte in Gedanken. Alles, was Leif erzählte, entsprach den Tatsachen.

»Uns fehlt kein Geld. Wir schwimmen darin. Es gibt so viele Menschen, die etwas tun wollen. Manche spenden nur für die Cherubim, auch in Ordnung. Viele, sehr viele wissen nichts von den *Soldiers of the Holy Crusade* oder wollen es nicht wissen. Dann gibt es Spender, die Andeutungen machen. Dabei fallen Sätze wie, es würde uns freistehen, was wir mit dem Geld anfangen wollen. Ein kleines Augenzwinkern, ein kleiner Klaps auf den Rücken. Wir verstehen sofort, was die Sponsoren meinen. Es gibt aber auch die Menschen, Geschäftsleute, Politiker, die uns offen mitteilen, was sie von uns erwarten: ›Tut was! Ihr wisst, was wir meinen.‹ So ähnlich klingen die Anweisungen. Und es werden jeden Tag mehr. Sie würden sich wundern, wer uns alles unterstützt. Sie würden sich sehr wundern. Um die Geldströme zu lenken und gewinnbringend zu vermehren, haben wir im letzten Jahr sogar eine Investmentbank in Hamburg gegründet. Mehrere Etagen in einem geschichtsträchtigen Gebäude direkt an der Binnenalster.«

»Geldwäsche«, bemerkte Deek.

»Haben wir gar nicht nötig. Die Cherubim sind als Kirche eingetragen. Wir bekommen sogar staatliche Vergünstigungen und Steuervorteile.« Leif lachte. »Haben Sie sich schon mal gefragt, warum es seitdem so ruhig geblieben ist? Keine nennenswerten terroristischen Angriffe mehr auf westliche Ziele. Eine Phase der Entspannung, ja? Es lag bestimmt nicht an der sogenannten ›Politik der Vernunft‹ ihres

Freundes Gordon Sebastian. Ein erbärmlicher Feigling ist dieser Mann!«

Schon oft hatte Deek sich ähnliche Häme über seinen Exchef anhören müssen.

»Nein, Deek. Diese Waffenruhe hat einen ganz anderen Grund!«

Berlin, Spreebogen, Innenministerium, 14. Juli, abends

»Was? Aber das bedeutet ja, dass dieses Bekennerschreiben eine Fälschung ist. Sind Sie sich da ganz sicher? Ich melde mich gleich wieder.«

Innenminister Diestel legte auf und rief einen seiner Mitarbeiter in das Dienstzimmer.

»Versuchen Sie bitte, Ludwig Küng vom BKA zu erreichen. Ich warte schon den ganzen Tag auf ein Lebenszeichen. Kein Anruf, keine Mails. Und wo ist dieser Amerikaner, Deek Miller? Ich würde ihn gern sprechen.«

Der Mitarbeiter verließ das Büro und machte sich augenblicklich an die Arbeit. Diestel tippte ein paar E-Mails und trank einen großen Schluck Kaffee. Immer wieder schüttelte er ganz leicht den Kopf. Nach einer Weile öffnete sich die Tür wieder.

»Herr Innenminister, Deek Miller ist nicht mehr im Adlon. Die Direktion weiß auch nichts über seinen Verbleib. Herr Küng ist nirgendwo zu finden. Ich habe beim BKA angerufen, auch da weiß man nichts. Kann ich sonst noch etwas tun?«

»Nein, vielen Dank.« Diestel wählte eine Nummer in den USA.

»Hallo, Mr Gamblin, Diestel hier … Ja, die Nachforschungen laufen immer noch auf Hochtouren. Deshalb rufe ich auch an. Wir haben keine Information über den Verbleib von Mr Miller. Wissen Sie, wo er ist …? Sie haben also auch keine Nachricht von ihm. Er hat gestern Abend aus seinem Hotel ausgecheckt. Mehr wissen wir auch nicht … Ja, das werde ich tun.«

Der Innenminister stand von seinem Schreibtisch auf und ging durch sein geräumiges Büro. Er blickte auf die frühe Abendstimmung in der Millionenmetropole Berlin. Der Berufsverkehr hatte bereits begonnen, und von seinem Fenster konnte er die vielen tausend Rücklichter der Autos sehen, die die Straßen verstopften.

»Hier stimmt etwas nicht.«

Happy Valley, Goose Bay, Labrador/Kanada, 14. Juli, zur gleichen Zeit

»Wollen Sie wissen, warum es im Westen so merkwürdig ruhig ist? Keine neuen Horrormeldungen aus London, Berlin, New York? Ist das selbst der CSG nicht seltsam vorgekommen? Ich verrate ihnen, warum. Diese Soldaten hier oder – wie wir uns nennen – Kreuzritter sind der Grund. Wir bilden diese Männer gründlich aus. Wir geben ihnen ein neues theologisches Wertesystem. Eine neue emotionale Heimat. Ein Leben als Kämpfer für Jesus Christus. In der einen Hand die Heilige Schrift und in der anderen Hand das Schwert, oder besser gesagt: die 9-mm-Uzi, die Handfeuerwaffe, die Boden-Luft-Rakete. Vormittags wird gemeinsam gebetet und in der Bibel gelesen. Es wird Religionsgeschichte studiert, die Geschichten der Märtyrer, die Siege, die Niederlagen. Dann kommt der andere Teil. Ich bin mir sicher, dass es die Armee Gottes mit jeder anderen paramilitärischen Gruppe der Welt aufnehmen kann.«

Deek und Leo schauten sich ungläubig an.

»Es hat etwas für sich, von seinen Feinden zu lernen, sie

mit ihren eigenen Waffen zu schlagen. Die Franzosen haben es im Indochinakrieg getan. Ihre Landsleute, Deek, haben dies unter anderem in Vietnam als überaus wirksame Waffe entdeckt. Angst! Angst kann ein sehr starker Verbündeter sein. Die Amerikaner haben die Macht der Guerillataktik am eigenen Leib zu spüren bekommen. In Vietnam haben sich damals entsetzliche Szenen abgespielt. Also entschlossen sich die Amerikaner, sich mit den Waffen des Feindes zu rächen. ›Black Eagle‹ war dabei die mit Sicherheit erfolgreichste Operation. Sie haben bestimmt davon gehört, Deek, oder? Ausgewählte verbündete vietnamesische Soldaten wurden in der Kunst des Mordens von US-Agenten ausgiebig unterrichtet. Dann schickte man diese Todesschwadronen zum Vietkong. Anführer und Sympathisanten des Feindes wurden gleichermaßen, oft im Schlaf, getötet. Als Erkennungszeichen hinterließen diese Killer die Zeichnung eines menschlichen Auges auf den Leichen. Sehr effektvoll, wie ich finde. Die Nachricht an den Feind war eindeutig: Wir sehen, was ihr macht, wir wissen, wer ihr seid, wir kriegen euch. Alle!

Wir haben aus dem Auge ein Kreuz gemacht, das in eine Lanze ausläuft – das Symbol der *Soldiers of the Holy Crusade*. Selbst die todesmutigen Dschihadis fürchten sich vor dem leisen Tod im Schlaf. Wird Allah sie genauso im Himmel empfangen wie jemanden, der in der Schlacht stirbt, so wie es die Überlieferungen beschreiben? Hier schlagen wir zu. Es gibt so viele Namen von Schläfern, so viele Verdächtige, die frei herumlaufen. Die terroristischen Zellen in den einzelnen Ländern versuchen, die Spuren und natürlich auch die Leichen zu verbergen. Sie fürchten, dass die Medien, ihre sonst so mächtigen Verbündeten, diese Vorgänge noch weiter bekanntmachen könnten. Ist Ihnen der Name Ahmed Abu Ra'ad geläufig, Deek?«

»Ja, natürlich. Er ist ein einflussreicher Geschäftsmann aus Saudi-Arabien.«

»Richtig. Wir verdächtigen ihn, unterschiedliche islamistische Terrorgruppen mit finanziellen Mitteln zu unterstützen. Nicht mit seinem eigenen Geld, er fungiert vielmehr als Vermittler. Er ist so eine Art Fundraiser für den Terror. Wissen Sie, wo er sich zurzeit aufhält?«

Deek schüttelte den Kopf. Er ahnte, wie Abu Ra'ads Schicksal endete.

»Sehen Sie, Deek, die Umstände seines Todes wurden in Windeseile vertuscht. In Ihren und in den Augen der Öffentlichkeit ist dieser Mann einfach nur verschwunden, untergetaucht. Die Wahrheit ist: Wir haben ihn hingerichtet, ihm im Schlaf die Kehle durchgeschnitten. Mit seinem Blut wurde unser Symbol auf seinen fetten Bauch gemalt. Dann wurden die Wände seiner luxuriösen Wohnung noch mit diesem schönen Symbol verziert. Das Gleiche passierte mit Hazim Baseer, Tariq Al Omair, Atif Al Shaqhaa. Alles Führungskräfte innerhalb bedeutender muslimischer Terrorgruppen.«

Deek kannte jeden dieser Namen. Bei all diesen Personen war der momentane Status unklar: Verbleib ungeklärt. Deek war geschockt, aber auch ein anderes Gefühl mischte sich dazu: Respekt.

Leif genoss seine Rolle sichtlich. Seine großen stahlblauen Augen funkelten. Offenbar entging ihm Deeks Gesichtsausdruck nicht. Ein kleines Lächeln des Triumphes bildete sich auf seinem sonnengebräunten Gesicht. Er trat ans Fenster seines kleinen Büros und schaute auf die sich im Wind bewegenden Baumwipfel der Schwarzfichten. Dann ließ er ein wenig von der frischen, würzigen Waldluft in den Raum und schloss das Fenster wieder.

»Sie beide haben jetzt die große Ehre, einen ganz besonderen Menschen zu treffen. Sie wissen dieses Geschenk wahrscheinlich nicht zu schätzen. Ich lasse sie jetzt trotzdem in unsere Kirche bringen.«

Drei mit Maschinenpistolen bewaffnete Soldaten brachten die Gefangenen über einen staubigen Weg zu einer anderen Baracke. Immer wieder versuchte Deek, das weiträumige Gelände zu überblicken. Wo sind nur die Piloten der *Galaxy?*, fragte sich Deek.

Am Eingang blieben die Soldaten stehen, und mit einer knappen Geste wurden die drei Gefangenen aufgefordert, in die Kirche zu gehen. Durch den Unterschied zwischen dem hellen Tageslicht und dem schummrigen Innenraum konnten Deek und Leo zunächst nur die vielen schmalen Holzbänke erkennen. Die Tür der Kirche wurde hinter ihnen geschlossen.

»Ich liebe diese Kirche. Diese schlichte Baracke durchbricht unsere Vorstellung von Raum und Zeit. Hier sind wir unserem Herrn ganz nah, denn er ist auch hier.«

Die Augen der beiden Gefangenen gewöhnten sich nur langsam an das schwache Licht. Sie drehten sich in die Richtung, aus der die tiefe, sonore Stimme kam.

Vor dem schlichten Altar, auf dem ein paar Kerzen müde flackerten, stand ein großer Mann. Mit beiden Händen stützte er sich auf der dicken Natursteinplatte ab. Der perfekt sitzende Maßanzug war aufgeknöpft. Auch hier im Halbdunkel der Kirche konnte man das Tarnmuster des Stoffs gut erkennen. Das weiße Leinenhemd war bis zum letzten Knopf geschlossen, und seine schlichte schwarze Seidenkrawatte zierte ein altmodisch dicker Knoten. Das volle Haar des Mannes waren mit viel Gel gebändigt worden.

Er nahm die Bibel, die auf dem Altar lag, und hob sie in die Höhe.

»Jesus sagt uns: ›Es wird sich ein Volk gegen das andere erheben. Und ihr werdet von Kriegen und Kriegsgeschrei hören. Seht zu und erschreckt nicht. Denn dies muss geschehen.‹ Die Zeit der großen Bedrängnis ist gekommen. Deek Miller, Leo Malzahn, die Zeit ist gekommen, auch wenn Sie es nicht wahrhaben wollen. Und ihr, Christen, Glaubensbrüder, versucht uns in unserem heiligen Auftrag zu stören? ›Als ich euch ausgesandt habe ohne Geldbeutel, ohne Tasche und ohne Schuhe, habt ihr da je einen Mangel gehabt?‹ Das fragt Jesus seine Jünger. Und dann sagt Jesus: ›Nehmt euer Geld, und wenn ihr das nicht habt, dann verkauft euren Mantel und kauft euch ein Schwert!‹ Ich liebe die Menschen, doch alles, was wir lieben, wird von Menschen bedroht, die an einen falschen Messias glauben. Auch das hat Jesus Christus vorhergesehen.«

»Deus caritas est, Gott ist Liebe, haben Sie das etwa vergessen?«, fragte Leo leise.

»Alles zu seiner Zeit. Jesus spricht zu uns. Matthäus, Kapitel zehn, Vers vierunddreißig: ›Ihr sollt nicht meinen, dass ich gekommen bin, um Frieden zu bringen auf die Erde. Ich bringe das Schwert.‹ Das Schwert! Wollen wir mit ansehen, wie die Welt untergeht? Unsere Welt, unsere christliche Kultur? Die Welt von Michelangelo, Goethe, Kant? Von van Gogh, Albrecht Dürer? Oder wollen wir aufstehen und kämpfen? Kämpfen gegen die Menschen, die den Krieg in unsere Städte gebracht, unsere Symbole zerstört und mit Seuchen versucht haben, ganz Europa auszurotten. Diese Menschen wollen uns töten, um ins Paradies einzugehen. Es ist unsere heilige Pflicht, unseren Glauben zu verteidigen. Wir kämpfen, und wenn wir unser Leben verlieren um seinetwillen, so werden wir ein neues, ein ewiges Leben finden.«

»Deek hat mir erzählt, dass Sie eine Erscheinung hatten. Die Engel der Cherubim. Da gab es eine Rose, kein Schwert.«

»Ja, mir wurde eine Rose geschenkt. Doch dann – ich habe das in meinem Buch allerdings verschwiegen – kam noch ein anderer Engel zu mir. Er trat aus dem Feuerwagen heraus und überreichte mir einen weiteren Gegenstand. Es war eine Lanze! Ich wusste damals nicht, was ich mit diesem Symbol anfangen sollte. Doch schon während meiner Nachforschungen auf dem Kreuzschiff war mir die Geschichte der Heiligen Lanze von Antiochia in die Hände gefallen. Das Bild in meiner Erscheinung war exakt das der Lanze von Antiochia.«

»Es gibt kein Bild der Heiligen Lanze«, warf Leo ein.

»Sie stimmte mit den Beschreibungen von Raymond d'Aguilers überein. Die unscheinbare Metallspitze, der abgebrochene Stab, die Innschrift ›Deus vult‹. Es war genau diese Lanze, die mir von dem Engel gegeben wurde. Dazu flüsterte dieses Wesen eindringlich, während Flammen aus seinem Mund schlugen: ›Verteidige deinen Glauben, denn Gott will es!‹ Menschen brauchen Symbole. Was war denn die Freiheitsstatue?« Felix Gutknecht machte eine Kunstpause. »Ein Symbol, ein überwältigendes Symbol. Nur ein paar Menschen sind damals in New York gestorben, doch die Wirkung übertraf alles, was bisher geschehen war. Es gibt eine deutliche Trennung der Geschichte vor diesem Anschlag und danach. Nichts ist mehr, wie es einmal war. Ein Symbol! Nur ein Symbol! Legenden, Mythen, Symbole werden durch diese Zeit der nahenden Entscheidungen real. Diese Lanze ist auch ein Symbol.« Wieder eine Pause. »Ich weiß nicht, ob sie echt ist – ich *glaube* es.«

Felix Gutknecht drehte sich um und nahm die Lanze vorsichtig vom Altar. Er ging langsam zu Leo und Deek und hielt ihnen dieses einzigartige Artefakt hin. Leo traute seinen Augen nicht. Er war trotz der Furcht, die er spürte, tief berührt. Er blickte auf die einfache, grob geschmiedete Metallarbeit. Das Eisen sah stumpf und unansehnlich aus. Vorn an der Spitze war die berühmte Losung des ersten Kreuzzugs eingraviert. Dies war nicht mit besonderer Kunstfertigkeit geschehen. Die Buchstaben sahen unregelmäßig aus. Das »D« von »Deus« war an der Rundung ausgebrochen. War diese Inschrift wirklich fast zweitausend Jahre alt?, fragte sich Leo. Der dunkel gefärbte Holzstab war stumpf in den Metallschaft getrieben worden. Leo strich sanft über das unregelmäßig geformte Holz.

»Ich glaube, dass diese Lanze im Leib unseres Herrn Jesus Christus steckte und damit die ganze Welt erlöste. Ich glaube, dass diese Lanze von Peter Bartholomäus in Antiochia entdeckt wurde. Ich glaube, dass die Kraft dieser Lanze den ersten Kreuzzug zum Sieg führte. Ich glaube es, und die Kreuzritter glaubten es auch. Es gibt etwas viel Stärkeres als die physische Form, und das ist der Glauben. Der Glauben!«

Gutknecht ging ein paar Schritte durch seine Kirche.

»›Wenn Gott dir eine Rose schenkt, dann schau nicht auf die Dornen. Gib dem Duft einen Augenblick, und schau dann auf den Morgen.‹ Der Morgen ist wichtig, heute kann man sich an den Dornen verletzen. Ignoriere den Schmerz einfach, sieh nicht hin, schau nicht auf das Blut. Entscheidend ist, was dann geschieht. Wir haben vor Gott einen Eid geschworen, den Kampf gegen die Feinde des Christentums fortzuführen, solange das Blut in unseren Adern fließt und wir Augen haben, um zu sehen. Die Erscheinung der Engel der Cherubim war so real, so echt. Mein Leben hat sich danach völlig verändert. Deshalb glaube ich auch an die Geschichte von Peter Bartholomäus. Ein einfacher Bauer aus der tiefsten französischen Provinz schafft es bis zum Retter der Christenheit, zum Helden des ersten Kreuzzugs. Was sonst außer der Präsenz Gottes hätte ihm diese Kraft geben können? Es ist so ähnlich wie bei mir. Mein Leben war voller Sünde, oberflächlich und bedeutungslos. Dann hat Gott mir den Weg gezeigt, den er für mich vorbereitet hat.«

Gutknecht legte die Lanze wieder auf den Altar.

»Meine Mutter starb durch eine selbst gebastelte Splitterbombe. Ich habe einmal gelesen, dass man bei einem Tod durch eine derartige Explosion in unmittelbarer Nähe überhaupt nichts davon mitbekommt. Man stirbt einfach, ohne dem Gehirn auch nur eine Sekunde Zeit zu geben, das zu begreifen, was gerade passiert. Aber ich weiß, dass sie in diesem Moment auf uns herunterschaut.«

Gutknecht deutete einen Blick zum Himmel an und betete kurz.

»Ich war einmal in Jerusalem. An der Stelle, wo es geschehen ist. Nichts an diesem Ort erinnert an ihre Ermordung. Es gibt in Israel so viele Anschläge, wo sollte man da auch anfangen. Man hat die Identität des Attentäters schnell publik gemacht. Er kam aus einem erbärmlichen Flüchtlingslager. Er war siebzehn Jahre alt. Siebzehn! Meine Mutter hat nicht gelitten. Aber ich kenne Menschen, deren Leid über mein Vorstellungsvermögen geht. Menschen, die ihre gesamte Familie an eine schreckliche Krankheit verloren haben und selbst für immer entstellt sind. Sie wissen, wen ich meine, Mr Miller.«

Deeks Gesicht blieb unbewegt, dann erhob er seine Stimme: »Warum sind wir hier? Warum sind wir noch am Leben?«

»Wir kämpfen für die gleiche Sache. Doch die Dummheit der Politiker, die Lobby der Mächtigen, der Hunger nach Rohstoffen, nach Öl, stören Ihre Arbeit immer wieder. Und so fragen Sie sich immer häufiger, ob manche Verantwortliche den Terror wirklich besiegen wollen.«

Leo bemerkte, wie Deek kaum sichtbar nickte.

»Ich spüre Ihren Hass, Deek Miller. Lassen Sie ihn zu. Ich weiß, wie oft Sie sich gewünscht haben, ohne den endlosen Verwaltungsapparat zuschlagen zu können. Nicht zu warten, sondern dann zu kämpfen, wenn Sie es für richtig halten. Nicht wahr? Wenden Sie sich nicht ab von der Schlacht. Wir zeigen keine Angst, wenn wir bedroht werden. Es ist Gottes Wille. Gott will es!«

Gutknechts Ton war immer eindringlicher geworden und vor den letzten Worten hatte er eine längere Pause eingelegt. In diesem Moment war ein seltsames Geräusch von draußen zu hören gewesen. Gutknecht ignorierte es.

Deek zog die Stirn in Falten und strich sich mehrmals über sein verschwitztes Gesicht. Wie zur Bestätigung wiederholte er leise die letzten Worte von Felix Gutknecht: »Gott will es.«

Bei diesem Satz stürmten die drei Männer der Air Force in die Kirche. Der Flugingenieur der *Galaxy* hatte zuvor dem einen Wachsoldaten blitzschnell die Maschinenpistole aus der Hand gerissen und ihm damit einen kräftigen Schlag gegen den Kehlkopf verpasst. Röchelnd war er zusammengesackt. Die beiden anderen Männer der Air Force hatten sich den Wachsoldaten unsichtbar genähert und mit kräftigen Tritten in die Kniekehlen und mit Handkantenschlägen ins Genick zu Boden gebracht. Der Pilot stürmte jetzt zum Altar und setzte Felix Gutknecht ein Messer an die Halsschlagader.

»Ihr Narren!«, rief Gutknecht.

Nach einem gezielten Faustschlag auf den Hinterkopf und einem weiteren auf den Solarplexus lag der Gründer der Cherubim regungslos neben dem Altar. Die Heilige Lanze von Antiochia krachte lärmend auf den Boden.

Zu fünft machten sie sich auf den Weg zur Landepiste. Den Weg dorthin hatte ihnen ein *Soldier* verraten, nachdem er mit einer scharfen, zwanzig Zentimeter langen Klinge am Hals wenig Alternativen gesehen hatte. Der Trupp lief auf dem Waldboden quer über das Gelände des Ausbildungslagers. Aus den Augenwinkeln konnten die Fliehenden schon die ersten Verfolger ausmachen und liefen noch schneller. Direkt vor ihnen trat plötzlich ein Mann mitten auf den Weg und näherte sich ihnen. Leo meinte zu erkennen, wer da auf sie zulief.

»Mark, bist du das?« Leos Schritte wurden langsamer.

»Ja, ich bin es, Leo. Ich wünschte, wir wären uns in einer anderen Lage begegnet.«

Deek und Leo blieben stehen, während die Air-Force-Leute weiterrannten.

»Ich habe eine schreckliche Sünde begangen«, sagte Mark. »Sie ist durch nichts zu entschuldigen. Ich bin ein Mörder, eine Bestie.« Er sprach die Worte völlig ungerührt aus. Langsam griff er in seine Hosentasche und zog einen Zettel heraus.

»Hier, nehmt das.« Mark reichte Leo das handgeschriebene Stück Papier.

Eine junge Frau kam aus einer Baracke gestürmt, lief auf Mark zu und rief: »Mark, tu das nicht! Mark!« Es war Sara.

Die Männer der Air Force hasteten weiter zur Landepiste. Einer von ihnen rief: »Kommt! Wir haben keine Zeit. Beeilt euch!«

Sara war völlig hysterisch, ihre Stimme überschlug sich. Kleine Schweißperlen bildeten sich auf ihrer Oberlippe. »Verdammt, Mark! Hör auf! Komm jetzt her, und gib mir den Zettel. Und halt dein Maul. Ich warne dich zum letzten Mal. Mark!«

Mark drehte sich kurz zu Sara um. Sie hatte ihre Waffe gezogen, hielt sie mit beiden Händen, so fest sie konnte, und fixierte Mark damit.

»Ich weiß nicht, was es genau bedeutet«, sagte Mark. »Es ist eine Bibelpassage, eine Art Rätsel. Ihr müsst diesen Anschlag unbedingt verhindern.« Er übergab Leo den Zettel. »Du kennst doch Hesekiel, Kapitel sechs, oder? Irgendwie hängen diese …«

Mark konnte den Satz nicht zu Ende bringen. Das Projektil hatte mühelos sein Rückenmark durchtrennt. Mit starrem Blick schaute er Leo noch ein paar Sekunden an. Dann sackte er zusammen. Bevor sein Gehirn den Geist aufgab, funkten seine Synapsen noch einmal Bilder in sein immer schwächer werdendes Bewusstsein. Er stand wieder in der Nähe der Rollbahn und hatte die verheerende Waffe geschultert. Doch jetzt flog das Geschoss zurück in die Abschussvorrichtung. Mark legte die Boden-Luft-Rakete wieder in den Metallkoffer, lief rückwärts zu seinem Auto, und fuhr wieder zurück zu seinem weißen Bungalow. Dort nahm er seine Frau in den Arm und küsste sie lange. Seine Tochter Claudia kam ins Zimmer gelaufen. In der Wiege lag Benjamin. Dann wurde es dunkel.

Hinter Mark stand die Schützin, die ihn von hinten ermordet hatte. Mit ausgestreckter Hand hielt Sara die Waffe von sich weg und ließ sie fallen. Von allen Seiten liefen jetzt die Soldaten der Armee Gottes auf die Männer zu. Waffen wurden gezogen, entsichert, und die ersten Salven schallten durch den Wald. Laute Gesprächsfetzen in verschiedenen Sprachen waren zu vernehmen. Und immer wieder die Wörter: aufhalten, erschießen, Ungläubige …

Deek zog Leo von Marks Leiche weg. Das blanke Entsetzen stand dem Religionswissenschaftler ins Gesicht geschrieben. Sie rannten den Air-Force-Leuten hinterher, die bereits ein ganzes Stück Vorsprung zum Flughafen hatten. Der vernichtende Lärm von krachenden Schüssen, das Stampfen und Rufen der Kreuzritter kam immer näher.

Doch plötzlich mischte sich noch ein anderes Geräusch dazu. Es war das rasch näher kommende Dröhnen von hochgezüchteten Flugzeugtriebwerken. Deek warf einen kurzen Blick zum Himmel, während er um sein Leben rannte. Vier F-35-Kampfflugzeuge donnerten im Tiefstflug über das Ausbildungsgelände hinweg. Der ohrenbetäubende Lärm und der folgende Aufruhr unter den Soldaten kamen wie gerufen. Deek und Leo erreichten endlich die drei Air-Force-Leute und gemeinsam hetzten sie jetzt über den Transportweg, der sie direkt zur Landepiste führte. Wieder pfiffen Kugeln durch die Luft. Aus einer Baracke, die kaum fünfzig Meter entfernt lag, lief ein Trupp Soldaten in voller Kampfausrüstung auf sie zu. Mit Handfeuerwaffen zielten sie auf die Fliehenden. Jetzt konnte man die Umrisse eines Privatjets auf der provisorischen Landebahn erkennen. Da passierte es. Eine Kugel durchbohrte das Bein des Flugingenieurs. Die Wucht des Projektils riss ihn um. Die beiden anderen Kameraden schulterten den Verletzten und liefen weiter. Die Meute war jetzt direkt hinter ihnen. Der Kugelhagel wurde immer dichter. Nur wenige Zentimeter entfernt schlugen die Geschosse in den Boden ein oder zischten über die Köpfe hinweg. Es war nur noch eine Frage von Sekunden, bis es das nächste Opfer gab.

Die vier Kampfflugzeuge der US Air Force kehrten zurück. Sie flogen in Angriffsformation auf das Lager zu. Die Bordkanonen fingen an zu arbeiten. Ein dreckiger, metallischer Klang drang aus den Jets. Man konnte die synchronen Mündungsfeuer der vier Kanonen erkennen. Für einige Sekunden erstarrten die Fliehenden vor Angst. Dann schrie der Pilot den anderen zu: »Es wird uns nichts passieren. Kommt lauft, lauft, lauft!«

Die Kreuzritter wichen augenblicklich zurück. Sie warfen sich auf den Boden, suchten Schutz hinter den Bäumen oder liefen zurück in ihre Baracken. Als die Kämpfer der Armee Gottes bemerkten, dass aus den Kanonen der Kampfjets lediglich Übungsmunition gefeuert wurde, war es zu spät. Die beiden erfahrenen Piloten der Air Force hatten sich schnell mit den Instrumenten des für sie fremden Privatflugzeugs vertraut gemacht. Schon heulten die beiden Honeywell-Triebwerke des Learjet 40 auf. Die Piloten brachten die Maschine in Position. Voller Schub. Leo und Deek wurden in ihre Sitze gedrückt. Die Kreuzritter hatten wieder aufgeholt. Die ersten *Soldiers* erreichten bereits die Landebahn. Sie rannten hinter dem immer schneller werdenden Flugzeug hinterher. Wieder pfiffen Schüsse durch die Luft. Einer der *Soldiers* warf eine Handgranate. Nur wenige Meter neben dem Flugzeug kam sie zur Detonation. Eine Kugel knallte in einen der Reifen. Die Geschwindigkeit war jedoch bereits hoch genug, dass der Druckverlust in dem Pneu die Maschine nicht einsacken ließ. Endlich hob der Learjet ab. Die *Soldiers* feuerten weiter aus ihren Gewehren und Handfeuerwaffen. Der Pilot riss die Maschine in eine riskante Linkskurve. Der Kugelhagel wurde schließlich mit jedem gewonnenen Höhenmeter dünner.

Leo und Deek saßen auf den großzügigen Ledersitzen und

versuchten, die Ereignisse der letzten Minuten zu begreifen. Vorsichtig schaute Leo aus dem runden Fenster. Ein endloser, bis zum Horizont reichender tiefgrüner Teppich aus Baumkronen breitete sich unter ihnen aus. Er schaute Deek erleichtert an.

»Festhalten!«, rief der Pilot.

Mit einem waghalsigen Manöver versuchte er, der Boden-Luft-Rakete auszuweichen, die plötzlich hinter der Maschine aufgetaucht war. Im Sturzflug ging es auf die Baumkronen zu. Immer tiefer. Hinter ihnen das fauchende Ungeheuer. Der Wärmesensor der Waffe hatte sich an eines der Triebwerke geheftet. Bei den ersten Ausweichmanövern hatte die Rakete spielend mitgehalten. Jetzt war das Fliegen im Grenzbereich die einzige Möglichkeit, dem sicheren Tod zu entgehen. Die Maschine schoss unaufhörlich in die Tiefe. Schon war durch das Fenster des Cockpits nur noch eine grüne Wand aus Baumgipfeln zu sehen. Dann gab der Pilot vollen Schub und riss die Maschine wieder hoch. Ein quälender Signalton kam aus der Instrumententafel. Eine rote Lampe blinkte hektisch.

»Mein Gott, was ist das?«, schrie Leo.

»*Stall warning*. Die Strömung an den Flügeln reißt ab«, sagte Deek lakonisch.

»Und was heißt das?«

»Wir stürzen ab.«

Der Pilot schlug die mit den letzten Kräften kämpfende Maschine in eine harte Kurve nach Backbord. Dann nahm er den Schub schlagartig zurück. Mit einer gewaltigen Detonation, deren Druckwelle auch den Learjet erfasste, schlug die Rakete in eine Baumgruppe. Zwei Bäume brachen krachend zusammen. Eine Staubwolke aus Raketengasen, Sprengstoff und aufgewirbelter Erde schnellte in den Himmel.

Der Learjet trudelte. Es gab keinen Auftrieb mehr. Wie ein schlecht gefalteter Papierflieger schlingerte die Maschine zu Boden. Der Höhenmesser drehte sich mit hoher Geschwindigkeit. Der Learjet sackte weiter in die Tiefe. Mit geschickten Ruderbewegungen gelang es dem kampferprobten Piloten, die Maschine etwas zu stabilisieren. Immer noch verlor die Maschine an Höhe. Dann wurde das Flugzeug plötzlich deutlich ruhiger. Die Warnlampe erlosch, der quälende Ton verstummte. Die Strömung haftete wieder an den eleganten Flügeln des Learjets. Die Gesetze der Aerodynamik hatten über die der Schwerkraft gesiegt. Schließlich gab der Pilot etwas Schub. Die Turbinen liefen wieder hörbar, und aus dem kontrollierten Gleitflug ging es in die Waagerechte zurück. Die Maschine flog jetzt wieder stabil und sanft über die Landschaft von Labrador.

»Nicht schlecht so ein Teil. Nur schade, dass ich mir von unserem Hungerlohn so eine Maschine wohl niemals leisten kann«, bemerkte der Pilot trocken, der gerade alle Insassen vor dem Tod bewahrt hatte.

Leo hatte die ganze Zeit die Augen fest geschlossen gehalten, und auch Deek war auf das Schlimmste gefasst gewesen.

»Liebe Passagiere, die Crew entschuldigt sich für die Unannehmlichkeiten der aufgetretenen Turbulenzen. Wir werden jetzt mit unserem Unterhaltungsprogramm planmäßig fortfahren können. Genießen Sie weiter den Flug.«

Scheinbar unbeeindruckt von dem Angriff, gingen die Piloten wieder ihrer Flugroutine nach. Die Schussverletzung des Ingenieurs ließ sich mit den Bordmitteln zumindest provisorisch verarzten. Auf der hinteren Reihe des luxuriösen Privatjets bauten Leo und Deek dem Patienten eine Ruhestätte. Starke Medikamente aus der Bordapotheke schienen die Schmerzen der Beinverletzung erträglich zu machen.

Vielleicht war es aber auch nur die knochenharte Ausbildung der Air-Force-Piloten, in der sie gelernt hatten, ihre Schmerzen im Kampfeinsatz unter Kontrolle zu halten.

»War das knapp?«, fragte Leo.

»Sehr sogar. Alles in Ordnung bei dir?«

Leo zog den Zettel, den ihm Mark gegeben hatte, aus der Hosentasche.

»Das ist vielleicht so etwas wie Marks Testament. Irgendetwas hat ihn wohl zurück zur Vernunft gebracht. Leider hat er seine Entscheidung teuer bezahlen müssen.«

Er glättete die Nachricht und machte sich daran, den Inhalt zu entziffern.

Deine Hand wird all Deine Feinde finden, wer Dich hasst, den trifft Deine Rechte. Zeige mir, Herr, Deine Wege, lehre mich Deine Pfade! Wer darf hinaufziehen zum Berg des Herrn, wer darf stehen an seiner heiligen Stätte?

Hör mein Gebet, Herr, vernimm mein Schreien, schweig nicht zu meinen Tränen! Warum soll ich mich in bösen Tagen fürchten, wenn mich der Frevel tückischer Feinde umgibt? Ihr Tore, hebt euch nach oben, hebt euch, ihr uralten Pforten, denn es kommt der König der Herrlichkeit.

Es ist die Torheit der Gottesleugner und unsere Bedingungen für den Eintritt ins Heiligtum.

»Es ist ein heilloses Chaos!«, rief Leo kopfschüttelnd.

»Was meinst du damit?«

»Das ist ein wild zusammengewürfelter Haufen von Passagen, Textanfängen. Ich glaube, es sind …«

Leo hielt inne und schloss die Augen. Dann griff er in die Stautaschen der elegant gearbeiteten Ledersitze und tastete danach am Fußraum den hochflorigen Teppich ab.

»Was suchst du?«, fragte Deek. Er versuchte sich zu konzentrieren. Es fiel ihm schwer. Sara hatte ihn angestarrt, als sie vor der Leiche Marks stand. Ihr Blick war gebrochen gewesen. Eine kaltblütige Mörderin, die fassungslos vor ihrer monströsen Tat stand. Ihre zärtliche Begegnung in Berlin schien so unendlich weit entfernt zu sein.

»Eine Bibel!«, antwortete Leo.

»Eine Bibel, hier im Flugzeug?«

»Diese *Soldiers* oder Cherubim haben doch bestimmt auch an Bord so einer Privatmaschine die Heilige Schrift.«

Deek durchsuchte die Schränke für das Handgepäck der Passagiere. Nichts. Dann durchsuchte er die kleine Bar. Hier standen ein paar Flaschen Champagner und ein edler, alter Cognac. Im Fach darunter waren die Kristallgläser untergebracht. Auf ihnen lag ein schweres Buch.

»Hier ist etwas, das eine Bibel sein könnte. Sieht aus wie Griechisch.«

Deek reichte Leo den in Leder gebundenen und mit Goldschnitt versehenen Band.

»Ja, das ist eine Septuaginta, eine sehr alte Übersetzung des Alten Testaments aus dem Hebräischen. Es macht die Sache nicht gerade leichter, aber es wird schon irgendwie gehen.«

»Wie alt?«

»Zweitausenddreihundert Jahre. Zumindest an manchen Stellen. Laut einer Legende haben damals zweiundsiebzig Gelehrte in zweiundsiebzig Tagen irgendwo in Alexandrien die hebräischen Schriften unabhängig übersetzt und kamen zu exakt gleichen Ergebnissen. Da dachten die Griechen, dass Gott seine Hand mit ihm Spiel gehabt hat, und trauten der Übersetzung.«

»Und das kannst du lesen?«

»Ja, Altgriechisch ist zwar nicht unbedingt meine Stärke, aber das geht schon.«

Leo blätterte durch die vielen dicht bedruckten Seiten. An einer Stelle blieb er hängen. Auf dem Blatt stand oben in der Ecke: ΨΑΛΜΟΙ

»Okay, das wär's ja schon. ›Deine Hand wird all Deine Feinde finden, wer Dich hasst, den trifft Deine Rechte.‹ Damit fängt die Nachricht an. Hier steht es.«

»Was steht da? Was hast du gefunden?«

»Psalme. Es sind Sätze aus Psalmen. Warte, ich hab's gleich.«

Leo las die altgriechischen Sätze in der Septuaginta und versuchte sie, mit der gängigen deutschen Übersetzung, in der die Aufzeichnungen von Mark verfasst waren, in Einklang zu bringen.

»Psalm einundzwanzig. Ganz klar. Der erste Satz ist aus diesem Psalm.«

»Psalm einundzwanzig, okay, und der nächste Satz?«

»›Zeige mir, Herr, Deine Wege …‹ und so weiter. Moment.«

Leo ließ den Blick über die dünnen Seiten rasen, verglich die uralte Version mit den Texten auf Marks Botschaft.

»Es müsste der fünfundzwanzigste Psalm sein. Die Übersetzungen weichen im Wortlaut und in der Zählung zum Teil erheblich ab. Ich bin mir aber trotzdem ziemlich sicher, Deek. Es ist der fünfundzwanzigste. Den nächsten Satz aus Marks Nachricht kenne ich auswendig. Es ist der vierundzwanzigste Psalm.«

»Dann haben wir jetzt den einundzwanzigsten, fünfundzwanzigsten und den vierundzwanzigsten Psalm. Ergibt diese Zusammenführung für dich irgendeinen Sinn? Einen theologischen, textlichen Sinn?«, fragte Deek.

»Nein, leider überhaupt nicht. Nicht von der Chronologie, nicht vom Inhalt. Kein Zusammenhang.«

»Vielleicht sind es ja nur die Zahlen«, murmelte Deek.

»Was sagst du?«

»Nichts. Wie geht es weiter?«

»Der nächste ist der neununddreißigste Psalm. Dann kommt dieser Satz: ›Warum soll ich mich in bösen Tagen fürchten, wenn mich der Frevel tückischer Feinde umgibt?‹ Mal schauen.«

Wieder glitten Leos Augen in Windeseile über die altgriechischen Buchstaben.

»Neunundvierzig. Es ist der Psalm neunundvierzig. Und der nächste ist wieder leicht: Es ist noch mal der vierundzwanzigste.«

»Sehr gut. Dann haben wir jetzt sechs Psalme, sechs Zahlen.«

»Jetzt kommt aber noch ein weiterer Absatz und diese letzten Worte. Ich glaube nicht, dass diese Aufteilung ein Zufall ist. ›Es ist die Torheit der Gottesleugner und unsere Bedingungen für den Eintritt ins Heiligtum.‹«

»Sind das keine Psalme mehr?«

»Doch, aber es sind nur Überschriften. Der vierzehnte Psalm hat die Überschrift: *Die Torheit der Gottesleugner.* Und der fünfzehnte die Zeile: *Die Bedingungen für den Eintritt ins Heiligtum.*«

Deek zählte stumm etwas an den Fingern ab.

»N und O«, murmelte er leise.

»Was? N und O?«

»Der vierzehnte und der fünfzehnte Buchstabe aus dem Alphabet. N und O.« Deek vergaß fast das Atmen, als er angestrengt nachgrübelte. »Norden und Osten. Es sind Koordinaten, Leo! Einundzwanzig, fünfundzwanzig, vierundzwanzig ergibt zusammen die erste Koordinate: einundzwanzig Grad, fünfundzwanzig Minuten und vierundzwanzig Sekunden nördlicher Breite. Die anderen Ziffern ergeben dann neununddreißig Grad, neunundvierzig Minuten und vierundzwanzig Sekunden östlicher Länge.«

Deek hastete an dem verdutzten Leo vorbei zum Cockpit.

»Gebt diese Koordinaten hier bitte sofort in den Navigationscomputer ein.«

Der Pilot hatte den Computer schon in Betrieb, um den Rückflug nach Washington zu berechnen, und tippte nun rasch die Zahlen in den kleinen Computer. Eine kleine Umrisskarte der Welt zeigte die Lage der Koordinaten mit einem kleinen roten Punkt an.

»Irgendwo in Saudi-Arabien«, sagte der Copilot.

»Können wir näher ranzoomen?«

Der Bildausschnitt wurde vergrößert. In mehreren Schritten wurde der rote Punkt immer größer und die Lage der Koordinaten genauer. Das Rote Meer war nicht weit entfernt. Direkt hinter dem Punkt ragte ein Gipfel auf: der Berg Arafat.

Leo war inzwischen auch ins Cockpit gekommen. Während der Bildschirm weiter aufzog, schauten sich Leo und Deek mehrmals ungläubig an. Mit der wachsenden Vergrößerung änderte sich auch ihr Gesichtsausdruck. Die Mundwinkel verloren an Spannung. Dann öffneten sich langsam die Lippen der beiden, und schließlich konnte man nur noch nacktes Entsetzen in den Augen von Leo und Deek lesen.

Der Bildschirm auf dem Cockpit des Learjets hatte seine maximale Auflösung erreicht. Neben dem roten Punkt hatte der Computer mit einer dünnen grünen Schrift den nächstgelegenen Ort zu dem Koordinatenkreuz geschrieben: *Mekka.*

Kapitel 17

> Und als wir das Haus zu einem Versammlungsort für die Menschen und einem Asyl machten und sprachen: »Nehmt Abrahams Stätte als Bethaus an«, und wir Abraham und Ismael verpflichteten: »Reinigt mein Haus für die es Umwandelnden und darin Verweilenden und die sich Beugenden und Niederwerfenden!«
>
> *(Sure 2, 125)*

An Bord der USS *Toledo*, irgendwo im Roten Meer
Die drei Matrosen hatten die ganze Nacht gewacht. Sich mit Gebeten und dem Singen von christlichen Liedern wach gehalten. Sie hatten den Gebetsteppich auf dem harten Metallboden des U-Boots ausgerollt und nach den Himmelsrichtungen ausgerichtet.

Deine Hand wird all Deine Feinde finden, wer Dich hasst, den trifft Deine Rechte. Zeige mir, Herr, Deine Wege, lehre mich Deine Pfade! Wer darf hinaufziehen zum Berg des Herrn, wer darf stehen an seiner heiligen Stätte? …

Diese drei Männer kannten nicht nur die irreführende Kombination von Textausschnitten aus verschiedenen Psalmen, sie kannten auch die verschlüsselte Botschaft darin. Die Operation war bis ins kleinste Detail geplant und bislang virtuos ausgeführt worden. Phase eins war erfolgreich abgeschlossen. Die Phase zwei, die weitaus gefährlichere, würde in wenigen Minuten in Kraft treten. Die Matrosen hatten alles für die Mission dieser Nacht Nötige schon so oft geübt, dass sie jeden Handgriff im Schlaf beherrschten. Der Raum des U-Boots, in dem der wichtigste Teil der Operation stattfinden sollte, war in einer von Happy Valleys Baracken originalgetreu nachgebaut worden. Instrumente, Hebel, hydraulische Schalter, Schraube für Schraube einfach alles. Selbst die schwache Beleuchtung im U-Boot war exakt nachempfunden worden. Und man hatte eine genaue Nachbildung der Waffenkammer geschaffen: Hier waren auf dem U-Boot die *Tomahawk*-Raketen, die Marschflugkörper, stationiert. Hier war der Computer installiert, auf dem für jede Rakete bis zu zwölf unterschiedliche Ziele programmiert waren. Hier konnte man diese Ziele auch löschen, ein neues eingeben und mit einem Freigabecode die Waffen zum Abschuss bringen.

Dieser Teil der Operation Ismael konnte nur mit äußerster Härte durchgeführt werden. Wie das schnelle, lautlose Töten der Matrosen, die an den Zielcomputern arbeiteten, und das Überwältigen der wachhabenden Kameraden. Alles musste in Sekunden geschehen, jeder Schuss sein Ziel treffen. Das Überraschungsmoment war der Schlüssel zum Gelingen dieses fanatischen Himmelfahrtskommandos.

Die drei *Soldiers* waren exzellent ausgebildet worden. Sie hatten lange Monate für diese einzige Nacht trainiert. Die Angst vor dem Tod plagte sie nicht, kannten sie doch die Worte:

Wer sein Leben verliert um meinetwillen, der wird es finden.

Kapitel 18

> Und als Abraham sprach: »Mein Herr, mache dieses Land sicher und versorge sein Volk mit Früchten, wer da glaubet von ihnen an Allah und an den Jüngsten Tag«, sprach Er: »Und wer nicht glaubt, dem will ich wenig geben; alsdann will ich ihn stoßen in die Feuerspein; und schlimm ist die Fahrt dorthin.«
>
> *(Sure 2, 126)*

»Ich muss dringend Gordon erreichen«, brach Deek das Schweigen und wandte sich an den Piloten. »Kann man mit dem Bordfunk eine Handynummer anwählen?«

»Das hier sieht mir ganz nach einem Handy aus«, mischte sich der Copilot ein.

Er griff nach dem elegant designten Mobiltelefon, das in einer Halterung steckte, und reichte es Deek, der sofort eine Nummer eintippte.

»Gordon, ich bin es.«

»Deek, gut deine Stimme zu hören. Das mit den F-35-Jägern hat ja offensichtlich geklappt.«

»Ja, vielen Dank. Pass auf, wir haben nicht viel Zeit. Trommle bitte die ganze Mannschaft zusammen. Delaney wird dich sicher unterstützen.«

In den nächsten Minuten berichtete Deek von den Ereignissen der letzten Stunden. Ihrer Rettung aus dem Lager, der verschlüsselten Nachricht und schließlich deren Auflösung.

»Mekka, die Kaaba?«, schrie Gordon fast. »Das kann nicht

sein. Das darf nicht sein. Das heißt … Deek, weißt du, was gerade in Pakistan passiert?«

»Da tobt ein Bürgerkrieg, das habe ich noch mitbekommen.«

»Genau, aber inzwischen gibt es in Islamabad eine fundamentalistische, streng islamische Regierung. Die Machthaber machen keinen Hehl daraus, dass sie mit der Politik ihrer Vorgänger komplett brechen wollen. Es ist eine äußerst angespannte Situation. Überall brennt es. Dass Pakistan eine Atommacht ist, weißt du ja selbst. Und jetzt das, was du mir da erzählst. Bist du dir auch wirklich sicher?«

»Ja. Leo hat die Botschaft dechiffriert. Alles passt zusammen. Es wird einen Anschlag geben.«

»Wann seid ihr hier?«

»Wir müssten in einer Stunde da sein. Wir treffen uns im Situation Room.«

»Okay. Hast du eine Ahnung, wann der Anschlag erfolgen soll? Gibt es irgendeinen Hinweis?«

»Morgen, am 15. Juli wird es geschehen.«

»Warum bist du dir da so sicher?«, fragte Gordon.

»Weil am 15. Juli 1099 die ersten Kreuzzügler glorreich in Jerusalem einmarschiert sind.«

»Man merkt, dass Leo Malzahn dir Unterricht gegeben hat. Da haben wir ja nur noch wenig Zeit, wenn das mit dem Datum stimmt.«

Deek schaute auf die Uhr. »Besonders weil in Saudi-Arabien der 15.Juli bereits angefangen hat.«

Ein paar Minuten später in einem Park in Washington

Ein elegant gekleideter Mann lief mit seinem Mobiltelefon am Ohr aufgeregt über das satte Grün des Parks. Er hatte keine Augen für die Schönheit dieser Grünanlage. Auch die

Tatsache, dass man von hier aus einen wunderschönen Blick auf das Weiße Haus hatte, beeindruckte ihn nicht. Er war dort regelmäßig zu Gast, auch am heutigen Tag.

»Sebastian, dieser eitle Spinner, hat angerufen … Irre schon, aber auch gefährlich … Operation Sodom, und zwar unverzüglich … Kampfgas, Reizgas, das ist mir egal, Hauptsache … Ein Feuer wäre gut. Ein schöner, alles zerstörender Waldbrand … Ist das denn so schwer? Es gibt ein Treibstofflager in der Nähe der Landebahn. Eine *Maverick* müsste genügen … Es ist Mitte Juli. Da sind Waldbrände in Labrador doch wohl kein zu großer Zufall, oder? Ich werde bei der Sitzung dabei sein … Ja, Deek und Gordon auch, und so ein deutscher Theologe … Ich habe noch nie von ihm gehört. Nein, das Bureau kennt ihn auch nicht … Ich glaube, ich habe mich nicht klar genug ausgedrückt. Keine Spuren, keine Verbindung. Nichts. Gar nichts … Okay, ich melde mich später noch einmal.«

Zur gleichen Zeit in Happy Valley, Goose Bay,
Ausbildungslager der *Soldiers of the Holy Crusade*

Die Aufregung war gewaltig gewesen. Seit die Leute der Air Force und die anderen Gefangenen hatten fliehen können, glich das Ausbildungslager einem Ameisenhaufen. Es war die Stunde der Mobilmachung. Verluste unter den *Soldiers* hatte es keine gegeben, wenn man von Marks Hinrichtung durch Sara absah. Ein paar Brüche, Rippenprellungen, Platzwunden am Kopf. Leif hatte den Befehl gegeben, das Lager in eine Festung umzubauen. Man würde bis zum Äußersten gegen jeden Eindringling kämpfen. Dann hatte er versucht, ein paar seiner Geschäftspartner in den USA anzurufen. Die Verbindungen waren jedes Mal gestört gewesen.

»Sara!«

Felix Gutknecht war erst seit ein paar Minuten wieder bei Bewusstsein. Sein Kopf brannte wie Feuer. Immer noch musste er nach Atem ringen. Mühsam zog er sich an einer der Holzbänke hoch, als Sara in die Kirche trat. Ihre Blicke trafen sich, und Sara machte eine tiefe Verbeugung. Dann verbarg sie ihr Gesicht in ihren zittrigen Händen. Er konnte sehen, dass sie am ganzen Leib bebte.

»Sara, was ist passiert?« Gutknecht ging langsam auf sie zu.

»In den Rücken. Ich habe Mark in den Rücken geschossen«, stammelte sie apathisch.

»Mark? Warum?«

»Er wollte Deek und diesen Leo warnen. Ich wollte es auf jeden Fall verhindern. Ich wollte doch nur Gutes tun. Helfen. Unsere Kirche und den Menschen helfen. Und jetzt …«

Gutknecht schüttelt ungläubig den Kopf. »Dann hat sich Mark an allem versündigt, was uns heilig ist. Er ist ein heimtückischer Verräter. Du hast …« Er stockte und versuchte die richtigen Worte zu finden. »Unsere Zeit ist gekommen. Unser Kampf hat gerade erst begonnen. Du hast der christlichen Gemeinschaft und unserem Herrn einen großen Dienst erwiesen. Es war ein großes Opfer, Sara. Du bist eine Heldin.«

»Ich bin eine Mörderin. Das bin ich.«

Saras Augen waren durch das viele Weinen gerötet. Wieder quollen die Tränen hervor. Sie wischte sie mit zittriger Hand weg.

»Und selbst du, Felix Gutknecht, kannst mir nicht weismachen, dass das christlich ist. Du bist mein großes Vorbild, ich bewundere dich über alles auf der Welt, aber das ist eine Sünde.«

»Ich weiß noch, wie ich dir damals in Berlin das erste Mal begegnet bin. Deine Brüder waren gerade gestorben. Erinnerst du dich? Du wolltest nicht mehr leben. Leif hatte dich nach dem Gottesdienst kennengelernt. Deine Wunden waren noch frisch, und du warst nur noch ein Schatten deiner selbst. Aber wir beide wussten, dass eine große Kraft in dir steckt. Und diese haben die Cherubim und die *Soldiers* in dir zum Leben erweckt. Wir und die unendliche Gnade unseres Herrn.«

Das Donnern von Flugzeugtriebwerken erfüllte die Luft. Gutknecht rannte augenblicklich aus der Kirche. Er schaute noch einmal zurück zu Sara, die starr auf den kleinen Altar mit der nach Jerusalem ausgerichteten Windrose blickte.

Das nervenzerfetzende Geräusch kam näher. Die F-35 der US Air Force zischten dicht über die Baumgipfel hinweg. Mit großen Schritten kämpfte Gutknecht sich einen Weg durch die aufgeregt umherlaufenden *Soldiers*. Das Sakko aus Tarnstoff blähte sich auf, und Gutknecht drückte es mit den Armen herunter. Dann passierte es: Gasgranaten!

Auf dem Waldboden schlugen mehrere Dutzend Metallbehälter auf und verströmten ihren dichten, undurchdringlichen Rauch. Kurz darauf konnte man das Husten und Würgen Hunderter Menschen hören. Die Schleimhäute der Opfer schwollen in Sekundenschnelle an. Die Atemorgane versagten ihren Dienst. Die Menschen versuchten verzweifelt, durch ihren völlig zugeschwollenen Hals Luft in die Lunge zu saugen. Aus Nase und Mund traten permanent riesige Mengen Flüssigkeit aus. Die Äderchen in den Augen platzten. Aus den Ohren rannen kleine Blutströme. Auf dem Rücken liegend, japsten die Kreuzritter nach Luft und zappelten wie Fische auf dem Trockenen. Bei den ersten zuckten schon die Gliedmaßen unkontrolliert, Symptome des nahen Erstickungstodes.

Felix Gutknecht stolperte zurück in die Kirche und rief mit letzter Kraft: »Leif! Leif, wo bist du? Leif! Leeeiiiiiiif!«

Er schloss die Tür, aber das giftige Gas trat ungehindert durch die vielen Schlitze zwischen den Holzbrettern. Sara hatte die Kirche offenbar verlassen. Er war allein. Die Lanze lag auf dem Boden. Er hob sie auf und umschloss sie mit beiden Armen. Seine Atmung setzte aus. Die Augen quollen langsam aus ihren Höhlen. Mit krampfhaften Bewegungen des Kieferapparats versuchte er, Luft in die Lunge zu pressen. Er durfte die Kontrolle über seinen Körper nicht gänzlich verlieren. Er nahm die Lanze von Antiochia und führte die Spitze an seinen Oberkörper. Dann kniete er sich langsam auf den harten Holzboden seiner Kirche. Das Metall der Lanze drang wenige Zentimeter unter seinen Rippen durch die Haut tief in seinen Leib. Ein Schwall Blut trat heraus. Gutknecht kippte zur Seite und schlug mit dem Kopf hart auf den Boden auf. Die Lanze fiel ihm aus den Händen und rollte einen halben Meter über den Boden.

Die letzten Bilder, die durch die Augen in sein mit Sauerstoff unterversorgtes Gehirn gelangten, zeigten ihm die blutige Lanze von Antiochia, von der er glaubte, sie hätte schon im Leib Jesus gesteckt. Es gelang ihm noch, sich schützend über die Lanze zu wälzen. Seine letzten Worte schließlich kamen nicht mehr aus seinem durch das Giftgas verätzten Mund. Er formte sie in Gedanken, immer wieder, immer wieder.

»Eli, Eli, lama asabtani?«

Felix Gutknecht, Sara, Bernhard und mehrer Hundert andere *Soldiers* waren schon tot, als eine AGM-65 *Maverick* in das Treibstofflager schlug. Augenblicklich entstand ein riesiger Feuerball, der rasch auf die vielen Bäume und Holzbaracken übergriff. In wenigen Minuten breitete sich ein gewaltiges Feuer über das Ausbildungslager aus. Ein frischer Wind von der Goose Bay fachte das Feuer immer wieder an und versorgte den lodernden Brandherd mit Sauerstoff. Die Tanks der vielen Fahrzeuge explodierten, die Waffenlager gingen in Salven von kleineren und größeren Detonationen hoch. Das Logistikzentrum und die Computer wurden Opfer der Feuerwelle, die ständig neue Nahrung fand. Die kleine Kirche löste sich in Sekunden in den gierigen Flammen auf. Eine halbe Stunde später loderten die Flammen schon über den Wipfeln der Schwarzfichten. Als schließlich knapp eine Stunde später das erste Löschflugzeug seine nasse Ladung auf die Feuersbrunst abwarf, konnte man von dem ehemaligen Lager nur noch vereinzelte rauchende Trümmer erkennen.

Kapitel 19

> Und als Abraham und Ismael die Fundamente des Hauses legten, sprachen sie: »O unser Herr, nimm es an von uns; siehe, Du bist der Hörende, der Wissende. O unser Herr, und mache uns Dir zu Muslimen und von unsrer Nachkommenschaft eine Gemeinde von Muslimen. Und zeige uns unsre Riten und kehre Dich zu uns, denn siehe, Du bist der Vergebende, der Barmherzige.«
>
> *(Sure 2, 127, 128)*

Ein paar Stunden später in einer Limousine in Washington, D. C., auf der Fahrt zum Weißen Haus, gegen 19 Uhr Ortszeit

»Bist du schon mal in Washington gewesen?«, fragte Deek.

»Nein, ich war noch nie in den USA«, antwortete Leo. »Ich bin auch vorher noch nie in Kanada gewesen und überhaupt erst einmal in meinem Leben geflogen. Nach Mallorca. Den Rückweg habe ich damals übrigens mit der Fähre angetreten.«

»Eine Sache will mir nicht aus dem Kopf gehen. Was wäre, wenn Felix Gutknecht Recht hat und es wirklich der Wille Gottes ist, was die *Soldiers* tun? Verstehst du, was ich sagen will?«

»Ich befürchte es«, sagte Leo stirnrunzelnd.

»Vielleicht sind wir einfach nur zu sehr in unseren Rollen gefangen, um wirklich drastische Maßnahmen zu ergreifen. Das mit dem Krieg stimmt ja irgendwie. Die haben uns den

Krieg erklärt. Du selbst hast das ganze Leid in Deutschland miterlebt.«

Leo kam nicht mehr dazu, Deek zu antworten. Die Limousine erreichte die Pennsylvania Avenue 1600, das Weiße Haus, wo sie schon erwartet wurden. Unverzüglich wurden sie an den Sicherheitskontrollen vorbei durch die weiten Korridore zum Situation Room geführt. Die breiten Flügeltüren wurden aufgestoßen, und sie betraten den voll besetzten Raum. Neben Gordon Sebastian hatten sich bereits die Vertreter von CIA, FBI und NSA, ein Vertreter des Pentagon und natürlich Patrick Delaney vom CSG eingefunden und an dem riesigen Tisch versammelt.

Die Präsidentin der Vereinigten Staaten weilte gerade auf ihrem Sommersitz und nahm deshalb per Videokonferenzschaltung teil. Als Deek sich setzte, hatte er ein starkes Déjà-vu-Erlebnis. Schon zweimal zuvor war er in diesem Raum gewesen und hatte an genau diesem Tisch gesessen, um die schlimmsten Krisen der neueren amerikanischen Geschichte zu meistern. Gordon Sebastian blickte Deek erleichtert an und nickte Leo zu. Die anderen im Raum beäugten die beiden eher mit einer Mischung aus Ungläubigkeit und Reserviertheit.

Patrick Delaney ergriff das Wort. »Meine Damen und Herren, unser ehemaliger Präsident Gordon Sebastian hat uns zu dieser Dringlichkeitssitzung eingeladen, weil es seiner Meinung nach Beweise für, ich zitiere, ›einen terroristischen Angriff in einem nie zuvor bekannten Ausmaß‹ gebe. Maßgebliche Zeugen sind der deutsche Theologe Leo Malzahn und mein verehrter Kollege Deek Miller. Alle wichtigen Agenturen und Dienste haben schon vor ein paar Stunden mit umfangreichen Nachforschungen begonnen, konnten aber bisher keine Verdachtsmomente ermitteln. Es scheint ja auch eine völlig neue Richtung von Terror zu sein, nicht wahr, Deek?«

Deek ignorierte den zynischen Unterton von Delaney geflissentlich. »Meine Damen und Herren, die letzten sechsunddreißig Stunden waren für mich und meinen Begleiter Leo Malzahn äußerst ungewöhnlich und ereignisreich. Ich werde versuchen, das Gesamtbild und meine Vermutungen in Kurzform zu präsentieren. Uns bleibt nicht viel Zeit. Es steht unmittelbar ein Anschlag auf die Kaaba in Mekka bevor.«

Im Situation Room wurde es sofort unruhig. Die Mitarbeiter des Stabes schüttelten den Kopf, tuschelten mit ihren Nachbarn, manche lachten leise. Dann regte sich etwas auf dem Bildschirm der Videoübertragung. Eine Frau in legerer, aber trotzdem schicker Freizeitkleidung meldete sich zu Wort. Die Technik der Übertragung schien noch nicht ganz reibungslos zu funktionieren. So konnte man nur erahnen, was die attraktive Mittvierzigerin ins Ansteckmikrofon sprach.

»Mrs President, wir konnten Sie leider nicht verstehen«, sagte Delaney. »Würden Sie den Satz bitte noch einmal wiederholen?«

Miranda Baisz, eine knallharte, erzkonservative Republikanerin, war die Nachfolgerin von Gordon Sebastian, der mit der neuen Präsidentin auf Kriegsfuß stand. Die beiden verband eine aufrichtige Antipathie. Das neue Staatsoberhaupt ließ kaum eine Gelegenheit aus, sich über die »Schwächlingspolitik« seines Vorgängers lustig zu machen. Baisz versuchte, das Land mit harter und energischer Hand zu führen und die alten Tugenden der Republikaner wiederzubeleben. Sie war eine Eliteschülerin gewesen, die im Kindesalter ein paar Klassen übersprungen hatte. Auf einer der angesehensten Universitäten hatte sie ihren Master in

Business absolviert sowie Politik und Geschichte der Gegenwart studiert. Sie hatte eine Schwäche für Designerkleidung, war sportlich und mit einer einschüchternden Präsenz gesegnet. Deek kannte hochdekorierte Generäle, die nächtelang nicht schlafen konnten, wenn eine Unterredung mit der Präsidentin auf ihrem Programm stand.

»Ich fragte Deek, ob er sich sicher sei mit der Kaaba. Ist die Tonverbindung jetzt endlich besser?«

Der Haustechniker des Weißen Hauses hatte durch die strengen Worte seiner Chefin schon riesige Schweißflecken unter den Achseln und ihm zitterten merklich die Hände. Man konnte Miranda Baisz jetzt laut und deutlich vernehmen.

»Mrs President, ich bin mir da ganz sicher. Dieser Anschlag wird in wenigen Stunden, wenn nicht sogar früher stattfinden.«

»Was macht Sie da so sicher?«, wollte Baisz wissen.

»Morgen ist der 15. Juli. Am 15. Juli 1099 wurde Jerusalem im ersten Kreuzzug erobert.«

Im Situation Room gab es wieder lautstarkes Murmeln und unterdrücktes Kichern.

»Kreuzzug, Jerusalem? Wie soll ich das verstehen?«, sagte Baisz.

»Der Anschlag, der die Kaaba zerstören soll, wird von einer Organisation ausgeführt, die sich die *Soldiers of the Holy Crusade* nennen. Moderne Kreuzritter, christliche Terroristen, wenn man so will.«

Im Saal wurde es immer unruhiger. Delaney musste zur Ruhe ermahnen. Man bemerkte kaum, dass er immer wieder sein kleines Mobiltelefon aus der Sakkotasche nahm. Wiederholt schaute er auf das Display und überprüfte die Empfangsbereitschaft.

»Anführer dieser Gruppe ist Felix Gutknecht, der Gründer des Hauses der Cherubim.«

Deek hatte den Satz kaum zu Ende gebracht, als sich zwei Personen von ihren Plätzen erhoben. Der Lärmpegel war weiter erheblich gestiegen.

»Das Haus der Cherubim ist eine der ehrenwertesten Einrichtungen nicht nur in Europa, sondern auch in den USA. Diese Anschuldigungen sind eine Frechheit. Deek, du gehst eindeutig in eine falsche Richtung. Ich möchte hiermit meinen ausdrücklichen Protest bekunden«, erklärte ein Mitarbeiter des Bureau und begab sich wutentbrannt zur Tür. Sein Kollege folgte ihm kopfschüttelnd.

Deek blieb eisern. »Sie können meine Steinigung gern später vollziehen. Jetzt ist dafür keine Zeit. Wir brauchen jetzt Entscheidungen.«

Zur gleichen Zeit in der Waffenkammer der USS *Toledo,* 3 Uhr morgens Ortszeit

Mit schlafwandlerischer Sicherheit hatten die *Soldiers* die Sicherheitskräfte und die diensthabenden Offiziere überwältigt. Alles wirkte wieder friedlich an Bord. Allein die vielen Blutspuren an den kahlen Wänden des U-Boots zeugten noch von dem gewalttätigen Kampf. Einer der *Soldiers* hievte die Leiche eines Matrosen vom Stuhl des Zielcomputers und ließ sie auf den Metallboden plumpsen. Dann setzte er sich an den frei gewordenen Arbeitsplatz.

Der *Soldier* hämmerte wie eine Maschine die erste Koordinate ein.

USS Toledo
Interface WGS 84/Port q4/o

Enter latitude …

21/25/24
Pls confirm …

Confirmed!

Situation Room, Weißes Haus, Washington, D. C.
»Was ist mit dem Ausbildungslager in Happy Valley, Kanada? Habt ihr eure Leute schon dort abgesetzt? Patrick? Was ist los?«, fragte Deek.

Irgendetwas stimmte nicht.

»Eine äußerst unglückliche Verkettung von Ereignissen. Wir können es selbst kaum glauben. In dem Gebiet, in dem ihr gefangen gehalten wurdet, gab es einen verheerenden Waldbrand. Unsere Leute wollten gerade landen, und da … Es war einfach kein Durchkommen. Riesige Flammen, vernichtende Feuerwalzen, schrecklich … Das ist übrigens nicht selten in dieser Gegend. Jedes Jahr brennen hektarweise Waldgebiete in Labrador. Das Einzige, was wir haben, sind die Berichte der Jägerpiloten, und natürlich eure Aussagen.«

Zur gleichen Zeit in der Waffenkammer der USS *Toledo*
Der *Soldier* hatte die ersten Daten, die er aus dem verschlüsselten Gebet gewonnen hatte, in den Zielcomputer eingegeben. Und in weniger als eine Sekunde war auch die zweite Koordinate im System des Computers.

USS Toledo
Interface WGS 84/Port q4/o

Enter longitude …

39/49/24
Pls confirm …

Confirmed!

Twk 03 ready to launch

Pls confirm …

Confirmed!
Enter sxcode!

Der Sicherheitscode für den Abschuss war schon vor ein paar Tagen heimlich aus dem zentralen Bordcomputer heruntergeladen worden. Der *Soldier* kannte ihn auswendig.

Df56vn809sdfkdfaouie33h8778qr

Twk 03 ready to launch
Pls use fire button!

Als die Wachen der USS *Toledo* die verbarrikadierte Luke zur Waffenkammer öffneten, entdeckten sie die drei *Soldiers* am Zielcomputer. Die letzte Bestätigung zum Launch der *Tomahawk*-Block-VI-Rakete war soeben vom Computer akzeptiert worden. Die Zündungssequenz der Triebwerke war vollzogen, und nichts konnte die über 1,5 Tonnen schwere Rakete jetzt noch stoppen. Das knapp drei Meter lange Geschoss riss sich einen Weg durch das flache Wasser über dem U-Boot und würde in wenigen Minuten in den noch nachtschwarzen Himmel über dem Roten Meer in eine horizontale Lage schwenken, um sich mit 800 km/h unbeirrbar seinem Ziel zu nähern. Es gelang den *Soldiers* noch, den Zielcomputer mit einem schweren Schraubenschlüssel zu zertrümmern. Eine Neuprogrammierung konnte jetzt nicht mehr erfolgen, und auch keine Analyse der eingegebenen Koordinaten. Als die Wachen der USS *Toledo* anlegten und die Terroristen zum letzten Mal warnten, die Hände hochzunehmen, bissen alle drei fast gleichzeitig auf eine kleine grüne Kapsel in ihrem Mund: Zyankali.

Situation Room, Weißes Haus, Washington, D. C.
Gordon Sebastian ergriff das Wort. »Auf mich wurde heute in meinem Haus auf den Keys ein Mordanschlag verübt. Ich verdächtige Leute aus Geheimdienstkreisen. Zumindest kannten die Agenten vom Secret Service diese Männer. Die Beamten hatten im Übrigen nicht so viel Glück wie ich. In Deutschland ist eine Passagiermaschine der Saudi Arabian Airlines abgeschossen worden. Die Umstände sind äußerst mysteriös. An Bord befanden sich ausschließlich Araber. Die Erklärungen der deutschen Behörden sind nicht nur lückenhaft, sondern auch noch widersprüchlich. Meine Damen und Herren, hier ist doch was gewaltig in Schräglage. Ich bin zwar nur pensionierter Präsident, aber ich wünsche mir etwas mehr Toleranz gegenüber ungewöhnlichen Erklärungsansätzen wie denen von Deek Miller.«

»Genau, Gordon«, mischte sich Patrick Delaney ein, »du bist der ehemalige Präsident der Vereinigten Staaten, und wir sind jetzt für die Sicherheit dieses Landes zuständig. Wir sind über alle deine ›Spuren‹ im Bilde. Alles wird ausgewertet und genauestens recherchiert. Ich verstehe auch vollkommen, wenn dich der ›Mordanschlag‹ nervlich überanstrengt hat. Mir ist übrigens von keinem Mordanschlag auf den Expräsidenten etwas bekannt.«

»Was soll das heißen, Delaney? Du weißt doch, was passiert ist«, rief Gordon.

»Die Untersuchungen sind im vollen Gange, aber eines darf ich vielleicht schon bestätigen: Die Beamten des Secret Service sind leider nicht nur mit der Bewachung deiner Person beschäftigt gewesen. Eine Verbindung zur organisierten Kriminalität kann nicht ausgeschlossen werden. Von einem Anschlag auf dich kann im Moment wirklich keine Rede sein. Mit den Anschuldigungen gegen Behörden in unserem befreundeten Staat, der Bundesrepublik Deutschland, bitte ich dich auch im eigenen Interesse um Vorsicht.«

»Was ist mit dem Mord an dem Computerspezialisten, der auch in enger Verbindung zum CSG stand. Deek, ich glaube ihr wart befreundet. Hank Parlette … auch ein Zufall?«

Deek musste sich setzen. Die Farbe war ihm aus den Wangen gewichen. Er schloss die Augen und hielt beide Hände vors Gesicht. Es war augenblicklich ruhig geworden. Die Leute im Situation Room blickten zu ihm. Deek schluckte seine Trauer herunter, nahm sich zusammen, stand auf und wollte gerade zu dringenden Maßnahmen raten, als sich die Tür öffnete und ein Bote eine Nachricht an Rebecca Clark überbrachte.

Sie schaute auf den Zettel und holte tief Luft. »Meine Damen und Herren, wir haben gerade eine Nachricht von unserem U-Boot USS *Toledo* bekommen, das im Roten Meer kreuzt. Es gab dort einen Überfall. Eine der *Tomahawk*-Rakete ist abgefeuert worden. Ziel unbekannt.«

Die Leute im Situation Room schauten sich einige Sekunden lang sprachlos an und begannen dann lauthals zu diskutieren. Auch Leo und Deek tauschten ein paar Sätze aus. Man konnte die Stimme von Miranda Baisz nicht vernehmen. Erst der Eingriff des Technikers, der die Lautstärke der Übertragung dem Geräuschpegel im Saal anzupassen versuchte, verschaffte ihr Gehör.

»Ich denke, wir sollten Deeks Ausführung einmal zu Ende denken. Rebecca, ist das Ziel der Rakete wirklich nicht auszumachen, so dass man sie abfangen könnte? Steve, was können wir tun?«

Steve Parker war ein hochrangiger Vertreter des Pentagon. Er hatte gerade eben einen Anruf vom Kapitän der USS *Toledo* entgegengenommen.

»Mrs President, auf der *Toledo* wird im Moment alles Mögliche getan, um die genaue Spur der Rakete zu verfolgen. Die Himmelsrichtung der *Tomahawk* ist sehr wahrscheinlich Nord-Ost, in Richtung arabische Halbinsel«, sagte er.

Alle blickten auf Deek.

»Abfangjäger! Die *Truman* ist doch in der Nähe. Schickt eine Staffel los. Sofort!« Deek war aufgestanden und lief aufgeregt zwischen den Plätzen im Situation Room herum.

»Wir haben keine Zeit zu verlieren. Die Rakete fliegt mit achthundert Sachen auf ihr Ziel zu. Glaubt ihr mir endlich? Das Ding fliegt nach Mekka zum allerheiligsten Monument aller Moslems. Ihr wisst hoffentlich, was das bedeutet.«

Deek waren die Anstrengungen der letzten Stunden nicht mehr anzusehen. Er war hoch konzentriert, und sein Ton ließ keinen Zweifel an seiner neu gewonnenen Autorität.

»Das sind doch nur haltlose Vermutungen. Mekka, die Kaaba, das ist doch lächerlich. Ich würde mit einer Jägerstaffel auf der arabischen Halbinsel etwas vorsichtiger sein.«

»Zum Glück befehlige ja ich hier die Einsätze unserer Armed Forces, Patrick!«, zischte Miranda Baisz. »Steve, kontaktiere die USS *Harry S. Truman,* und lass die F-18-Jäger die Verfolgung aufnehmen. Ich setze mich derweil mit der Saud-Familie auseinander. Und, Steve, gibt es denn verdammt noch mal keine andere Möglichkeit, die Rakete zum Absturz zu bringen?«

»Die neue Block VI, um die es sich hier handelt, ist mit einem neuartigen Kollisionsradar ausgestattet. Die elektronische Steuerung weicht anderen Luft-Luft-Raketen aus. Die Dinger sind nur sehr schwer zu knacken. Ist ja auch eigentlich der Sinn der Sache«, erklärte der Mann aus dem Pentagon.

»Wir müssen unter allen Umständen einen Anschlag auf die Kaaba verhindern. Unter den momentanen Umständen, ich denke besonders an die veränderte Situation in Pakistan, ist sonst ein massiver Vergeltungsschlag vorprogrammiert. Mögliche Ziele für so eine Art von Angriff sind selbstverständlich auch in den USA zu finden. Meine Damen und Herren, ich werde den Joint Chief of Staff bitten müssen, die Streitkräfte in erhöhte Alarmbereitschaft zu bringen. DEFCON 3!«, hallte die Stimme der Präsidentin schneidend durch die Lautsprecher. »Ich werde umgehend nach Washington zurückreisen. Ende!«

Gordon nahm sein Mobiltelefon aus der Tasche und wählte eine lange Nummer. Es war wieder lauter im Saal geworden. So konnte Deek nicht verstehen, was Gordon dem Teilnehmer am Telefon zu sagen hatte. Es klang wie eine Fremdsprache.

Kapitel 20

»O unser Herr, und erwecke unter ihnen einen Gesandten, der ihnen Deine Zeichen verkündet und sie lehret die Schrift und die Weisheit und sie reiniget; siehe, Du bist der Mächtige, der Weise.« Und wer, außer dem, dessen Seele töricht ist, verschmähte die Religion Abrahams?

(Sure 2, 129, 130)

Mekka, Saudi Arabien, 3:45 Uhr Ortszeit

Selçuk Atay war seinem Lebenstraum jetzt schon ganz nahe gekommen. Der Endvierziger türkischer Abstammung lebte schon seit fast dreißig Jahren in Berlin. Im Herzen jedoch war er immer Türke und Moslem geblieben. Er hatte ein geräumiges Zimmer im Le Meridien Makkah bezogen, kaum hundert Meter vom Eingang der Kaaba entfernt. Am morgigen Tag sollte das siebenmalige Umschreiten des Heiligen Steins geschehen. Eigentlich wollte Selçuk die große Wallfahrt unternehmen, die Hadsch. Doch die beruflichen Verpflichtungen in seinem Büro für integrierte Kommunikation verhinderte auch dieses Jahr die ungleich aufwendigere Unternehmung. Bei der Hadsch standen nicht nur die Kaaba, sondern auch die verschiedenen heiligen Orte um Mekka herum auf dem Reiseplan. Das Besteigen des Berges Rahma, das Tieropfer in Mina, das Werfen von gesammelten Kieselsteinen auf drei Steinpfeiler und noch viele andere Dinge. Außerdem fürchtete Selçuk sich vor den ungeheuren Menschenmassen, die sich an den festgelegten Tagen für die Hadsch in und um Mekka aufhielten. Sein Besuch der Kaaba, die Umra, konnte hingegen das ganze Jahr hindurch erfolgen.

Selçuk Atay war aufgeregt. Er hatte selten so ein intensives Gefühl von Spiritualität empfunden. Hier in Mekka verstand er zum ersten Mal den Begriff der Umma, der Gemeinschaft der Gläubigen Moslems, wirklich. Es war völlig unerheblich, ob er Türke, Iraner, Somalier oder einem anderen Staat zugeordnet war. Hier war er Muslim, nichts weiter.

Selçuk hatte sich früh zu Bett gelegt. Von seiner Schlafstätte aus konnte er die hell erleuchtete Moschee und die Kaaba bewundern. Er hatte sich vom Zimmerservice eine leichte Erfrischung aufs Zimmer bringen lassen und las noch etwas im Koran. Ein halbe Stunde später löschte er das Licht und bemühte sich, seine wilden Gedanken etwas zu bändigen, um etwas Schlaf zu bekommen, damit er morgen mit wachem Geist dem heiligen Ritual beiwohnen konnte. Als er die Augen schloss, sich die Erlebnisse des Tages mit alten Erinnerungen mischten und er sich abwechselnd auf dem Schoß seines Großvaters und dann wieder im endlosen, langsamen Transfer vom Flughafen zu seinem Hotel befand, konnte er nicht ahnen, dass sich wenige hundert Kilometer entfernt dramatische Szenen abspielten.

Die USS *Toledo* war in der Nähe der Grenze zum Jemen im Roten Meer unterwegs gewesen, als die *Tomahawk*-Rakete abgefeuert wurde. Die Rakete riss sich ihren Weg durch die kalte Nachtluft. Mit der Höchstgeschwindigkeit eines Verkehrsflugzeugs jagte die *Tomahawk* erst über die flachen Wellen des Roten Meers und dann unaufhaltsam im Tiefstflug über die menschenleere Wüstenlandschaft der arabischen Halbinsel. Höheren Sanddünen und kleinen Felsen wich sie mithilfe ihres Bodenradars geschickt aus. In jeder Minute legte sie jetzt vierzehn Kilometer zurück. Vierzehn Kilometer näher am Ziel, näher an Mekka, näher an der Kaaba.

Ein Geschwader von F/A-18F *Super Hornet* der Carrier Air Wing Three war vor wenigen Minuten vom amerikanischen Flugzeugträger USS *Harry S. Truman* gestartet. Die Überschalljäger nahmen die Verfolgung der Rakete auf. Die Wärmedämmung des Düsentriebwerks der *Tomahawk* machte die Ortung äußerst schwierig, doch die hoch entwickelten Radarsysteme der Jäger konnten den bewaffneten Flugkörper gegen vier Uhr morgens ausmachen. In dieser Zeit war die Rakete der Kaaba in Mekka schon wieder 220 Kilometer näher gekommen. Weitere 400 Kilometer trennten die halbe Tonne Sprengstoff jetzt noch von dem Heiligen Stein.

Situation Room, Weißes Haus, Washington, D. C.

Der Flugzeugträger und der Situation Room waren inzwischen über Video zusammengeschaltet worden. Captain und Commanding Officer Terence Latucci vom Flugzeugträger *Harry S. Truman* war genauso mit dem Situation Room verbunden wie Captain Fred Stieglitz, der Commander der Carrier Air Wing Three.

»Unsere Jäger konnten die *Tomahawk* ausmachen und versuchen jetzt, sie zu zerstören«, erklärte Fred Stieglitz.

»Beeilt euch, wir haben keine Zeit zu verlieren«, sagte Steve Parker aus dem Pentagon. »Ist das Ziel frei?«

»Positiv. Nichts außer Sand. Weit und breit kein Anzeichen von Zivilisation zu erkennen. Wir versuchen es mit *Sidewinders.*«

»Ergebnisse! Ich will Ergebnisse!«, schrie Deek fast in das Mikrofon.

»Negativ. Die Rakete scheint unseren Flugkörpern ausgewichen zu sein. Zwei von unseren Jägern versuchen, die *Tomahawk* jetzt frontal anzugreifen und mit den AIM-7 *Sparrows* zu attackieren. Melde mich sofort.«

Die Präsidentin erschien auf dem Videoschirm. »Die Königsfamilie ist über unsere Mission informiert«, sagte sie. »Die Formulierung unserer Vermutung eines Raketenangriffs auf die Kaaba hat mir äußerstes Unbehagen verursacht. Und das ist noch eine Untertreibung. Ich sage nur eines: Ein Scheitern dieser Mission ist keine Option. Haben das alle verstanden?«

Mittlerweile war Baisz mit einem Privatjet in Richtung Washington unterwegs. Begleitet wurde sie von zwei Abfangjägern.

Commanding Officer Terence Latucci meldete sich wieder zu Wort. »Auch unser letztes Manöver ist fehlgeschlagen. Als ob die *Tomahawk* die Flugrichtung der *Mavericks* im Voraus berechnen könnte.«

»Kein Wunder, die beiden Waffen werden ja auch von der gleichen Firma hergestellt«, erklärte ein NSA-Mitarbeiter.

»Verdammt, wenn diese Rakete nicht bald in den Sand gelenkt wird, werden uns über zwanzig Prozent der Weltbevölkerung augenblicklich den Tod wünschen«, sagte Deek.

»Das tun sie ohnehin schon.« Patrick Delaney hatte sich in der letzten halben Stunde aus allen Diskussionen herausgehalten. »Es ist doch auch einerlei. Hier wird gerade nur etwas beschleunigt, was unausweichlich ist. Die Geschichte wird verkürzt.«

»Delaney, du bist wahnsinnig. Du …«

»Deek, wir haben jetzt keine Zeit für Zwistigkeiten«, sagte Steve Parker. »Unsere Alternativen schrumpfen zusehends.«

Die *Tomahawk* raste völlig unbeeindruckt von ihren Angreifern in Richtung Mekka. Sie hatte dank der hochgezüchteten Bordelektronik die unmöglichsten Ausweichmanöver überstanden – stets an der Belastungsgrenze des Materials. Die Attacken der Abwehrwaffen, die aus den gleichen Werkstätten wie die *Tomahawk* stammten, verliefen ins Leere. Ein halbes Dutzend sündhaft teurer Gefechtsköpfe waren schon im weichen Wüstensand versenkt worden. Immer wieder entschied die *Tomahawk* den Zweikampf für sich. Weitere wertvolle fünfzehn Minuten Flugzeit waren so gewonnen worden, die ihre Distanz zum Ziel um weitere zweihundert Kilometer verkürzten.

»Steve, wir haben hier eine kritische Situation. Ein Geschwader der irakischen Luftwaffe ist auf unserem Radar aufgetaucht. Das sieht nicht gut aus. Haben wir eine Freigabe zum Abschuss?«

»Nein, um Gottes willen!«, rief Gordon. »Die kommen uns zu Hilfe!«

»Bitte, was sagst du da? Zu Hilfe?«, fragte Delaney fassungslos.

»Ich habe die irakischen Jäger dorthin gelenkt.«

»Ich hoffe, du hast eine gute Erklärung dafür.« Steve Parker schaute Gordon kopfschüttelnd an.

»Hier gibt es Neuigkeiten«, mischte sich Commanding Officer Terence Latucci ein. »Ein Jäger der irakischen Luftwaffe hat sich vom Geschwader getrennt und verfolgt die *Tomahawk* im Tiefstflug. Einer von unseren Jungs folgt ihm jetzt. Bin gespannt, was die vorhaben, viel Zeit bleibt uns nicht mehr.«

Mekka, Saudi Arabien, Hotel »Le Meridien Makkah«

Selçuk Atay konnte nicht gut schlafen. Er zog sich einen weißen Bademantel über und trat hinaus in die kühle Nacht der Wüste. Als er die Glastür des Balkons öffnete, kam ihm eine eisige Brise entgegen. Kaum ein Grad Celsius betrug die Lufttemperatur in dieser Julinacht. Selçuk drängte es trotzdem nach draußen. Er schlug den schmalen Kragen des Bademantels hoch und schnürte den Frotteegürtel enger. Selçuk stand am Geländer und schaute auf die Millionenstadt Mekka. Im Hintergrund ragten die schwachen Umrisse der mächtigen Gebirgsketten in den Himmel. Auf der anderen Seite sah er die riesige erleuchtete Moschee, hinter deren Türen sich das Allerheiligste, das Bayt Allâh befand. Schon morgen sollte er hier das heilige Ritual der siebenmaligen Umrundung durchführen. Der klare Sternenhimmel über der Wüste sah überwältigend aus. Eine tiefe Ruhe umgab Selçuk jetzt. Er schloss die Augen und genoss die ungewöhnliche Stille. Doch zu der Stille mischte sich auf einmal ein merkwürdiges Geräusch. Selçuk öffnete die Augen. Er konnte es noch kaum ausmachen. Es klang tief und bedrohlich. Ist das das Rote Meer?, fragte sich Selçuk.

Der Jägerpilot der irakischen Luftwaffe signalisierte seinem Geschwaderführer, dass er eine Funkverbindung zu seinem neu gewonnenen Verbündeten in der amerikanischen F/A-18F *Super Hornet* brauchte. Ähnliches geschah in der Einsatzzentrale auf dem Flugzeugträger USS *Harry S. Truman.* Niemand wusste genau, was die beiden Piloten vorhatten, doch alle ahnten, das dies die letzte Chance vor dem vernichtenden Einschlag der *Tomahawk*-Rakete sein würde. Die Detonation des tödlichen Sprengstoffs würde von dem Kubus, der mit einem wertvollen schwarzen Brokatstoff abgehängt war, ein einziges Trümmerfeld hinterlassen. Es gelang den Verantwortlichen, eine Funkverbindung zwischen den beiden Cockpits herzustellen. Die Flugzeuge näherten sich dem dahinrasenden Flugkörper. Die beiden Piloten flogen mit ihren Düsenjets kaum dreißig Meter über dem Wüstenboden und verfolgten die unbemannte Rakete. Jeder kleinste Steuerungsfehler würde der letzte sein. Der Pilot der *Super Hornet* murmelte immer wieder in sein Helmmikrofon: »Bin gleich da, bin gleich da.«

Die Formation aus den Jägern und der Rakete bildete nunmehr ein gleichschenkliges Dreieck. Auf ein Kommando feuerten die beiden Piloten gleichzeitig je eine Luft-Luft-Rakete ab, knickten über die Flügel ab und beschleunigten ihre Abfangjäger, um möglichst schnell aus dem Bereich der Druckwellen der antizipierten Detonation herauszukommen. Wie zwei Tatzen eines riesigen Raubtiers stürzten sich die beiden *Sidewinders* synchron auf die *Tomahawk.* Wie von einem begnadeten Kunstpilot gesteuert, riss diese sich senkrecht in die Höhe und drehte sich mit einer eleganten Pirouette um die eigene Achse. Kaum war das artistische Manöver vorbei, korrigierte sich die *Tomahawk* wieder auf Kurs und schoss unbehelligt weiter auf ihr Ziel zu. Die *Sidewinders* hingegen krachten in den Wüstensand. Nur noch wenige Kilometer Sand- und Geröllflächen trennten die ersten Ausläufer der Stadt Mekka von ihrer tödlichen Bedrohung.

Wieder brachten sich die beiden Piloten der US Navy und der irakischen Luftwaffe mit ihren Jägern in Kampfposition. Mit ihren Gattlings-Maschinengewehren im Bug feuerten sie jetzt unaufhörlich auf die Rakete. Augenblicklich drehte sich die Hightech-Waffe um die eigene Achse und ließ sich waagerecht in Richtung Wüstenboden sacken. Nur ein paar Meter über dem Sand pfiff die Rakete jetzt dahin. Mit dem hochsensiblen Bodenradar konnte sie selbst kleineren Felsbrocken ausweichen. Dann stieg die *Tomahawk* wie von Geisterhand angehoben wieder auf die korrekte Reisehöhe an. Ein paar Kugeln trafen die gehärtete Oberfläche der schneeweißen Konstruktion, richteten aber keinen Schaden an. Daraufhin gab der Iraker seinem Kollegen im anderen Cockpit eine Anweisung, und dieser ließ sich zurückfallen. Er konnte die Silhouette der Stadt Mekka bereits gut ausmachen. Die Zeit für einen Angriff lief in diesen Sekunden ab. Das wussten die Piloten, die Einsatzleitung auf dem Flugzeugträger, der Geschwaderführer der irakischen Luftwaffe und alle Beteiligten im Situation Room.

Plötzlich beschleunigte der Iraker seinen Jäger und schloss mit der *Tomahawk* auf. In wenigen Sekunden war er in gleicher Höhe mit dem Gefechtskopf.

»La ilaha ill Allah«, flüsterte der junge Mann in sein Helmmikrofon. Dann riss er seinen Jäger mit einer raschen Bewegung des Steuerknüppels zur Seite in Richtung *Tomahawk*. Ein letztes Mal versuchte die ausgeklügelte Elektronik den überraschenden Angriff abzuwehren. Die *Tomahawk* stieg in wahnwitziger Geschwindigkeit senkrecht in den Nachthimmel auf. Der Jäger der irakischen Luftwaffe folgte ihr sofort. Als er gut zehn Meter über ihr war, ließ er die Maschine durchsacken und stürzte so im freien Fall auf die Rakete. Diesmal gab es kein Entkommen. Der Gefechtskopf der *Tomahawk* riss ein Loch in die Unterseite des Jägers und explodierte augenblicklich. Eine halbe Tonne Sprengstoff, die übrig gebliebenen Waffen des Flugzeugs und der Inhalt des Tanks explodierten in einem blendenden, gleißenden Feuerball. Die verheerende Detonation erfüllte die Ruhe in dieser Nacht rund um Mekka. Brennende Metallteile stürzten vom Himmel, Fensterscheiben gingen zu Bruch. Für wenige Sekunden war es taghell geworden.

*

Selçuk traute seinen Augen nicht. Er trat an den äußersten Rand des Balkons, beugte sich über die Balustrade und sah den rasch verglühenden Feuerball und den Regen aus Metall und Feuer. Mit offenem Mund beobachtete er die surreale Szenerie. Autoalarmanlagen fingen an zu lärmen. Die Feuersirene im Le Meridien heulte auf. Regungslos stand Selçuk auf dem Balkon und konnte nicht glauben, was er da sah.

Wie durch ein Wunder kam es zu keinen lebensbedrohlichen Verletzungen. Es gab ein paar Verbrennungen und kleinere Brüche durch herabstürzende Metallteile, ein paar Augenverletzungen und Rauchvergiftungen. Die Trümmer des Flugzeugs und der Rakete zerstörten insgesamt dreizehn Häuser und machten einige Autos schrottreif. Ein paar Stunden später, der Tag erwachte gerade erst, wurde den Bewohnern von Mekka und den vielen tausend Pilgern nur langsam bewusst, wie knapp man in dieser Nacht des 15. Juli einer völligen Zerstörung des Hauses Gottes, des Bayt Allâh, entgangen war.

Kapitel 21

> Wende dein Angesicht nach der Richtung der heiligen Moschee, und wo immer ihr seid, wendet eure Angesichter nach der Richtung zu ihr; und siehe jene, denen das Buch gegeben ward, wissen wahrlich, dass dies die Wahrheit von ihrem Herrn ist. Und Allah ist nicht achtlos ihres Tuns.
>
> *(Sure 2, 144)*

Ein paar Wochen später im *Nick's Riverside Grille*, Washington, D. C.

Es war ein herrlicher Sonnentag in Washington. In Nick's Riverside Grille waren die meisten Tische auf der Terrasse bereits belegt. Von hier aus hatte man einen guten Blick über den Potomac River. Deek und Gordon hatten sich hier im Restaurant zum Lunch verabredet und gerade ihre Bestellung aufgegeben.

»Und du willst den Job wirklich nicht annehmen, Deek?«

»Keine Chance, Gordon. Das könnte ich nicht verantworten. Allein die Tatsache, dass diese Behörde Patrick nur gefeuert hat und er nicht richtig dingfest gemacht wurde. Schon einen Tag nach dem Anschlag wussten wir doch alle, wie tief er selbst im Sumpf steckt. Und nicht nur er.«

»In den Untersuchungen konnte ihm bisher nichts nachgewiesen werden. Ich habe das Gefühl, irgendjemand hält seine schützende Hand über diesen Delaney.«

»Die CSG ist nichts mehr für mich. Ich bin an einem Punkt in meinem Leben angekommen, an dem ich neue

Richtungen definieren muss. Obwohl ich noch nicht weiß, welche genau das sein sollen.«

»Ein Gutes hatte dieser Angriff auf die Kaaba ja: Ich hab jetzt ein ganz annehmbares Verhältnis zu unserer Präsidentin«, sagte Gordon. »Irgendwie scheint ihr mein Auftritt gefallen zu haben. Wir sind nächste Woche zum Golf verabredet.«

»Vielleicht werdet ihr ja doch noch Freunde.«

»Das glaub ich nicht. Aber wer weiß.«

»Ohne diesen irakischen Piloten wäre die Welt jetzt in eine globale Krise ungekannten Ausmaßes geraten. Konntest du etwas über diesen Menschen in Erfahrung bringen?«, fragte Deek.

»Er hieß Khaldoon I. Ahmed. Er war achtundzwanzig Jahre alt und kam aus Mosul.«

»Für was steht denn das ›I‹?«

»Für Ismael.«

Deek hielt inne. Für einen Moment waren die Geschichten und Mythen, von denen Leo zu erzählen wusste, wieder präsent. Er dachte an das erste Telefongespräch in Berlin, die Reise nach Kanada und an Jona im Walfischbauch. Und wie bei Jona ist es ist nie zu spät, umzukehren, Reue zu zeigen und seine Sünden zu bekennen. Vielleicht galt das ja auch für Mark, dachte Deek. Auch wenn seine Sünde so unfassbar schwer wog.

Deek blickte auf den ruhig dahinfließenden Potomac. Ein paar bunte Schiffe tanzten auf dem graublauen Wasser. Dann wanderte sein Blick über die vielen Gäste auf der Terrasse des Restaurants. Direkt neben ihnen saß ein indischer Sikh mit einem großen Turban auf dem Kopf, ein paar Tische weiter ein Mann mit seiner in Schwarz verschleierten Frau.

»Was denkst du, hätte das Pentagon bei einem erfolgreichen Anschlag in Mekka gemacht?«, fragte Deek.

»Ich glaube, ein Präventivschlag gegen Pakistan hätte wohl an erster Stelle gestanden. Aber das wäre nur der Anfang gewesen. Das Pulverfass Naher Osten wäre explodiert. Ein Weltkrieg der Religionen wäre wohl unausweichlich gewesen.«

»Genau das wollte Felix Gutknecht erreichen. Einen globalen Religionskrieg entfesseln. Sein Plan wäre um ein Haar ja auch aufgegangen.«

»Weißt du, was mit all den potenziellen Spendern der Cherubim jetzt passiert? Wird es die Cherubim noch weiter geben?«, fragte Gordon.

»Es ist noch zu früh, um das zu beantworten. Die beiden Gründer sind ja offenbar den Flammen zum Opfer gefallen. Sara wohl auch.« Deeks Stimme wurde leiser. Er schaute zu Boden und strich sich nachdenklich über die Stirn.

»Wer ist Sara?«, fragte Gordon.

»Ein Mensch, der eigentlich Gutes tun wollte. Eine Christin. Sie war selbst ein Opfer und wurde dann zur brutalen Mörderin. Ein gefallener Engel sozusagen.«

»Ich verstehe nicht ganz …«

»Sara war im Führungszirkel der *Soldiers.* Ich hatte sie in Berlin kennengelernt. Damals wusste ich nicht, dass sie eine Terroristin ist. Im Moment ist die gesamte Organisation der Cherubim jedenfalls kopflos. Und durch das Feuer in Kanada sind alle wichtigen Beweise verlorengegangen – was bestimmt kein Zufall war.«

»Ich glaube auch, dass irgendjemand ein großes Interesse daran hatte, nicht in Verbindung mit den *Soldiers of the Holy Crusade* gebracht zu werden.«

»Das Gelände in Happy Valley war riesig. Ein Milliardenprojekt. Alles in Staub und Asche.«

»Nicht alles, Deek. Bei den Aufräumarbeiten hat man unter einer völlig verkohlten Leiche ein antikes Metallobjekt gefunden. Eine Lanze oder so etwas Ähnliches.«

»Die Heilige Lanze von Antiochia? Sie ist gefunden worden? Wo ist sie jetzt?«

»Sie ist zu Untersuchungen in ein Museum für Frühgeschichte in Los Angeles gebracht worden. Man schätzt ihr Alter auf etwa zweitausend Jahre.«

»So alt wie unser Glauben. Leo hat mir alles über diese Lanze erzählt. Er war fast genauso gefesselt von ihrer Geschichte wie Felix Gutknecht.«

»Wirst du Leo wieder treffen?«, fragte Gordon.

»Ja, sehr bald sogar. Ich habe mir ein Ticket für nächste Woche nach Frankfurt gekauft. Leo hat mich zu sich nach Hause eingeladen.«

»Grüße ihn bitte von mir, und sag ihm danke für alles.«

»Das werde ich.«

Das Essen wurde serviert. Deek hatte sich ein Hüftsteak mit Frühlingsgemüse und eine Baked Potato mit reichlich Sour Cream bestellt. Gordon hatte ein Gesundheitsmenü mit viel Salat und einer kleinen Portion magerem Putenfleisch als Mittagessen geordert. Dazu tranken die beiden hauseigene Limonade.

»Was ist mit diesem BKA-Mann passiert?«, wollte Gordon wissen.

»Küng ist seit dem 16. Juli spurlos verschwunden. Angeblich wurde er in Südamerika gesehen. Gegen ihn läuft ein Ermittlungsverfahren in Abwesenheit. Das angebliche Bekennerschreiben der unbekannten Terrororganisation hat sich als glatte Fälschung herausgestellt. Mehr ist im Moment von den deutschen Behörden nicht zu erfahren. Ich glaube, die Situation ist ganz ähnlich wie bei uns. Niemand hat ein

Interesse an der Aufdeckung der wahren Hintergründe des Anschlags.«

Gordon ließ sich seinen Salat schmecken, und Deek schnitt in das dicke Stück Rindfleisch. Beide lächelten.

»Du hast mir nie erzählt, warum du nach dem Anschlag auf die Statue of Liberty so entschlossen gegen einen militärischen Angriff warst. Ich habe damals deine Entscheidung respektiert, aber deine Beweggründe waren mir immer unklar. Du hast einmal etwas von einem Versprechen und einem Erlebnis im Golfkrieg erzählt.«

»Ja, es war ein Versprechen. Ein Versprechen und meine Erinnerung an einen Soldaten, einen Moslem. Sagt dir die Legende vom Weißen Elefanten etwas?«

»Der Weiße Elefant war das Geschenk des mächtigen Kalifen von Bagdad ›Harun al Raschid‹. Er sandte diesen seltenen Elefanten von seinem Hof zum damals mächtigsten Mann des Abendlands, Karl dem Großen, als Zeichen einer möglichen Partnerschaft und gegenseitiger Toleranz.«

»Ich bin beeindruckt. Meine eigene Geschichte des Weißen Elefanten begann jedenfalls am Morgen des 25. Februar 1991. Unser Konvoi der 1st Marine Division hat sich am frühen Morgen durch die irakische Wüste in Richtung Kuwait bewegt. Mit in unserem Zug waren die berühmten High Mobility Multipurpose Wheeled Vehicles, Humvees genannt. In einem dieser Fahrzeuge saß ich, damals First Sergeant Sebastian, am Steuer und sah am Horizont die Sonne aufgehen. Die Stimmung war damals gut. So leicht hatten wir uns die Operation ›Desert Storm‹ nicht vorgestellt. Wir waren in voller Kampfmontur und besprachen schon das Fest in Kuwait City. Alles lief glatt an diesem Februarmorgen. Das einzige Problem waren die Motoren der Humvees. Die Motoren der alten Baureihen haben sich ständig überhitzt.«

Deek murmelte etwas Zustimmendes, während er auf einem Stück Steak kaute.

»Dann ging die Sonne über den Dünen der Wüste auf. Es war ein wunderschönes Naturschauspiel, doch die immer weiter steigende Umgebungstemperatur machte alles noch schlimmer. Es half nichts. Mein Kamerad Lance Schneider gab Meldung, stoppte den Wagen und versuchte, die Kühlung zu verbessern. Wir stiegen aus dem Fahrzeug, und Schneider machte sich daran, den Schaden mit Isolierband und einem Stück Ersatzschlauch zu beheben. Unser Humvee fiel weit zurück. Zu weit.«

»Und auf einmal standet ihr mutterseelenallein in der Wüste?«

»Ja. Schneider und ich sahen die sich vom Westen mit hoher Geschwindigkeit nähernden irakischen Fahrzeuge nicht. Dann fielen Schüsse. Unsere Kameraden in den anderen Humvees und Panzern der 1st Marine Division waren schon zu weit entfernt, um die Anzeichen dieses feigen Hinterhalts zu hören. Dann wurde mir und meinem Kameraden schwarz vor den Augen.«

»Ihr wurdet gefangen genommen? Davon habe ich noch nie etwas gehört. Nichts, keine Meldung, gar nichts.«

»Nach dem sensationell schnellen Sieg wollte keiner diese Geschichte hören. Nicht einmal die Presse und die TV-Stationen.«

»Ich kann mir durchaus vorstellen, dass die Geschichte von zwei verschleppten US-Soldaten die Freude über die Befreiung Kuwaits getrübt hätte.«

Die Kellner hatten inzwischen den Tisch abgeräumt, und Deek und Gordon saßen vor einer neuen Runde Drinks.

»Bestimmt, und deshalb hat fast niemand von diesem Vorfall erfahren. Schneider und ich sind irgendwann wieder aufgewacht. Wir saßen auf dem Boden einer Baracke. In der rechten Ecke erkannte ich etwas, was wie ein großer Blutfleck aussah. An den Wänden daneben waren viele braunrote Spritzer zu erkennen. Ich hatte Angst. Dann schaute ich zu Schneider rüber: derselbe entsetzte Gesichtsausdruck. Eine Ewigkeit lang schien nichts zu passieren. Waren wir allein? Irgendwann hörte ich von weitem Motorengeräusche und schließlich Stimmengewirr. Die dünne Tür des Raums wurde aufgestoßen. Drei irakische Soldaten standen um uns herum und sprachen laut auf Arabisch. Ich konnte kaum etwas verstehen, außer immer wieder das Wort ›Amerikaner‹ und ›Geld‹. Lösegeld, dachte ich.«

»Du sprichst Arabisch?«

»Viele von uns hatten vor der Operation die Möglichkeit bekommen, einen Crashkurs in Arabisch zu belegen. Ich war in diesem Moment sehr dankbar für meine Entscheidung. Es ging also um Lösegeld. Dann werden sie uns wohl nicht töten, hoffte ich sofort. Schließlich verschwanden die Iraker wieder. Bald hörten wir erneut Motorengeräusche. Diesmal traten nur zwei Soldaten in unser Gefängnis: ein hochrangiger Soldat der Republikanischen Garde, der Eliteeinheit Saddam Husseins, und ein Zivilist. Das war es dann also, dachte ich. Unser Exekutionskommando.«

»Und dann?«

»Ich habe zu Schneider rübergeschaut. Er hat am ganzen Leib gezittert. Ich versuchte, ihm etwas Tröstendes zu sagen, Hoffnung zu spenden. Da trat der Gardesoldat zu uns und sprach uns in akzentfreiem Englisch an: ›Fürchtet euch nicht. Ich tue euch nichts. Ich werde euch beide befreien und zu eurer Einheit zurückbringen. Ich bin Offizier der Republikanischen Garde. Ich diente einem Tyrannen, einem Verbrecher. Ich werde mich morgen den US-amerikanischen Truppen ergeben. Doch bevor ich euch befreie, möchte ich euch ein paar Dinge erklären. Der Irak des Saddam Hussein ist nicht der Islam. Der Islam ist eine Religion des Friedens. Vor lauter Krieg, Blut und falscher Hetze ist es schwer für euch, dies zu erkennen. In unserer Bibel kommen die Wörter Frieden und Barmherzigkeit viel häufiger vor als das Wort *Dschihad.* Selbst der Name unserer Religion stammt von dem Wort Frieden ab.‹ Er machte eine Pause und sprach dann weiter. ›Im Koran steht, wenn ihr verzeiht und Nachsicht übt, dann ist Allah allvergebend und barmherzig. Wenn sie zum Frieden geneigt sind, so sei auch du ihm geneigt und vertraue auf Allah. Ich bin zum Frieden geneigt, und du bist mein Weißer Elefant.‹«

Gordon Sebastian trank einen langen Schluck.

»Dann erzählte uns der Soldat der Republikanischen Garde die Geschichte des Kalifen von Bagdad und seinem Geschenk an Karl den Großen.«

»Hat euch dieser Iraker zu eurer Einheit gebracht?«, fragte Deek.

»Ja. Er hat uns mit einem Jeep der Armee bis in die Nähe eines Stützpunktes bei den Al-Wafrah-Ölfeldern. Auf der langen Fahrt durch die Wüste hat er mir vieles über sein Leben erzählt. Über seine Familie, seine Kinder und die Liebe zu seinem Gott. Dem Ersten Golfkrieg, dem Hunger, dem Leiden. Mein Kamerad Schneider hatte sich eine schlimme Infektion eingefangen. Er lag fiebrig auf der Rückbank des Jeeps. Ich machte mir große Sorgen um ihn. Irgendwann stieg der Soldat der Leibgarde Husseins aus dem Auto und untersuchte Schneider gründlich. Wir müssten uns beeilen, das Fieber sei hoch, meinte er. Ich musste ihm damals auf dieser Fahrt durch die endlose Wüste etwas versprechen. Es war das Einzige, was er von mir für meine Befreiung haben wollte.«

»Was passierte mit den Leuten, die euch entführt hatten?«

»Ich habe ihn nicht gefragt. Ich glaube, dass er sie umgebracht hat.«

»Und um was für ein Versprechen ging es?«

»Dass ich niemals einen Menschen verurteilen solle, nur weil er eine andere Religion ausübe als ich. Er erklärte mir, dass die drei großen Religionen, das Judentum, der Islam und uns Christen, mehr vereint als trennt. Er schloss seine Bitte mit einem Zitat aus dem Koran, das mich sehr bewegt hat. ›Wenn jemand einen Menschen tötet, ohne dass dieser einen Mord begangen hätte oder ohne dass ein Unheil im Lande geschehen wäre, so ist es so, als hätte er die ganze Menschheit getötet. Und wenn jemand einem Menschen das Leben erhält, so ist es so, als hätte er der ganzen Menschheit das Leben erhalten.‹ Dieser Soldat der Republikanischen Garde sagte mir voraus, dass ich einmal sehr viel Macht und Einfluss haben würde. Deshalb sollte ich dieses Versprechen niemals brechen. Als ich damals nach dem Anschlag auf die Statue of Liberty fast gezwungen wurde, unschuldige Menschen zu richten und zu töten, einen blinden Krieg zu führen, da musste ich an dieses Versprechen denken, und ich fühle mich immer noch daran gebunden.«

»Was ist mit Schneider passiert? Hat er die Fahrt überlebt?«

»Alles ging gut. Als wir nach fast zwei Tagen bei dem Stützpunkt ankamen, hat unser Freund eine große weiße Fahne am Dach des Jeeps festgemacht. Unsere Kameraden waren ziemlich geschockt, als sie uns mit diesem Elitesoldaten des Feindes zusammen im Jeep vorfanden.«

»Was ist aus ihm geworden, deinem Befreier, meine ich?«

»Er ist im neuen demokratischen Irak ein führender General in der Luftwaffe geworden. Er hat sehr viel Glück gehabt. Die Übergangszeit nach dem Zweiten Golfkrieg war ja äußerst turbulent und brutal gewesen. Aber mein Freund Duraid Jabur hat überlebt. Die Welt steckt doch voller Wunder und unvorhersehbarer Ereignisse.«

»Und diesen General Jabur hast du dann vom Situation Room aus angerufen?«

»Ohne diesen irakischen Piloten wäre dieser Tag wahrscheinlich ganz anders verlaufen.«

Die Sonne stand jetzt deutlich tiefer und spiegelte sich im Potomac. Eine leichte Brise setzte ein. Die beiden hatten schon mehrmals neue Getränke bestellt. Immer wieder kamen Leute vorbei und blieben in der Nähe ihres Tischs stehen, tuschelten, lächelten. Manche machten Fotos. Gordon lächelte stets unverbindlich zurück. Die amerikanische Öffentlichkeit hatte nur wenig Anteil an der Beinahekatastrophe in Mekka genommen.

»Hast du deine Kinder in letzter Zeit gesehen?«, fragte Gordon.

»Morgen ist es so weit. Ich vermisse sie sehr. Als ich in Berlin angekommen bin und das erste Mal gespürt habe, dass eine ganz neue Bedrohung in der Welt existiert, habe ich nachts meine Exfrau Betsy angerufen. Und als ich als Gefangener im Happy Valley auf mein vermeintlich nahes Ende wartete, galten meine Gedanken nur diesen drei Menschen.«

»Ich weiß, was du meinst. Was immer deine neuen Ziele sein mögen, ich wünsche dir Glück und Gottes Segen. Wenn du aus Deutschland zurück bist, möchte ich, dass du mich in meinem Haus auf den Keys besuchst. Ich habe durch die stille Betrachtung des Abendhimmels schon viele Antworten erhalten.«

Gordon lächelte. Die beiden umarmten sich herzlich, und Deek verließ die belebte Terrasse des Restaurants. Als er sich nach ein paar Metern noch einmal umblickte, hatten sich schon mehrere Teenager zu einem Gruppenfoto zu Gordon gesellt. Bereitwillig ließ er alles geschehen und grüßte Deek mit einer letzten Geste.

Kapitel 22

Wir glauben an Allah und was er zu uns niedersandte, und was er niedersandte zu Abraham und Ismael und Isaak und Jakob und den Stämmen, und was gegeben ward Moses und Jesus, und was gegeben ward den Propheten von ihrem Herrn. Keinen Unterschied machen wir zwischen einem von ihnen; und wahrlich, wir sind Muslime. Sie, denen wir die Schrift gaben, kennen sie, wie sie ihre Kinder kennen; und siehe wahrlich, ein Teil von ihnen verbirgt die Wahrheit, wiewohl sie sie kennen. Die Wahrheit ist von deinem Herrn, sei daher keiner der Zweifler. Und jeder hat eine Richtung, nach der er sich kehrt; wetteifert daher nach dem Guten.

(Sure 2, 136, 146–148)

Eine Woche später in Niederreifenberg, auf einem Waldwanderweg im Hochtaunus

Deek war vor ein paar Tagen in Frankfurt am Main angekommen und von Leo Malzahn vom Flughafen abgeholt worden. Zwei Wochen zuvor war hier die Maschine SV 1068 der Saudi Arabian Airlines auf dem Flug nach Riad durch einen Raketenangriff explodiert. Deek kam es so vor, als ob sich niemand mehr für diesen Anschlag interessierte. Nichts erinnerte mehr an die über hundert Toten. Mit einem Kleinwagen waren die beiden nach Königstein zu Leos Altbauwohnung gefahren. Sie diskutierten nächtelang, und Leo beeindruckte Deek mit seiner Sammlung alter Single Malt Whiskys. Auf einem Spaziergang durch die Nachbarschaft zeigte er Deek das ehemalige Haus von Mark. Es stand zum Verkauf. Marks Frau Laura war als unbekannt verzogen gemeldet. Das Wetter im Hochtaunus war sehr angenehm. Der Juli in diesem Jahr war mit einer kräftigen und beständigen Sonne gesegnet. Leo schlug einen Waldspaziergang vor. Er suchte eine Route aus, bei der man den ehemaligen Grenzwall des Römischen Reichs zum wilden Germanien, den Limes, bewundern konnte.

»Ich habe noch etwas für dich. Eine Art Souvenir.« Deek griff in seine Jacke.

»Was ist das, sind das Engel?«

»Diese Goldfigur gab es zum Abschied auf dem Ball der Cherubim. Als mein restliches Gepäck vom Adlon zu mir nach Washington geschickt wurde, habe ich dieses Kleinod gefunden. Es sind die Engel, die das Paradies bewachen. Mit Schwertern und Flammen. Hast du die Inschrift auf dem Boden gelesen?«

»Nein, was steht drauf?«

»Deus vult – Gott will es. Ein einziges Wunder, wie glimpflich der Anschlag in Mekka abgelaufen ist. – Der irakische Pilot, der sich beim Anschlag auf die Kaaba geopfert hat, hieß mit zweitem Namen Ismael. Gordon stand bereits in Verbindung mit der Militärführung.«

»Dann hat Ismael ja nicht nur die Kaaba gebaut, sondern sie auch noch vor der Vernichtung gerettet. Eine mutige Tat. Ob das unserer religiösen Familie mehr Frieden gibt, wage ich aber trotzdem zu bezweifeln.«

»Ich wollte mit dir nochmal über meine unbeantwortete Frage sprechen. Du erinnerst dich vielleicht.«

»Ich habe es noch im Ohr, Deek. Ob Felix Gutknechts zerstörerische Politik des Hasses vielleicht mehr Chancen hat, unser Überleben zu sichern, als die jetzige. Keine leichte Frage.«

Deek nickte zögerlich.

»Die Menschheit befindet sich mitten in der größten Herausforderung ihrer Geschichte«, sagte Leo. »Wir müssen uns als Weltgemeinschaft fragen, ob es Platz für mehr als eine Wahrheit gibt. Schnelle, einfache Antworten, wie die von Felix, gibt es genug. Überall auf der Welt morden und schlachten Menschen, weil sie glauben, sie wären im Besitz der absoluten Wahrheit. Zu hassen ist so unendlich viel einfacher als einander zu verstehen. Felix hatte aber mit einer Sache Recht. Die Idee und der Glaube an die Lehren der neuen Kreuzritter sind das, was die *Soldiers* angetrieben hat. Nicht die Führungsperson, nicht Felix Gutknecht. Und die Idee lebt weiter. Diese Ideologie hat vielen Anhängern spirituell eine neue und hoffnungsvolle Heimat gegeben. Es ist eine einfache, nachvollziehbare Strategie. Man kann sich der Anziehungskraft dieser glasklaren Logik nur schwer entziehen: Du bist anders, deshalb musst du sterben. Du hast das Schwert gegen mich erhoben, deshalb schlage ich zurück. Gewalt gegen Gewalt, Hass gegen Hass. So einfach geht das. Auf der Seite extremer Gruppierungen der islamischen Welt hat diese Logik funktioniert, und sie scheint auf der christlichen Seite auf genauso fruchtbaren Boden gefallen zu sein.«

»Ist das nicht das Spiel der Welt? Das ewig gleiche dumme, blutrünstige Spiel?«, sagte Deek.

»Wir wissen einfach zu wenig voneinander. Der andere Glaube, der Islam, macht uns Angst, weil wir ihn nicht kennen. Niemand macht sich die Mühe, ihn zu vermitteln. Und was man nicht kennt, fürchtet man. So ist es doch schon immer gewesen.«

»Da ist doch deine Rolle gefragt. Wie sieht es aus? Kannst du dir vorstellen, dein Wissen über Religion besser zu teilen?«

»Auch darüber habe ich nachgedacht, und mir sind die

Worte eines Mönchs aus dem Mittelalter in den Sinn gekommen. Thomas von Kempen hat damals ein äußerst bemerkenswertes Buch geschrieben: *De imitatione Christi,* die Nachfolge Christi. Darin steht sinngemäß, dass es nicht wichtig sei, wie viele gute Bücher man gelesen, sondern wie viele gute Taten man vollbracht habe. Und dass es nicht wichtig sei, wie gut man reden oder diskutierten könne. Entscheidend sei vielmehr, ob man ein christliches Leben voller Nächstenliebe führe. Diese Welt braucht Wissen, denn Wissen ergibt Verständnis, und Verständnis schafft die Grundlage für einen Dialog.«

»Angst ist ein natürlicher Schutzmechanismus.«

»Angst und Ablehnung sind in der Tat zunächst völlig normale Reaktionen. Unwissenheit jedoch ist der beste Dünger um Gewalt, Ignoranz, Ablehnung und schließlich Hass zum Wachstum zu bringen. Wenn man aber erkennt, dass man im Begriff ist, seinen eigenen Verwandten zu erschlagen, dann merkt man, dass man einen Teil der eigenen Existenz vernichten will. Wenn wir Christen, Juden und Moslems unsere Geschichte besser erforschen, unsere gemeinsame Familiensaga, dann ist das vielleicht die Chance, einen neuen Bund zu schließen. Einen Bund der ›Leute des Buches‹, der ›ahl al-kitab‹. Mit unserem gemeinsamen Urvater Abraham gibt es eine Person, die alle drei Religionsrichtungen verehren.«

»Das schafft aber den Terror nicht ab. Die Probleme sind doch auch gesellschaftspolitisch, historisch und im Ungleichgewicht der unterschiedlichen Wirtschaftssysteme zu suchen. Unsere Welt ist erst am Anfang einer Umbruchphase, deren Ausgang wir nur erahnen können.«

»Aufklärung ist die eine Sache, die andere Sache ist das Streben nach einer gerechteren Welt.«

»Aber viele Menschen, leider auch sehr mächtige, haben keinerlei Interesse an einer gerechteren Welt. Wird sich das jemals ändern?«

»Es gibt auch viele Menschen, die kein Interesse an Aufklärung über Religion haben. Vor allem diejenigen Menschen nicht, die Glauben benutzen, um Feindbilder zu kreieren und um Menschen zu Selbstmordattentätern auszubilden. Ihre stärkste Waffe ist die Fähigkeit zu vermitteln, dass die anderen Ungläubige und Feinde des eigenen Glaubens sind: ›Es sind die anderen, die dein Leben zu dem gemacht haben, was es ist. Nicht wir. Vernichte die anderen und du wirst gewinnen.‹«

»Und du glaubst, dass das Wissen über andere Religionen und eine globale Politik der gerechten Verteilung den Terror bekämpfen können?«, sagte Deek.

»Es ist ein langsamer, ein mühseliger Weg«, antwortete Leo. »Ein langfristiger Prozess ohne schnelle Ergebnisse. Dieser Weg aber legt ein Fundament. Und auf dieses Fundament kann man dann unendlich viele Steine legen. Angemessene Strafverfolgung, die Überwachung von Verdächtigen, massive Investigationen, Heimatschutz. All die Dinge, für die auch deine ehemalige Organisation zuständig war. Aber ohne ein starkes Fundament wird dieser Turm einbrechen. Wenn der starke Arm des Gesetzes nicht mehr weiß, dass man zwar einzelne Verbrecher und Terroristen bestrafen sollte, nicht aber ganze Glaubensrichtungen, dann ist der Turm zusammengebrochen.«

»Ich glaube, die Trümmer dieses Turmes kann man bereits überall bestaunen. Nicht nur in Amerika, sondern auch hier in Deutschland.«

»Ja, aber ich bin ein Optimist. Noch gebe ich die Menschheit nicht auf«, sagte Leo mit einem leichten Lächeln.

Ein warmer Sommertag näherte sich seinem Ende. Noch schien die Abendsonne auf die Berge und Hügel des Taunus. Deek und Leo machten sich auf den Nachhauseweg.

Am Abend saßen sie in Leos Arbeitszimmer. Überall lagen Bücher, Bibeln, Manuskripte und handschriftliche Aufzeichnungen herum. Mittlerweile hatte sich eine sternklare Nacht über den Vorort gelegt

»Für alle Religionen gilt, dass keine Glaubensrichtung und kein ethisches System je wegen moralischer Entgleisungen einiger ihrer Anhänger verurteilt werden sollte. Wenn ich beispielsweise als Christ nicht möchte, dass mein Glaube nach den Handlungen der Kreuzritter, der alten und der neuen, oder nach den grausamen Auswüchsen der Inquisition beurteilt wird, muss ich auch selbst sehr vorsichtig sein, um nicht den Glauben eines anderen nach den Handlungen zu beurteilen, die einige wenige Terroristen im Namen dieses Glaubens begangen haben. Und wenn wir alle ein wenig mehr verstanden haben, dass wir alle, Moslems, Christen und Juden, aus einer Familie stammen, aus der großen Familie Abrahams, dann können wir auch in jedem dieser Menschen Gottes Liebe erkennen.«

Deek runzelte die Stirn. Er wollte den Optimismus seines neuen Freundes nur zu gern teilen. Leise seufzte er.

»Hoffentlich hast du Recht, Leo.«

Danksagung

Ich möchte an dieser Stelle Danke sagen.
Danke für eure Liebe, Hilfe und Ermunterung.
Danke an Sabrina, Jan Ehlert, Carsten Waitz, Thomas Friedl, Dr. Patrick Dieckhoff, Dr. Britta Kluge, Oliver Berben, Christina Gattys, Erika und Hannes Schönborn, Katrin und Frank Schönborn-Zech, Familie Gollers, Pfarrer Babinsky und Indien.